JEUX DE LUMIÈRE

"Lettres allemandes"

DU MÊME AUTEUR

MOI ET KAMINSKI, Actes Sud, 2004.
LES ARPENTEURS DU MONDE, Actes Sud, 2007 ; Babel n° 940.
GLOIRE. ROMAN EN NEUF HISTOIRES, Actes Sud, 2009 ; Babel n° 1008.
LA NUIT DE L'ILLUSIONNISTE, Actes Sud, 2010 ; Babel n° 1730.
LES ESPRITS DE PRINCETON, Actes Sud-Papiers, 2012.
LES FRIEDLAND, Actes Sud, 2015 ; Babel n° 1667.
LE ROMAN DE TYLL ULESPIÈGLE, Actes Sud, 2020 ; Babel n° 1852.
TU AURAIS DÛ T'EN ALLER, Actes Sud, 2021.

Ce livre a reçu une aide à la traduction du Goethe-Institut.

GOETHE INSTITUT

La traductrice remercie le Deutscher Übersetzerfonds
pour la subvention de la traduction via une bourse RADIAL.

Titre original :
Lichtspiel
Éditeur original :
Rowohlt Verlag, Berlin

ISBN 978-2-330-20134-0

DANIEL KEHLMANN

Jeux de lumière

roman traduit de l'allemand
par Juliette Aubert-Affholder

ACTES SUD

Pour Anne
et
pour Thomas Buergenthal (†)

Comment faisions-nous donc à l'époque pour nous lever le matin, encore et encore ? Emportés et dérivant sur une grande vague d'absurdité, alors que nous savions et voyions, voire pire ! Mais c'est ce savoir qui, à la fin, nous permit de survivre, tandis que d'autres bien meilleurs que nous se firent avaler.

HEIMITO VON DODERER,
"Sous des étoiles noires".

EXTÉRIEUR

QUOI DE NEUF CE DIMANCHE

Pourquoi suis-je dans cette voiture ?

Je me tiens tranquille. Quand on ne bouge pas, la mémoire revient parfois.

Mais ça ne marche pas. Ma seule certitude, c'est que le chauffeur fume. Le véhicule est rempli d'une épaisse fumée. J'ai les yeux qui piquent. Je me sens mal. L'homme a des cheveux gris et des pellicules sur les épaules. Une petite croix suspendue à un collier de perles se balance au rétroviseur.

Une chose après l'autre. Réfléchis. Le chauffeur est venu me chercher, il m'a ouvert la portière, les autres ont observé la scène bouche bée, Franz Krahler le squelette, la stupide Mme Einzinger et le gringalet dont je ne me rappelle jamais le nom.

Il faut dire qu'au sanatorium *Repos du soir*, tous les jours se ressemblent. On écoute la radio au petit-déjeuner, on se promène dans le parc, on a mal au dos, on prend son déjeuner, on lit le journal et on s'énerve avec la télé en bruit de fond ; certains la regardent, d'autres dorment, il y a toujours quelqu'un qui tousse pitoyablement. Puis c'est déjà quinze heures trente, l'heure du dîner, après quoi on reste éveillé dans son lit et on doit aller aux toilettes toutes les demi-heures. On reçoit parfois de la visite, sauf moi. De temps à autre, une personne meurt et on l'embarque. Mais celles qui sont encore en vie, on ne vient généralement pas les chercher en voiture noire avec chauffeur.

Nous nous arrêtons à un carrefour, trois jeunes aux cheveux longs traversent très lentement la rue, le chauffeur baisse la vitre en criant qu'une nouvelle guerre ferait du bien à des voyous dans leur genre, leur indifférence le fait redoubler de rage. Il démarre sans cesser de râler pour autant.

Voilà, ça me revient : nous allons au studio de télévision.

Mais dans quelle émission ? Je me penche pour lui poser la question.

Le chauffeur se retourne et me scrute à travers les volutes de fumée sans comprendre.

Je répète ma question.

— Rien à cirer, s'écrie-t-il ! Quel intérêt, ces conneries !

Alors je ne dis plus rien.

Il s'échauffe. Qu'on lui foute la paix, la paix ! Était-ce trop demander ?

Il se ressaisit tout juste lorsque nous arrivons devant la maison de la radio. Il descend, fait le tour de la voiture, m'ouvre la portière. Il me saisit par le coude, me hisse. Une effronterie, mais ça m'aide effectivement à poser le pied par terre sans tomber.

La façade de la maison de la radio est encore plus grise que les façades voisines. De nos jours, toutes les maisons de Vienne sont grises, sauf quelques-unes qui sont marron. La ville entière semble couverte de crasse. En hiver, le ciel est bas et plombé, en été, il est humide et jaunâtre. Même ça, c'était différent autrefois. Au-delà d'un certain âge, on sait que dans cette ville faite de déchets, de fumée de charbon et de crottes de chiens, le climat a changé lui aussi.

La porte tournante pivote par à-coups et l'espace d'une seconde, j'ai peur que mon périple ne se termine ici, mais je finis par passer et quelqu'un m'attend bel et bien dans le hall : un jeune homme très mince au visage intelligent et à lunettes rondes, qui me tend la main et se présente sous le nom de Rosenzweig, le journaliste en charge.

— Parfait, dis-je.

Je suis toujours content de voir des jeunes gens polis. C'est devenu rare.

— En charge de quoi ?

— De l'émission.

— Laquelle ?

Il me fixe quelques secondes avant de demander :

— Quoi de neuf ce dimanche ?

— Je ne sais pas.

— L'émission !

— Quoi ?

— C'est le nom de l'émission. *Quoi de neuf ce dimanche.*

Mais qu'est-ce qu'il raconte, ce type ?

— Par ici, je vous prie !

Il désigne une porte à l'autre bout du hall. Je le suis dans un petit couloir, puis nous nous retrouvons, ce qui ne me convient pas du tout, devant un ascenseur continu. La première cabine s'élève, suivie d'une deuxième, je vais devoir monter dans la troisième, je prends peur, la cabine s'en va. Allez, me dis-je, tu as connu pire. Lorsque la quatrième défile devant moi, je ferme les yeux et je m'avance d'un pas chancelant. J'y arrive, mais je serais tombé s'il ne m'avait pas tenu par l'épaule. Une bonne chose qu'il ait réagi aussi vite.

— Lâchez-moi, lui dis-je sèchement.

Évidemment, la sortie s'avère encore plus difficile. Il prend les devants, place une main dans mon dos et me donne une petite impulsion. Je sors en titubant, il me tient de nouveau, Dieu soit loué.

— Arrêtez ! dis-je.

Ça sent le plastique, on entend quelque part le grondement de grosses machines. Nous longeons un couloir bordé à gauche et à droite de photos dédicacées de gens grimaçants. J'en connais certains : Paul Hörbiger, Maxi Böhm, Johanna Matz et, là-bas, Peter Alexander qui, pour une raison quelconque, a griffonné *Un immense merci à mon très cher public* sous sa signature.

Le jeune homme ouvre une porte sur laquelle figure le mot *Maquillage*. Devant le miroir, un gros type barbu, derrière lui une costumière travaillant son visage au pinceau. Lorsqu'elle recule, il se lève si brusquement que je tressaille, puis il m'enlace. Il sent l'after-shave et la bière. D'une voix rendue larmoyante par la joie, il me dit :

— Comment vas-tu, Franzl ?

Je bredouille que ça va bien, ce qui n'est jamais vrai d'ailleurs, aujourd'hui encore moins que d'habitude. J'essaie de ne pas inspirer. Sa barbe me gratte la joue.

— Et toi ? dis-je, le souffle court.

— Ah, Franzl, que te dire. Liesl est morte il y a deux ans et ça s'est mal terminé avec Wurmitzer. J'ai fini par lui dire : Ferdl, faut que tu le fasses parce que c'est quand même une amitié de longue date, mais est-ce qu'il m'a écouté ? Comme tu sais, j'ai préféré rester chez Senger, mais il a pas été honnête.

Je manque d'air. Qui diable est ce type ? Et tous ces gens dont il parle ? Il me lâche enfin, prend une veste en loden avec des boutons en corne de cerf grande comme une tente sur le crochet du portemanteau, la jette sur ses épaules et sort.

Je m'assois. La maquilleuse s'affaire sur mon visage et me demande, comme le font toujours les maquilleuses, ce que je fais dans la vie et ce qui m'amène dans cette émission. Elles ne sont jamais au courant de rien, ne connaissent personne, ne se renseignent pas, questionnent toujours.

— Monsieur Wilzek est réalisateur, dit le jeune homme qui m'a escorté.

J'aurais aimé qu'il me dise son nom, mais les jeunes gens ne connaissent plus les bonnes manières.

Évidemment, elle me demande maintenant quel genre de films j'ai fait, et j'énumère avec l'écœurement habituel mes trois maigres titres : *Peter danse avec tout le monde* avec Peter Alexander ; *Gustav et les soldats*, également avec Peter Alexander et Gunther Philipp ; *L'ami Schlück rentre toujours en dernier* avec des gens dont je ne me souviens plus.

Et maintenant, elle m'interroge évidemment au sujet de Peter Alexander. Comment il était. Elle dit qu'il n'est jamais venu dans sa loge, bizarrement. Elle aurait tant aimé le rencontrer.

Je raconte l'anecdote que je raconte toujours. Dès le premier jour du tournage de *Peter danse avec tout le monde*, il connaissait son texte par cœur. Après quoi il a fallu modifier le planning de tournage au dernier moment, or une jeune actrice très connue aujourd'hui, dont je préfère taire le nom, n'avait appris que son texte du jour, si bien que Peter l'a regardée en disant : "Chère demoiselle, il en va du texte comme des chevaux ! Vous voulez savoir pourquoi ?"

Nom d'une pipe, mon reflet ! Au *Repos du soir*, nous n'avons pas de miroir, vu que personne ne se rase seul, c'est l'aide-soignant Zdenek qui s'en charge tous les matins. De ce fait, le spectacle est inattendu pour moi : les yeux enfoncés dans leurs orbites, les joues tombantes, les lèvres gercées, la peau grise et ridée sur un crâne chauve. La veste mal ajustée parce que les épaules ne la remplissent plus, la cravate tachée et mal nouée de surcroît, ce qui n'est pas ma faute parce que ça fait longtemps que je ne peux plus nouer ma cravate, c'est Zdenek qui s'en est chargé. Il ne pourrait pas faire un effort ? Ça n'arrive pas tous les jours qu'un de nous passe à la télé ! Je ferme les yeux pour ne plus devoir me regarder. Un sifflement, le souffle froid de la laque survole ma tête. Pourquoi ? Je n'ai quasiment plus de cheveux.

— Oui, pourquoi ? demande la maquilleuse.

Que se passe-t-il ?

— Comme des chevaux, il a dit – pourquoi ?

Qu'est-ce qu'elle me veut ?

— Voilà, dit-elle après une pause. Terminé.

Je me lève, mes genoux cèdent, la maquilleuse et le jeune homme me soutiennent.

— Tout va bien, dit-il en me reconduisant dans le couloir. Aux murs, des photos dédicacées de Paul Hörbiger, Johanna Matz, Peter Alexander. J'ai travaillé une fois avec lui.

— Le professeur Conrads vous posera uniquement les questions abordées dans notre entretien préalable. Vous raconterez quelques anecdotes savoureuses du passé et tout ira bien. Le professeur Conrads ne pose que les questions rédigées pour lui par la rédaction. Et la rédaction, dans le cas présent, c'est moi. Il n'improvise jamais.

— Il faut que j'aille aux toilettes.

Il regarde la pendule. Rosenblatt ! J'ignore d'où je tiens cette information, mais c'est son nom. Cela a quelque chose d'inquiétant, même si je suis incapable de dire en quoi.

Il désigne une porte.

— Faites vite, s'il vous plaît.

J'entre. Tout est compliqué : mes doigts engourdis ont du mal à palper la boucle de ma ceinture et les boutons de mon pantalon, si bien que ce n'est pas facile de me déshabiller, et puis la cuvette est trop basse. Après quoi le rouleau de papier tombe par terre. Je me penche, mais au moment où je veux le ramener vers moi, il se déroule et disparaît par la fente sous la porte.

J'entends des pas, quelqu'un arpente le couloir et m'appelle :

— Monsieur Wilzek, il faut qu'on aille au studio !

— Oui, oui ! dis-je.

— C'est une émission en direct !

— Oui, j'arrive. J'arrive.

Plusieurs personnes sont déjà là. J'entends des voix fébriles. J'ai fini, d'ailleurs, mais c'est horriblement difficile de se lever parce que la cuvette est trop basse et il faut encore que je m'occupe des boutons de mon pantalon et de la boucle de ma ceinture. Je procède aussi lentement que nécessaire. Si je me dépêche, cela ne fera que compliquer les choses.

Je sors de la cabine. Cinq hommes et trois femmes sont là. Visiblement, tout le monde m'attend. Comment se fait-il que les femmes puissent entrer ici ? Est-ce qu'on en est de nouveau là, il n'y a plus rien de sacré ? Avant que j'aie le temps de me plaindre, ils m'encerclent – l'un d'eux me soutient à droite, un autre à gauche, un troisième pousse par-derrière, ils ne me laissent même pas me laver les mains.

— L'émission a déjà commencé, dit l'un.

— On a fait passer le deuxième invité en premier, dit un autre.

— Vous devez y aller. Vous serez tout de suite en direct, dit un troisième.

Une porte en acier s'ouvre, nous sommes dans un studio. Deux caméras se déplacent sans bruit, j'entends le sifflement aigu des projecteurs, des micros attachés à des fils pendent du plafond. Au milieu de tout cela, on a aménagé un fragment de salon : du papier peint fleuri et, cloués dessus, des paysages dans des cadres dorés, un canapé, un fauteuil, une table avec des tasses de café. Sur le canapé, un géant barbu portant une veste en loden. Debout à ses côtés, un homme que je connais, il passe sans arrêt à la télé au *Repos du soir*, pourtant son nom ne me revient pas. Il est en train de chanter sur de la musique dissonante sortant des haut-parleurs tout en embrassant sans cesse le bout de ses doigts. Quelqu'un me pousse vers l'avant, je manque de trébucher sur un câble, on me fait contourner la caméra et me voilà assis à côté du barbu sur le canapé.

Le présentateur ne chante plus, il parle de moi. Une joie toute particulière, dit-il d'une voix étrangement mélodieuse, de recevoir Franz Wilzek, son bon vieil ami !

Alors que je ne le connais pas. Je sais que je suis un rien distrait, mais je n'ai vraiment jamais rencontré cet homme.

Il se retourne et vient vers moi en me tendant la main.

— Cher Franzl !

La première caméra tourne autour de lui, tandis que la deuxième s'oriente vers mon visage, le voyant rouge passe de l'une à l'autre, je me vois sur un écran, le sourire forcé, de grosses poches sous les yeux.

Il s'appelle Conrads ! Ça me revient, Heinz Conrads, ma mémoire n'est pas si mauvaise. Mais je ne l'ai vraiment jamais rencontré. Je lui tends la main sans me lever. Ses petits yeux porcins me lancent un regard furieux. À l'évidence, cela lui déplaît de devoir se pencher vers moi.

Il se tourne vers la caméra et parle encore de moi. Ce faisant, il lit une pile de fiches, mais il étire les mots d'un air si étonné et pensif qu'on n'irait jamais imaginer que ce qu'il dit ne provienne pas à chaque instant de son cerveau. Réalisateur, dit-il, quelques films amusants, un grand plaisir pour nous tous, *Gustav et les soldats*, *Peter danse avec tout le monde*, en collaboration avec tous les chouchous du public ! Un extrait défile sur l'écran : Peter Alexander chante, bondit et sourit. J'acquiesce aimablement, même si je vois que je n'apparais pas à l'écran, le voyant rouge brille sur la caméra qui filme Heinz Conrads, l'écran affiche de nouveau son visage pâteux sous un casque de cheveux blancs dur comme du béton.

Le premier incident. Conrads se tait et me regarde. Le voyant se déplace, mon visage apparaît sur l'écran. M'a-t-il posé une question ? Un seul instant d'inattention et il faut que ce soit maintenant !

J'écoute le silence sifflant, le bruissement électrique. Après quoi je raconte à tout hasard une anecdote au sujet de l'acteur Schlück Battenberg. Passablement drôle, elle fait son effet : Heinz Conrads embrasse le bout de ses doigts en s'écriant :

— Excellent !

À côté de moi, le barbu se tape sur la poitrine en riant.

— Vous vous connaissez depuis longtemps, tous les deux ? demande Heinz Conrads.

— Depuis toujours, dit l'homme que je ne connais pas.

Les deux rient de plus belle. Dans l'ensemble, ça a l'air de bien se passer. Mon cerveau ne fonctionne plus comme autrefois, mais cela suffit amplement pour une émission de ce genre.

Du coup, sans attendre la question suivante, j'évoque l'histoire de Gunther Philipp qui tombe dans l'eau pendant le tournage de *Gustav et les soldats*. L'histoire est mauvaise à vrai dire, la chute est plate, cet idiot est tombé à l'eau, puis on l'a repêché, mais les deux hommes se remettent à rire, si bien que j'enchaîne sur ma meilleure histoire, le clou : la jeune actrice qui ne connaît que son texte du jour. Et Peter Alexander qui la regarde en disant : "Chère demoiselle, il en va du texte comme des chevaux ! Vous voulez savoir pourquoi ?"

— Sacré Peter ! s'écrie l'imbécile à côté de moi. Un grand bonhomme !

Je lui lance un regard sévère lui signifiant de se calmer.

— Pourquoi ? demande le présentateur.

— Pourquoi quoi ?

— Les chevaux ?

Le sifflement des projecteurs est si aigu et pourtant si faible qu'on doute de l'entendre pour de bon. Le voyant rouge bondit d'une caméra à l'autre. Je le suis du regard et je vois ma tête dodeliner sur l'écran.

— Ah oui, c'est comme pour les chevaux !

Je prends une inspiration et m'apprête à raconter la fin de l'histoire.

Mais quelque chose a perdu sa cadence, l'histoire s'est enrayée, la phrase suivante rechigne. Celle d'après est prête, donc j'ignore la première, or à ce moment précis, la deuxième se dissipe également – je sens encore ses contours, comme si ma langue pouvait la palper. Tandis que les mots ne se forment pas, je commets l'erreur de regarder l'écran. Je suis là, l'air désemparé, la bouche ouverte. Quand on se retrouve assis face à soi-même, scindé en deux et sachant que tous les gens du *Repos du soir* voient la scène, alors là, on est vraiment à court d'idées.

Le présentateur acquiesce, joint les mains tenant les fiches, regarde le plafond comme en prière et s'écrie :

— Excellent ! Les chevaux !

Mon voisin rit.

— Sublime ! s'écrie le présentateur.

Ils doivent être malades de jalousie au sanatorium, surtout Franz Krahler et la stupide Mme Einzinger. Comme je ne peux pas chasser cette vision d'un Krahler blême sur sa chaise, à côté d'une Einzinger bouche bée, l'incident se répète et je loupe la question suivante.

— Pardon ?

Heinz Conrads lève les yeux au plafond, soupire et lit sa fiche :

— Franz Wilzek n'est devenu lui-même réalisateur que sur le tard. Avant cela, c'était l'assistant de G. W. Pabst.

Pourquoi parle-t-il soudain de moi à la troisième personne ?

— G. W. Pabst, explique-t-il. Un des grands réalisateurs. Un maître, une légende, je l'ai connu, mais personne ne le connaissait aussi bien que toi !

Des images scintillent sur l'écran : Greta Garbo dans *La Rue sans joie*, Louise Brooks dans *Loulou*, Mackie Messer faisant tournoyer sa canne. Je me racle la gorge et j'explique :

— C'est Garbo. Il l'a découverte pour ce film. Je ne l'ai rejoint que plus tard. En 1941, sur *Les Comédiens*. On s'est connus pendant le tournage de… Un an avant. Sur un autre film. En réalité, j'étais assistant opérateur.

Le visage de Heinz Conrads remplit de nouveau l'écran.

— Il venait tout juste de rentrer, dit-il en lisant la fiche suivante. D'exil. Pour tourner de nouveau en allemand. Tu es devenu son nouvel assistant.

J'acquiesce. Il s'attend visiblement à ce que j'en dise davantage, mais dire quoi ? Un jeune homme à lunettes rondes a surgi de l'obscurité derrière la caméra. Je l'ai déjà vu, mais je ne me rappelle pas où. Je sais simplement qu'il s'appelle Rosenkranz.

— Est-ce qu'il t'a dit pourquoi il est revenu ? demande Heinz Conrads en lisant sa fiche. Il était déjà en Amérique. Puis il est rentré et il a fait des films pour…

Il se tait et tient sa fiche comme si quelque chose clochait. Cela ne dure qu'un instant, au bout duquel il reprend le contrôle de ses traits, tord sa bouche qui affiche son sourire pâteux, puis il glisse la fiche sous le tas.

— … et après *Les Comédiens*, vous avez tourné *Paracelse*, lit-il. Avec l'immense Werner Krauß, un grand film, un classique.

— Un chef-d'œuvre ! dis-je.

— Il était comment, G. W. Pabst, il a toujours fait écrire son nom avec les deux initiales G. W., n'est-ce pas, c'est comme ça qu'on s'adressait à lui en général, alors il était comment, tu le décrirais de quelle façon ?

— Un peu trop gros.

Heinz Conrads rit.

— Sacré Franzl ! Toujours le mot pour rire !

— Il voulait sans cesse perdre du poids, dis-je. Il n'était pas très grand, un peu enrobé, il riait beaucoup sur le plateau, mais quand les projecteurs s'éteignaient, il était souvent vidé. Comme un costume que personne ne porte.

Le sifflement aigu s'est intensifié, la clarté est devenue presque insupportable. Je suis si aveuglé que j'ai du mal à voir le présentateur.

— Mais quand il donnait un ordre, tous écoutaient. On ne pensait à rien d'autre. Sauf quand sa mère était là. Je ne l'ai vue qu'une fois, elle est passée sur le tournage des *Comédiens* et d'un coup, il est redevenu enfant. Elle est morte quelques mois plus tard.

Je dois ravaler ma salive. J'ai la gorge sèche, sous moi le canapé semble flotter lentement dans la pièce.

— Il avait sa propre théorie du montage. À savoir qu'une coupure doit toujours se justifier par un mouvement, si bien qu'un flux continu se crée du premier au dernier plan. Quand j'ai fait mes propres films par la suite, je me suis rendu compte qu'en pratique, c'est quasiment…

Non, je suis allé trop loin, on ne peut pas dire ça ici.

— Greta Garbo, il en parlait souvent ! dis-je. Quelle belle femme ! Et Louise Brooks, on la connaît à peine de nos jours, mais à l'époque, c'était une star presque aussi célèbre que Garbo. Il l'a découverte également.

— Ah oui ! Les jolies femmes !

Heinz Conrads rit, soulagé. Il fait disparaître sa fiche et lit :

— Dans votre film suivant, *Le Cas Molander*, c'est le grand Paul Wegener qui tenait le rôle principal ?

— Quel film ?

— Votre film suivant, lit-il. *Le Cas Molander*. C'est Paul Wegener qui tenait le rôle principal.

— Il n'existe pas.

— Paul Wegener ?

— Ce film. Il n'existe pas, il était prévu, mais il n'a jamais été tourné.

Le silence tombe pendant quelques secondes, puis Heinz Conrads dit :

— Si, si, c'est écrit là… Il a été tourné. Mais personne ne l'a vu, il s'est perdu.

— Pas tourné.

Heinz Conrads fixe un point derrière la caméra.

— Moi, on m'a dit que vous l'aviez tourné jusqu'au bout, début quarante-cinq à Prague. Dans des conditions difficiles, les dernières semaines de guerre, et qu'après, le matériel avait disparu.

Il contemple sa fiche en plissant les yeux. C'est manifestement la dernière. Il la retourne, scrute le verso d'un air désemparé.

— Pas tourné ! dis-je en criant. Bon sang ! Ce n'est pas vrai, il n'existe pas ! C'est une erreur ! Un mensonge.

— Pardon ?

— Un mensonge !

Heinz Conrads scrute sa dernière fiche, puis le jeune homme à lunettes, puis la fiche.

— Franzl, tu dois bien te rappeler ton propre film.

— Il n'a jamais été tourné !

Heinz Conrads fronce les sourcils au point que son visage semble se replier vers l'intérieur. Mon regard croise celui du jeune homme à lunettes. Il ne fixe pas son chef, mais moi, de façon très attentive et directe, avec un fin sourire figé.

J'observe l'écran. Je me vois en train de regarder dans une direction quelconque – forcément, l'écran n'est pas la caméra, il faut regarder la caméra pour se voir à l'écran, sauf qu'on ne peut pas se voir parce qu'on regarde justement la caméra et non l'écran. Or voilà que l'écran, tout en affichant mon visage, montre encore autre chose et, pour ne pas le voir, je ferme les yeux, mais ça ne change rien, je les vois encore : des gens en noir et blanc dans une salle de concert. Je les regarde de très haut, comme si je volais, un lustre en cristal étincelle, je suis assis à côté de la caméra sur le bras d'une longue grue, tous regardent droit devant eux car ils n'ont pas l'autorisation de lever les yeux.

J'ouvre les miens, mais je vois la scène aussi nettement qu'à l'époque, lorsque nous l'avons vue sur le petit écran, pendant que Pabst montait le film à côté de moi. En même temps, je la vois d'en haut, depuis la grue aux mouvements amples à laquelle je suis suspendu, pendant que Pabst me dirige d'en bas avec son mégaphone, continue d'avancer, me dit-il, maintenant pivote à droite, vers l'estrade, plus loin, là où l'acteur joue du violon !

— Jamais tourné ! Votre rédaction a mal fait son boulot ! Vous vous trompez ! Ça n'a jamais eu lieu !

Les gens en dessous de moi. Ils n'ont pas le droit de lever les yeux. Si un seul le faisait, ça gâcherait tout. L'essentiel, c'est que les soldats n'entrent pas dans le champ de vision car il faut finir de tourner ce plan aujourd'hui et c'est là que Heinz Conrads s'avance vers moi :

— Cher Franzl, quelle joie de t'avoir reçu ici, malheureusement notre temps est déjà écoulé !

J'ai l'impression qu'il s'apprête à me frapper et je brandis les mains en guise de protection mais il se tourne vers la caméra, le voyant rouge étincelle, l'écran affiche son visage surdimensionné, si bien que les narines ressemblent à des cratères.

— Bien l'bonsoir les donzelles, dit-il d'une voix chantante, à la r'voyure les gars, merci chers invités, et surtout prenez soin de vous !

De la musique de piano dissonante sort des haut-parleurs, le voyant rouge s'éteint, sur l'écran un tourbillon de lettres forme les mots *Quoi de neuf ce dimanche avec Heinz Conrads*.

À l'évidence, c'est terminé. Le jeune homme à lunettes, qui n'a pas cessé de me fixer, vient vers moi.

— Le générique de fin va passer trois fois en entier. Il a fallu abréger l'émission. Ce n'est encore jamais arrivé. Vous pouvez être fier.

— J'espère que tu vas vite te rétablir, dit le barbu en veste en loden. Content de t'avoir revu, Franzl.

— Moi aussi, dis-je parce que rien d'autre ne me vient à l'esprit.

— Vous n'avez réellement pas tourné *Molander* ? J'ai toujours cru que vous en aviez eu le temps, mais que lors de l'insurrection de Prague...

Je me détourne et je tends le bras pour signifier au jeune homme dont le nom me revient soudain, il s'appelle Rosenkranz, ce qui me déplaît pour une raison quelconque, qu'il doit m'aider à me relever. Il s'exécute. Nous allons vers la porte à petits pas.

Mais Heinz Conrads nous barre le chemin. Son visage est déformé par la colère.

— Au revoir, cher Heinzi, dis-je.

— Rampe dans ton trou et crève.

Je le dévisage. L'espace d'un instant, je crois avoir mal entendu.

— Et toi ? dit-il au jeune homme. Ça ne va pas d'inviter cette vieille ordure dans mon émission ! Il est sénile et je me retrouve comme un con avec mes questions, tu prends tes affaires et tu dégages, je ne veux plus jamais te revoir !

— Très volontiers, dit Rosenkranz.

— Ferme-la. Je veux pas le savoir, barre-toi !

— Volontiers, répète Rosenkranz.

Nous contournons Heinz Conrads, blême de rage. J'avance, les yeux mi-clos, j'entends une lourde porte s'ouvrir et se refermer.

— Ça fait des mois que je veux arrêter, dit Rosenkranz. Démissionner, c'est à la portée de tout le monde. Il faut être un peu plus imaginatif.

Je me sens faible. L'émission m'a quand même épuisé, j'ai les mains qui tremblent, les bras et les épaules aussi. Que s'est-il passé, au juste ? Le souvenir s'estompe déjà. Au début, j'ai raconté des histoires, tout allait bien, et on a forcément évoqué Pabst, on m'interroge toujours à son sujet, puis tout a basculé dans le chaos. Je me suis énervé, voire emporté, je me suis souvenu du tournage de *Molander*, ce qui n'est pas possible puisqu'on n'a pas tourné ce film.

— Après quoi le chef a dit d'accord, on l'invite, et je lui ai rédigé ses questions, comme d'habitude.

Il se tait un moment avant d'ajouter :

— Mon père était présent.

— Votre père ?

— Parmi les figurants. Dans la salle de concert… le hall sept, les studios Barrandov, où vous avez tourné *Le Cas Molander*.

— Où sont les toilettes ?

— C'est vrai, le film a disparu. Mais il a bien été tourné.

Je me fige. Le sol vacille ; j'ai peur de basculer en avant. Il a tort, le film n'a jamais été tourné. Je le sais parce que j'y étais. J'étais là quand on n'a pas tourné le film. Je me rappelle le tournage qui n'a pas eu lieu. Je me racle la gorge, je veux lui expliquer.

— J'ai cherché partout, dit-il. Il n'existe aucune copie. Le négatif est perdu. Vous êtes sans doute le seul à avoir vu les rushs. À part Pabst, évidemment. Mais Pabst est mort.

J'appuie sur la poignée de la porte des toilettes et j'entre. Je crains un instant qu'il ne me suive, mais par chance, il reste dehors.

La porte se referme. Tout est difficile, les vêtements rechignent. Mes doigts engourdis s'échinent sur les boutons de mon pantalon, la cuvette est trop basse. Une fois assis, je remarque que le rouleau de papier se trouve par terre – je tire dessus, mais il se déroule de plus belle, tout est tellement laborieux. J'ai mal au coude, le dos raide, les genoux si faibles et flageolants que je peine à me relever. Il faudrait mourir jeune. Quand j'étais enfant, le docteur Sämann venait chaque fois que j'étais malade. Sa main fraîche sur mon front. "Sommes-nous malade ? disait-il toujours, avons-nous de la fièvre ?" et je me demandais pourquoi il disait nous, il n'a pas de fièvre, c'est seulement moi. Je ne sais pas pourquoi ça me revient maintenant, cela fait des décennies que je n'y pense plus.

À la sortie m'attend un jeune homme à lunettes. Les cheveux en bataille, les yeux rouges, comme s'il venait de pleurer. Sans doute un alcoolique. Les jeunes gens ne connaissent plus de limites.

— Qu'est-ce qui vous arrive ?

— Je n'ai pas pu m'empêcher de repenser à mon père.

— Vous m'accompagnez jusqu'au tram ?

Il enlève ses lunettes, les remet et dit à voix basse, non, pas le tram, on allait me reconduire en voiture.

Nous traversons un long couloir. Des visages d'acteurs grimacent sur les murs. J'ai tourné avec certains d'entre eux. Peter Alexander, par exemple.

— Un vrai pro, dis-je. Sacré Peter ! C'est inimaginable. Il connaît tout son texte dès le premier jour de tournage. Une jeune actrice dont je tairai le nom parce qu'elle est très…

— C'est bon ! dit-il sèchement.

Je me tais, vexé.

Et là, pour couronner le tout, un ascenseur continu ! J'entre dans la cabine en chancelant ; je manque de tomber, mais il me tient. Le présentateur, je m'en souviens, c'est le célèbre Heinz Conrads. Ça va drôlement les mettre en rage, au *Repos du soir*, de savoir que j'étais l'invité de Heinz Conrads, alors que pour tous les autres, ce n'était qu'un interminable dimanche matin de plus avec un petit-déjeuner médiocre.

Est-il possible que l'émission ne se soit pas bien passée ? Je me rappelle l'énervement, les questions stupides, un conflit, quelqu'un m'a insulté ; ou alors c'est moi qui ai insulté quelqu'un, un des deux. On a bien sûr parlé de Pabst, c'est évident, tout le monde m'interroge à son sujet, ma propre carrière de réalisateur était ridicule, il n'y a rien à embellir. Le seul point important en ce qui me concerne : le fait d'avoir été son assistant.

Le jeune homme me fait sortir de l'ascenseur, me tient de nouveau. Nous traversons le hall. Une porte tournante, encore ça. Les parois de verre pivotent, des reflets s'entrecroisent, je m'avance et je me retrouve dans la rue. Il va bientôt falloir que je m'allonge.

Au bord de la rue sont garées trois voitures, on peut lire sur chacune *Radio-télévision autrichienne*. Le jeune homme – comment s'appelle-t-il déjà ? – ouvre la portière du premier véhicule et m'aide à m'installer.

— Mon père a survécu, dit-il. Au cas où ça vous intéresse.

— J'en suis ravi.

Pourquoi est-ce qu'il me parle de son père, tout à coup ?

Il fait une drôle de tête, les yeux écarquillés, agités et pour ainsi dire compatissants. On dirait presque un fou. Il ouvre la bouche, puis il secoue la tête et se contente de refermer la portière. Les jeunes gens n'ont plus de manières.

Le véhicule démarre. Sur la banquette arrière, une édition oubliée de *La Voix du peuple* : le chancelier derrière un pupitre regarde un groupe d'hommes en costume d'un air sérieux et menaçant. *Clap de fin pour la centrale de Zwentendorf*, titre le journal.

— Vous étiez dans quelle émission ? demande le chauffeur.

— Heinz Conrads.

— Ma femme l'aime bien. C'est un gentleman, elle dit. Un type de la vieille école. Quand Vienne était encore Vienne !

— Et c'est quoi aujourd'hui ?

Il ne répond pas.

J'essaie de me rappeler. Il s'est passé quelque chose, mais quoi ? Il se met à pleuvoir, les gouttes tracent des lignes ondulées sur la vitre.

— Vous avez regardé ? je lui demande.

— Comment je pourrais ! dit-il du ton chantant avec lequel on s'adresse aux enfants et aux personnes âgées. Je passe toute la journée en voiture. Ou bien je roule, ou bien j'attends que quelqu'un monte. La télé, c'est que le soir. Ma femme, elle, a sûrement regardé.

Dehors, les gens déploient des parapluies. J'appuie ma tête contre la vitre froide. J'ai hâte de rentrer. Au sanatorium, ils doivent tous crever de jalousie.

HÉROS MODERNE

Aucun souffle de vent, les palmiers comme figés autour de la piscine. Pabst avait l'impression d'être entré par erreur dans une photo colorisée. Un oiseau flottait immobile au-dessus d'eux. Un soleil rond et lumineux, tel que les enfants le dessinent, se reflétait dans l'eau. Sa cigarette avait un goût de cendre froide. Il inhala, aucune fumée ne s'éleva. L'homme dans le transat, dont il n'avait pas saisi le nom tout à l'heure et maintenant c'était trop tard pour reposer la question, le regardait à travers ses verres teintés orange.

Puis l'homme parla et Pabst ne comprit pas un seul mot.

Il acquiesça. Que faire d'autre ? Depuis son arrivée à Hollywood, il s'échinait à dissimuler la mauvaise qualité de son anglais.

Encouragé par l'approbation de Pabst, l'homme ajouta quelque chose et cette fois, Pabst comprit au moins qu'il faisait l'éloge d'un film dans lequel il était question soit de cow-boys, soit d'une femme amoureuse. L'homme avait vu – cela aussi, Pabst le comprit – le film récemment ou il ne l'avait pas encore vu. Il l'avait produit lui-même ou bien il voulait justement le produire.

— Fantastique, dit Pabst. *Great.*

Il savait que ce mot était toujours à propos chez les Américains, de même qu'il n'était jamais déplacé de les complimenter sur leurs chaussures.

L'homme se déclara ravi de rencontrer Pabst, étant un grand admirateur de ses œuvres. Pabst comprit parce que tout le monde le lui disait. Au début, cela l'avait rendu fier et heureux à l'idée de travailler ici, mais il savait maintenant que cela ne signifiait rien.

L'homme dit que sa présence était une grande chance et une aubaine pour la Warner Bros.

Pabst tripota son col et desserra sa cravate. Il avait commis une erreur : dans sa chambre d'hôtel, il faisait si froid à cause de la climatisation qu'il avait enfilé son épaisse chemise en lin et son veston chaud. Il sentait la sueur perler sur son visage.

— Ravi de cette rencontre, dit Pabst.

Il s'était démené depuis qu'il avait dû quitter sa patrie, tournant des films en France, parmi lesquels *Don Quichotte* avec le chanteur Chaliapine…

— Oui, oui, oui, dit l'homme, un film fantastique. *Great !*

Pabst, ne voyant pas de cendrier, posa son mégot dans l'herbe. Il était impossible que cet homme ait vu *Don Quichotte*, il n'existait qu'une demi-douzaine de copies, dont aucune ne se trouvait en Amérique.

Le film l'avait fait décoller de son siège, dit l'homme. D'ailleurs il n'arrivait plus à rester tranquille sur son transat, il s'assit droit comme un piquet et battit des mains. Le film l'avait complètement bluffé ! Lui avait explosé le cerveau, boum, paf, incroyable, une vraie splendeur !

Pabst acquiesça avec reconnaissance et dénoua sa cravate pour mieux respirer.

L'homme enchaîna en disant que son film préféré, c'était *Metropolis*.

— Ce film n'est pas de moi, dit Pabst.

L'homme loua sa modestie. Il ne pouvait pas avoir plus de trente ans et il était si mince qu'à sa vue, Pabst, qui se trouvait obèse depuis ses dix ans, fut pris de jalousie.

Il fallut un moment à Pabst pour comprendre que c'était là-dessus qu'il fallait rebondir : la modestie. Il fixa toute son attention sur les verres ronds à l'éclat orangé dans lesquels se reflétaient la piscine et son propre visage en sueur. Soudain, il s'aperçut que l'oiseau était toujours collé au-dessus d'eux dans le ciel. Il prit une grande inspiration.

Mais avant qu'il puisse parler, un serveur l'interrompit. En costume, le sourire figé, il lui demanda ce qu'il désirait.

— De l'eau, s'il vous plaît.

Pabst aurait préféré de l'alcool, mais il ne trouvait pas les mots.

Son hôte dit quelque chose d'incompréhensible. Le serveur s'inclina et disparut ni vu ni connu.

Donc, dit Pabst en tirant sur sa cigarette, il avait une idée, une idée brillante. *Great*. Un bateau, du luxe, la haute mer. Soudain : guerre déclarée ! Des conflits, des passagers partout, de la violence aussi. Tension énorme ! Il ferma les yeux. Il avait espéré que son anglais s'améliorerait dès qu'il se mettrait à parler, mais ce n'était pas le cas. Pourtant *War Has Been Declared* était vraiment une bonne idée, on pouvait montrer le délitement d'une civilisation dans un espace très réduit : des personnes élégantes du monde entier, à l'instant encore en bonne entente polie, après quoi la méfiance s'insinue d'un coup, les disputes éclatent, des fractions se forment, les gens cèdent à une rage délirante. Il voyait un homme traverser le couloir avec un couteau, le sang dégoulinant de ses manches, il voyait un hublot fissuré, il voyait deux femmes en robe de bal, tremblantes et blotties derrière une table renversée dans un salon jadis élégant, et le clou du spectacle : un petit homme au crâne à moitié dégarni, le visage livide, joué par Peter Lorre, suspendu à un chandelier, les mains ligotées, encerclé par une foule assoiffée de sang et, au moment précis où elle s'apprête à le lyncher, la porte s'ouvre en grand. Un opérateur radio entre et annonce que la guerre n'a pas éclaté, c'était une fausse alerte, la civilisation est intacte ! Pabst les voyait échanger des regards horrifiés, ne sachant que faire après s'être révélés à ce point. Quelqu'un se dépêche de monter sur la table pour détacher Lorre, et même lui fait comme si de rien n'était. Puis un long mouvement de caméra qui traverse la salle à manger, où les tables sont remises en place et chacun s'installe pour le dîner. Beaucoup d'entre eux ont encore des entailles sur le visage et des vêtements déchirés ; malgré tout, le pianiste – non, mieux : un orchestre – reprend avec hésitation *Au Prater, les arbres refleurissent* et c'est effectivement une fin heureuse pour la majorité des spectateurs au cinéma, mais pour la petite minorité qui comprend tout, c'est l'horreur absolue.

— Bateau, s'entendit dire Pabst. Grand, riche, beaucoup de gens. La guerre ! Tous en colère. Verres cassés, miroir, Peter Lorre. Mais pas vrai ! Pas de guerre ! Drôle, sérieux, on ne sait pas ! L'orchestre joue !

Il gesticula comme s'il jouait du violon, puis il fredonna la mélodie de la vieille chanson viennoise parce que cela au moins, il pouvait le faire, ça se comprenait dans toutes les langues.

Le serveur posa deux martinis sur une petite table de jardin. On avait mal compris sa commande. Pabst prit un des verres et but. Le goût d'olive frais et légèrement huileux de l'alcool lui fit du bien.

Fantastique, dit l'homme. *Great.* Une splendeur.

Il sirotait son verre avec un fin sourire. Mais la clarté, ajouta-t-il, n'était pas encore la question à laquelle il fallait répondre.

Pabst se pencha comme si cela lui permettait de mieux comprendre.

Et la deuxième chose, dit son hôte en posant avec précaution son verre de martini sur la pelouse, mais ce n'était pas là l'essentiel parce que la première chose passait avant, non ?

Pabst posa également son verre sur la pelouse, puis il enleva ses lunettes pour se frotter les yeux et nettoyer les verres sur sa cravate.

Lorsqu'il remit ses lunettes, il s'aperçut que son verre s'était renversé et que le sol très sec absorbait le liquide.

Il lui demanda s'il pouvait répéter.

Au lieu de répondre, son hôte désigna la maison. D'où sortait un homme mince, en chemise de soie sans veste, d'un pas élastique.

Jake, s'écria l'hôte.

Bob, dit le nouveau venu.

Tous deux déclarèrent que c'était fantastique de se voir. Ils se serrèrent la main avec enthousiasme, comme des frères se revoyant pour la première fois après un coup du sort qui les aurait séparés durant une enfance lointaine et difficile.

Et voici, dit son hôte à propos duquel Pabst savait au moins qu'il s'appelait Bob, Will Pabst. Le plus grand réalisateur d'Europe.

Will, dit Jake. Quelle joie !

Sa poignée de main était chaude et ferme.

Enchanté aussi, dit Pabst.

Jake dit qu'il connaissait l'œuvre de Will. Une joie énorme, complètement indescriptible ! Après avoir vu le film sur Dracula, il n'avait pas dormi pendant des semaines. Les productions allemandes étaient les plus grandiosissimes, même si là-bas, la journée commençait parfois au clair de lune.

Surtout la nuit, dit Bob.

Tous deux rirent. Pabst se demanda ce qu'il avait raté.

On était donc d'accord, dit Jake. On allait tourner *A Modern Hero* ?

Non, non, dit Pabst. Fébrile, il écrasa sa cigarette contre sa chaussure. Le scénario était horrible. Un atroce mélodrame. Il ne pouvait pas faire ça.

Les deux hommes le regardèrent pendant quelques secondes, le visage dénué de toute expression.

Il y avait quand même un cirque dans le film, finit par dire Jake.

Et des immigrants, dit Bob.

Déchirant, dit Jake. Pour souligner son propos, il plaça les deux mains sur sa poitrine.

Jean Muir et Richard Barthelmess, dit Bob.

Les meilleurs des meilleurs, dit Jake.

Et ils étaient partants tous les deux, dit Bob. Ils avaient donné leur accord !

Mais uniquement avec Will Pabst, dit Jake.

Parce que G. W. Pabst était justement le meilleur, dit Bob.

Pabst se racla la gorge. Mais s'il en était ainsi, s'il était vraiment le meilleur… si c'était vrai, on pouvait quand même lui faire confiance, son opinion sur un scénario aurait du poids, n'est-ce pas ?

Bob sirotait son martini. Pabst vit son propre reflet dans ses verres de lunettes.

On avait entièrement confiance, dit Jake. Une confiance totale, chaleureuse et cordiale. Mais ce qui passait en premier passait en premier.

A Modern Hero était prêt, dit Bob. Les acteurs étaient prêts, le scénario et le chien aussi, on avait le feu vert, même le cameraman était engagé.

Comment ça, un chien, demanda Pabst. Quel chien ?

C'était maintenant au tour de Bob de se pencher en inclinant la tête comme s'il y avait des bruits parasites les empêchant de se comprendre.

Jake demanda pourquoi il lui fallait un chien.

Non, dit Pabst, il n'avait pas réclamé de chien, il posait simplement la question parce que Bob avait parlé d'un chien, mais peu importait. Il dut à nouveau se racler la gorge, il avait la bouche sèche, il aurait bien aimé boire une gorgée d'eau. Est-ce que l'oiseau était toujours suspendu là-haut, à la même place ? Il n'osait pas lever les yeux.

Eh bien, formidable, dit Bob, un excellent meeting, on allait donc faire ainsi.

Jake battit des mains, son enthousiasme semblait indomptable – il remplissait tout son corps par soubresauts. Fantastique, s'écria-t-il. Le meilleur meeting de tous les temps !

Non, dit Pabst.

Ils le fixaient sans s'énerver mais sans comprendre non plus, comme si quelque chose d'insaisissable s'était produit devant eux, un miracle de la nature, une énigme telle que le monde n'en avait encore jamais vu.

A Modern Hero, dit Pabst, était un script foncièrement mauvais. Rien n'avait de sens ! Le héros était stupide, la jeune fille aussi, l'histoire était compliquée mais quand même inepte ! Tout était absurde ! Il fallait qu'on le croie !

Il attendit. Les deux hommes se taisaient.

En Allemagne, il y avait Hitler, dit Pabst. Voilà pourquoi il était venu ici. Voilà pourquoi ils étaient tous ici, les réfugiés. Les gens avaient peur d'une nouvelle guerre.

War Has Been Declared parlait exactement de ça : petit bateau, mais le monde entier dessus ! Tous comprendraient. Promis !

Les deux hommes acquiescèrent et, l'espace d'une seconde étourdissante, Pabst crut les avoir convaincus. Ce ne serait pas la première fois. À l'époque où il avait tourné *La Rue sans joie*, tout le monde lui avait dit qu'on ne pouvait pas faire un film ancré dans la vie quotidienne. Les films allemands mettaient en scène des dragons et des vampires et des fantômes et des ombres romantiques, pas des filles qui vendaient leur corps parce qu'elles avaient faim, pas l'inflation ni les gens désespérés dans une rue de Vienne, pourtant il avait réussi et, lorsqu'il avait voulu engager une jeune Suédoise pour le second rôle, tout le monde le lui avait déconseillé, mais il avait maintenu son choix et le film était un succès, même si la censure l'avait estropié et que personne ne l'avait vu tel qu'il aurait dû être. Même ici en Amérique, le film était célèbre, à Hollywood, où il se trouvait face à deux idiots démoniaques, dont il n'arrivait pas à se faire comprendre. Après *La Rue sans joie*, il avait adapté *Loulou* de Wedekind et, là encore, il avait trouvé une jeune femme que personne ne connaissait, une Américaine avec un charisme qu'il n'avait jamais vu nulle part, et le film avait conquis le monde. Tout cela ne comptait-il pas ?

Aux studios, dit Jake, chez Warner Bros, tout le monde adorait *A Modern Hero*.

Faites-nous confiance, Will, dit Bob.

Après on verrait, dit Jake.

Lorsqu'il était arrivé à Hollywood, s'écria Pabst, tout le monde lui avait dit : Fais ce que tu veux ! Fais ce que tu as fait en Allemagne, mais en mieux ! Tout le monde avait dit ça !

Voilà que c'était arrivé : il avait haussé le ton. Pourtant, tout le monde l'avait prévenu que c'était la chose à éviter en Amérique. Lubitsch lui avait expliqué que le non n'existait pas ici, même lorsqu'on voulait dire à quelqu'un qu'il avait tort, il fallait commencer par lui dire combien il avait raison.

On vous entend, dit Jake.

On vous comprend, dit Bob.

Mais c'est ainsi, dit Jake.

A Modern Hero allait être un film fantastique, extraordinaire et étonnant, dit Bob. C'était l'avis de tout le monde.

Tout le monde, dit Jake.

Voilà pourquoi, dit Bob, George Will Pabst devait absolument tourner ce film. Parce que George Will Pabst était le meilleur. En Allemagne, en Europe, partout !

Et parce que c'était lui le meilleur, dit Pabst, on voulait lui donner un vieux scénario médiocre et des acteurs de second banc ?

Banc ? répéta Bob.

Peu importe la formulation, s'écria Pabst. De second gland. Rang !

Jake et Bob acquiescèrent, l'air songeur. Le serveur était de nouveau là, il se pencha et demanda avec le même sourire étincelant et mécanique si ces messieurs désiraient autre chose.

Tout le monde va bien, dit Bob. Mais merci, Jim ! Quelle gentillesse exceptionnelle.

Alors tout roule, dit Jake. On s'était compris. Merveilleux.

Absolument fabuleux, dit Bob.

On allait faire tant de choses ensemble, dit Jake. D'abord *A Modern Hero*. Si excitant !

Puis, dit Bob, après le succès phénoménal de *A Modern Hero*, qui ne faisait aucun doute, on reprendrait sans doute tôt ou tard la splendide idée du bateau !

Les deux hommes se levèrent. Pabst, ne sachant que faire d'autre, les imita. Bob passa son bras autour de ses épaules et ils partirent ainsi, en parfaite entente, vers la rue.

Comme on s'était mis d'accord, dit Bob, on pouvait maintenant s'occuper des détails. Son équipe enverrait le nécessaire à celle de Pabst.

Pabst hocha la tête sans comprendre ce que cela signifiait. Car ils ne s'étaient pas mis d'accord et il ne savait pas non plus de quelle équipe parlait Bob, Pabst était un émigrant, il n'avait personne en dehors de sa femme et de son jeune fils ! En Allemagne, il était entouré d'assistants, en France il avait encore eu des producteurs et des agents, mais ici, il était seul.

Il s'arrêta. Cela lui coûta quelques efforts car Bob le faisait avancer en le maintenant dans son étreinte.

— Non, dit Pabst.

Derrière eux, Jake demanda si tout allait bien.

Le soleil était si lumineux. Pabst entendit le sifflement d'un moustique. Le bruit s'arrêta et, un instant plus tard, Pabst sentit une piqûre sur sa joue. Il frappa, le moustique resta collé à ses doigts.

— Non, répéta-t-il.

Les deux hommes affichèrent un rictus figé.

— Rien ne va, dit Pabst. Rien.

PAONS

Elle l'avait fait attendre trois quarts d'heure ; non qu'elle soit occupée, elle faisait ainsi avec chaque visiteur. Pendant ce temps, elle était restée debout à la fenêtre pour observer les oiseaux multicolores en train de se promener. Un jour, le jardinier lui avait énuméré le nom de toutes les espèces, mais elle n'avait jamais eu bonne mémoire, pendant le tournage quelqu'un se tenait en général près de la caméra avec un panneau sur lequel figurait son texte en gros caractères. C'est pourquoi elle avait adopté un certain regard nerveux et scrutateur qui, à l'écran, semblait très mystérieux.

En réalité, si elle aimait tant observer les oiseaux d'agrément, c'est parce qu'elle avait des scénarios à lire. Il en arrivait de nouveaux tous les jours, accompagnés de recommandations, de supplications, de prières. Personne dans cette ville n'écrivait de scénario sans nourrir l'espoir que, contre toute attente, elle le lise et accepte le rôle principal.

À sa propre surprise, elle avait hâte de le revoir. Elle jeta un coup d'œil dans le miroir : elle portait une robe brune en soie toute simple et pas de chaussures. Son visage n'était pas maquillé, ses cheveux lisses tombaient sur ses épaules. Elle vérifia l'expression de son visage, les traits immobiles et indéchiffrables, comme il se devait. Elle expira et ouvrit la porte du parloir.

Comme d'habitude, la pièce était plongée dans une pénombre fraîche. Il n'y avait qu'un canapé, une petite table en marbre sur laquelle reposait depuis plus d'un an le même roman jamais ouvert de Rupert Wooster, et un fauteuil bas au dossier très droit. Il lui était évidemment destiné. La plupart des visiteurs le comprenaient d'instinct, rares étaient ceux qui prenaient place sur le fauteuil et non sur le canapé. Le cas échéant, elle s'excusait rapidement en prétextant une migraine et ne laissait plus jamais revenir l'idiot en question.

Bien entendu, Pabst était assis sur le canapé. Penché en avant, les coudes posés sur les genoux, les lunettes sur le bout du nez. Une cigarette au coin des lèvres, qu'il n'avait pas allumée parce que son majordome priait chaque visiteur de ne pas fumer.

Il leva les yeux. Les rideaux étant tirés et la pièce derrière elle inondée de lumière, il ne distinguait que sa silhouette. Elle faisait toujours ainsi : les yeux des invités devaient s'habituer avant de la voir.

Il la regarda, le voilà, ce sourire large mais froid dont elle se souvenait si bien, le sourire de Pabst. En même temps, son corps fit un mouvement de recul, les yeux se plissèrent un instant, comme s'ils fixaient une lumière trop intense. Puis il se leva.

— *Mon pape**, dit-elle en tendant le bras.

D'un geste parfait, appris dans une école de danse viennoise à une époque où régnait encore un empereur, il lui prit la main et se pencha pour effectuer un baisemain sans que ses lèvres ne touchent sa peau. Elle esquissa une révérence en souriant.

* En français dans le texte. *(Toutes les notes sont de la traductrice.)*

— Greta, dit-il, à une autre… à *n'importe quelle* autre, je dirais qu'elle est de plus en plus belle. Mais pas à vous.

— Pas à moi ?

— C'est trop évident. Ce serait la plus banale des constatations. Comme si on qualifiait la pluie d'humide ou la mer du Nord de froide.

Elle baissa la tête en guise de remerciement, ce qui n'avait pas lieu d'être puisqu'il avait raison, c'était la plus belle femme du monde et tout le monde le savait. Voilà aussi ce qui rendait sa vie si difficile. Tous avaient l'air terrifiés en sa présence, inquiets et confus, les femmes autant que les hommes. La beauté hors du commun était difficile à supporter, elle consumait quelque chose chez les gens qui l'entouraient, c'était une sorte de malédiction. Il lui semblait parfois qu'elle allait bientôt devoir se retirer du monde. Elle passerait alors son temps à la fenêtre pour contempler ses oiseaux.

— J'ai entendu dire que vous aviez tourné un film ?

— *A Modern Hero*, dit-il à voix basse.

— Qui tient le rôle principal ?

Elle s'installa sur son fauteuil. Il se rassit sur le canapé avec tant de précautions malgré son poids que les ressorts ne firent aucun bruit. Cet homme lourd avait toujours eu de la grâce.

— Jean Muir, dit-il les yeux étincelants parce qu'il avait évidemment compris qu'elle ne voulait pas parler du rôle-titre masculin.

— Pourquoi ne m'avez-vous pas sollicitée, *mon pape** ?

— Vous l'auriez envisagé ?

— Je ne peux rien vous refuser.

Ils savaient tous deux que c'était un mensonge. Mais il pencha la tête et fit comme s'il y croyait.

* En français dans le texte.

— Jamais je n'aurais osé vous proposer une chose pareille. Un scénario pitoyable, un budget minable, le producteur n'a pas arrêté de s'en mêler. Imaginez un peu, il m'a imposé les plans ! J'ai… Vous savez que je n'exagère pas en disant que j'ai contribué à l'invention de la caméra en mouvement. Il est également intervenu au montage. J'ai quand même réussi à gâcher le happy end pour vous. Le héros moderne est abandonné par sa femme et retourne chez sa mère.

Elle rit.

— Et Richard Barthelmess. Pourquoi est-ce que quelqu'un comme lui devient acteur ! Vous savez que j'arrive à révéler les acteurs, Greta. Mais pas lui.

— Vous avez tourné la manivelle plus vite pour lui aussi ?

À l'époque, durant ses premiers jours de tournage à Berlin, elle était comme figée par la nervosité. Tout lui semblait si inhabituel – la halle Zeppelin glaciale sous les lampes flash, le réalisateur et le cameraman en épais manteaux, tandis qu'elle gelait dans sa robe en crêpe Georgette très décolletée ; pire encore que le froid étaient le trac, la peur, la gêne face à son corps maigre et grelottant. C'est alors qu'il avait eu l'idée de demander au cameraman de tourner la manivelle plus vite chaque fois qu'on voyait son visage. C'était un vrai tour de magie : chacun de ces gros plans au ralenti révélait une mimique énigmatique, indéchiffrable et ambiguë dont on ne pouvait détacher son regard. Pour les films suivants, elle avait exigé la même chose.

— Avec Barthelmess, rien ne fonctionne, croyez-moi. Ni travail psychologique ni tour de manivelle. Je ne hausse jamais le ton pendant le tournage, mais à certains moments, j'étais à deux doigts de l'engueuler.

— Pourquoi Pabst s'abaisse-t-il à faire un film pareil ?

— Parce que Pabst est un réfugié. Sans patrie ni ressources.

— Sans patrie, certes, dit-elle, mais je connais Pabst depuis assez longtemps pour savoir qu'il n'est jamais sans ressources.

— Pas tant qu'il a des amis.

— Au nombre desquels je puis me compter ?

— Greta, vous savez que je suis votre obligé. J'espère pouvoir encore compter sur le fait que nous sommes restés en bons termes ?

Elle acquiesça en souriant – fière que son niveau d'allemand lui permette de comprendre cette phrase. Il était ici parce qu'il attendait quelque chose d'elle. Cela ne la surprenait pas. Tout le monde voulait quelque chose, toujours. Les gens ne pouvaient pas faire autrement.

— J'ai une idée, dit-il. Des riches et des pauvres sur un paquebot, un salon, un orchestre, des manières raffinées, du thé et des gâteaux, des verres à liqueur, et soudain un message radio : la guerre est déclarée !

— Vous voulez encore tourner un film de guerre ?

— Non. Et oui. Mais non. Car c'est une fausse alerte. Or, sur le bateau, la guerre éclate quand même. Les passagers se battent, des groupes armés se forment, il y a peut-être même des morts, ce serait peut-être exagéré, peut-être pas. Il faudrait voir. Puis il s'avère que c'était une erreur. Une illusion. Après quoi – Greta, c'est ça le plus important ! –, tout le monde doit continuer de jouer le simulacre de la civilisation. Comme si de rien n'était.

Elle se tut un moment avant de répondre :

— Ça me paraît bien.

— Alors vous êtes partante ?

— Ce n'est pas un film pour moi.

— Si c'est moi qui le tourne, ce sera un film pour vous.

— C'est un film pour un ensemble. Un film de Pabst. Pas un film de Garbo.

— Vous ne faites plus confiance à celui qui vous a découverte ?

Elle le regarda avec curiosité. En fin de compte, on voyait qu'il était nerveux. Il prit le roman de Wooster, le feuilleta distraitement, le reposa.

— C'est vrai, vous m'avez découverte, mais cela vous a également rendu célèbre. Ensuite, vous avez découvert Louise Brooks, qui vous a rendu encore plus célèbre. Vous ne voulez pas lui demander à elle ?

Il baissa la tête, tripota ses lunettes, retira la cigarette non allumée de sa bouche et la glissa dans la poche de son veston. Elle était désolée de devoir lui parler ainsi, mais l'expérience lui avait appris une chose : les réalisateurs n'acceptaient pas de refus poli, pour la bonne raison que les gens qui acceptaient un refus poli n'auraient jamais pu devenir réalisateurs.

— Je vais écrire un rôle pour vous. Une dame distinguée qui, dans la prétendue guerre qui éclate sur le bateau, s'avère folle, sanguinaire et très dangereuse. Vous joueriez bien la folie, Greta, vous avez ce tempérament nerveux. Ensemble, nous allons créer quelque chose d'inoubliable. Pour la deuxième fois.

Elle se leva et se dirigea vers la fenêtre. À travers la fente entre les rideaux, elle vit un palmier trembler dans le vent. La mer devait être divine maintenant. Théoriquement, elle pouvait le faire – aller à la plage, se jeter dans l'écume, laisser les vagues l'emporter ici et là. En réalité, ce n'était pas possible, bien entendu : les gens accourraient, des journalistes surgiraient avec des appareils photos, les journaux titreraient : *Garbo spotted on the beach*.

Peut-être faudrait-il vraiment le faire. Peut-être fallait-il dire oui à son film. Il en était sûrement encore capable, il était plus âgé qu'à l'époque, mais pas vieux. Et il avait raison évidemment, elle lui devait sa gloire.

Il lui avait appris à travailler son rôle. Pas de geste, avait-il dit, ne bouge presque pas ton visage, ne *joue* pas. La souffrance de cette jeune fille, ce n'est pas quelque chose que tu ressens, ce n'est même pas quelque chose dont tu es au courant, c'est la substance de ton existence, l'air que tu respires, et pourtant tu résistes, la souffrance ne t'absorbe pas, tu cherches encore des moyens de t'échapper. Lorsque la vie t'aura brisée, tu abandonneras, mais on n'en est pas là. Il lui avait expliqué cela avec un sérieux dont elle ignorait qu'il existait dans le milieu du cinéma. Le cinéma – jusque-là, c'était du spectacle et des roulements d'yeux, des cow-boys avec des pistolets, des duels entre chevaliers, des fantômes dans la nuit et des clowns qui fuyaient la police. Mais lorsqu'il parlait, c'était soudain comme du théâtre, un roman, de l'art véritable. Ne pense pas à la caméra, mieux encore, ne pense pas tout court. J'ai déjà fait tout le nécessaire en t'engageant.

Lorsqu'il lui avait expliqué cela, lors du deuxième jour de tournage, ils se trouvaient devant sa loge et, comme elle tremblait de froid dans sa robe légère, il lui avait passé le bras autour des épaules. C'était un geste paternel, alors qu'il n'avait lui-même que trente-cinq ans, pourtant elle avait aussitôt pensé que c'était la norme : quand on obtenait le premier rôle, on avait une liaison avec le réalisateur. D'un autre côté, elle savait déjà depuis longtemps qu'elle trouvait les hommes peu attrayants. Ils étaient larges et bruyants, sentaient rarement bon, leur visage piquait et, lorsqu'ils avaient trop bu, ce qui était presque toujours le cas, ils rougissaient et transpiraient.

Le bras autour de ses épaules, il l'avait conduite à l'autre bout de la halle, où la rue Melchior de Vienne était reconstituée, une maison après l'autre puis, à voix basse, il l'avait invitée chez lui pour le dîner et elle avait acquiescé sans mot dire. Le soir, il lui avait envoyé son chauffeur. Avant de monter en voiture, elle avait dû s'excuser, remonter et vomir.

Mais une fois au troisième étage de la froide maison de Charlottenbourg, sa jeune épouse avait ouvert la porte et enlacé Greta en guise de salutation en disant que c'était vrai, ce que prétendait Wilhelm, c'était vraiment la plus belle femme du monde ! Une cuisinière de Bohême avait servi des quenelles, une demi-heure plus tard, son beau-frère et sa femme les avaient rejoints et, pendant tout ce temps, une gouvernante assise sur le canapé avait bercé un bébé qui bougeait parfois les lèvres dans son sommeil et ressemblait à un vieillard avec son crâne dégarni. Après les quenelles, il y avait eu du strudel aux pommes avec de la sauce à la vanille et un vin de dessert sucré et, au moment de prendre congé, il lui avait fait le baise-main en disant qu'on l'appellerait un jour "la Divine". Et les choses s'étaient passées exactement ainsi.

Mais pour l'heure, cela ne comptait pas. Le destin l'avait mise dans une position où elle ne pouvait s'autoriser aucun élan sentimental.

— Ce n'est pas un film pour moi, répéta-t-elle.

Il se tut pendant quelques secondes avant de dire :

— J'espère que vous comprenez que je devais vous poser la question.

— Évidemment.

— L'enfer règne dans mon pays. Seuls des cris en sortent, comme dans un cauchemar. Ma mère est encore là-bas. Je dois travailler ici, mais *A Modern Hero* sort le mois prochain et ce sera un échec.

— Pas forcément.

— Si. Je le sais. Et je ne m'en relèverai pas.

Sur ce point, songea-t-elle, il avait malheureusement raison. Aucun émigrant ne se remettait d'un échec.

— Vous êtes beaucoup trop pessimiste. Si ça ne marche pas, vous ferez un nouveau film et puis voilà. Les cartes sont constamment rebattues. Vous êtes le célèbre Pabst. On s'estimera toujours chanceux de vous employer.

Il contempla un instant le bout de ses chaussures avant de répondre :

— J'aimerais pouvoir y croire.

Elle réprima un soupir. Elle avait beau l'apprécier, cette visite durait trop longtemps.

— Vous avez quand même réussi à vous échapper. C'est le plus important.

Il se leva.

— Merci pour votre temps. Vous avez tant donné au monde entier qu'aucun individu n'a le droit d'avoir des revendications à votre égard.

Il tendit les bras. Légèrement déconcertée, ne sachant pas s'il venait de lui adresser un compliment ou une critique, elle lui prit les mains. Il s'inclina de nouveau pour effectuer un baisemain parfait. Elle repensa machinalement à la première fois où elle avait vu *La Rue sans joie* et comprit une fois de plus que cet homme poli et réservé était un véritable artiste. Elle n'oublierait jamais, elle l'avait su d'emblée, la scène dans laquelle le boucher pressant exigeait des faveurs sexuelles de la jeune fille qu'elle jouait en échange de nourriture : l'innocence, la compréhension, le désespoir muet d'un côté, la convoitise froide et méchante de l'autre. Voilà à quoi ressemblait le mal, c'était son visage, ce n'était plus l'acteur Werner Krauß, mais la méchanceté elle-même qui fixait la caméra. De fait, elle n'avait jamais oublié cette scène et c'était une bonne chose car personne n'avait pu la voir par la suite, la censure l'avait supprimée et toutes les copies en circulation étaient tronquées.

Il sortit en silence. Referma la porte doucement.

Elle écarta les rideaux. Une minute s'écoula, puis elle le vit traverser le jardin en compagnie du majordome. Tout en marchant, il ressortit sa cigarette déjà écrasée de la poche de son veston, la glissa entre ses lèvres, sortit un briquet et l'alluma. En un large demi-cercle respectueux, les deux hommes contournèrent un paon en train de faire la roue. Son plumage scintillait au soleil, absurde et grandiose.

Elle s'assit et ferma les yeux. Autrefois, ce genre de situation la bouleversait. Elle imaginait quel effet cela faisait d'être Dieu ou un archange, et de sentir sans arrêt les prières monter des bas-fonds. On aurait pu exaucer chacune d'entre elles, mais justement parce qu'il y en avait tant, il ne vous restait rien d'autre à faire que de les ignorer toutes.

Elle aurait aimé disparaître. Retourner lentement vers les ombres pour y devenir invisible. Parfois, en rêve, elle allait effectivement dans la rue et personne ne se retournait sur son passage. Elle s'imaginait souvent en train d'entrer dans un lieu quelconque, un pressing par exemple. Elle s'imaginait comment ce serait d'y porter ses vêtements comme le faisaient les gens normaux.

"À laver avec précaution, s'il vous plaît, le tissu est délicat !" Ou ce qu'on disait dans un pressing.

La vendeuse, qu'elle imaginait petite, ronde et aimable, humecterait un crayon avec ses lèvres pour remplir une fiche car on devait bien remplir des fiches, elle n'était pas sûre, n'étant jamais entrée dans un pressing. Puis, comme il fallait que la vendeuse note le nom – c'est ainsi qu'elle imaginait la scène, qui lui coupa presque le souffle –, elle la regarderait sans gêne et lui demanderait comment elle s'appelait.

AU BORD DE LA PISCINE

Kuno Krämer traversa la pelouse à pas prudents. La fête de Fred Zinnemann battait son plein, deux serveuses portaient des plateaux, Krämer prit un verre. Aussitôt, il se sentit moins timide et un peu plus à sa place.

Il aperçut plusieurs visages qu'il connaissait pour les avoir vus au cinéma. Excepté son hôte, il n'y avait ici personne qu'il ait déjà rencontré. Il fit mine de contempler les fleurs multicolores et les cactus. Il entendait des bribes de conversation : *Acapulco*, disait une femme, *over budget*, disait un homme, *it won't go well*. Un autre décrivait une traversée en bateau, *seasick all the time, but Myrtle did much better*, un autre : *They start shooting next week*, encore un autre : Elle voulait m'envoyer la recette du strudel aux pommes, mais déjà deux mois sans lettre !

Il s'arrêta.

— Vous parlez allemand ?

Un couple âgé, trop chaudement vêtu pour l'après-midi californien. Elle portait une veste en laine et des bottes, lui un manteau froissé. Ils avaient tous deux des visages émaciés et blêmes d'inquiétude.

— Bien sûr que nous parlons allemand. Mais rien d'autre, malheureusement. Elsa et Karl Schneider. De Salzbourg.

— Enchanté, dit-il. Kuno Krämer. De Brême.

— Vous êtes un réfugié, vous aussi ?

— Plutôt un émigrant classique. J'habite à Los Angeles depuis dix ans.

— Vous travaillez dans le cinéma ?

— Mon Dieu, non. Ingénieur. GE. Il vit leurs visages dubitatifs. General Electric. Je suis dans le même club de golf que Fred. Et vous ?

— Notre fils travaille dans le cinéma. Il est là-bas. Il nous a fait venir, il a réussi d'une manière ou d'une autre à récolter l'argent, il a obtenu le cautionnement, s'est procuré un visa. Il est cameraman.

— C'est-à-dire l'homme qui tourne la manivelle derrière la caméra ?

— Ça fait longtemps qu'on ne tourne plus de manivelle, dit la vieille dame. C'est électrique depuis dix ans ! Vous êtes quoi comme ingénieur ?

— Une autre sorte, dit Krämer. C'est comment en Allemagne, en ce moment ? Mon père m'écrit que les nazis défilent dans les rues et que, si on ne fait pas attention, on se fait tabasser.

— Si on est juif, ça arrive vite. Et pire encore. Vous êtes juif ?

Krämer fit non de la tête.

— Dans ce cas, vous seriez en sécurité. Vous pourriez rentrer !

Krämer haussa les épaules comme s'il trouvait la proposition tellement absurde qu'il ne voyait pas quoi répondre. Une serveuse s'arrêta à leur niveau, il reposa son verre vide et en prit un autre. La serveuse emporta le plateau. Elle marcha en équilibre le long de la piscine miroitante, puis elle enjamba un parterre d'orchidées avec ses hauts talons.

Une jolie femme brune d'environ trente-cinq ans tendit la main en direction des verres. La serveuse s'arrêta.

— Vous êtes danseuse ? demanda la femme.

Son anglais avait un léger accent allemand.

— Oh oui, répondit la serveuse. Ça se voit ? Et vous ?

— Je voulais devenir actrice autrefois. Et beaucoup d'autres choses. Ensuite je me suis mariée. Avec un réalisateur.

— Célèbre ?

— Outre-Atlantique, oui.

— Il a fait quoi comme films ? demanda la serveuse pour ne pas être impolie.

Le fait de savoir que cet homme n'était célèbre qu'en Europe avait nettement diminué son intérêt.

— Vous connaissez *A Modern Hero* ?

— Non.

— Il est sorti ici dans les salles. Pendant un seul week-end, hélas.

— Des stars ?

— Richard Barthelmess.

— Qui ça ?

— Exactement.

Elles rirent toutes deux.

Un homme très mince les rejoignit.

— Thelma, dit-il avec un fort accent viennois. Je suis content de vous voir en grande conversation, mais mes invités ne vont pas se saouler tout seuls.

— Monsieur Zinnemann, je ne suis pas Thelma. Je m'appelle Dory. Thelma, c'est ma collègue, là-bas.

— Intéressant, dit Fred Zinnemann. Mais pas tant que ça non plus. Mes invités n'ont rien à boire !

Dory roula des yeux et emporta son plateau.

— *Modern Hero* n'était pas si mal, dit Zinnemann en allemand. On remarque sa maîtrise. Par moments.

— Certes, mais ça lui sert à quoi ?

— Écoute, Trude, c'est un autre monde ici. Il y a des palmiers partout, du bon café nulle part, mais les jus de fruit sont étonnants ! Tu sais ce que c'est qu'une mangue ? On ne s'imagine pas à quel point c'est délicieux. Qui a besoin de *Sachertorte*, voilà ce que je dis toujours, quand on peut avoir de la mangue tous les jours !

— Qu'est-ce que tu entends par là ?

— Qu'on vit très bien ici quand on joue le jeu. On a échappé à l'enfer, à vrai dire on devrait se réjouir toute la journée. Au lieu de ça, on s'apitoie sur son sort parce qu'on doit tourner des westerns alors qu'on est allergique aux chevaux.

Il se tut un moment, puis il dit comme à part soi :

— Il faut dire que ce n'est pas facile. On éternue tout le temps et, la nuit, on halète comme si on était soi-même un cheval. Mais crois-moi, un western peut devenir un truc grandiose ! Tu dois aider G. W. à apprendre les règles !

— Pourquoi moi ?

— Tu as davantage l'esprit pratique. Il porte tout le fardeau de l'Ancien Monde. Mais c'est un malentendu. Hollywood, ce n'est pas les autres, c'est nous maintenant ! Siodmak, Preminger, Lubitsch, Joe May, moi. Et Pabst, s'il s'y prend bien.

— Vous êtes tous plus jeunes que lui.

— Pas plus jeunes que toi, Trude ! On dirait que tu viens de terminer tes études ! Tu sais ce que je voulais te dire d'autre ?

Un homme avec une petite moustache s'approcha d'eux et Zinnemann se tut. Son corps mince sembla s'amaigrir davantage, ses genoux cédèrent, sa tête s'affaissa sur sa poitrine, un étroit sourire apparut sur son visage.

— David ! s'écria Zinnemann en anglais. C'est génial que tu sois là ! Voici Gertrude Pabst, la femme de mon illustre collègue. Voici David Samuelson, Paramount jusqu'à récemment, maintenant MGM. Comment va Betty ?

— Bien, dit Samuelson. Vous êtes la femme de Pabst ? Il est là aussi ? Nous l'admirons tous énormément depuis *Metropolis.*

— Dieu sait que oui ! s'écria Zinnemann avant que Trude puisse intervenir. Le meilleur film de tous les temps !

— J'ai lu ton scénario, Fred ! J'adore. Red aussi. Et Dan encore plus !

Le corps de Zinnemann se raidit, son sourire s'élargit, ses épaules remontèrent jusqu'aux oreilles.

— Dave, j'en suis ravi ! Vraiment ravi ! C'est…

— C'est trop sérieux et le protagoniste n'est pas assez sympathique, mais on a adoré le lire !

Le sourire de Zinnemann s'effaça un instant avant de réapparaître.

— Merci, Dave ! Ça représente beaucoup pour moi !

Trude Pabst regarda attentivement Zinnemann, qui fixait néanmoins le visage de Samuelson. Il n'avait plus l'air de la remarquer. Alors elle se détourna.

Elle passa devant les groupes d'invités. Elle vit Billy Wilder en chapeau de cow-boy, s'adressant avec conviction à une jolie femme. Elle décida de ne pas l'interrompre. Elle aurait préféré s'entretenir avec la serveuse, mais deux hommes jeunes, musclés et bronzés se mirent sur son chemin.

— Je m'appelle Ron, dit l'un. Voici Zacharias.

— On m'appelle Zach, dit l'autre. On se demandait, Ron et moi, si vous étiez actrice.

Trude rit.

— Non, mais j'y ai pensé autrefois.

Elle aimait la façon dont ces deux hommes la regardaient. À l'évidence, elle n'était vraiment pas vieille.

— Comment se fait-il que vous parliez si bien anglais ?

— J'avais une nounou anglaise. Et lorsque mon mari a tourné *Loulou*, j'ai servi d'interprète à… – elle n'eut pas le courage de dire le nom – … l'actrice principale. Et j'ai toujours beaucoup lu en anglais. E. M. Forster, Rupert Wooster, Kipling.

— Je suis cameraman, dit Zacharias en allemand. Je viens de Salzbourg.

— Vous avez des nouvelles d'Autriche ? Depuis l'Anschluss, on ne sait plus rien.

— Mes parents viennent d'arriver ici. Vous pouvez leur poser la question !

Il désigna un couple âgé, bien trop chaudement vêtu, debout à côté de la piscine, l'air perdu.

— Ils me parlent de racaille dans les rues, de Juifs tabassés, de magasins pillés. Nos meubles ont disparu. La police aide les pilleurs pour le transport.

Il baissa les yeux et dit d'une voix soudain fluette :

— Mon grand-père est encore là-bas.

— Qu'est-ce qu'il a dit ? demanda Ron en anglais.

— Il s'inquiète pour son grand-père à Salzbourg, dit-elle.

— J'ai une tante à Munich, dit Ron. Elle tente d'obtenir un visa pour l'Angleterre. Aucune chance. Seuls les lauréats du Nobel et les majordomes professionnels en obtiennent un. Et Sigmund Freud.

— Ce sera bientôt la guerre, lui dit Zacharias en allemand. Après, plus personne ne sortira du pays. La France perdra, puis l'Angleterre sera elle aussi envahie. L'Amérique n'interviendra pas.

— Comment la France pourrait-elle perdre ! s'écria Trude. Cette armée immense. Nous avons vécu à Paris jusqu'à récemment et je peux vous dire…

Ils parlaient avec effervescence en allemand et Ron, qui ne comprenait plus rien, regarda autour de lui. Il y avait quelques jolies femmes, elles ne pouvaient pas toutes être mariées. Il alla d'un pas nonchalant vers la maison, une serveuse lui tendit un plateau, il posa son verre vide, en prit un plein et sentit l'agréable onctuosité de son ivresse naissante. La serveuse était belle. Il remarqua ses chaussures à talons très hauts qui devaient compliquer la marche dans l'herbe.

— Actrice ? demanda-t-il.

Il faisait toujours ainsi, ça marchait chaque fois : dans cette ville, la réponse était généralement oui et on avait alors un sujet de conversation ; dans le cas contraire, les femmes se sentaient d'autant plus flattées.

— Danseuse. Mais je ne refuserais pas un rôle parlé.

— Je n'ai pas de rôles à vous proposer. Je suis simple éclairagiste.

— Vous avez travaillé pour qui ?

— Lewis Milestone.

— Vraiment ? C'était dur à obtenir, ce job ?

— Pour un éclairagiste, c'est facile. Je n'ai pas d'audition à passer. Personne ou presque ne remarque ma présence. Je trouve toujours du boulot.

Il tendit la main et remarqua au bout d'une seconde que c'était un geste idiot étant donné qu'elle devait tenir le plateau.

— Je m'appelle Ron.

— Dory. Mais je n'ai pas le droit de bavarder, sinon je vais avoir des ennuis.

Au moment précis où il s'apprêtait à dire que ce n'était pas un problème, on pouvait se retrouver après, dans un endroit plus propice, un petit homme à moitié chauve et en sueur s'approcha d'eux. Dory lui tendit le plateau, il prit un verre, se tourna vers Ron et dit :

— Assez torride pour vous ? Comme Ron ne répondait pas, il ajouta : La météo, je veux dire. Et comme

Ron, rigide de colère en voyant Dory s'éclipser aussitôt, ne répondait toujours pas, il tendit la main en disant : Kuno Krämer.

Ron lui serra la main. Elle était molle et moite.

— Vous êtes dans le cinéma ? demanda Krämer. On dirait que tout le monde ici travaille dans le cinéma. Je suis chez General Electric.

— Très bien, dit Ron pour dire quelque chose. J'ai besoin de votre électricité pour mes lampes.

Kuno Krämer le scruta, le visage vide de toute expression.

Ron songea combien il détestait les fêtes, la conversation et surtout les gens qui interrompaient les échanges avec de jolies femmes. Puis il expliqua :

— Je suis éclairagiste.

L'andouille en nage le regardait sans savoir quoi répondre.

— Je me suis toujours demandé, dit Ron, comment ça fonctionnait : on fait tourner deux aimants, l'un dans le champ de l'autre, pourquoi est-ce que ça produit de l'électricité ?

— Je ne sais pas. Je suis responsable de l'achat des matériaux. Je ne suis pas physicien.

C'était maintenant Ron qui ne trouvait plus rien à dire. Tous deux se taisaient.

— D'où est-ce que vous connaissez Fred ? finit par demander Ron.

— Du golf. Et vous ?

— On a tourné ensemble *Rhodes of Africa*. Il était l'assistant de Berthold Viertel.

— Vous avez tourné en Afrique ?

— Non, bien sûr que non ! Ron avait beaucoup de mal à se retenir. En studio ! Personne ne tourne en Afrique. Pourquoi ferait-on une chose pareille ? Puis, sentant venir le long silence suivant : Excusez-moi, je dois... Là-bas... Je dois lui parler, je reviens tout de suite !

Il adressa à l'homme en sueur, qui lui faisait presque pitié à présent, un large sourire. Krämer sourit nerveusement en retour, mais Ron, déjà parti, ne s'en aperçut pas.

Kuno Krämer suivit des yeux l'éclairagiste qui s'arrêta à l'autre bout du jardin, à côté d'un homme en chapeau de cow-boy et d'une jolie femme qui lui paraissait vaguement connue. Krämer soupira. Il avait envie de rentrer chez lui, pas loin d'ici. Là-bas l'attendait son gentil caniche Harro. Krämer finit son verre. Le mousseux était tiède et éventé. Où le poser ? Il inspira, expira profondément. L'air avait un goût d'éternel printemps. Il sortit un mouchoir froissé et se tapota le front. Puis il se dirigea lentement vers Fred Zinnemann, en conversation avec un homme rond à lunettes, l'air intelligent.

— ... il faut s'accrocher, voilà tout, dit Zinnemann en allemand.

Krämer se racla la gorge.

— Et ne pas abandonner, dit Zinnemann.

— C'est facile à dire quand on a un Oscar sur son étagère !

— Un Oscar pour un court métrage ! Ça ne me sert à rien !

Krämer se sentait invisible. Il se racla la gorge. Puis il dit :

— Fred ?

— Tu es plus jeune que moi ! dit l'homme à lunettes. Je ne peux plus repartir de zéro. Pas après tout ce que j'ai à mon actif.

— Repartir de zéro, n'importe quoi ! Tout le monde sait qui tu es !

— Ils ont déprogrammé *A Modern Hero* au bout d'un week-end !

— Ça peut toujours arriver. Pour chaque film.

— Pour chaque film ! Quand on connaît un échec de cette ampleur, on n'en fait qu'un. Il n'y en aura pas d'autre ! Je leur avais dit dès le départ que le scénario ne valait rien, ils m'ont forcé la main et maintenant, c'est ma faute ?

— Fred ! s'écria Krämer.

Les deux hommes se turent.

— Je voulais prendre congé, dit Krämer.

Zinnemann le regarda en fronçant les sourcils.

— Kuno Krämer, dit Krämer. On se connaît du club de golf !

— Ah oui, dit Zinnemann, qui ne se rappelait visiblement pas.

— Tu as des nouvelles d'Autriche ? demanda Krämer, non par réel intérêt, mais parce qu'il savait qu'on obtenait toujours une réponse à cette question.

— Pas beaucoup.

Tout en Zinnemann exprimait l'impatience.

— Vous êtes monsieur Pabst, dit Krämer. N'est-ce pas ? Votre film *Le Trésor* m'a valu des nuits blanches. Une œuvre si riche. Un conte de fées germanique. Vous êtes un maître.

— Merci, dit Pabst, qui semblait à présent percevoir l'existence de Krämer. Merci beaucoup !

— Vous êtes un peintre sombre, un véritable artiste du rêve.

— Bah, l'expressionnisme d'autrefois. J'ai fait des choses totalement différentes par la suite.

— Je sais. Je connais tout de vous. Vous allez tourner ici maintenant ?

— Je ne sais pas. J'ai une nouvelle proposition de la France. Je vais peut-être rentrer. Dans les temps actuels, nul ne sait ce qui l'attend, n'est-ce pas ?

— Sans doute, dit Krämer. Mais si on…

— Je n'y crois pas ! s'écria Zinnemann. Elle bavarde de nouveau avec les invités ! Elle ne sert plus !

Il s'élança vers la serveuse en talons hauts qui avait posé son plateau sur une petite table près de la porte d'entrée et racontait, hilare, quelque chose à deux jeunes hommes.

— Vous connaissez vraiment tout de moi ? demanda Pabst.

Il fourra les mains dans ses poches, exhala la fumée dans l'air et regarda Krämer d'un air affable.

— Ne restez pas ici ! dit Krämer. Vous voyez bien comment c'est. Qu'est-ce que vous allez pouvoir accomplir à Hollywood ?

Pabst éclata de rire.

— Et vous me proposez quoi ? De rentrer dans le Reich ?

— On vous accueillerait à bras ouverts. Vous pourriez faire ce que vous voulez. N'importe quel film.

— Tant que c'est de la propagande nazie.

— Justement pas. C'est un malentendu.

— Dieu que vous êtes naïf. Avez-vous la moindre idée de ce qui se passe en Allemagne en ce moment ?

— Oui. Et je répète. À bras ouverts.

Pabst inspira, mais il ne dit rien et regarda Krämer droit dans les yeux.

— Je ne suis pas sûr de vous comprendre.

Krämer sortit son mouchoir et essuya son crâne dégarni.

— On ne s'habitue pas bien à la chaleur. La neige sur les pavés. Voilà ce que j'aimerais revoir. Vous aussi, non ?

— Je ne peux pas rentrer. Même si je voulais, je ne peux pas.

— L'Allemagne a besoin de vous. Notre gouvernement est plus pragmatique qu'on ne le suppose souvent. Vous êtes un grand artiste. Et vous n'êtes pas juif. Et vous vous êtes déjà… Pardonnez-moi, maestro, mais je vais dire les choses comme elles sont. Vous ne vous êtes pas toujours montré intègre dans votre travail jusqu'ici.

— Quoi ?

— *Scandale autour d'Eva* ou *L'Atlantide* – ces films étaient-ils vraiment dignes de vous ? Vous ne seriez plus obligé de faire ce genre de compromis si vous reveniez.

Pabst se tut un moment avant de demander :

— C'est seulement votre avis personnel ?

— Ce n'est pas seulement mon avis personnel.

Les deux hommes se scrutèrent un moment. Le brouhaha clapotait autour d'eux.

— Comment osez-vous ? demanda Pabst à voix basse.

— Oser quoi ?

— Venir ici comme ça.

— Je suis une connaissance de Fred. On joue au golf. Il m'a invité.

— Déguerpissez ! Sinon je crie, j'appelle tout le monde !

— Et vous allez leur dire quoi ? Que je vous ai dit combien j'aimerais revoir un film allemand fait par vous ?

— Je vais vous mettre mon poing dans la figure, espèce d'ordure !

— Pas la peine, ce ne sera pas nécessaire car tout a été dit. Je m'en vais.

Krämer ravala sa salive, ses mains tremblaient, sa gorge était rêche. Que faire si cet homme l'agressait pour de bon ? Mais il n'en donnait pas l'impression, Dieu merci, Pabst semblait encore plus chamboulé que lui. Krämer se détourna et s'en alla rapidement. Il entendit Pabst rajouter quelque chose, mais il ne s'arrêta pas. Le message était transmis, la mission accomplie.

Soudain, il vit deux chaussures flotter devant son visage – effrayé, il recula et bouscula une femme qui renversa son verre. Elle se mit à râler – comme le faisaient les Américains, c'est-à-dire à voix basse, le sourire figé et la mâchoire crispée –, et après s'être excusé, il comprit que quelqu'un devant lui marchait sur les mains. Mais l'acrobate venait déjà de se retourner en faisant un saut périlleux, il retomba sur ses pieds, s'inclina. Quelques personnes applaudirent. Krämer en profita pour quitter discrètement la propriété. N'entendant plus le bruit de la fête, il poussa un soupir de soulagement.

L'acrobate, encouragé par les applaudissements, fit la roue. Les gens s'écartaient. Il retomba sur ses pieds, mais cette fois, il en avait fait trop et personne n'applaudit.

— C'est qui, ça ? demanda Trude à Billy Wilder.

— À mon avis, un acteur sachant qu'il y a des producteurs ici.

— C'est ainsi qu'on obtient un rôle ?

— Il se dit sans doute que si ça ne lui sert à rien, ça ne peut pas lui faire de mal non plus. Il a tort.

Le jeune acrobate avait un visage lisse, anguleux, profondément stupide. À présent, il se mit sur une jambe, tendit l'autre à angle droit, écarta les bras et se tint en équilibre sur la pointe des pieds. Trude ne put réprimer un bâillement. L'alcool faisait son effet, elle se sentait gaie et légère pour la première fois depuis longtemps. Au-dessus d'eux flottait la voûte céleste californienne dégagée, enflammée, lointaine et inaccessible.

Son mari s'approcha d'elle.

— Tu ne vas pas croire ce qui vient de se passer.

Elle appuya la tête contre sa poitrine. Le sol vacillait un peu lorsqu'elle tournait la tête.

— Quoi donc ?

Il ne répondit pas.

— On y va ? demanda-t-elle.

L'air était si tiède, ça sentait l'herbe fraîchement coupée. Soudain, elle aurait voulu être seule avec lui.

— Oui, dit-il. On y va.

Mais il ne bougea pas.

PANDORE

— Tu attends depuis longtemps ?

— Cinq minutes.

— Faux, *mister* Pabst. Je te connais. Tu es toujours à l'heure, sauf quand tu as rendez-vous avec moi, auquel cas tu es en avance. Et comme j'ai une heure de retard et que tu es arrivé au moins dix minutes en avance, tu dois sûrement poireauter dans ce *diner* depuis soixante-dix minutes. C'est logique.

— Possible, dit-il à voix basse.

Elle est ici, disait une voix en lui, elle est venue, elle est dans cette pièce, elle est assise ici, elle est vraiment là, à table, sur la banquette, en face de moi.

— Pauvre *mister* Pabst. C'est pas facile pour toi.

— Et pour toi, ça l'est ?

— Question de point de vue. Tout le monde est sympa, tout le monde veut coucher avec moi, personne ne me donne de rôles !

— Je t'avais bien dit de ne pas revenir.

— Tu avais raison et je suis quand même revenue. *Louise Brooks is back*, a titré le *Times*, après quoi il ne se passe rien. On m'a proposé une pièce de Rupert Wooster, à Milwaukee, mais ça ne s'est pas fait non plus. Rien ne s'est fait. Et maintenant, toi aussi, tu es là.

— Je suis là parce que je n'ai pas le choix. Mon pays a disparu.

— Tu travailles ? Tu fais un film, *mister* Pabst ? T'as un rôle pour moi ?

— Louise, je ferais tout pour toi.

— Mais personne ne te donne de boulot non plus.

La serveuse s'approcha et demanda, avec ce regard légèrement offensé qu'affichent souvent les Américains lorsqu'on parle français devant eux, ce qu'ils désiraient.

— Pour moi, juste un café, dit Pabst.

— Du café et des crêpes. Beaucoup de sirop d'érable. C'est monsieur qui paie.

— Êtes-vous…, demanda la serveuse. Vous êtes… ?

— Oui.

— … l'actrice ?

— À mes heures.

— Je peux avoir un autographe ?

La serveuse arracha un bout de papier de son carnet, Louise le prit, griffonna quelque chose et le rendit. La serveuse remercia et reprit son service.

— J'ai signé Greta Garbo. De façon illisible.

— Tu es meilleure qu'elle.

— Personne n'est meilleur. Tu es sûrement allé la voir avant moi.

— C'est autre chose.

— Évidemment, c'est la plus grande star au monde et je ne suis que ton dernier espoir. Si quoi que ce soit avait marché, ce n'est pas moi que tu aurais appelée, *mister* Pabst. On le sait tous les deux.

— Pourquoi pas ?

— Parce que tu as peur. Premièrement, que je gâche ta vie. Que je me lève en disant : "Viens, on s'en va, à partir de maintenant tu vis chez moi et tu fais ce que je te dis !" Car tu le ferais. Avoue-le !

— Et la deuxième chose, Louise ? De quoi ai-je encore peur ?

— De ne pas l'entendre, justement. Et de ne plus jamais me revoir. Pauvre *mister* Pabst, en réalité j'ai déjà gâché ta vie. Je l'ai piétinée en une seule nuit, ta belle vie bien ordonnée, tout ton équilibre intérieur, je suis désolée ! Je n'ai pas réfléchi. Je trouvais ça drôle, voilà tout.

Il appuya sa tête dans ses mains et ne dit rien. Même lorsqu'il ne la regardait pas, il connaissait la position de ses mains, le mouvement de ses épaules, la direction de son regard. Une force magnétique émanait d'elle. C'était comme ça depuis le début. À chaque jour de tournage, il se répétait qu'il fallait l'ignorer, cela n'avait rien à voir avec lui, sa mission consistait à faire venir sa magie sur le celluloïd, elle n'était pas là pour lui, mais pour tous.

— À mon retour d'Europe, il n'y avait plus de rôles ici pour moi et j'ai dilapidé tous mes sous.

— Tu as toujours des hommes riches.

— Jusqu'à ce que les hommes riches se rendent compte combien je suis fatigante. Et que je les contredis sans arrêt. Je ne peux pas m'en empêcher, quand ils racontent des idioties, je me moque d'eux. Ensuite ils disent en général : À quoi ça me sert d'être riche, je n'ai pas à tolérer ça ! Bientôt, il n'y a plus eu que des hommes relativement aisés, mais je leur coûtais trop cher, il faut être vraiment riche pour financer mon style de vie, puis sont venus les hommes qui n'avaient pas d'argent et voulaient le mien par-dessus le marché, que faire, ils étaient plus beaux que tous les autres et spirituels avec ça, ce fut une période magnifique et mon argent a disparu dans la foulée !

— Ça en valait la peine ?

— Oh oui ! Si j'en avais l'occasion, je referais la même chose.

— Écoute, à l'époque…

— Oui ?
— À l'époque, quand…
— *Mister* Pabst pique un fard !
— À l'époque, quand…
— Tu veux parler de Paris ? Notre nuit ? À vrai dire, ce n'était pas une nuit. On dit toujours une nuit, mais c'était plutôt une heure, non ? Quarante minutes, en gros.
— Ça aurait pu tout changer.
— Mais *mister* Pabst…
— Tu es obligée de m'appeler ainsi ?
— Pour moi, tu resteras toujours *mister* Pabst. Oui, ça aurait pu tout changer, mais je ne voulais rien changer ! J'étais satisfaite de ma vie. Je le suis encore. Tu crois vraiment que je rêvais que *mister* Pabst quitte sa pauvre Trudy et emménage avec moi dans un appartement de Charlottenbourg ?
— Ou dans le Marais, ou à Notting Hill.
— Oui, mais tu aurais été là tout le temps, non ?
Ils se turent un moment. La serveuse s'approcha, posa des tasses, versa le café depuis une grosse cafetière et repartit.
— C'était méchant de ma part, *mister* Pabst. Je ne voulais pas te blesser. Je veux dire, qu'est-ce qu'on fabriquerait ensemble ! Tu ne me supporterais pas. Pas longtemps. Premièrement, je ne suis pas fidèle, deuxièmement, je n'ai pas envie de l'homme illustre et de son grand art. Je ne suis pas une muse. Je suis Loulou. C'est bien pour ça que tu m'as confié ce rôle. Tu m'as entièrement comprise, et tu voudrais quand même que je sois quelqu'un d'autre ?
— Le lendemain… tu es partie, j'ai avancé le film que je voulais faire plus tard avec toi, juste pour te revoir et, quand tu es descendue du train, il y avait cet homme avec toi.

— L'albinos !

— Tu l'aimais ?

— L'albinos ? Comment aurais-je pu ? Je n'ai même pas couché avec lui.

— Quoi ?

— Il a dormi dans ma chambre, mais sur le canapé, il était totalement impuissant, ou alors j'ignore quel était son problème. Un brave type, en tout cas. Mais toi, qu'est-ce que tu voulais, au juste ? Avoue-le, tu désirais juste prolonger cette brève liaison. Encore quelques nuits… quelques heures… oui, disons plutôt des heures. Les hommes ont toujours du mal à supporter l'idée de l'occasion unique. La première fois, c'est la confirmation. La première fois, on se dit : Ça arrive, elle dit vraiment oui, je ne rêve pas, ça arrive. Puis c'est déjà fini avant qu'on y croie soi-même. Il faut donc recommencer. La deuxième fois est vraiment la première. J'avais effectivement l'albinos avec moi pour éviter que tu te fasses des idées.

— Quelles idées ? C'est toi qui…

— Exact, c'est moi qui t'ai séduit, tu étais un parfait gentleman. Mais vois-tu, c'est bien là le problème. Comment supporter un parfait gentleman ! Qui, de surcroît, se permet des remarques méprisantes sur mon mode de vie. Alors forcément, on se demande de quelle manière faire tomber ce gentleman. Ça n'a pas été difficile. Tu m'as raccompagnée à l'hôtel, tu t'es incliné pour ton stupide baisemain habituel, puis tu voulais t'en aller et il m'a suffi de dire : Arrête tes conneries, viens ! Tu n'as même pas hésité.

— Comment as-tu pu…

— Te faire ça ? Laisse-moi rire. Un peu de reconnaissance serait appropriée. Il faut prendre la vie à la légère, *mister* Pabst. Elle ne dure pas longtemps et, quand elle déraille, on ne perd pas grand-chose. Chaque divertissement, chaque belle journée, chaque…

— Chaque homme.

— Oui, chaque homme, *mister* Pabst ! Et chaque femme ! Chaque personne qui se déshabille, se glisse sous une couverture avec toi, te procure du plaisir et t'apprécie un temps, c'est du bonheur et ça se fête. Puis on passe son chemin. Sinon, ça devient ennuyeux.

— Tu es vraiment…

— Attention ! Ne m'insulte pas. Tu m'as déjà dit les pires choses et ça ne t'a pas réussi.

— Je voulais juste dire que tu es vraiment la Loulou de Wedekind.

— J'aurais aimé le rencontrer, le vieux. Il a fallu qu'il meure avant, c'est dommage. Ça lui aurait plu.

— Pour lui, c'est mieux ainsi.

— Tu te rappelles combien Kortner me détestait ? C'est parce qu'il me trouvait attirante malgré lui et que je lui ai dit de ne pas y songer, même en rêve.

— Je sais. Je lui ai donné le rôle uniquement parce qu'il allait te détester et que ça se verrait très bien à l'écran. Il devait jouer l'amour, alors qu'il aurait voulu t'assassiner, on s'en rend compte à chaque instant. Je sais peu de choses, mais faire des films, ça je sais.

— Et maintenant, tu veux en refaire un avec moi ?

— Idéalement avec toi *et* Garbo. J'ai un projet de film qui se passe sur un paquebot. Une traversée. Soudain, on apprend que la guerre…

— À vrai dire, j'en ai marre. Il faut se lever aux aurores, on vous maquille pendant des heures, puis on répète la même phrase encore et encore, puis on attend trois heures dans une caravane quelconque, puis on répète une autre phrase encore et encore. Ce n'est pas une vie !

— Je croyais que tu avais besoin d'argent !

— Et comment.

— Dans ce cas, il te faut du travail !

— Il me faut du travail, mais ça ne va sûrement pas venir de toi. Je sais maintenant comment fonctionne Hollywood. Ton film était un flop. Pour le cas incertain où ils t'en redonnent un, tu ne pourras pas le choisir. Et tu devras prendre les acteurs qu'ils te proposent. Or je ne suis pas la plus demandée en ce moment. Et si ton prochain film est un nouvel échec, c'est terminé. Le rêve américain, *baby*.

— *Baby ?*

— C'est ce qu'on dit ici. Ce serait sans doute pas mal de travailler ton anglais. Ta belle maîtrise du français ne te sert à rien. Elle se pencha et prit sa main droite entre les siennes. Regarde-toi. On dirait un canasson amoureux. Tu ne le supporterais pas. Tu finirais par quitter ta pauvre Trudy et ton gamin dans l'espoir que je me sente coupable et que je te reprenne, pensant que je n'ai pas le choix. Mais j'ai le choix. Elle se renversa sur la banquette et le regarda de ses yeux mi-clos. Regardez-moi cet air de poète. C'est ce que je veux dire, comment vivre avec un homme qui vous fixe de cette façon ! En plus, tu es un peu trop gros. Tu devrais voir à quoi ressemblent les autres, je ne peux pas changer les choses, je… j'ai besoin d'hommes plus beaux.

Elle glissa de la banquette et se leva.

— Les crêpes mettent trop de temps. Mange ma part, tu iras tout de suite mieux. On pense toujours que le désespoir va vous tuer, mais avec un peu de sirop d'érable, la vie est différente.

Elle baissa les yeux quelques secondes vers lui, puis elle se pencha et posa sa main, sa main douce et chaude, sa main ferme, sa main dont le toucher l'obsédait, sur sa joue.

— Tu as une femme si gentille. Elle te vénère. Elle n'est là que pour toi. Que vouloir de plus !

— Voudrais-tu d'un homme qui te vénère et n'est là que pour toi ?

— Grand Dieu, non ! Mais moi, je suis une flamme vive. Tu m'as surnommée comme ça, un jour, une flamme vive. On pourrait aussi dire une catastrophe. Tu n'as pas besoin d'une catastrophe comme moi. Vois comme je te rends service. Imagine que je ruine ta vie comme Marlene le fait avec celle du pauvre professeur dans ce film.

— Donc je ne peux pas compter sur toi ? Même pas pour mon film ?

— Non, *mister* Pabst. Premièrement, personne ne peut compter sur moi. Tu le sais mieux que personne. Deuxièmement, tu deviendrais fou pendant le tournage. Tu peines à garder ton calme quand tu es simplement assis en face de moi. Comment veux-tu me diriger !

En partant, elle lui adressa un baiser de la main.

Il resta immobile pendant un long moment. Allait-il la revoir un jour ? La simple question était déjà insupportable. La serveuse apporta les crêpes et le flacon en verre. Il commença à manger. Une fois de plus, elle avait raison. Il n'arriverait jamais à surmonter le désespoir, mais les crêpes étaient excellentes, le sirop sucré et fort en goût.

TRAVERSÉE

Il fallait qu'il tourne des films. Il ne voulait rien d'autre, rien ne comptait davantage. Mais quoi qu'il arrive, songea Pabst, allongé dans un transat sur le pont en première classe, une cigarette à la bouche, il ne tournerait plus jamais sur un glacier.

Cela avait beau remonter à sept ans, il lui arrivait encore de se réveiller en sursaut d'un demi-sommeil parce qu'un précipice s'ouvrait sous ses pieds. Il se revoyait attaché à la falaise, pendant que le vent lui fouettait le visage et que Mlle Riefenstahl s'efforçait d'être une actrice. Malgré tout, il avait réussi à lui enseigner deux ou trois choses. Écoute en toi, ne bouge pas les mains ; plus le sentiment est intense, moins on *agit*. Ses possibilités s'avérèrent limitées, elle était intelligente et studieuse mais, quoi qu'elle fasse, son manque de talent représentait un obstacle majeur.

Il aurait dû s'en douter lorsqu'Arnold Fanck lui avait proposé de collaborer à la mise en scène. "Je m'occupe des montagnes et toi, des visages" et, après avoir hésité, il avait fini par accepter parce qu'il avait quand même deux appartements et un château, et une jolie jeune femme et un fils, et qu'il adorait les hôtels de luxe.

Fanck avait inventé un nouveau type de film. Les gens y escaladaient des sommets, avaient des accidents, étaient sauvés. Il ne se passait jamais rien d'autre. Personne ne savait au juste pourquoi cet homme était attiré par le cinéma, lui qui enchaînait désormais les films avec son groupe soudé d'assistants, tous sportifs comme des singes, or chaque critique ayant souligné que les acteurs de Fanck étaient certes d'excellents grimpeurs, mais de piètres acteurs, il avait sollicité l'aide de son illustre collègue avec un entêtement empreint d'humilité. "On se partage les cachets, tu auras la moitié de tout ce qu'on engrange et ça fera beaucoup, promis, vu qu'Udet est de la partie !"

Bel et bien, l'as légendaire de la guerre mondiale voulait participer, donc rien ne pouvait rater sur le plan financier et, au bout d'une longue nuit, Pabst avait décidé d'accepter l'offre, pour l'argent, mais aussi à cause de Fritz Lang.

Lang était en train de préparer le film le plus cher de tous les temps à Babelsberg. Il avait fait lui-même visiter la ville reconstituée à Pabst : des bâtiments gigantesques s'empilaient, encore agrandis par des miroirs. Son monocle un rien ridicule devant l'œil, Lang avait évoqué des effets spéciaux totalement inédits, des voitures futuristes, des trains sur des ponts à une hauteur vertigineuse, des scènes de foule avec des milliers de figurants, un homme-machine qui se transformait en femme. Même s'il n'en réalisait que la moitié – ce qui était très improbable, il allait sûrement réaliser la totalité car ce que Lang voulait advenait –, il n'aurait plus aucune concurrence pour un bon moment.

Si ce n'était, justement, en montagne. Peu importe la hauteur qu'atteindrait Lang, il ne réussirait pas à dépasser les Alpes. Il fallait donc absolument que Pabst aille sur ce glacier.

Il avait nourri l'espoir de pouvoir tourner une partie du film en studio, mais c'était sans compter sur Fanck.

Les studios, selon son intime conviction, représentaient l'artifice et le mensonge – même les conversations et les gros plans, les regards amoureux, la peur, les doutes et les fronts ridés d'inquiétude, il fallait les filmer là-haut, dans la neige profonde.

Pabst soupira et exhala la fumée. Le ciel s'était assombri : de petits nuages s'élevaient en fins filaments, gris d'un côté, parés de l'autre d'un blanc étincelant par le soleil couchant. Une couche de brume délicatement étalée flottait sur l'horizon. Un steward passa avec des boissons, cafetière dans la main droite, théière dans la gauche. Pabst lui fit signe, le steward s'arrêta et demanda :

— Gâteau ? Sandwich ? Salade de fruits ?

— Vous avez tout ça ?

— Le bateau est vide. Il sera plein au retour. Tout le monde veut aller en Amérique. Personne ne veut rentrer. Vous tournez de nouveau en France, monsieur Pabst ?

Pabst se tut un instant, savourant le fait d'être reconnu sur les paquebots français. Dès qu'il se trouvait parmi les Européens, il était de nouveau quelqu'un.

— Le film s'appelle *Mademoiselle Docteur*.

— Qui joue dedans ?

— Dita Parlo et Pierre Blanchar.

Le steward réfléchit, lui souhaita une bonne journée et reprit son service.

Bon, se dit Pabst, donc cet homme ne les connaissait pas, ni Parlo, ni l'autre. Mais il arriverait bien à leur apprendre le métier, ayant presque réussi à faire de Mlle Riefenstahl une actrice.

Elle était vraiment avide d'apprendre. Elle l'avait interrogé sans arrêt sur la focale, sur les moments où la caméra devait bouger et ceux où il valait mieux qu'elle soit fixe. Lorsqu'il avait composé le meilleur plan du film, un regard dirigé vers le soleil à travers une stalactite en train de fondre, elle était, en dehors de lui, la seule personne sur ce maudit sommet à s'y intéresser vraiment.

Et ce froid ! Il portait deux vestes épaisses l'une sur l'autre et pourtant, au bout de trois heures de travail, il n'arrivait presque plus à bouger. C'était comme si sa poitrine était prise dans un étau. Il ne sentait plus ses doigts ni ses orteils et, pire encore, il avait compris qu'il n'arriverait pas à surmonter son vertige par un effort quelconque. Ne regarde pas en bas, s'était-il dit sans arrêt : ne regarde pas, pas maintenant, ne regarde pas en bas, surtout pas, pas en bas !

Après quoi on le faisait d'autant plus, évidemment. On regardait en bas. La profondeur vous saisissait au cœur avec une force étrange. La notion de vertige ne correspondait pas vraiment : c'était plutôt de l'effroi, une terreur absolue à l'idée qu'une chose pareille existe sur la terre de Dieu et que seule la volonté, à laquelle on ne pouvait brusquement plus se fier, vous empêche de sauter dans le vide. Votre cœur battait la chamade, le ciel gris chavirait, si bien que les flocons de neige s'élevaient des profondeurs et que plus rien ne semblait à sa place.

La nuit, ils dormaient dans une cabane construite à cet effet, alignés dans leurs sacs de couchage. À côté de lui, Fanck ronflait comme une moissonneuse-batteuse et, de l'autre côté, le cameraman sportif, qui s'appelait Schneeberger* par-dessus le marché, produisait les bruits les plus étranges en dormant, tantôt un sifflement, tantôt un murmure, tandis qu'un autre parlait dans son sommeil profond une langue que Pabst n'avait encore jamais entendue. Les heures étaient interminables, le sol dur et la puanteur de plus en plus nette au fil des

* Jeu de mots sur *"Schnee"*, la neige, et *"Berg"*, la montagne.

minutes : une trentaine d'hommes, pas de douche et aucune possibilité d'ouvrir la fenêtre, sinon le vent vif et glacial s'engouffrait à l'intérieur. Seule Mlle Riefenstahl avait le droit de dormir sur un matelas dans sa propre chambre. Chaque nuit, Pabst s'était demandé s'il ne fallait pas exiger la même chose, mais il craignait trop les moqueries de Fanck et de son équipe. Il savait de toute façon qu'ils riaient de lui dans son dos, s'amusant de sa peur du vide, il savait qu'ils l'imitaient en secret lorsqu'il criait, impuissant, "stop" dès que ses lunettes étaient une fois de plus embuées, car à quoi servait un réalisateur qui ne voyait rien ? Non, il devait supporter le grand dortoir, écouter leurs bruits nocturnes et se consoler à la pensée que le film serait sans aucun doute un succès.

Et c'était vrai. Le public de la première jubilait. Fanck et lui et l'as de l'aviation Udet furent rappelés sur scène deux, trois, quatre fois, Mlle Riefenstahl fit la révérence, les joues rouges malgré le maquillage, l'ambition semblait émaner d'elle sous forme de vagues de chaleur. Les critiques de l'édition du soir étaient dithyrambiques, autant dans la presse social-démocrate que nationaliste ou communiste et, dès le lendemain, *L'Enfer blanc du Piz Palü* sortait dans deux cent cinquante-neuf salles. Les souffrances en avaient valu la peine.

Deux semaines plus tard avait déjà lieu la première suivante. Devant le Zoo Palast s'étalait le même tapis rouge, les mêmes messieurs dans les mêmes costumes étaient là, ainsi que les dames, mais dans de nouvelles tenues de gala.

Pabst était assis au neuvième rang. Trude à sa gauche, l'illustrateur chauve Gulbransson à sa droite. Avec une curiosité mêlée d'inquiétude, Pabst observait Fritz Lang, debout tout devant, le monocle étincelant, aux côtés de sa femme Thea von Harbou, qui avait écrit le scénario, tout en blanc, le visage de marbre ; ils serraient des mains, faisaient signe aux gens qui entraient à flots, saluaient avec majesté. Une fois tout le monde assis, le rideau s'ouvrit. Le chef d'orchestre donna le signal. Sur l'écran apparut en lettres bizarrement anguleuses le mot *Metropolis*.

Pabst était figé. Il regardait. Écoutait. À un moment, Trude lui parla à l'oreille, mais il ne comprit pas. Il avait l'impression de rêver. Il n'était pas réellement sûr de voir ce qu'il voyait.

La lumière revint. Pabst resta immobile. D'une façon étrange, il se voyait de l'extérieur, comme si une caméra braquée sur lui le filmait en train d'enlever lentement ses lunettes et de les nettoyer avec le tissu sorti de la veste de son costume, tandis que le public se taisait. Personne n'applaudissait. Mais Pabst savait ce qui allait se passer.

Le silence durait encore et encore. Et encore. Le calme était total. Personne ne toussait. Personne ne bougeait.

Alors seulement, comme si quelqu'un avait donné le signal, la liesse éclata, des applaudissements et des hurlements et des hourras qui semblaient enfler de plus en plus, pendant que Lang se dirigeait vers la scène, tout seul et d'un pas traînant, penché en avant, comme absent, puis il fixa la salle et s'inclina enfin, avec une décontraction provocatrice. Ensuite, il quitta la scène, mais il fut rappelé, il repartit et fut rappelé, et finalement il fit venir sur scène sa femme et le décorateur et le cameraman, ils s'inclinèrent et quittèrent la scène et furent rappelés, le tout dura plus d'une demi-heure. Pabst, debout, applaudissait avec les autres. De temps à autre, Trude lui lançait un regard en coin inquiet. Gulbransson, de l'autre côté, finit par dire que ça suffisait, un film n'était qu'un film, fût-il colossal, il allait rentrer chez lui !

Pendant la réception qui suivit, Pabst ne pouvait toujours pas parler. Des gens s'adressaient à lui, mais il ne les entendait pas vraiment, jusqu'à ce que Trude le prenne doucement par le coude et le conduise vers la sortie. Exactement là où se trouvait Lang.

— Félicitations ! dit Pabst d'une voix rauque.

— De même. *Palü* – un film fantastique et mon Dieu, le tournage a dû être vraiment difficile !

Pabst acquiesça. Rien d'autre ne lui venait à l'esprit. Il se demanda s'il fallait évoquer la puanteur dans la cabane et sa peur du vide. Mais il avait du mal à parler.

— Ça va être un grand succès, dit Lang. J'ai vu les acteurs se balancer à leurs cordes sur la falaise, et j'ai pensé : Dieu que je suis content de ne pas devoir tourner ça. Contrairement à vous, je ne suis pas insensible au vertige ! En dehors du studio, je ne sers à rien.

— *Metropolis* est le meilleur film jamais tourné, dit Pabst.

— Je sais, dit Lang.

Tous les deux se turent.

— Vous partez déjà ? finit par demander Lang.

Derrière lui se dessinait le visage de marbre de sa femme. Pabst murmura que oui, malheureusement, il devait y aller, il se faufila vers la sortie et inspira aussi profondément que possible l'air froid de la nuit.

Et maintenant, songea-t-il tout en expirant la fumée grise dans le ciel gris, installé dans son transat et bercé par la mer, Thea von Harbou était chez les nazis et Lang, divorcé depuis longtemps, en route pour l'Amérique. Leurs bateaux allaient peut-être se croiser dans la nuit noire, dans des directions opposées. Là-bas, Lang ne ferait aucune des erreurs que lui-même avait commises.

Il ne se laisserait imposer ni mauvais scénario, ni Richard Barthelmess et, s'il voulait absolument engager Greta Garbo, elle ne le chasserait pas.

Le métier de réalisateur était, somme toute, bien étrange. On était artiste, mais on ne créait rien, on dirigeait ceux qui créaient quelque chose, on organisait le travail des autres qui, objectivement parlant, étaient meilleurs que soi-même. Voilà pourquoi il fallait autant de choses avant de se mettre au travail : les écrivains, les peintres et les compositeurs avaient seulement besoin de papier et tout au plus de peinture ; les sculpteurs, de marbre et de quelques outils, alors qu'un réalisateur avait besoin d'une centaine de personnes et d'un studio et de machines et d'une grosse quantité d'électricité. Tout cela avait un coût, si bien qu'il fallait toujours quelqu'un prêt à lui confier beaucoup d'argent. En conséquence, on tournait rarement, passant le reste du temps à communiquer, à aller déjeuner, à rédiger des lettres et à faire des conférences, dans l'espoir de persuader une personne quelconque. En son for intérieur, on n'arrêtait pas de se demander quand tous les gens qui collaboraient sur un film finiraient par comprendre qu'ils y arriveraient aussi sans réalisateur s'ils se mettaient d'accord. Les acteurs pouvaient très bien jouer seuls, le cameraman pouvait les filmer sans problème, l'architecte pouvait leur construire une scène et le monteur pouvait choisir et assembler les meilleurs passages par la suite. Mais comme tout le monde croyait avoir besoin d'un réalisateur, rien ne se faisait sans lui.

Autrefois, le cinéma était une attraction de fête foraine : des balles rebondissantes, des kangourous boxeurs, des couples dansant, des hommes faisant tourner leur canne. Un écran sale au marché Kutschker dans le 18e arrondissement, un homme qui s'appelait Zacharias Molander et criait “Venez m’sieu dames, venez voir m’sieu dames, admirez !”, pendant que sa femme jouait de l’accordéon et qu’on voyait là-haut des images saccadées, prises par le couple avec des appareils bricolés par leurs soins. Cela avait fait forte impression sur Pabst, qui n’oublia jamais les combats de kangourous, ni les hommes à la canne virevoltante, ni le nom Molander.

Peu après, il était alors jeune homme, les films racontaient déjà de petites histoires. Deux chevaliers se battaient en duel, un gangster dévalisait une banque à coups de pistolet, un petit homme portant canne et chapeau était poursuivi par un policier. Pendant sa fuite, la caméra le suivait en train de dévaler la rue, si bien qu’il fallait se tenir pour ne pas être emporté et perdre l’équilibre.

Son père était fonctionnaire. Il occupait un bureau sous les combles à la gare de l’Est, un portrait de l’Empereur regardait son bureau de haut avec une majestueuse lassitude, c’était le chef de gare. En dessous, les trains entraient et partaient, à destination des villes lointaines de Galicie et de Bucovine et plus loin encore, jusqu’à Moscou, et son père régnait sur tout cela – les locomotives sifflantes, les roues en acier, les gens en uniforme et même les flots de passagers qui montaient et descendaient – depuis son bureau. Pour fêter sa vingt-cinquième année de service, ce n’était certes pas l’Empereur, mais quand même un archiduc, capable lui aussi d’arborer un air las et majestueux, qui lui avait tendu la main en lui souhaitant une longue vie. Chaque soir, leur bonne Milena leur préparait le dîner avec entrée et dessert, secondée par sa mère, ce qui n’était pas facile puisque maman refusait d’apprendre le tchèque et que Milena parlait de plus en plus mal l’allemand au fil des ans. Presque tous ceux qui n’étaient pas au service des autres avaient des domestiques à l'époque, c'était dû à l'immensité du pays et à sa pauvreté plus grande encore, on ne les payait presque pas. Sa mère souffrait de n'avoir qu'une seule bonne. Ses parents à elle étaient des gens aisés, ils n'avaient pas voulu qu'elle épouse un fonctionnaire, ce n'était pas un bon parti, raison pour laquelle son fils unique devait s'adresser à elle en disant "madame maman", avec l'accent sur la dernière syllabe, s'il te plaît, à la française.

Pourquoi avait-il voulu devenir comédien ? Il n'arriva plus à s'en souvenir par la suite, ce n'était pas une question de talent, plutôt une nostalgie de l'odeur poussiéreuse en coulisses, des femmes maquillées, de la lumière douce et délicate des lampes de scène qui n'étaient pas encore électriques. Maman avait beaucoup pleuré et papa l'avait convoqué dans son bureau à la gare pour lui expliquer à voix basse qu'il ne le soutiendrait pas – pas un sou pour un fils au théâtre. Georg Wilhelm était un gentil garçon déjà enrobé à l'époque, il ne voulait pas froisser ses parents, mais pas non plus faire des études de droit, il avait donc demandé à son père de lui accorder une année, une seule, pour voir si le théâtre était réellement fait pour lui. Le père avait secoué la tête en silence, mais il était quand même parti à Graz pour jouer des rôles secondaires jusqu'à ce que le directeur du Irving Place Theater l'engage à New York.

— Mais je ne parle pas anglais !

— Ça tombe bien, avait répondu le directeur, nous sommes un théâtre allemand.

Il soupira, se leva et alla au bastingage. Le soleil avait encore baissé, ses rayons tombaient obliquement sur les vagues, ici et là et là-bas. Jusqu'où portait la vue lorsqu'il n'y avait aucun obstacle ? L'horizon était devenu flou, une zone claire entre ciel et mer, recouverte par le fin voile qui formerait des nuages dès que le soir rafraîchirait l'eau.

Il se pencha. Beaucoup plus bas, la quille fendait l'écume. Il repensa au bateau sur lequel il était arrivé en Amérique, pas en première classe comme maintenant, mais dans la promiscuité de la troisième, tandis que sur le continent, on avait brusquement déclaré la guerre.

Un cuirassé français avait capturé son paquebot, comme ça, personne à l'époque ne pensait que c'était possible. On sillonnait un monde en paix depuis des décennies, on n'avait rien fait à personne, on était intègre et candide, après quoi on vous emprisonnait. De nos jours, c'était courant, mais à la fin de cette longue période de paix, on n'était pas prêt pour ce genre de choses.

Il avait donc ressenti, en tout premier lieu, une stupéfaction sans bornes. Stupéfait, il avait débarqué et réembarqué sur l'autre bateau sous les hurlements des soldats français au garde-à-vous avec leurs armes plantées dans le sol ; stupéfait, il avait passé les semaines suivantes en cale sans voir le soleil ; stupéfait, il avait débarqué enchaîné sur une île-prison près de Brest et, avec la même stupéfaction, il avait rejoint son baraquement.

Il comprit par la suite que, malgré tout, il avait eu de la chance. Pendant que les broyeurs d'os tournaient à plein régime sur le front, que ses camarades de classe étaient déchiquetés par une machine de mort telle que le monde n'en avait encore jamais vu, tout était déjà terminé pour lui. Bien sûr, il avait souffert de la faim, bien sûr, les gardiens étaient brutaux et ils avaient expédié l'un ou l'autre à l'infirmerie à coups de barre de fer, et bien sûr, les travaux forcés étaient si durs qu'il lui semblait parfois que son dos allait se briser – mais tout valait mieux que la vie dans les tranchées, dont parlaient les nouveaux prisonniers. Au bout d'un an, la direction du camp donna même son accord pour une troupe de théâtre.

En réalité, il avait seulement eu l'intention de participer en tant que comédien, mais il parut soudain évident à tout le monde qu'il savait mieux que personne qui devait se placer où, qui devait entrer de quel côté et comment il fallait réciter son texte. Au début, il accepta des rôles secondaires, mais c'était visiblement une perte de temps et d'énergie, si bien qu'il abandonna rapidement. Il venait de comprendre qu'il était un metteur en scène né. Lorsqu'il lisait une pièce, il savait comment la représenter. Lorsqu'il observait des comédiens au travail, il pouvait signaler leurs erreurs.

C'est ainsi qu'il avait monté des pièces dans le camp jusqu'à la fin de la guerre. Puis il était rentré à Vienne. Le gros avantage d'une guerre mondiale perdue : des gens en moins et de nombreuses possibilités en plus. Où qu'on regarde, il manquait quelqu'un et où qu'on aille, il y avait de la place. En flânant dans les rues désertes, il aperçut un petit théâtre. Il entra et demanda à deux hommes lisant le journal dans le foyer s'il pouvait faire de la mise en scène ici.

L'un était le concierge, son avis ne comptait pas, mais l'autre était le directeur. Pabst adapta Schnitzler et Bahr et Hofmannsthal et Arnold Zweig, et comme il fallait bien vivre de quelque chose, il se fit engager comme assistant pour un film, *Le Vaurien*, d'après une nouvelle d'Eichendorff.

Le studio était une salle immense sous des lampes à arc qui la remplissaient d'une clarté absurde. Même en fermant les yeux, les paupières n'arrivaient pas à exclure la lumière : l'air lui-même semblait incandescent. Les acteurs allaient et venaient, agissant sans but, tandis que le cameraman était le seul à savoir comment tenir l'engin, à quelle vitesse tourner la manivelle et comment changer le rouleau contenant la pellicule. Le réalisateur donnait de temps à autre des instructions que personne n'écoutait.

Le résultat final était horrible. Comme la lumière ne venait que d'en haut, les choses et les gens semblaient plats. Les acteurs, qui venaient tous du théâtre, ne savaient pas comment se comporter face à la caméra. Mais les gros plans avaient ébahi Pabst : on voyait les visages de si près que c'en était presque absurde. À cette distance, on ne voyait d'habitude que les gens qu'on embrassait. Et les décors peints à l'arrière-plan semblaient à la fois authentiques et irréels, comme tirés d'un songe étrange.

Bientôt, on l'engagea pour d'autres films. Un assistant avait peu à faire puisque le metteur en scène lui-même ne faisait pas grand-chose. En réalité, c'était le cameraman qui décidait de tout. Ils venaient seuls et gardaient leurs secrets, chacun avait sa propre caméra et ils étaient ennemis entre eux, ne s'entraidaient pas et ne se parlaient pas. Quant aux acteurs, ils ne prenaient pas le cinéma au sérieux, ils arrivaient de leur répétition au théâtre, tournaient deux ou trois heures, réclamaient leur cachet et retournaient sur scène le soir. Les films étaient ensuite découpés aux ciseaux et recollés tant bien que mal pour former une histoire.

Quelques règles se cristallisaient : si un personnage partait vers la droite, il devait venir de gauche à la séquence suivante, sinon on croyait qu'il revenait en arrière, et lorsque deux personnages parlaient ensemble, aucun d'eux ne devait regarder la caméra, l'un devait regarder à sa gauche et l'autre à sa droite ; faute de quoi on n'avait pas l'impression qu'ils se regardaient. Et quand il se passait quelque chose et autre chose *juste après*, la première action semblait toujours entraîner la deuxième ; fais aboyer un chien et enchaîne sur un homme qui tombe raide mort, cela veut dire que le chien a tué l'homme par ses aboiements. Laisse quatre secondes s'écouler et le chien ne sera qu'une anticipation funeste. Insère un arbre pendant une seconde et les deux événements n'auront plus aucun lien. On copia le film ainsi composé quatre ou cinq fois dans une petite manufacture en périphérie, toutes les copies étaient différentes, chacune ayant ses couleurs, sa luminosité, son contraste.

Ce n'est plus sur la place du marché, mais dans des restaurants, voire dans des cabarets qu'on présenta ces copies. Le cinéma était un genre nouveau et chaotique, mais cela ne gênait personne car après tout, le monde entier était un chaos. Seul l'avenir étincelait. Une fois les égarements du présent surmontés, il n'y aurait plus jamais de guerre, la technique évoluerait et tout ce que le cinéma n'était pas encore, il le deviendrait un jour. C'est ainsi qu'il réussit à convaincre la banque anglo-autrichienne de financer son premier long métrage, puis il persuada le célèbre Werner Krauß de tenir le rôle principal. Il tourna à la mode expressionniste, déjà dépassée à l'époque. L'histoire était un conte de fées sombre, les décors improbables et surréalistes, le résultat grandiose et un brin ennuyeux.

Son deuxième film allait être encore plus sombre, plus fou, plus féerique, d'après la pièce fantomatique d'Anski, *Le Dibbouk*. Il avait passé cinq mois sur le scénario, le confiseur Mehlson lui avait promis quarante mille dollars. Mais une fois dans le bureau de Mehlson, avant de signer, il avait tenté le diable en disant :

— Quarante mille, ça ne suffit pas. Le film ne sera pas bon à ce prix. Donc ce sera un échec. Si vous m'en donnez quarante mille, vous ne rentrerez pas dans vos frais. Si vous m'en donnez soixante mille, vous en gagnerez cent vingt.

Il s'attendait à ce que Mehlson le jette dehors. Or celui-ci avait réfléchi avant de dire :

— Soixante mille, c'est faisable. Mais pas tout de suite. Je n'ai pas autant d'argent à ma disposition. Cet été, il y a un congrès juif à Bâle, je pourrai en récolter vingt mille. Aucun souci pour *Le Dibbouk* d'Anski !

— Il faut que je tourne dès maintenant. J'ai besoin de cet argent. Nous allons avoir un enfant !

— Dans ce cas, faites un autre film. Un qui sera bon, même pour quarante mille, si bon qu'il en rapportera deux cent mille.

— Je ne sais pas faire un film comme ça.

— Cher monsieur, ce n'est pas mon problème.

Pabst avait compris que son existence était sur le point de basculer. Tant de gens ignoraient à quel moment il fallait saisir sa chance, et les possibilités leur filaient entre les doigts.

— Vous n'êtes pas obligé de vous décider tout de suite, avait dit Mehlson. Nous pouvons convenir d'un rendez-vous ultérieur, mon cher Pabst.

— *La Rue sans joie*.

— Pardon ?

— Le roman de Bettauer. Sur les pauvres, l'inflation, la misère. Ni fantômes, ni décors peints, pas de romantisme noir. Je le fais pour quarante mille et il vous rapportera dix fois cette somme.

— Promis ?

Pabst, sachant bien qu'on ne pouvait jamais promettre ce genre de choses, mais sachant aussi que les occasions étaient rares et qu'il fallait les saisir, avait tendu la main sans hésiter, disant à Mehlson qu'il le lui promettait sur sa vie et son honneur et la vie de sa mère et celle de l'enfant à naître.

En fin de compte, *La Rue sans joie* dépassa largement les quarante mille. Mais le film rapporta dix fois cette somme.

Il jeta sa cigarette dans l'eau. Lentement, la main sur le bastingage, il gravit un escalier titubant et longea un couloir qui dodelinait avec indolence. Et là, déjà, sa cabine.

Trude et Jakob étaient sur le canapé. La tête de l'enfant reposait sur l'épaule de sa mère, il avait les yeux fermés, elle lisait à voix haute :

— *Le spectacle était vraiment grandiose et sublime. Un point lumineux apparut à l'horizon entre les flots sombres et le bleu du ciel. "Qu'on m'apporte une longue-vue !" s'écria John.*

— J'ai toujours songé à adapter l'histoire de Schlemihl et de son ombre, dit-il. Mais l'expressionnisme est passé de mode. Maintenant, ce serait peut-être de nouveau possible.

Trude plaça l'index devant ses lèvres, il se tut.

— *La longue-vue passait de main en main, et elle ne revint pas dans celles de leur propriétaire ; moi, je regardais l'homme avec étonnement, sans comprendre comment cet instrument gigantesque était sorti de la pochette minuscule ; mais personne ne semblait s'en être aperçu.*

Pabst la contemplait, presque heureux. Il l'aurait quittée sur-le-champ si Louise avait voulu de lui, mais comme ce n'était pas le cas, il resta, l'aimait beaucoup et savait que c'était mieux ainsi.

Il avait fait la connaissance de Trude treize ans plus tôt chez son ami Fritz Henning, le scénariste médiocre. Encore assistant à l'époque, il était venu pour le dîner. Gertrude, la cousine de Fritz, était là avec son mari, un grand monsieur aimable à favoris. Pendant le repas, Pabst n'avait pas cessé de la regarder, pas à dessein car il était timide avec les femmes, mais parce qu'il ne pouvait s'en empêcher. Tout le monde l'avait remarqué, mais avait fait semblant de ne pas le voir, y compris son mari, qu'aurait-il pu faire d'autre d'ailleurs ; l'époque où on se provoquait en duel était révolue. Or Trude avait soutenu son regard, de ses yeux lumineux et sombres. Il se croyait dans un rêve.

Ils n'avaient pas parlé ensemble. Lors du départ, il lui avait fait le baisemain sans que ses lèvres n'effleurent sa peau, comme on le lui avait appris à l'école de danse. En traversant l'obscurité berlinoise pour rentrer chez lui, il s'était persuadé qu'il avait dû se tromper ; elle n'avait pas pu le regarder comme ça, ce n'était pas possible, ce genre de choses n'arrivait jamais. Il avait beau avoir fumé un peu d'opium et enchaîné sur un cognac, il dormit d'un sommeil agité et vacillant.

Le lendemain matin, un messager lui apporta une lettre : Trude demandait s'il voulait la retrouver au Tiergarten pour une promenade.

Après cela, sa vie s'était accélérée, effrénée et pleine d'énergie survoltée durant quelques mois, Trude lui avait rendu visite dans son appartement, il avait réservé des chambres d'hôtel dans l'Uckermark et au bord de la Baltique, ils avaient fini par être à court de mensonges, puis tout s'était résolu avec une étonnante facilité : le mari à favoris l'avait laissée partir sans résistance, signant les papiers du divorce ; il s'avéra qu'il avait lui-même d'autres projets et qu'il attendait cela depuis longtemps.

Trude posa le livre avec précaution. Jakob respirait calmement et profondément, il s'était endormi.

Pabst se leva, s'agenouilla, glissa prudemment les bras sous le corps de son fils et le souleva. À vrai dire, il était déjà trop lourd, mais lorsqu'on rassemblait toutes ses forces, ça allait encore. Pabst sentait le souffle de l'enfant au creux de son cou. À ce moment précis, la coque du bateau s'éleva et s'abaissa, si bien qu'il faillit perdre l'équilibre ; mais Jakob ne se réveilla pas et il le déposa sur son lit moelleux. De façon intempestive et sans raison aucune, il ne put s'empêcher de repenser à Louise, si bien qu'il arbora ce large sourire affable qu'il affichait au travail pour calmer le jeu et s'assurer que tous faisaient le maximum pour ne pas le décevoir.

Trude se leva. Ils s'embrassèrent. Quelle bonne chose, songea-t-il, que même la personne la plus proche ne voie pas ce qui se passe en vous.

— Qu'est-ce qui t'arrive ? demanda-t-elle. Tu avais l'air…

Elle se tut et le scruta.

Par chance, on toqua à la porte.

Elle ouvrit. Un steward lui tendit deux bouts de papier pliés sur un plateau d'argent. Il n'était pas rare que plusieurs télégrammes arrivent en même temps, l'opérateur radio ne pouvait recevoir de messages privés pour les passagers qu'une heure par jour, donc ils s'accumulaient toujours.

Elle déplia le premier et lut.

Il l'observa avec un mélange d'effroi, d'inquiétude et de sérénité. Après tout, ils étaient tous les trois ici et en vie, alors ça ne pouvait pas être si grave ! À moins, bien sûr, qu'il ne s'agisse de la santé de sa mère là-bas, en Autriche.

Trude abaissa le papier en riant.

— Pas maman, alors ?

Elle secoua la tête et le lui tendit. Dans le télégramme, un des deux producteurs français lui annonçait que l'autre avait jeté l'éponge, on n'avait pas d'argent, le film ne pouvait pas être tourné.

Il alla vers la petite vitrine contenant les bouteilles et se versa de la vodka. Il avait mal interprété sa réaction. Trude ne riait pas. Des larmes lui coulaient sur le visage.

— Ce n'est pas si grave, dit-il à voix basse. C'est peut-être même une bonne chose. Il y a tellement de possibilités en France. Ils veulent que je tourne *Le Drame de Shanghaï*, j'ai du temps maintenant que cette stupide comédie ne se fait pas. C'est sans doute une aubaine !

— Sauf s'il y a la guerre.

— Et quand bien même, tu les imagines envahir la France ?

Il finit son verre et se resservit. Elle tendit la main, il le lui tendit, elle but.

Ils se turent quelques secondes. Le sol de leur cabine montait et descendait. Jakob soupirait dans son sommeil.

— Bon sang, dit Trude. Où est l'autre ?

Ils fixaient la moquette. Il gisait là. Elle le devança une fois de plus, le ramassa, le déplia et lut.

— Alors ?

— Ça vient de ta mère.

CHEZ ALAIN

Adam Grosz et Maria Cornetti étaient déjà là lorsqu'Ilse entra. Ce fut un grand bonjour, on s'enlaça et se tapa sur l'épaule. Là-bas, en Autriche, elle n'avait jamais supporté Grosz, il était incroyablement prétentieux sur scène, écartait les mains et écarquillait les yeux. C'était aussi un intrigant : neuf ans plus tôt, dans *Tasso* au Deutsches Theater, il avait refusé d'échanger ne serait-ce qu'un seul mot avec sa collègue Maria Ehrlich, l'ignorant comme si elle était transparente. Maintenant qu'ils étaient tous coincés à Paris et qu'Ehrlich était la seule à jouer dans une pièce nazie d'Arnolt Bronnen au théâtre Schiller, la situation était bien différente et Ilse fut elle-même surprise de sentir son cœur bondir de joie lorsque Grosz s'élança et l'enlaça en s'écriant "Ah, tu es en vie !", alors qu'ils ne s'étaient jamais tutoyés autrefois.

De joie, Ilse enlaça même Maria Cornetti, encore plus osseuse qu'avant. La pauvre ne vivait certainement pas dans le luxe. Qui, dans cette ville, avait besoin d'une vieille Hambourgeoise critique de films et ne parlant même pas français ?

Ilse ne parlait pas français non plus, malheureusement. Pas assez, en tout cas, pour dire une réplique sans accent. Cela lui permettait parfois d'obtenir de petits rôles, mais muets ou pour lesquels elle devait marmonner injures et menaces. La semaine précédente, elle avait joué dans un polar de René Castain une tueuse à gages chinoise lourdement maquillée et aux paupières étirées par du scotch. Dans une scène, elle avait dû siffler et montrer les dents, dans une autre se disputer en chinois inventé avec Fred Kranzler, du théâtre municipal d'Aix-la-Chapelle, grimé lui aussi en Asiatique, et grâce à ce rôle, elle n'avait pas de souci à se faire pour son loyer du mois, c'était déjà ça. Le loyer posait toujours problème, d'autant qu'Ilse devait également soutenir son ex-mari. Il était coincé avec sa nouvelle femme à Rouen, sans visa de sortie, et les deux ne gagnaient pas un sou.

Une sacrée chance, était en train de dire Maria Cornetti en fumant son cigare à grandes bouffées voluptueuses, une dame distinguée du 3e arrondissement venait de l'engager pour des cours d'allemand, cela couvrait les dépenses de première nécessité. Cette femme l'interrogeait sans arrêt sur Goethe, dont elle n'avait aucune idée – c'était étonnant de voir combien la misère vous rendait inventif et tout ce qui vous venait à l'idée au sujet de Goethe quand vous n'aviez pas le choix.

L'écrivain Carl Zuckmayer entra, accompagné d'un petit homme maigre et d'une grande femme. Il les présenta comme ses collègues Walter Mehring et Hertha Pauli. Tous les trois étaient en transit et regardaient autour d'eux avec cet air absent typique des réfugiés : on n'est jamais totalement là où on se trouve ; tout ce qui vous entoure vous apparaît comme un décor construit à la va-vite, qu'il ne vaut pas la peine de mémoriser.

De fait, il n'y avait vraiment pas grand-chose à voir au *Bois de la bière*. La salle sombre avec ses flaques sur le sol, son comptoir aux entailles gravées, à propos desquelles le patron Alain affirmait qu'elles venaient de nul autre que Rimbaud – après minuit, on y croyait –, ses trois tables, dont les deux de devant étaient un peu moins bancales que celle du fond, la leur. Ils venaient souvent ici, Alain tenait une ardoise et on n'avait pas à se sentir seul, on trouvait toujours quelqu'un.

Zuckmayer, que tout le monde surnommait Zuck, parlait fort comme d'habitude, donnait des claques dans le dos de Grosz, posait une de ses paluches sur le maigre avant-bras d'Ilse, commandait du vin d'une voix de stentor en disant que la première tournée était pour lui.

Mehring dit qu'il avait la possibilité de rejoindre la Suisse.

— Ils n'aiment pas les Juifs là-bas, dit Grosz. Les réfugiés allemands sont interdits de publication en Suisse. C'est parce qu'ils écrivent mieux que les Suisses. Selon le gouvernement, c'est un fait avéré.

— Pas faux.

— À moins de s'appeler Thomas Mann. Pour lui, on a fait une exception.

— Je croyais que Mann était en Amérique.

— Non, il est dans le Sud de la France. C'est ce que m'écrit Werfel, qui se trouve dans le même village.

— Mais s'il y a la guerre…

— Il y aura la guerre !

— Pas pour l'instant !

— … la Suisse sera envahie sur-le-champ ou bien elle se rendra. Seule la France est sûre !

— Je n'y crois plus, dit Zuck. Alice et moi, nous allons en Amérique.

— Tu as un visa ?

— Oui. Ça a été drôlement difficile de recevoir le cautionnement. Maintenant, nous pouvons partir.

Le patron arriva, Mehring parla français, Alain répondit, Mehring et Hertha Pauli riaient, les autres se regardaient d'un air décontenancé, ils n'avaient rien compris.

Zuck demanda à la ronde si on avait des nouvelles d'untel ou d'untel, ils évoquèrent un moment les amis dispersés dans le monde, et maintenant qu'ils avaient assez bu pour supporter l'idée, ils parlèrent aussi des défunts : Mühsam, battu à mort en camp comme Ossietzky, Tucholsky qui avait bu du poison en Suède, Kästner certes encore en vie, mais resté à Berlin pour une raison quelconque, on l'espérait encore en liberté, personne n'en savait rien. Grosz dit que Kästner lui avait écrit une lettre étrange et pleine de circonlocutions bizarres à cause de la censure, impossible de savoir ce qu'il avait voulu dire.

Un homme et une femme entrèrent : il était enrobé, portait des lunettes et avait un sourire chaleureux et affable. Aussitôt, tout le monde lui tapa sur les bras et les épaules, Zuck lui caressa tendrement les cheveux. La femme qui l'accompagnait, en revanche, ne semblait pas à l'aise.

— Qui est-ce ? chuchota Ilse à Maria Cornetti.

— Le pape.

— Le pape ?

— Pas le Saint-Père, le pape… du cinéma. Elle s'adressa aussitôt à lui : G. W., voici Ilse Hochfeld, du théâtre Schiller !

— Je vous connais ! s'écria Pabst, tandis qu'on amenait des chaises. Je vous admire depuis des années.

C'était flatteur et bizarre en même temps. S'il l'admirait tant, pourquoi ne l'avait-il jamais engagée ?

— Je vous ai vue dans *Les Criminels*, dit Pabst. Savez-vous où se trouve Ferdinand Bruckner actuellement ?

— En Amérique. Il a réussi.

Pour une raison quelconque, cette réponse semblait déplaire à Pabst, qui se détourna brusquement et se mit à évoquer avec Zuck une idée de film qu'ils avaient eue ensemble et qui n'avait visiblement rien donné, comme la plupart des idées de film. Ce n'était pas très intéressant, et Ilse demanda à Maria Cornetti comment l'homme qui avait adapté Wedekind et Brecht pouvait se retrouver au *Bois de la bière*. Pourquoi était-il encore ici au lieu de tourner des films à Hollywood ?

— Évite de mentionner Brecht. Il lui a fait un procès à l'époque. Brecht a poursuivi la production parce qu'on n'a pas voulu utiliser son scénario.

— Brecht a écrit un scénario ?

— Justement pas, voilà pourquoi ils ne pouvaient pas l'utiliser.

— Il n'a pas écrit de scénario, mais il les a poursuivis pour ne pas avoir utilisé son scénario ?

— Exactement.

— Il a gagné son procès ?

— Figure-toi que non. Avec son sourire le plus méchant, Maria Cornetti s'alluma un nouveau cigare avec le mégot du précédent. Le film est meilleur que la pièce, d'ailleurs. Tu n'étais au courant de rien ? Tu n'as donc jamais lu mes articles ?

— Certains, si.

— Tu dois les lire tous, sinon tu sombreras dans la bêtise.

— Je plaisante, dit Ilse, qui prit sa main ridée et l'embrassa. Nous lisons tout de toi.

— C'est exact, dit Hertha Pauli. Même si nous ne sommes pas souvent du même avis.

— Comment ça ? C'est ridicule. Celui qui ne partage pas mon avis a tort !

— Prenons le reproche que vous faites à Fritz Lang, disant que *M* serait un film inspiré par le fascisme. Vous ne pouvez quand même pas…

— Bien sûr que si !

— Qu'est-ce que vous dites à propos de Lang ? demanda Pabst, qui venait de se retourner brusquement vers elles.

— Des criminels dégénérés qui poursuivent de jeunes Allemandes, dit Maria Cornetti. La police de l'État démocratique impuissante, paralysée par sa fidélité à la loi, mais qui a les moyens d'agir ? Des gros durs en manteau de cuir. Et lorsqu'ils finissent par le coincer, il n'est pas remis à la police, il est "liquidé" sans hésitation. Le mot est dans le film. "Liquidé".

— Ce n'est qu'une anticipation critique, dit Ilse.

— Pas très critique. Tu sais que sa fidèle épouse et scénariste est membre du parti maintenant ?

— Pas très fidèle, dit Grosz.

— On n'en sait rien, dit Zuck. Pour ce qui est du parti, je veux dire. Nous savons tous qu'elle n'était pas fidèle. Quant au parti, ce sont des rumeurs. Ne nous accusons pas trop vite les uns les autres. Nous, les réchappés, sommes redevables à ceux qui vivent encore en enfer…

— … au mitan de la nuit, dit Mehring.

— … dans notre patrie lamentablement anéantie, dit Hertha Pauli.

— … il ne faut pas supposer le pire. On leur doit bien ça.

— Votre attention ! dit Mehring. Silence. On tend l'oreille. Sur quoi il déclama de sa voix aiguë et métallique : Au-delà des frontières que votre espérance jaillisse ! Telle une dent pourrie arrachez l'ancienne ! Ne sont pas d'or tous les uniformes lisses. Qu'ils calomnient, de rage se compissent, et que dans l'océan ils recrachent leur haine ! Tout son pays, le reste de sa patrie, l'émigrant l'emporte d'homme en homme, de ville en ville, sur ses semelles, dans son mouchoir, à tout jamais.

Il se tut. Tout le monde applaudit, Mehring esquissa une révérence.

— Ça veut dire quoi, se compissent ? demanda Maria Cornetti.

— C'est ancien.

— C'est ce qu'on dit toujours quand on invente un mot pour la rime.

— Vérifiez !

— Où ça ?

— Qu'est-ce que j'y peux si vous n'avez pas de dictionnaire sur vous !

— Et vous, monsieur Pabst ? demanda Ilse. Vous tentez également de rejoindre les États-Unis ?

— On en revient, dit la femme de Pabst.

Tous la dévisagèrent avec étonnement.

— Vous plaisantez, dit Maria Cornetti. N'est-ce pas ? C'est forcément une plaisanterie !

La femme de Pabst scrutait son mari qui lui adressa un bref regard, elle fixait la table et tripotait ses mèches de cheveux en silence.

— C'était très difficile là-bas, dit Pabst. On m'a refilé le pire des scénarios. Je ne pouvais pas choisir les acteurs, un type des studios intervenait sans arrêt durant le tournage. Il a même voulu choisir l'emplacement de la caméra et le cameraman l'écoutait lui, pas moi ! Après quoi je n'ai même pas pu faire le montage final ! Vous connaissez sans doute ma façon de travailler, le montage, c'est mon point fort, je peux quasiment tout sauver si on me laisse… Puis le film est sorti et c'était un échec, forcément, et soi-disant ma faute parce que là-bas, on vaut autant que son dernier film, et on ne m'aurait pas laissé en faire un autre. On m'a dit que j'aurais peut-être la possibilité d'être assistant. Essayez de me comprendre, je ne peux quand même pas redevenir assistant, en toute modestie. Je ne suis pas encore prêt à oublier qui je suis.

— C'est là qu'on a reçu l'offre de la France, dit sa femme.

— Le tournage commence quand ?

— Le film ne s'est pas fait.

Le silence tomba.

— On peut aussi devenir paysan, dit Zuck. On loue une cabane, on cultive du maïs ou de l'avoine, on survit d'une façon ou d'une autre. C'est sûrement pas si difficile.

— Je suis un écrivain du bitume, dit Mehring. Je ne cultive rien du tout !

— Nous allons retourner en Amérique, dit Pabst. Que faire d'autre. Greta Garbo ou… Louise Brooks m'aideront. J'ai des projets qu'elles ne pourront pas refuser. Par exemple : un bateau en haute mer, soudain un message radio…

Tandis qu'il détaillait son idée, Ilse ne l'écoutait déjà plus. C'était toujours ennuyeux lorsque des réalisateurs exposaient leurs projets. Elle préférait observer sa femme, blême et assise là comme refoulée. Ses lèvres bougeaient en silence, elle esquissa un sourire qui n'avait rien de gai, plutôt triste et incertain, essayant de faire bonne figure face à l'horreur.

— Mais c'est une erreur, dit Pabst. Une fausse alerte, après quoi tous doivent mener leur vie comme si de rien n'était. L'idée est bonne, non ?

Tous hochèrent la tête en approuvant bruyamment car, lorsque la soirée était déjà bien avancée et que quelqu'un partageait une idée, il fallait l'encenser, la bienséance l'exigeait.

Ilse repensa à tout ce qu'elle avait entendu dire au sujet de Pabst : qu'il regardait à peine le scénario et improvisait sur le plateau, inventait des scènes, changeait de plan tel un enfant en train de jouer. Que les acteurs l'appréciaient parce qu'il les poussait à donner le meilleur d'eux-mêmes sans jamais élever la voix. Elle avait cependant entendu dire la même chose à propos de Lubitsch, et une ou deux fois de Murnau, mais jamais de Lang évidemment, chacun savait qu'il faisait régner la terreur pendant le tournage, ce qu'Ilse pouvait confirmer pour l'avoir vécu quand elle avait tenu un petit rôle dans *La Femme sur la lune*. Cela avait été une des pires journées de sa vie.

Lorsqu'elle tendit l'oreille, Mehring, Zuck et Maria Cornetti s'étaient lancés dans une discussion sur la probabilité d'une guerre. Quelqu'un avait commandé une nouvelle tournée – était-ce la cinquième ? – et alors même qu'ils parlaient de plus en plus fort, on les comprenait de moins en moins. L'un disait Maginot, l'autre Pétain, l'autre Briand, Maria Cornetti exposa une théorie compliquée selon laquelle la France allait sacrifier la Tchécoslovaquie et que, précisément grâce à ce sacrifice, Hitler allait comprendre qu'il ne pourrait pas aller plus loin. Elle frappait sans arrêt sur la table et gesticulait avec l'autre main, l'épaisse fumée grise de son cigare se mélangeait aux volutes verdâtres de la cigarette de Mehring.

Puis le moment arriva. Le patron revint une fois de plus et comme c'était au tour d'Ilse, elle commanda du vin pour tout le monde et comme tout lui était égal désormais, elle demanda à Pabst pourquoi il ne lui avait jamais proposé de rôle.

Il la regarda longuement avant de répondre qu'il n'avait rien eu qui convenait à son talent spécifique et qu'il la voyait d'ailleurs plutôt sur les planches, où résidait de toute façon l'art véritable, davantage que dans le chaos industriel du cinéma.

Ilse ne savait pas s'il venait de l'offenser ou de la complimenter. Pour changer de sujet, elle demanda à quelle date il avait réservé sa traversée pour New York, à quoi il répondit quelque chose qu'elle ne comprit pas parce qu'il se mit soudain à bafouiller. Mais sa femme dit qu'ils avaient deux ou trois choses à régler au préalable, il fallait retirer l'argent du voyage à Bâle et aussi rendre visite à sa belle-mère en Styrie, elle n'allait pas bien du tout, ce serait sans doute un adieu définitif.

Chaque jour, intervint Mehring qui avait lui aussi beaucoup bu, était dorénavant un adieu et chaque adieu était définitif, c'était dans la nature du temps quand on avait dépassé trente ans et Maria Cornetti dit qu'elle ne parlait aux gens qui employaient des tournures comme "la nature du temps" que lorsqu'elle n'avait pas le choix et Mehring demanda si le temps, à son avis, n'avait pas de nature, sur quoi elle répondit que le temps était une illusion et Hertha Pauli dit que ça, c'était du bouddhisme et Zuck tapa plusieurs fois sur la table, ce qui pouvait exprimer aussi bien son approbation que sa verve et son ardeur de façon générale, et Maria Cornetti dit que, quand quelque chose était vrai, on n'était pas obligé d'appeler ça bouddhisme juste parce que Bouddha avait dit la même chose, et que seules les fausses convictions avaient besoin d'un nom ; tout cela était si rapide et déroutant qu'Ilse en oublia complètement la question qu'elle s'apprêtait à lui poser. Elle avait le vertige, la salle entière vacillait, sans doute parce que Zuck était de nouveau en train de marteler la table.

— Excusez-moi, dit Adam Grosz. Il n'avait pas parlé fort, mais le ton fit que tous se turent. Excusez-moi, vous avez bien dit en Styrie ?

Elle acquiesça.

— La Styrie est en Autriche.

— Oui.

— Vous allez dans la province d'Ostmark ?

— L'endroit s'appelle Tillmitsch. Un petit village. Nous avons une maison là-bas, une sorte de maison, une propriété. La mère de Wilhelm s'y trouve.

Ilse se rappela alors ce qu'elle voulait demander à Pabst.

— Excusez-moi, quand vous avez parlé de mon "talent spécifique", qu'est-ce que ça voulait dire exacte…

— Mais tu ne peux pas aller en Autriche ! s'écria Zuck. Tu es cinglé ?

— Ma mère a envoyé un télégramme. Elle écrit que je dois venir immédiatement. Tu ferais quoi à ma place ?

— Je vais vous dire ce que je ferais, dit Mehring. Ne pas retourner chez les nazis quand on a réussi à leur échapper. À aucun prix. Votre mère ne le voudrait pas non plus.

— Qu'en savez-vous ? C'est ce qu'elle veut, justement. Elle a télégraphié *viens vite*, c'est suffisamment clair !

— Vous êtes juif !

— Je ne le suis pas. Je n'ai même pas de Juifs dans ma famille. La racaille n'a pas la moindre excuse pour me chercher des ennuis.

— Comme s'il fallait une excuse !

— Nous irons en Autriche, puis nous repartirons tout de suite, nous prendrons le prochain bateau pour New York, on se reverra là-bas.

La conversation se tarit. C'était un de ces moments dans lesquels tout semble avoir été dit, où le présent paraît soudain usé et l'avenir menaçant. La pendule affichait une heure et demie, devant eux s'étalaient les heures blafardes du petit matin. Ils savaient, eux qui se connaissaient à peine, seulement réunis par le hasard, qu'ils ne se retrouveraient plus jamais dans ce même groupe ; certains auraient de la chance, les autres périraient.

Et c'est ainsi que les choses se passèrent. Zuck devint fermier dans le Vermont, Wilhelm et Gertrude Pabst se rendirent dans le Reich, Walter Mehring et Hertha Pauli arrivèrent à rejoindre l'Amérique et Adam Grosz se tira une balle dans la tête à Marseille une fois son visa de transit expiré, tandis qu'Ilse Hochfeld réussit à traverser les Pyrénées avec son ex-mari et sa nouvelle femme, puis elle fut internée dans un camp espagnol jusqu'à la fin de la guerre, rentra et joua des rôles secondaires au théâtre municipal de Brême. Maria Cornetti, plus maigre que jamais et ne fumant plus parce qu'elle avait épuisé sa réserve de cigares, fut attrapée pendant qu'elle se cachait dans une meule de foin près de Cabriès. On la transporta vers l'est dans un wagon à bestiaux et on la gaza à Maïdanek.

Ils se regardaient en silence, au *Bois de la bière* à deux heures et demie du matin, en écoutant le bruit des autres tables. Puis, comme si quelqu'un avait donné un ordre, ils se levèrent tous en même temps pour rejoindre leurs petites chambres aux chaises grinçantes et aux mauvais matelas.

Pendant qu'Ilse montait derrière Pabst les trois marches usées donnant sur la rue, elle prit son courage à deux mains pour la dernière fois et lui demanda ce qu'il avait voulu dire exactement en parlant de son talent spécifique. Mais elle n'obtint jamais de réponse car il était visiblement trop distrait ou trop éméché.

INTÉRIEUR

FRONTIÈRE

Le câble monte et descend, fuit et se fait rejeter en arrière encore et encore et encore, ça fait venir les larmes aux yeux, tout devient flou à force de bâiller. C'est toujours comme ça dans le train, on est trop fatigué pour dormir et trop las pour lire, même si papa dit toujours, lis donc, prends un bouquin, regarde au moins le paysage. Mais les livres subissent une transformation étrange quand on les lit dans le train : ils se vident. Les mots ne signifient plus rien.

C'est un peu pareil avec le paysage. Les collines et les forêts et les châteaux et les nuages et les charrettes tirées par des ânes sont bien là, mais tout paraît plat, translucide dans l'ennui jaune-gris du train, si bien qu'il faut se contenter de fixer le câble, ses montées et descentes et montées et descentes. Parfois, maman donne un sandwich et un œuf dur, mais on s'en lasse vite aussi et le pire, c'est quand papa se souvient du carnet à dessin et des crayons car comment dessiner si on s'ennuie autant ? On peut tout au plus tracer la fine ligne noire du câble, mais c'est vite fait, et ensuite ?

— Ça va durer encore longtemps ? demande Jakob en cadence avec le claquement des roues. Ça va durer encore combien, combien, combien de temps ? Ça va durer encore longtemps ?

Comme il vient de poser la question il y a quelques minutes et que ses parents sont très préoccupés et nerveux, personne ne répond.

Ils sont seuls dans leur coupé de première classe avec ses sièges fleuris, ses rideaux rayés et son petit plafonnier doré. Jusque-là, une dame âgée à chapeau partageait leur cabine. Lorsqu'elle est descendue, papa a pris son sac à main dans le coffre à bagages et l'a aidée à mettre son manteau.

— Vous continuez ? a-t-elle demandé avec un fort accent suisse. Lorsque papa a acquiescé, elle a dit : Que le bon Dieu vous garde !

Le train est reparti maintenant et, mis à part le roulement des roues qui ressemble à un dialogue de sourds, ta maman, ma maman, ta maman, ma maman, on n'entend rien, aucune voix provenant des autres compartiments, comme si tout le monde avait quitté le train ou perdu sa langue, même les parents ne parlent plus, ils regardent dehors en silence. Maman est très pâle. Papa tire sur sa cigarette.

— Ça va durer encore longtemps ? redemande Jakob.

Cette fois, maman répond :

— Ça dépend.

— De quoi ?

Le train freine et ralentit en grinçant, crissant, haletant. Les parents regardent fixement par la vitre comme s'il se passait quelque chose d'important au-dehors. Une gare défile, ralentit, s'arrête. Un panneau indique : Feldkirch*.

Une église dans un champ, pense Jakob. Un champ autour d'une église. Le champ de l'église. Il la voit aussitôt, l'église avec la croix sur le clocher, projetant une

* Nom topographique composé de *Feld*, le champ et *Kirche*, l'église.

ombre large sur la pelouse, sur le champ qui est bleu dans son imagination, bizarrement.

Maman change de place pour s'asseoir à côté de papa et elle lui prend la main. Il lui chuchote quelque chose que Jakob ne comprend pas.

Le quai est presque vide. Un homme vend des sandwichs à la saucisse derrière un petit stand. Un monsieur à chapeau lit un livre, assis sur un banc. Une affiche pend à un bout de mur : *Holeczek, les chaussures solides et étanches qu'on garde toute sa vie, uniquement chez Holeczek.* Le tout barré par une croix gammée.

Jakob n'a jamais vu ses parents aussi silencieux. Papa écrase sa cigarette dans le cendrier.

De l'autre côté du quai, un train venant de la direction opposée entre en gare – freine, ralentit, freine plus fort. Il est bondé. Autant qu'on puisse le voir à travers les vitres embuées, toutes les places sont occupées, il y a même des gens debout dans les couloirs, les filets à bagages sont déformés par les nombreuses valises.

À présent, le train s'arrête. Mais les portes ne s'ouvrent pas.

— Pourquoi est-ce que personne ne descend ? demande Jakob.

Papa ne répond pas.

Des gens arrivent sur le quai : quatre, six, huit, de plus en plus, tous en uniforme, toujours par deux, certains avec des fusils en bandoulière. Jakob a souvent vu des armes, papa l'a emmené à la chasse en France il y a deux ans, il avait du mal à croire que de vraies balles en sortaient, les petits nuages de poudre brillaient au soleil. Celles-ci sont différentes, elles ont une crosse plus large et un canon plus long, elles sont sans doute plus précises aussi.

Les hommes en uniforme ne défilent pas, ils flânent, chacun à sa guise. Ils entourent l'homme qui vend les sandwichs et celui qui lit sur le banc. Les deux lèvent à peine la tête, comme si c'était la chose la plus naturelle au monde. Davantage d'uniformes arrivent sur le quai, et encore davantage – Jakob en compte trente, trente-cinq, trente-huit, trente-neuf, quarante et un. Ça s'arrête là. Il y en a exactement quarante et un. Ils se postent devant le train là-bas, sur toute la longueur du quai, de la locomotive jusqu'au dernier wagon.

Ils restent là et attendent. Pas guindés, mais décontractés, oisifs, bavardant. L'un d'eux mange une poire.

Les passagers du train regardent fixement dehors. Une femme colle son nez contre la vitre, comme le font seulement les enfants en principe. L'homme à ses côtés pleure, mais ce n'est pas forcément lié, Jakob sait bien qu'on pleure aussi en coupant des oignons ou parfois juste comme ça, quand on regarde le soleil.

— Le contrôle des passeports, dit papa. C'est normal.

Mais Jakob remarque que ce n'est pas normal à la voix de papa, qui paraît soudain enrouée.

— Pourquoi est-ce qu'ils sont tous devant l'autre train ? Pourquoi il n'y a personne chez nous ?

— À ton avis ? demande maman avec une sévérité inhabituelle.

À ce moment, un nouveau groupe débarque sur le quai. Seulement huit hommes, pas en uniforme, en tenue normale. Trois ont des manteaux, sept des chapeaux, tous des cravates, quatre une barbe et un de la graisse.

— Parce que l'autre train quitte le pays ? demande Jakob.

Maman hoche la tête.

— C'est pour ça qu'il est plein ? Parce que tout le monde veut partir et personne ne veut rentrer ?

— Tu ne dois plus dire ce genre de choses maintenant.

Quand nous aurons quitté le pays, d'accord, mais pas avant. Tu as compris ?

Les huit hommes se répartissent. Deux montent dans le premier wagon, deux plus loin, deux encore plus loin, deux dans l'avant-dernier wagon, chaque duo étant suivi par un des hommes en uniforme. Jakob voit les passagers sortir leurs passeports, des bouts de papier, des chemises épaisses ou fines contenant des documents.

— Ce sera quand ? demande Jakob. Quand est-ce qu'on va quitter l'Autriche ?

— Tu ne dois plus utiliser ce mot non plus.

— Quel mot ?

— Autriche.

— Je ne peux plus dire Autriche ?

— Le pays a changé de nom.

— Et quand est-ce qu'on va repartir ? redemande Jakob en observant un des hommes là-bas qui prend ses papiers des mains d'un monsieur en manteau de fourrure.

— On va rendre une petite visite à ta grand-mère, dit maman. Au château !

— Tu l'aimes bien, ce château, dit papa.

— Tu te souviens du château ? demande maman.

Jakob hoche la tête, alors que ce n'est pas vrai. Un long couloir, des rais de lumière sous les portes, le vent qui hurle dans la nuit, l'odeur des boules de naphtaline et un ver de terre solitaire qui rampe sur un tapis, voilà ce dont il se souvient.

En revanche, il se rappelle très bien la dispute de ses parents hier dans leur chambre d'hôtel. Ils ont chuchoté tellement fort qu'il n'a pas pu dormir. Mais c'est ma mère ! a dit papa, et maman : C'est trop dangereux ! et de nouveau lui : C'est une simple visite, on lui trouve un sanatorium et on repart aussitôt, et ainsi de suite pendant la moitié de la nuit jusqu'à ce que le ciel s'éclaircisse et que la lumière matinale rampe au-dessus des toits.

Là-bas dans le train, l'homme abaisse le passeport et fait non de la tête. Le type en uniforme derrière lui s'avance aussitôt. L'homme en manteau de fourrure gesticule d'un air agité, mais le contrôleur secoue la tête et lui redonne son passeport – ou plutôt il le lui jette d'un geste méprisant avant de se détourner. Le type en uniforme le hisse et le force à se lever.

La porte de leur coupé s'ouvre. Un policier tout ce qu'il y a de plus normal leur fait face. Il est seul, sans soldat à ses côtés.

— *Heil Hitler*, dit-il avec lassitude.

Papa lui tend leurs passeports. Il ouvre le premier en haletant doucement.

Jakob regarde de nouveau par la vitre. L'homme en manteau de fourrure descend du train, suivi par une femme et deux fillettes. Il porte deux grosses valises. Il tente de persuader le soldat, qui secoue la tête en désignant le train dans lequel ils se trouvent tous les trois. L'homme semble s'affaisser. Il prend les valises. Ils traversent lentement le quai.

Davantage de gens descendent du train. Beaucoup pleurent. Un homme agite les poings et crie quelque chose que Jakob ne comprend pas. Plus loin, au bout du quai, une femme s'effondre et reste allongée sur le sol dur. Un homme et un garçon essaient de la redresser, mais elle se fait lourde, résiste, refuse de se lever.

Dans leur compartiment, le policier referme le premier passeport et ouvre le suivant. Il a une respiration sifflante et saccadée, sans doute de l'asthme.

— Qu'est-ce qu'elle a, la femme ? demande Jakob.

Sa mère fait un geste lui signifiant de se taire.

— Ils doivent rentrer, dit le contrôleur avec cet accent moelleux de paysan autrichien que Jakob n'a pas entendu depuis longtemps. Leurs papiers ne sont pas en règle, voilà tout.

Jakob aimerait lui demander ce que ça veut dire, pas en règle, mais il a compris ce que maman a dit et il se tait.

— Ce n'est pas l'école juive ici, dit le policier. Il regarde Jakob d'un air aimable. Quand on n'a pas ses papiers en règle, on doit rentrer chez soi.

De fait, tous les gens qui ont dû descendre se dirigent maintenant vers leur train. Où pourraient-ils aller sinon – les soldats bloquent les sorties de la gare. Trois hommes sont en train de hisser la femme, elle bouge les pieds et avance comme en rêve.

— Tous ces tampons, dit le policier. Vous êtes allé en Amérique, en France, en Suisse ?

— Pour le travail, dit papa.

— Vous faites quoi ?

— Je suis réalisateur.

Le policier émet un grognement.

— Surtout des polars, dit papa.

— J'en connais ?

— Vous avez vu *L'Atlantide* ?

Quand on interroge papa sur ses films, il cite toujours *La Rue sans joie* et *Loulou*. Parfois aussi *L'Opéra de quat' sous*. Jamais, mais vraiment jamais Jakob ne l'a entendu citer *L'Atlantide*.

Le policier secoue la tête.

— Un film d'aventures. Je l'ai tourné en France il y a quelques années.

— Pourquoi en France ?

— Il faut faire les films là où on trouve un financement. De l'argent. Quelqu'un qui vous paie.

— Donc en France quelqu'un voulait bien vous payer et pas en Allemagne ?

— C'est ça, mais maintenant nous sommes de retour. Ma femme, mon fils et moi. Enfin. De retour.

Papa parle de sa voix basse et presque ronronnante que Jakob n'a entendue qu'à deux ou trois reprises lorsqu'il lui a rendu visite sur le plateau avec maman. Quand ça devient compliqué, que des projecteurs explosent ou que des échafaudages se cassent ou que des acteurs se disputent, papa prend cette voix qui calme tout le monde et leur fait faire ce qu'il veut. À la maison, Jakob ne l'a encore jamais entendue.

— Donc vous avez vécu des années à l'étranger ?

— Et maintenant nous sommes de retour.

— Que pensez-vous du gouvernement ?

— Lequel ?

— Le nôtre !

— Je ne m'occupe pas de politique. Je me contente de tourner des films. À suspense. Des polars et des films d'aventures.

— Mais ça ne vous est sûrement pas égal, le réveil national.

Papa se tait un moment avant de dire :

— Vous voyez bien que je suis de retour.

Visiblement, c'était la bonne réponse. Le policier redonne les passeports.

— *Heil Hitler*, dit-il, puis il referme la porte et repart.

Maman veut dire quelque chose, mais papa secoue la tête et elle se tait. Tous deux sont immobiles et tendent l'oreille. Le train vibre à cause du nombre de gens qui montent dedans, on entend des voix dans le couloir. Là-bas, dans l'autre train, un contrôleur en civil fouille un sac de voyage, dans un compartiment plus loin, un type en uniforme retire un collier à une femme sans ménagement. Le collier se prend dans sa coiffure, il l'arrache et le fourre dans la poche de sa veste. Jakob est curieux de voir si la femme va devoir descendre, elle aussi. Mais l'homme reprend son chemin, elle a le droit de rester.

Brusquement, alors que des quantités innombrables de gens changent de train et que d'autres se font encore contrôler, un tressaillement parcourt leur train qui se met en branle – lentement, plus vite, de plus en plus vite. La gare défile, remplacée par des maisonnettes, remplacées à leur tour par des arbres, des champs, des collines cédant déjà la place à une contrée vert humide et un rien désordonnée.

— Pourquoi est-ce qu'ils n'ont pas attendu ? demande maman.

— Le timing, dit papa en remettant lentement les passeports dans la poche de son veston.

Puis il sort une nouvelle cigarette. Maman tend la main. Il lui en donne une et allume les deux. C'est rare, maman ne fume presque jamais.

La porte s'ouvre en grand, un homme moustachu demande si la place restante est libre, le train est bondé.

Maman et papa échangent un regard.

— Oui, bien sûr, dit papa.

L'homme s'effondre sur le siège. Les ressorts crissent. Puis il sort un mouchoir complètement chiffonné, s'essuie le visage et se met aussitôt à parler. Papa lui tend une cigarette à lui aussi, il fume à grandes bouffées nerveuses en disant qu'il a quitté sa famille pour trouver du travail en Suisse et les faire venir ensuite. Il s'était acquitté de la taxe d'évasion du Reich et de tout le reste, jusqu'au dernier sou, mais il manquait un tampon sur un formulaire et le garde-frontière avait dit qu'il pouvait fermer les yeux, mais pas gratuitement, combien d'argent avait-il encore sur lui ? Il avait alors sorti les cinq cents reichsmarks qu'il cachait sous sa ceinture et le garde-frontière avait dit qu'il était interdit de transporter de l'argent liquide, il devait confisquer cette somme. Puis que malheureusement, il manquait encore ce fameux tampon, alors que faire ? En entendant qu'il n'avait plus rien du tout, l'autre avait dit en riant : "Dans ce cas, descendez du train, je vous prie !"

Le moustachu s'essuie sans arrêt le visage en secouant la tête, comme s'il était davantage surpris qu'horrifié, comme si le sentiment prédominant, c'était la stupéfaction de voir qu'une chose pareille était possible. Même après toutes ces années passées dans le Reich, dit-il, après toutes les humiliations et les persécutions, même après qu'on lui avait pris sa maison et l'avait battu dans la rue et chassé ses deux enfants de l'école – même après tout ça, il ne s'attendait pas à une chose pareille !

Il s'essuie une fois de plus le visage, recommence depuis le début et papa, qui déteste en principe que les gens se répètent, ne l'interrompt pas.

Les câbles s'envolent, redescendent, remontent. Dans le train tout devient ennuyeux, même l'histoire de cet homme, dont la présence gêne beaucoup Jakob parce que ça ne se fait pas d'être aussi troublé et affolé pour un adulte, est rendue monotone par le roulement répété des roues. Si au moins on pouvait dormir. Il ferme les yeux. Mais le train empêche de dormir et les câbles aussi, ils veulent absolument qu'on les observe en cadence.

Du coup il rouvre les yeux et, pour s'occuper d'une manière ou d'une autre, il repense aux nombreuses écoles qu'il a fréquentées ces dernières années. Il revoit l'école parisienne et sa maîtresse sévère, Mlle Grecque, dans son deuil étrangement seyant. Ses lunettes rondes, la règle rigide à la main qui peut soudain frapper l'arrière de la tête quand on n'écoute pas. À côté de lui, Maurice lui a appris à jouer au rami, tu poses *les piques** ici et les cartes à points là, t'as encore perdu, Jacques, file-moi tes pièces ! De l'autre côté, Charles Salomon, à qui il rend parfois visite, chez lui il y a des tapis épais et des tentures de soie, et un jardin où on peut jouer des heures à cache-cache ; il est si grand qu'on ne se trouve jamais.

À l'école de Los Angeles, il n'a passé que quelques mois. Chaque professeur a sa propre salle de classe, on va de l'une à l'autre, chacun a son casier dans le couloir, où on fourre les livres et les cahiers, c'est le chaos total, on ne retrouve jamais rien et tout sent le chewing-gum, échange Babe Ruth contre six paquets, on fait la course sur le terrain et Bob Jenkins, le gars aux taches de rousseur, gagne chaque fois. La langue est dilatée et imprécise, on chante plus qu'on ne parle, alors que le français se compose de petites aiguilles, de minuscules piqûres dans de la soie, dont aucune ne doit rater sa cible.

Puis l'école de Bâle. L'accent allemand bizarre, pourquoi tu parles comme ça, spèèce de taaaaré, mais en fait ils sont sympas et leur prof de maths, Urs Bissler, arrive pour la première fois à lui faire comprendre ce que sont les nombres, mais dès le lendemain, maman lui explique qu'ils ne vont pas rester : papa fait des films et on n'en fait pas en Suisse. Nous allons rendre visite à grand-maman, on va lui dire adieu, elle est très malade, on ne va pas la revoir après. Ton papa aime sa maman comme moi, tu m'aimes. Ensuite, on ira à Marseille et de là, on prendra un bateau pour New York, tu connais déjà la ville et tu parles aussi la langue.

Or cela fait maintenant des semaines qu'il n'a plus fréquenté aucune école. Ce n'est pas facile d'être toujours

* En français dans le texte.

avec ses parents. Tandis qu'il regarde les câbles monter et descendre et remonter et qu'il écoute papa calmer l'homme en colère, Jakob remarque que le train ne roule déjà plus sur les rails, il flotte sur l'eau. Une grosse pieuvre se contorsionne en dessous, faisant s'élever le sable en petits tourbillons ; et juste avant de perdre conscience, il comprend qu'il est sans doute en train de s'endormir, là sur son siège, la tête appuyée contre la vitre, alors qu'il sait bien que ce n'est pas possible car il ne dort jamais dans le train.

JERZABEK

Contrairement à son nom, le château de Dreiturm dans le village de Tillmitsch n'avait pas trois tours. Il n'en avait même pas une. Il possédait sept pièces humides et difficiles à chauffer au rez-de-chaussée, neuf pièces froides et humides au premier étage, ainsi que trois salles de bains, dont deux avaient l'eau courante. Sur les sols reposaient de vieux tapis épais et poussiéreux, mais pas autant que les rideaux aux fenêtres, dont les carreaux étaient si vieux que, sous le poids des années, ils s'étaient liquéfiés, épais de plusieurs centimètres dans la partie inférieure et minces comme des ongles dans la partie supérieure. Aux plafonds pendaient de vieilles lampes néanmoins électriques. Mais ce qui semblait dater le plus, c'étaient les tableaux aux murs : des paysans grossièrement peints labouraient des champs grumeleux sous des ciels chargés, un gentilhomme enrobé scrutait le spectateur d'un air idiot au-dessus de sa barbe tortillée, un paysage arborait des collines grises, des maisonnettes vertes, des arbres, des nuages lourds. Dans la plus grande pièce se trouvait une table en chêne de quatre mètres de long sur deux de large, si lourde qu'il fallait, disait-on, huit hommes pour la déplacer, ce que personne n'avait sans doute jamais tenté de faire jusqu'ici. Sur le mur, la tête d'un cerf touffu vous fixait de ses yeux noirs et vitreux. Ses bois ramifiés en imposaient.

Dreiturm était l'ancien relais de chasse des évêques de Salzbourg. Après la guerre, il était passé aux mains du spéculateur immobilier Wornizek, puis il avait été racheté par le fabricant Stelzhamer qui s'était enrichi grâce à la production de voitures à cheval avec une bonne suspension, avant de faire faillite à l'arrivée des vraies voitures ; c'est ainsi que Pabst, le célèbre réalisateur, avait pu acquérir à prix avantageux le domaine avec le terrain alentour et un petit bois malheureusement infesté de bostryches. Ces huit dernières années, sa mère avait vécu à l'étage. Au rez-de-chaussée habitait le concierge Jerzabek avec sa femme Liesl et leurs filles Gerti et Mitzi.

Karl Jerzabek était connu bien au-delà des limites du village de Tillmitsch comme une bonne âme. Selon l'accord passé avec Wornizek, puis avec Stelzhamer et enfin avec Pabst, il pouvait cultiver les deux petits champs à son profit et garder tout ce que le petit bois produisait, en outre il logeait à titre gratuit au château. En échange, il devait entretenir le bâtiment, rénover le toit, nettoyer les gouttières, tondre la pelouse, chasser les martres et poser des pièges à souris. Ces dernières années, sa femme s'était occupée d'Erika Pabst. Elle faisait le lit de la vieille dame déjà un peu sénile, lavait ses vêtements et lui faisait à manger une fois par jour dans la cuisine surdimensionnée du château.

Jerzabek aidait les paysans de Tillmitsch dès qu'ils en avaient besoin. Il était là lorsqu'il s'agissait de réparer la charrue de Stingler, il venait lorsque le cheval de Schrader boitait, il apportait de la nourriture à Mauler lorsque celui-ci tombait malade parce que sa femme était morte l'année passée, et il était sur place avec Rescheck quand il fallut abattre le chien enragé qui rôdait dans les champs la nuit. On pouvait compter sur lui quand il fallait faire quelque chose à l'église, il réparait le confessionnal vermoulu et aidait le prêtre à enlever l'eau qui s'accumulait dans la cave à la fonte des neiges.

Il était maigre, le teint généralement rouge. À la suite d'une blessure de guerre, sa main gauche n'avait plus que le pouce et l'index, et comme cela ne facilitait pas le rasage, il lui restait toujours quelques zones poilues dans le cou. Contrairement à lui, dont les parents étaient originaires de l'Est de l'Autriche, ce dont il n'aimait pas parler, sa femme Liesl, née Stingler, venait de Tillmitsch. En fait, elle aurait dû épouser Schrader, mais en fin de compte, il n'avait pas voulu d'elle et comme elle était la cadette de trois filles, son père l'avait donnée à Jerzabek. Ils vivaient donc ensemble et élevaient leurs deux filles.

Depuis que l'Autriche avait cessé d'exister l'année précédente, les repas d'Erika Pabst étaient rarement chauds. On ne nettoyait plus ses pièces du premier étage, Liesl Jerzabek se contentait de changer les draps une fois par mois. Quand elle était de bonne humeur et qu'Erika posait gentiment la question, elle lavait parfois les vêtements de la vieille dame, non sans se plaindre, penchée au-dessus du baquet, des gens qui se croyaient supérieurs alors que leurs propres fils vivaient à l'étranger chez les Juifs.

Depuis l'annexion de l'Autriche au Reich, les deux filles jouaient dans tout le bâtiment. Elles se cachaient derrière les rideaux d'Erika ou sous son lit, faisaient rouler leurs billes dans le couloir du haut – ailleurs ça n'allait pas, à cause des tapis –, et elles prenaient un malin plaisir à effrayer la vieille dame : elles bondissaient de derrière un rideau en criant ou attendaient longtemps dans une armoire pour se jeter sur elle lorsqu'Erika ouvrait enfin la porte. Un jour, d'épouvante, elle tomba sur le dos et les deux filles durent chercher leur mère. Elle releva Erika, la guida vers son fauteuil, gronda les enfants et donna du bouillon de poule à la cuillère à Erika, mais finit par s'en lasser et se mit à enrager sur le fait qu'on exploitait son bon cœur dans cette maison. Au bout d'un moment, elle était tellement furieuse qu'elle reposa brutalement l'assiette de soupe sur la table, sortit, claqua la porte et ne revint pas voir la vieille femme pendant deux jours.

Peu après, le télégramme arriva. Erika pleura de joie pendant une heure, mais en secret dans sa chambre avec les fenêtres fermées pour ne pas attirer l'attention des Jerzabek. Elle ignorait que la famille du concierge était bien évidemment au courant : ils ouvraient toutes les lettres, rien n'était trop banal pour eux. Liesl Jerzabek lisait même les longues missives totalement décousues que la cousine d'Erika lui envoyait depuis l'hôpital psychiatrique de Steinhof et lorsqu'Erika recevait l'édition mensuelle de la *Neue Gartenlaube**, Liesl avait déjà tenté depuis longtemps de faire les mots croisés, ce qui était d'autant plus remarquable qu'elle savait à peine lire et écrivait très mal, répartissant les majuscules au hasard sur les pages ramollies aux bords par ses empreintes humides. Les Jerzabek écrivaient parfois des lettres au nom d'Erika et les lui présentaient pour signature. Lorsqu'ils avaient envoyé le télégramme au fils d'Erika, *Viens vite stop maladie grave stop besoin d'aide stop* et qu'Erika avait dit qu'elle n'était pas malade du tout, Liesl avait répondu que ce n'était pas la question, il fallait que son fils rentre une bonne fois au pays. Et lorsque la réponse était arrivée du bout du monde : *Arrivée 30 août*, Liesl Jerzabek avait déjà changé d'avis : qu'est-ce que les maîtres

* *Die Gartenlaube* (la tonnelle de jardin) : hebdomadaire familial allemand, l'un des plus gros tirages de l'époque.

venaient fabriquer ici, ils auraient mieux fait de rester à l'étranger !

Le 30 août, Karl Jerzabek attendait devant la gare de Leibnitz à côté de la charrette empruntée à son beau-père Stingler. Il y avait bien un vieux camion dans la cour du château, mais il était cassé et l'essence coûtait cher.

Le train régional en provenance de Salzbourg était à l'heure. Lorsque la famille, fatiguée du voyage et les yeux papillonnants, sortit de la gare, Jerzabek s'élança et s'écria en dialecte prononcé quelle joie, bienvenue à la maison, mes hommages, chère madame, et quel beau jeune homme ! Il s'empara avec empressement des valises et les jeta avec une force qu'on aurait difficilement imaginée chez cet homme boiteux, à l'arrière de la charrette. Il portait l'uniforme marron du parti. Depuis peu, Karl Jerzabek était en effet le chef de la section locale du NSDAP.

Pendant le trajet, il parla des Juifs. Le Führer était en train de chasser cette vermine, qui partait se répandre aux quatre coins du monde. Ici aussi, dans l'Ostmark, la bienséance régnait enfin depuis que le Führer avait intégré sa patrie au Reich. Les Juifs encore présents fermaient enfin leur gueule, de même que les pleurnicheurs et les fachos hongrois et les cathos, ils avaient tous peur parce qu'on n'en oublierait aucun ! Il répéta : *Aucun !* en faisant claquer son fouet sur le dos du cheval.

C'est ainsi qu'ils arrivèrent à Tillmitsch, où la moitié des trois cent douze habitants étaient postés aux fenêtres de leurs maisons pour assister au retour du châtelain. Une bruine fine emplissait l'air. Ils longèrent le puits et le chêne penché sur la place du village et l'église blanchie à la chaux et la ferme carrée de Fraunzler et ils se dirigèrent enfin vers le château.

Devant le portail se tenait Erika Pabst. Voûtée, appuyée sur deux cannes, dans sa plus belle robe de soie, un collier de perles autour du cou et un fichu sur la tête pour se protéger de la pluie. Elle avait attendu une heure, malgré l'humidité et ses jambes douloureuses, et avant même que la charrette ne s'immobilise, son fils bondit, courut vers elle, l'enlaça, embrassa son front dégarni, la souleva et la reposa pour qu'elle puisse dire bonjour à son petit-fils, Jakob et sa grand-mère ne s'étaient plus vus depuis si longtemps qu'ils ne se reconnaissaient pas. La vieille femme pleura de bonheur. Pabst lui caressa la tête.

— Va te coucher, dit-il à voix basse. Allonge-toi, maman !

Il prononça évidemment le mot à la française, comme elle le voulait.

Pas à pas, il la ramena dans le bâtiment, lui fit monter l'escalier, l'installa dans sa chambre. Elle parlait toute seule et évoquait l'enfance de son fils : quel garçon intelligent à l'époque, toujours dans les livres, il s'était gâté les yeux, mais il avait les meilleures notes à l'école ! Et quelle frayeur lorsqu'il avait brusquement voulu devenir comédien ! Son père répétait sans arrêt qu'il allait devoir financer ce vaurien, après quoi il était mort et, par chance, il n'avait pas été forcé de voir le film de son fils sur cette femme indécente, Loulou, qui fréquentait les hommes. Pabst l'aida à s'allonger dans son lit. Elle avait entendu dire les pires choses sur ce film, elle avait eu horriblement honte, un scandale pour la famille, puis, tandis que Pabst la recouvrait en douceur, elle versa quelques larmes de joie à l'idée que son fils et son petit-fils étaient venus à sa demande, revenus de cette lointaine et sale Amérique. Elle ne dit rien au sujet de Trude et l'instant d'après, elle s'était endormie.

Pabst alla à la fenêtre. Dehors sur la pelouse, alignées soigneusement sous la pluie par Jerzabek, se trouvaient leurs valises.

Tous firent de lourds et mauvais rêves : Trude gisait dans un cercueil, il faisait sombre et froid, elle entendait de loin son fils crier à l'aide. Pabst, quant à lui, était sur le tournage d'un film, dans son fauteuil de metteur en scène à côté de la caméra, sous un ciel blême sans lune, ni nuages, ni soleil. Devant lui, on avait reconstruit une ville médiévale en contreplaqué et en carton : des toits pointus, des pignons, une tour. Il hésitait. Il savait qu'il ne devait pas donner cet ordre, mais il finissait par le faire, il criait "action !" et une armée de morts se mettait à défiler. Leurs yeux vides le fixaient, prêts à suivre ses consignes, mais alors qu'il s'apprêtait à parler, sa langue reposait comme une pierre dans sa bouche et il n'avait plus de voix. À ce moment-là, il entendait son fils. Il l'entendait crier de loin, mais il était impuissant, il ne pouvait pas le rejoindre car il avait des obligations, après tout, il devait tourner ce film, puis il se réveilla le cœur battant, c'était le matin.

Jakob, lui, avait rêvé d'une forêt. Mais pas d'une belle forêt, une vieille forêt grise et méchante, des toiles d'araignées pendaient aux arbres, et lorsqu'il regardait les troncs noueux, il voyait des insectes à longues antennes se déplacer dessus. En comprenant qu'il s'était perdu, ce n'était pas lui qui appelait ses parents, mais un autre. Cet autre lui ressemblait, il avait la même voix, or c'était un inconnu et, pour une raison quelconque, c'était si horrible qu'il ressentait une peur inédite et criait lui-même si fort qu'il s'entendit alors qu'il était déjà réveillé depuis un moment et fixait le plafond fissuré de sa chambre d'enfant, dans laquelle il n'y avait plus de jouets parce que les Jerzabek avaient vendu toutes les vieilles affaires, les soldats de plomb, les wagons de chemin de fer et les peluches, brûlant le reste dans le champ.

Au petit-déjeuner dans le salon froid, Erika raconta à son fils ce que les Jerzabek lui avaient fait subir. Trude était assise à côté, silencieuse, Jakob s'était rendormi à l'étage. Malheureusement, Erika n'avait plus l'esprit clair, si bien qu'elle confondait Karl Jerzabek avec son mari décédé et son propre père en alternance. En revanche, elle avait complètement oublié l'existence de sa femme Liesl, tandis qu'elle prenait leurs deux filles pour ses propres petites-filles.

— Elles n'arrêtent pas de se cacher. Et lorsque je tombe, elles rient, l'une surtout, mais l'autre aussi, et un jour il y avait même une aiguille !

— Nom d'une pipe, elles t'ont piquée ?

— Non, c'est moi qui me suis piquée.

— Elle était où, cette aiguille ?

— Ben, là où je me suis piquée.

— C'était où ?

— Sur le bras, dit-elle en relevant sa manche. Regarde !

— Non, je veux dire – l'aiguille se trouvait où ?

— Cachée.

— Où ça ?

— Là où on ne la voyait pas.

— C'était où, maman ?

— Tu dois le dire à la française. Tu étais si bien élevé, autrefois. Tout a changé depuis que tu t'es marié.

— Nous voulons juste comprendre ce qui s'est passé ! dit Trude. Ce qu'elles t'ont fait !

Erika fit mine de n'avoir rien entendu, comme chaque fois que Trude s'adressait à elle. Le vent malmenait les volets. Tous enserraient leurs tasses brûlantes pour réchauffer leurs mains. Sous les regards scrutateurs de la tête de cerf.

— Nous sommes là maintenant, finit par dire Pabst.

— Quelle joie, dit une voix au dialecte prononcé à la porte. Que monsieur et madame soient de retour, une grande, grande joie !

Aujourd'hui aussi, Jerzabek portait l'uniforme du parti.

Pabst remercia et tenta d'afficher l'air d'un châtelain. C'est pour cela qu'il avait acheté le domaine autrefois : il s'imaginait un tableau aux couleurs tendres de l'aquarelle : il se voyait jetant un regard posé et satisfait sur une cour fleurie et des murailles et des épis dorés depuis une haute fenêtre. Il espérait avant tout qu'un château persuaderait sa mère qu'il avait réussi sa vie. En réalité, il s'était toujours perçu comme un visiteur à Dreiturm, un visiteur qui n'avait rien à faire là. Il ne s'attendait pas non plus à ce qu'il pleuve autant à la campagne. Si c'était pareil en ville, il ne l'avait jamais remarqué : les beaux sentiers forestiers étaient toujours détrempés et sur les prairies s'abattaient sans cesse des quantités de gouttes, telle une punition divine. Rien ne ressemblait à ce qu'il avait imaginé, si bien qu'il s'était toujours efforcé d'y passer le moins de temps possible.

— Quelle joie, répéta Jerzabek, et si on n'avait entendu que sa voix sans voir son visage ni son sourire composé de dents jaunes, on aurait pu le croire.

Pabst dit qu'il avait dû rentrer les valises lui-même la veille. La pluie s'était infiltrée, les vêtements étaient trempés, le tabac fichu.

À peine revenu de l'étranger et ça râlait déjà, dit Jerzabek. Ça rentrait au pays et ça jouait au maître, comme si rien ne s'était passé. Or il s'était passé un tas de choses et on n'avait pas à prendre ce ton avec un chef de la section locale comme Jerzabek, sinon on allait vite se retrouver ailleurs.

La pendule remplissait le silence de son tic-tac traînant. Sous les regards scrutateurs de la tête de cerf.

Au bout d'un moment, Jerzabek demanda ce que monsieur et madame comptaient faire aujourd'hui. Il pouvait remettre la voiture en état. Une excursion à Grössing, peut-être, un pique-nique près de la jolie fontaine de Schleinitz ? Sa femme allait leur préparer des sandwichs !

Pabst se taisait, décontenancé. L'espace d'un instant, il se demanda s'il était toujours en train de rêver. Mais un regard vers le visage de Trude lui prouva qu'elle avait entendu la même chose.

La fontaine de Schleinitz jouxtait la prison communale, dit Jerzabek. Là croupissaient les gens qui allaient bientôt partir en camp. On allait s'en charger. Son dialecte déformait tant les mots que Pabst mit un moment à comprendre : s'enchaaaarchéééé.

Pabst répondit qu'il n'avait pas le temps de faire une excursion, il devait travailler. Écrire.

Jerzabek demanda s'il écrivait un film.

Pabst acquiesça, se leva et sortit.

— Encore un film de Juifs, pour sûr, dit Jerzabek à Trude. Trude se leva rapidement et s'apprêtait à partir. Jerzabek s'avança en demandant s'il pouvait faire autre chose pour madame la châtelaine. Cela ressemblait à un seul mot dans sa bouche, maaaamlaaaaachtlèèèène.

— Rien, dit-elle.

Mais si elle avait besoin de quoi que ce soit, elle le préviendrait ? C'était important qu'il puisse compter sur elle et qu'en cas de besoin, madame la châtelaine le prévienne !

Trude promit.

Lui et son épouse étaient si contents de voir que monsieur et madame étaient de retour, on voulait rendre leur séjour aussi agréable que possible, aussi confortable que possible sur la belle terre de Dieu.

Trude voulut passer devant lui. Il fit un pas dansant de côté et lui barra le chemin.

Avec lui, monsieur et madame n'allaient pas connaître le même sort que ces épaves du camp, dit-il. Lui et son épouse y veilleraient. On voulait bien s'occuper d'eux, comme on s'occupait bien de la vieille dame, même si elle était sénile comme une vache laitière et ne comprenait plus rien à rien.

— Pas vrai, chère madame ? dit-il en direction de la table de la cuisine, où Erika Pabst tentait en vain de tartiner du beurre gelé sur un morceau de pain mou. Plus rien du tout ! N'est-ce pas ?

— Oui, répondit Erika.

Jerzabek demanda à Gertrude si elle avait été actrice dans le temps.

— Pardon ?

Madame la châtelaine était une jolie femme, voilà ce qu'il voulait dire, alors on était en droit de se demander si elle avait été actrice autrefois. Parce qu'on savait bien que monsieur le châtelain avait un faible pour les actrices en raison de leur beauté et de leur vie dépravée.

Trude regarda par-dessus son épaule. Pabst était invisible. On entendit un bruit de verre. Elle se retourna brusquement. L'assiette d'Erika venait de tomber et de se briser.

Une si belle assiette, s'écria Jerzabek. C'te vache, il arrivait toujours quelque chose !

— Pardon ? répéta Trude.

Son cœur battait la chamade ; elle sentit qu'elle rougissait. Dans son emportement, rien d'autre ne lui venait à l'esprit.

Euh non non non, s'écria Jerzabek, ça ne s'adressait pas à la vieille dame ! La vache, c'était une expression régionale qu'on employait quand un malheur arrivait ! Même si elle était déjà bien entamée, la vieille, et très laide avec ça, son respect naturel envers la mère de monsieur le châtelain – il le prononçait comme un seul mot msieeeeuuuulchaaaatliiiin – était bien trop grand pour dire une chose pareille en présence de monsieur et madame.

Après quoi il s'écarta brusquement pour laisser passer Trude. Elle dut faire un effort pour ne pas courir et passer devant lui pas à pas, sentant au passage son haleine aigre. Elle traversa le hall d'entrée, monta l'escalier grinçant, longea le couloir et alla dans la pièce qu'ils appelaient la bibliothèque et dans laquelle Pabst, entouré des dos gris de centaines de livres tous récupérés de l'ancien propriétaire, était penché au-dessus d'une feuille blanche avec un crayon en main. Il était évident qu'il avait l'intention d'écrire. Et tout aussi évident qu'il ne le faisait pas.

Il vit le visage de Trude.

— Oui, je sais.

— Dès que possible, dit-elle.

— Il faut d'abord qu'on case maman. Je dois lui trouver un sanatorium. Il paraît qu'il y en a un bien près de Gießhübel. Ou à Semmering. Le mieux, c'est que j'aille à Vienne pour me renseigner, puis je reviens et…

— Tu es fou ? Trude ferma les yeux un instant. Puis elle les rouvrit, s'accroupit près de sa chaise et dit à voix basse : Tu ne vas pas nous laisser seuls ici ! Nous allons ensemble à Vienne et de là, on retourne en Suisse.

— C'est quand même exagéré. Il est bizarre, d'accord, mais ça ne veut pas dire…

Trude se leva brusquement, se retourna et ouvrit la porte. Debout derrière, les joues rouges, souriante sous son fichu, portant le tablier qu'elle portait toujours, Liesl Jerzabek.

Elle avait entendu monsieur et madame.

Ils la dévisagèrent.

Monsieur et madame avaient-ils besoin de quoi que ce soit, pouvait-elle leur apporter quelque chose ?

Comme ils ne répondaient toujours pas, elle se retourna et s'en alla à petits pas. Trude referma la porte.

— Bon, dit Pabst, c'est d'accord.

— Tout de suite ?

— Il faut d'abord régler deux ou trois choses. Premièrement…

Mais ils avaient bondi tous les deux avant même de comprendre ce qu'ils entendaient : un cri suspendu dans l'air et qui ne cessait pas, toujours pas et maintenant qu'ils s'étaient mis à courir, ils l'entendaient encore, le cri les mena vers l'escalier et dans un nouveau couloir au plancher grinçant dont Pabst ignorait l'existence jusque-là. Au bout du couloir, une échelle menait à une lucarne – il grimpa, glissa, se retint, grimpa, se hissa et tomba à plat ventre sur des planches recouvertes d'une couche de poussière épaisse comme de la neige. Il éternua, se releva en clignant des yeux et il lui fallut quelques secondes pour que ses yeux s'habituent à l'obscurité, après quoi il reconnut son fils.

Jakob était appuyé sur la pointe des pieds contre une poutre. Il était ligoté. De fins rubans lui entaillaient le cou, ses bras nus, son ventre nu, ses mollets dénudés, il n'avait rien sur lui à part un slip.

Les deux fillettes étaient assises par terre, chacune tenant une plume d'oiseau. Leurs visages étaient peints à la craie rouge, l'une tenait une hache, l'autre un couteau de cuisine luisant.

— Qu'est-ce qui se passe ici ? s'écria Pabst.

Sans bruit, tels des chats, les deux gamines reculèrent vers la pénombre.

— On joue aux Indiens, dit l'aînée.

— On est des Apaches, dit l'autre. Jakob est un Comanche. Je suis Winnetou. Un Peau-Rouge, courageux comme un Allemand.

— Donne-moi ce couteau, s'il te plaît, dit doucement Trude.

Quelque chose tomba avec fracas sur le sol. Trude s'avança dans l'obscurité, chercha à tâtons, ramassa le couteau et coupa les rubans.

— Et maintenant, redescendez toutes les deux, dit-elle.

— Dis s'il te plaît, dit une voix de fille.

— Quoi ?

— Tu dois dire s'il te plaît, sinon c'est impoli. Je veux dire : vous devez dire s'il te plaît.

— C'est important d'être poli, dit l'autre voix.

Trude se tut un moment avant de dire "s'il te plaît". On entendit une planche gémir, deux ombres glissèrent vers la lucarne, des échelons crissèrent, puis des pas s'éloignèrent rapidement en bas.

Jakob appuya la tête contre la poitrine de son père et pleura.

— Ce n'est pas grave, murmura Pabst, ça va, tout va bien.

Jakob, en larmes, dit qu'elles avaient une hache. Elles jouaient à scalper. Il désigna son front marqué d'une mince coupure, une égratignure plutôt, de la racine des cheveux jusqu'à la base des sourcils. Un filet de sang lui coulait sur le visage.

Pabst se tut un moment avant de dire :

— On s'en va.

— Tout de suite ? demanda Trude.

— On dépose maman à Vienne, on lui trouve un sanatorium et de là, on retourne directement en Suisse. Mais pas un mot à quiconque !

— Tu ne vas pas te plaindre auprès de leurs parents ? demanda Jakob.

— Je t'expliquerai quand on aura quitté le pays.

— Mais on ne prend qu'une seule valise, dit-il à Trude. Ils doivent penser qu'on va revenir.

Pabst fit une promenade dans les champs environnants. Il respirait profondément, regardait la bruine en clignant des yeux. Lorsqu'il songeait au départ, des idées lui revenaient soudain – un homme en fuite, recherché dans tout le pays. Il voyait des plans rapides, une caméra à faible hauteur, des pieds qui courent. On ne saurait jamais quelle était sa faute. C'était faisable, songea Pabst, il tournerait de nouveaux films, il ne manquait pas encore d'idées. Dès son retour à Hollywood, il les persuaderait comme il avait toujours persuadé tout le monde.

Au dîner, ils se retrouvèrent autour de la grande table. La radio braillait à côté, chez les Jerzabek. Dans la cuisine, Liesl Jerzabek manipulait des casseroles, parlant à voix basse et incompréhensible, comme si elle murmurait des formules magiques.

Erika demanda à Jakob s'il ne pouvait donc pas se tenir droit.

Jakob essaya et étira le dos.

— Plus droit, dit Erika.

Liesl Jerzabek apporta des assiettes. Des quenelles flottaient dans une soupe brunâtre. Quand on appuyait dessus avec la cuillère, elles produisaient de petites bulles.

— Qu'est-ce que c'est que ça ? demanda Pabst.

Liesl Jerzabek répondit, mais personne ne comprit. Son dialecte était trop prononcé. Lorsqu'elle sortit, on entendit une voix masculine dire à la radio : "… tous réunis devant notre Führer !"

— Je ne veux pas manger ça, dit Jakob.

— Fais un effort ! dit Erika. Un jeune homme doit finir son assiette, sinon il ne deviendra pas grand et fort.

— Tu n'es pas obligé de manger, dit Trude. Prends-toi un morceau de pain à la place.

— Il faut qu'il mange ! s'écria Erika.

— Il va manger, dit Pabst. Pas d'inquiétude.

— Tu étais un si gentil garçon, dit Erika, avant de te marier.

Liesl Jerzabek revint. À la radio, des voix criaient *"Heil !"*, la porte retomba. Elle apporta en gémissant une grosse miche de pain qu'elle coupa d'abord au milieu, puis en quatre parties presque égales. Chacun en reçut une. Jakob prit la sienne, tenta prudemment de mordre dedans, la tapota, la reposa. Elle était dure comme de la pierre.

— Il date de quand, ce pain ? demanda Pabst.

— Il est tout frais, répondit-elle. De chez Zantzner.

Ils mangèrent leur soupe en silence pendant un moment. Liesl, debout à la porte, les observait.

— Il faudrait que votre mari emprunte de nouveau la charrette, dit Pabst. Nous irons à la gare de Leibnitz demain matin.

La porte s'ouvrit d'un coup. Jerzabek était là, pris dans la déferlante de la radio. Le visage cramoisi, il demanda en allemand presque standard si monsieur et madame comptaient réellement s'en aller.

— Juste pour quelques jours.
— Madame votre mère vous accompagne ?
— Oui.
— Je n'irai nulle part, s'écria Erika.
— Maman, dit Pabst. Pas maintenant, s'il te plaît.
— En aucun cas.
— Demain matin à huit heures, dit Pabst à Jerzabek. Vous pouvez me trouver une charrette, n'est-ce pas ?

Jerzabek frotta si fort son front dégarni que sa peau produisit un bruit de froissement. Puis il sortit. La porte claqua en étouffant les cris de la radio.

— Et maintenant, allons nous coucher, dit Pabst.
— Mais j'ai faim, dit Jakob.
— Je n'irai nulle part, dit Erika. Je suis chez moi ici.

Cette nuit-là, Jakob ne fit aucun rêve. Trude rêva qu'elle était invitée à une soirée dans le château de Max Reinhardt à Salzbourg. Des serveurs en livrée sillonnaient une salle en portant des bouteilles de champagne à la lueur vacillante des bougies, et elle était assise à côté de quelqu'un dont elle ne voyait pas le visage : elle savait qu'il lui suffisait de tourner la tête et les yeux vers lui, tout en sachant qu'il valait mieux ne pas le faire, c'est pourquoi elle regarda les mains de l'homme ; il avait une bague en or à l'auriculaire et une horrible cicatrice sur le revers de la main, elle sentait qu'il la regardait, mais elle résistait, baissait les yeux, dégustait une délicieuse truite avec des gestes lents et, une fois réveillée, elle comprit que c'était avant tout la faim qui lui avait inspiré ce rêve.

Le matin blafard se pressait contre la fenêtre. Un petit animal feulait dehors. La pluie tambourinait contre la vitre. Trude gisait, immobile. Elle savait qu'ils ne partiraient pas. Ni aujourd'hui, ni demain, ni prochainement.

Le lit à côté d'elle était vide.

Elle savait que Wilhelm était en train d'emballer le strict nécessaire, sans doute dans la bibliothèque. Il était si optimiste, sûr de lui et convaincant, elle aurait aimé pouvoir lui faire confiance.

Mais elle savait qu'ils ne partiraient pas. Elle en était aussi certaine que deux et deux faisaient quatre. Elle ferma les yeux, écouta la pluie et attendit l'inévitable.

Pabst était bel et bien dans la bibliothèque, où il avait caché un carton tout en haut d'une des étagères des années plus tôt. Il contenait ses anciens carnets, le scénario de *La Rue sans joie* pourvu d'annotations manuscrites, un étui à cigarettes en argent offert par D. W. Griffith à Paris quinze ans plus tôt, ainsi que des lettres de Chaplin, d'Abel Gance et de Schnitzler. Ce qui comptait le plus à ses yeux, c'était l'étui à cigarettes. "Vous êtes un vrai collègue, lui avait dit Griffith. C'est pour vous !"

À vrai dire, rien ne pouvait aller de travers, songeait Pabst en détaillant la pièce du regard. Ils avaient tout ce qu'il fallait : des visas d'entrée en Suisse, des visas de transit français, une réservation ouverte pour une traversée de l'Atlantique en première classe, des cautionnements et des visas valables pour l'entrée aux États-Unis. Il lui restait près de dix mille marks sur son compte allemand ; de quoi payer un bon sanatorium six mois d'avance, ainsi que quatre mille francs suisses leur permettant de tenir quelques semaines en Amérique. Après quoi il devrait probablement travailler comme assistant.

Les étagères contenaient des centaines d'ouvrages gris de la moitié du siècle dernier : *Débit et Crédit*, *Une lutte pour Rome*, *Ekkehard*. Dans un angle, une échelle encastrée dans un rail métallique en haut et montée sur roulettes en bas. Pabst la plaça au bon endroit. Un petit levier sur le côté de l'échelle permettait de bloquer les roulettes. Pabst l'abaissa, puis il commença à monter avec prudence. Toutes ces souffrances sur le glacier à l'époque, cette peur du vide encore si grande qu'il ne pouvait même pas gravir une échelle sans angoisse.

Les échelons craquèrent. Au-dessus de lui, la pièce semblait s'allonger, le sol plongeait plus vite qu'il ne montait. Ne pas regarder en bas, se dit-il. Ce qui valait pour la montagne valait aussi ici – seulement vers le haut ou devant soi.

Il hésita. Abandonne, se dit-il, oublie ce stupide carton et redescends. Mais une autre voix lui disait : Ce ne sont que quelques échelons. Il venait d'atteindre le bord supérieur de l'étagère. Encore trois pas, ne pas regarder en bas, encore deux, encore un, maintenant il était en haut. Le carton se trouvait bien là – exactement à l'endroit où il l'avait déposé. Il voulait tendre la main vers lui mais il eut soudain peur de lâcher l'échelle.

— Monsieur le châtelain ?

C'était en tout cas ce qu'il comprit, même si la voix n'avait pas du tout dit ça, produisant des sons qui, mis bout à bout, formaient un seul mot. Pabst la reconnut évidemment, et il dut mobiliser toute sa volonté pour tourner la tête et faire ce qu'il s'était juré pendant tout ce temps de ne pas faire : regarder en bas.

Une fois de plus, son esprit lui joua un tour. Lorsqu'il vit Karl Jerzabek lever les yeux vers lui, il se crut naturellement, question d'habitude, au travail en train de filmer. C'était un plan parfait : une plongée avec une courte focale, un éclairage latéral pour que la perspective fasse rétrécir la silhouette et augmenter encore en apparence la hauteur à laquelle se trouvait Pabst. Il faudrait bien entendu que la caméra soit fixée à une grue. Tenue à la main, elle tremblerait trop. Pabst tenta de chasser cette vision. Ce n'était pas un film, Jerzabek se trouvait vraiment là en bas, levait vraiment les yeux vers lui et répétait :

— Monsieur le châtelain ?

— Est-ce que la voiture est prête ?

Jerzabek répondit, mais Pabst ne comprit pas. C'était comme si cet homme venait de changer de langue : une bouillie sonore s'échappa de sa bouche, un *a*, un *o*, un *u*, de nouveau un *a*, un *r* roulé, puis un son qui semblait étiré à l'infini entre *a* et *o* et *u* et de nouveau *a*.

— Pardon ? demanda Pabst.

Puis, tandis qu'il fixait le vide avec effroi, il eut effectivement l'impression d'être dans un film. Car ce qu'il se passa ensuite ne pouvait se passer pour de vrai : Jerzabek se pencha et retira le levier qui bloquait les roulettes. Puis il saisit l'échelle et la fit bouger.

Au début, Pabst crut à une blague idiote, mais Jerzabek la fit bouger plus fortement et maintenant il était en train de la secouer de toutes ses forces.

— Arrêtez ! s'écria Pabst.

Jerzabek faisait rouler l'échelle à droite, puis à gauche, puis de nouveau à droite, puis de nouveau à gauche. Pabst ne pouvant plus se tenir à l'étagère, il s'agrippa à l'échelle en criant :

— Arrêtez !

De fait, Jerzabek arrêta. Pabst se retourna et vit Jerzabek se rapprocher de l'échelle, l'entourer de ses bras et la soulever de quelques centimètres en gémissant sous l'effort, si bien que les crochets se détachèrent de leur rail métallique sous les yeux de Pabst.

Jerzabek ramena l'échelle vers lui. Pabst vit l'étagère s'éloigner. L'échelle se trouvait au milieu de la pièce. Tenue par le concierge.

— Arrêtez ! cria Pabst.

Par la suite, il ne se rappela plus si Jerzabek avait réellement dit “bien sûr !” ou si c’était dû à son imagination. Jerzabek leva les yeux avec un sourire zélé, lâcha l’échelle et s’écarta.

La pièce fit un bond, Pabst vit la bibliothèque défiler et le plafond s’effondrer. Il se sentit tomber.

Une fois le monde recomposé à partir de rêves fragmentés, de douleurs et de vertiges, Pabst se retrouva allongé dans un lit. Il portait un pyjama rayé en soie. Sous sa nuque, un sachet en lin humide avec de la glace fondue. Sur son ventre, une bouillotte brûlante en plastique. Il s’assit avec l’impression que quelque chose dans son dos était cassé. Il se laissa retomber.

Il tourna la tête avec précaution. Il se trouvait dans une pièce sombre aux tentures tachées. Une table bancale en bois isolée, une bougie allumée dessus. Des ombres dansaient sur les murs. Ce n’était pas sa chambre à coucher. Il faisait nuit derrière la fenêtre. Il ne voyait ni ses vêtements ni ses chaussures.

Il écouta. Le silence était total. Un bruissement flottait dans l’air, sans qu’il sache s’il s’agissait du sang dans ses oreilles, de la pluie au-dehors ou du silence lui-même. Il ouvrit la bouche, puis la referma parce qu’il ne savait plus qui il voulait appeler.

Il tenta à nouveau de se redresser. Mais son dos rechignait. Il réfléchit, le nom de sa femme lui revint et il l’appela.

Personne ne répondit. Il se racla la gorge et appela de nouveau. Sa voix n’avait aucune force. L’espace d’un instant, il eut l’impression d’entendre des pas, puis le silence retomba. Il avait dû se tromper. Lui revint alors avec force le souvenir du moment où le concierge avait saisi l’échelle sous lui, le souvenir de son visage d’écureuil ridé par la méchanceté, de ses petits yeux et de ses dents pointues entre ses lèvres.

Lorsque Trude entra, il poussa un cri de frayeur. Il ne l'avait pas entendue s'approcher. À moins qu'il ne se soit rendormi.

En voyant son visage, la culpabilité le submergea telle une lourde vague car il comprit qu'il venait bel et bien de faire un somme et de rêver de Louise. Elle l'enlaçait et le regardait d'un air transi. Je ne partirai plus jamais, disait-elle.

— Tu dois appeler la police, dit Pabst.

Trude lui posa la main sur le front. Elle était très froide au toucher.

— Il m'a renversé, dit-il d'une voix rauque.

— Wilhelm, dit-elle, tu es tombé de l'échelle.

— Pas tombé, articula-t-il avec difficulté. Pas tom…

— Tu as rêvé.

— Non ! Il m'a…

Mais la voix lui manquait. Il devait parler plus clairement, il fallait qu'elle le comprenne.

— J'étais sur l'échelle, reprit-il. L'étui à cigarettes. Dans la bibliothèque. Le carton. Griffith. Puis il est entré, Jerzabek, et ensuite…

— Il faut que je te dise quelque chose.

— Non, moi d'abord ! Surtout ne pas se laisser interrompre maintenant, il fallait qu'il lui explique ; le risque était trop grand qu'il oublie, sa tête ne fonctionnait pas bien. J'étais sur l'échelle. Puis il est entré et ensuite…

— Wilhelm !

— … il l'a renversée comme si elle ne pesait rien ! L'échelle, je veux dire. Il l'a tout simplement prise et balancée !

— Wilhelm !

— Écoute-moi ! Il faut appeler la police ! J'étais sur l'échelle et il l'a saisie comme ça…

— Wilhelm, il n'y a plus de police.

— Qu'est-ce que tu veux dire ?

— Il y a des gens en uniforme, mais ce n'est pas la police que tu appelles quand quelqu'un te menace ou te vole. Tout a changé désormais. De toute façon, c'est dû à ton imagination.

— Mon imagination ?

— J'étais là. J'ai vu la scène.

— Où ?

— Dans la bibliothèque.

— Non. J'étais sur l'échelle et il l'a prise comme ça et…

— J'étais là aussi. Tu étais sur l'échelle. Il était à côté de moi.

— Qui ?

— Ce type horrible. Jerzabek. Mais l'échelle était mal placée. Presque verticale. Je me suis tout de suite dit qu'elle n'avait pas l'air stable. Puis tu t'es retourné et elle a brusquement basculé, il a couru vers toi pour la retenir, mais il est arrivé trop tard. Il t'a porté jusqu'ici et m'a aidée à te déshabiller et à te mettre au lit.

La chambre avait commencé à chavirer ; comme s'il était de nouveau sur un bateau, elle s'élevait et s'abaissait lentement. Il fut envahi par cette sensation singulière, qu'il connaissait dans ses rêves fébriles, d'une masse de plusieurs tonnes reposant sur un brin d'herbe et c'était, sans qu'il puisse le décrire, incroyablement désagréable.

— Tu te trompes ! J'étais sur l'échelle et il l'a tout simplement…

— Wilhelm, c'est la guerre.

— Il l'a tout simplement renversée. Il veut nous retenir ici pour qu'on…

— L'Allemagne a envahi la Pologne. Les frontières sont fermées.

Il la dévisagea.

— C'est passé à la radio ce matin. Je l'ai entendu moi-même, en bas chez les Jerzabek, on l'a entendu tous ensemble ! On tire sur les gens. Les trains ne roulent plus. Les frontières sont fermées.

Pabst sentit un nœud à l'estomac, son souffle s'accélérait indépendamment de sa volonté. Il cligna des yeux car la lumière avait soudain disparu, il ne voyait plus rien, ses yeux étaient aveugles.

Puis il avait dû perdre connaissance car lorsque la pièce alentour retrouva sa netteté, remplie d'objets qui n'avaient pas de nom, il sentit bien que le temps avait passé. Une personne qu'il ne connaissait pas se penchait au-dessus de lui, c'était une femme, il ne la connaissait pas, il ne la reconnaissait pas, à présent il la reconnaissait. Il voulait lui parler, mais il fallut un moment pour que son nom lui revienne, en même temps que le souvenir d'avoir revu Louise durant son évanouissement. Mais maintenant, le souvenir de ce qu'avait dit Trude, oui, voilà comment elle s'appelait, c'était son nom, qui ne lui allait pas du tout d'ailleurs : Trude ; maintenant, le souvenir de ce qu'elle avait dit lui revenait et lorsque sa voix lui obéit à peu près, il chuchota :

— Fermées ?

— Oui, dit-elle, on ne peut plus sortir.

— La guerre, répéta-t-il.

Ce mot avait quelque chose d'abstrait, ne suscitant aucun sentiment chez lui. Il avait déjà vécu la guerre, passée dans un baraquement, où il était devenu metteur en scène, mais qu'est-ce que cela signifiait cette fois-ci ?

— Nos visas ne sont plus valables ?

— Je ne sais pas. Mais à quoi nous serviraient-ils si les trains ne roulent plus ?

Ils ne pouvaient même pas se rendre à Vienne. Trop de gens le connaissaient là-bas. Et encore moins à Berlin. Ils ne pouvaient aller nulle part.

Il ferma les yeux. Il avait l'impression de reposer au fond d'un océan. L'air libre, la lumière, le soleil, tout cela était désormais si éloigné qu'on pouvait tenter sa vie durant de remonter vers la surface sans jamais l'atteindre.

Lorsqu'il voulut inspirer, il n'y avait que de l'eau glaciale et des monstres qui évoluaient au loin, il le savait, tandis qu'on les apercevait déjà : noirs et tentaculaires, à leur aise dans l'obscurité. Avant même de pouvoir chasser ces visions, s'en libérer, s'asseoir et regarder le visage de sa femme, il perdit connaissance.

LES CHÂTEAUX FORTS DU PEUPLE

Jakob apprécie le cours d'arts plastiques. Il a toujours aimé dessiner et depuis peu, il y arrive bien. L'astuce consiste à regarder un objet comme si ce n'était pas un objet et qu'on ne savait pas ce que c'était. Il se métamorphose alors en une accumulation de surfaces, certaines sombres, d'autres claires, un motif composé d'ombre et de lumière, non, même pas, uniquement de blanc et de noir, et lorsqu'on couche le tout sur le papier, l'objet réapparaît comme par magie : une cruche, une feuille, une main, la tête d'un chien.

Il en va de même avec les couleurs : regarde le monde attentivement et il recule, vire au méli-mélo dans lequel rien n'est net et tout se confond. Si tu réussis à poser cela sur le papier, tu obtiendras une image. Ça marche bien avec des craies de couleur, encore mieux avec de l'aquarelle. Si tu regardes de près, tu remarqueras par exemple que les ombres n'ont pas seulement les couleurs de l'arrière-plan sur lequel elles tombent, elles ont aussi les couleurs du corps qui les projette. Tu t'apercevras que le monde est plein de reflets : chaque objet ou presque retient l'univers qui l'entoure sur sa surface, points lumineux, contours et réflexions – chaque image en contient d'autres. Pour le voir, il faut en quelque sorte devenir stupide. Tu dois cesser de penser.

En cours d'arts plastiques, il est toujours assis au dernier rang, où il peut se concentrer. Il plisse les yeux, contemple la feuille et dessine : l'étroit carré avec la forme pesante du toit au-dessus, les minuscules fenêtres, le bleu imposant et tacheté de blanc qui, avant qu'on ait oublié tous les noms pour pouvoir dessiner, était le ciel. Pour des raisons qui lui paraissent impératives, même s'il ne saurait pas les expliquer, il a placé les formes carrées non pas au centre de la feuille, mais sur le bord gauche, un peu en dessous du milieu.

"Les fermes sont les châteaux forts du peuple", telle est la consigne. Leur professeur d'arts plastiques s'appelle M. Kail, il porte l'uniforme du parti comme le concierge Jerzabek au château, et il s'exprime par phrases courtes que Jakob comprend maintenant qu'il s'est habitué au dialecte.

M. Kail aimerait bien être craint, mais il n'est pas si méchant : quand on le regarde droit dans les yeux, on trouve un regard agité surplombant une moustache qui tressaille sans arrêt, on y trouve la peur, les soucis et un rhume dû à la nervosité. Mme Klinzer, la professeure de mathématiques, est réellement dangereuse ; elle vient de la lointaine ville de Dortmund, elle a épousé pour une raison quelconque un forgeron de Ragnitz, elle n'est pas heureuse dans l'Ostmark et elle aime bien distribuer des punitions : celui qui bavarde en cours doit aller dans le couloir pour recopier les quatre pages du règlement intérieur tapé à la machine, sans table, la feuille appuyée contre le mur. Ce sont des règles brèves et faciles à comprendre : *L'élève de l'école Seyss-Inquart doit se comporter en personne polie, bien élevée et sportive. Il obéit en tout point à ses professeurs et ne réplique pas,* ou encore : *L'élève de l'école Seyss-Inquart veille à avoir une tenue correcte et propre, il ne porte pas de pantalons courts, ses lacets sont toujours bien noués et ne traînent pas par terre quand il marche,* ou encore : *Les élèves de l'école Seyss-Inquart ne font pas de bruit dans les couloirs de l'établissement et avancent en colonne du côté droit du couloir.* Il y en a beaucoup d'autres. L'embêtant, c'est que Mme Klinzer vous envoie souvent recopier le règlement intérieur même lorsqu'on n'a pas bavardé, parfois elle se fait des idées, parfois elle est juste de mauvaise humeur, mais que peut-on y faire, puisque le paragraphe un du règlement intérieur interdit de répondre aux professeurs. Si on la contredit, on est puni de toute façon. Lorsque quelqu'un a enchaîné son vélo l'autre jour, elle était tellement furieuse qu'on aurait dit que son cœur allait s'arrêter. Par chance, elle n'a jamais découvert qu'il s'agissait de Jakob.

Il a compris en effet que c'est dangereux d'être impopulaire en classe. Or, pour devenir populaire, il faut jouer des tours. Il a donc posé sur le vélo Steyer de Mme Klinzer une nouvelle chaîne avec un cadenas très résistant le jour même où le concierge de l'école rendait visite à sa sœur à Graz, si bien que personne à la ronde n'a pu scier la chaîne. Mme Klinzer resta là, perplexe, en criant, et même ses collègues Kail, Witschnick, Schleinzer et Reib passèrent devant elle en réprimant un sourire. Évidemment, personne ne sait qui a fait le coup, mais en même temps, Jakob a veillé à ce que tout le monde l'apprenne, et grâce à la réputation qu'il s'est ainsi faite, ils ont presque oublié qu'il revenait tout juste de l'étranger.

Ce qui l'a aidé également, c'est le fait que leur professeur d'allemand, M. Witschnick, a complimenté son père dès le premier jour d'école : "*Quatre de l'infanterie* est un grand film sur la guerre, sur les Allemands, sur tout ce que nous avons enduré à l'époque !"

M. Witschnick est apprécié. C'est un bon professeur. Il leur lit des poèmes d'Eichendorff, de Goethe et de Hölderlin, sa déclamation est mélodieuse, puis ils doivent écrire des dissertations et expliquer ce qu'ils ont entendu. Un autre aspect que Jakob aime : l'allemand est la langue dont les mots lui viennent le plus facilement, dont les phrases s'assemblent avec fluidité. En français, il devait toujours réfléchir et parfois changer d'avis pour pouvoir finir sa phrase. En allemand, ça n'arrive jamais : quand il dit quelque chose, il peut dire exactement ce qu'il veut et quand il écrit, ce qu'il voulait vraiment exprimer se retrouve sur le papier. Seule l'orthographe lui pose encore problème, l'allemand comporte tellement de *h* muets et de *i* longs, et quand on s'y attend le moins, un *th* vous saute à la figure ; mais il sait qu'il va y arriver. Sa mémoire ne lui a encore jamais fait défaut. En histoire par exemple, où il doit retenir des quantités de dates liées à des événements nouveaux pour lui, ça marche bien : la bataille de Teutobourg, les Goths à Rome, le siège de Vienne par les Ottomans, le *diktat* scandaleux du traité de paix dans la forêt de Compiègne. Il a si bien retenu ses leçons que Jürgen Peltz, son voisin de droite, se met à copier sur lui.

Là, il s'agit de faire attention : d'un côté, c'est évidemment une bonne chose que les autres copient, on les aide, ils ont besoin de vous. D'un autre côté, on se fait vite une réputation de fayot et d'intello, alors pour rééquilibrer le tout, c'est inévitable, il doit faire mal à quelqu'un.

Jakob y a beaucoup réfléchi. Il y a forcément un moyen de régler le problème par la réflexion. Et il doit faire vite – ce matin, par exemple, son voisin de gauche a simplement pris le cahier d'histoire de Jakob pour le recopier, puis il l'a balancé sur sa table sans même lui dire merci :

et comme si ça ne suffisait pas, M. Reib l'a félicité pour une bonne traduction en cours de latin, un concours de circonstances très défavorable. Il faut vraiment agir.

Ils parcourent toujours ensemble la première étape du chemin du retour : Peltz, Perzinek, Wurfitz, Krauber et le petit Frummel – ils prennent d'abord la Grazergasse, puis la Wiesbergstraße jusqu'à Grottendorf, puis par les champs dégagés jusqu'à la bifurcation où Peltz, Wurfitz, Krauber et Frummel tournent à gauche vers Altenberg, tandis que Perzinek et lui continuent jusqu'à Tillmitsch.

Il faut environ trois quarts d'heure jusqu'au croisement. Il sait donc de combien de temps il dispose. Il sait aussi que Krauber prendra la défense du petit rouquin Frummel si quelqu'un fait un commentaire méprisant sur Altenberg car ces enfants de paysans sont prévisibles. Ce qu'il ignore, en revanche, c'est comment faire mal à Hans Krauber, qui est grand et large, de façon rapide et efficace mais sans danger pour sa propre personne.

Pendant tout le chemin, en les entendant derrière lui faire des blagues sur les profs et cracher – les enfants d'ici crachent beaucoup, c'est visiblement dans les mœurs –, il se triture la cervelle. Il faut que ce soit habile tout en passant inaperçu, il ne peut pas simplement prendre une pierre, la cacher dans sa main et frapper, c'est beaucoup trop simple… Il se penche, songeur, ramasse une pierre plate, s'amuse à la faire passer d'une main à l'autre, veut la jeter, mais finit par la garder, la soupèse, la trouve étonnamment lisse, lourde et utile, et il se dit : Pourquoi pas, en fait ? Et il pense : N'importe quoi, c'est trop simple, et si ça ratait ? Et il pense : Ben justement, il ne faut pas que ça rate. Parfois, plus c'est simple, mieux ça marche.

L'air de rien, il demande si c'est vrai qu'il pleut davantage à Altenberg qu'à Tillmitsch, et bien que ce soit vraiment une question anodine, il voit Krauber froncer les sourcils et Frummel s'empourprer en répliquant aussitôt qu'à Altenberg, il pleut *sûrement pas* davantage qu'à Tillmitsch.

Jakob réplique que ce n'est pas la première fois qu'il l'a entendu dire.

N'importe quoi, dit Frummel, pourquoi pleuvrait-il davantage à un endroit qu'à l'endroit voisin, les nuages passaient librement de l'un à l'autre, en général de Tillmitsch vers Altenberg, soit dit en passant. D'ailleurs, à Tillmitsch, les chemins étaient toujours crasseux et le boulanger était juif.

Si Jakob ignore tout du boulanger de Tillmitsch, il sait désormais comment répondre à des insultes, c'est pourquoi il dit que le boulanger de Tillmitsch est peut-être un Juif, mais qu'à Altenberg, même le maire en est un. Altenberg était si enjuivé qu'on ne pouvait plus y aller du tout !

Le petit Frummel a soudain la tête d'un animal de la forêt, les oreilles en arrière, les sourcils ébouriffés, les dents plaquées sur les lèvres, Jakob n'aurait pas pu s'empêcher de rire si le grand Krauber n'avait pas serré les poings en disant : Retire ça, et Jakob sait tout à coup ce qu'il doit faire parce qu'ils parlent toujours de loyauté, c'est ce que leur enseignent les professeurs, c'est ce qu'ils se répètent entre eux : Bats-toi comme un homme !

Mais à l'école française, il a appris que l'armée de Gengis Khan a gagné toutes les batailles en tirant à distance sur les armées de chevaliers chrétiens à coups de flèches bien ciblées sans jamais se battre comme un homme. Si les chevaliers avaient survécu, ils se seraient sans doute plaints amèrement d'une telle perfidie, mais aucun n'a survécu et il n'y avait personne à qui rapporter ce manque de chevalerie, c'est ainsi que les Mongols ont gagné chaque fois et, si Khan n'était pas tombé malade, les pays européens feraient depuis longtemps partie de la Mongolie.

Jakob veut rajouter quelque chose de drôle sur les habitants d'Altenberg et leur tribu juive, mais Krauber s'avance déjà vers lui poings serrés – le gauche en avant – et tête rentrée, l'attitude évidente du boxeur, Jakob retient son souffle, s'ordonne de rester calme et, alors que Krauber n'est qu'à trois pas de lui, il lui assène de toutes ses forces un coup de pied dans la rotule.

Ça marche, Krauber se tord en gémissant. Jakob s'agenouille, prend son élan et lui donne un coup sur le nez avec la pierre dans sa main – d'instinct, il n'y va pas trop fort, c'est étonnamment difficile de frapper le nez de quelqu'un, chaque parcelle de votre corps résiste, on refuse, on manque de renoncer, mais quand il le faut et qu'on sait que sinon, ça va mal tourner, on finit par y arriver.

Contrairement à ce qu'il espérait, Krauber ne tombe pas. Il chancelle simplement. Jakob comprend qu'il faut agir très vite – il doit se faire violence car il a évidemment peur d'aggraver les choses : si son attaque est ratée, Krauber le blessera d'autant plus ; d'un autre côté, tout ira forcément mal s'il ne fait rien maintenant. Il parvient à le frapper de nouveau, au même endroit, depuis le même angle, mais plus fort cette fois, si bien qu'une douleur aiguë lui traverse le poing et le coude, et comme il comprend que sa main ne pourra bientôt plus lui servir à frapper, il lui assène un troisième coup, tandis que le sang coule soudain sur le visage de Krauber et qu'on ne sait plus exactement où se trouve le nez. Il met dans le mille et entend quelque chose craquer, sans savoir s'il s'agit du nez de Krauber ou de son propre poignet et maintenant, c'est visiblement réussi : Krauber gît par terre, le sang dégoulinant sur son visage, les mains devant les yeux, ce grand gaillard allemand n'est soudain plus qu'un gamin en larmes.

Jakob se penche au-dessus de lui comme pour s'enquérir de son adversaire. En réalité, cela lui permet de faire disparaître discrètement la pierre dans la poche de son pantalon – sur le sol, ça se verrait, mais personne ne remarque une main qui se glisse dans une poche, ça paraît très naturel. Le magicien Dai Vernon, un monsieur sympathique et élégant, lui a expliqué un jour où ils étaient invités à déjeuner chez Fred Zinnemann, l'ami de papa, lors d'une radieuse journée sous les palmiers : la plus vieille règle de la prestidigitation : un grand geste rend un petit geste invisible.

Jakob recule. Il regarde Peltz, Perzinek, Wurfitz et le petit Frummel, tous le regardent aussi mais pas de face, plutôt d'en bas, étrangement. Wurfitz a croisé les doigts en un geste de supplication et le petit Frummel ne ressemble plus à un écureuil, ses dents ont disparu, les lèvres serrées se tordant en un sourire presque amical.

Jakob s'avance vers Perzinek. Celui-ci recule immédiatement. Pourtant, il fait une tête de plus que Jakob. Krauber ne s'est toujours pas relevé, son visage est une masse barbouillée, le spectacle fait son effet.

Ça me fait quand même de la peine, dit Jakob, de le voir dans cet état, sur quoi les autres disent quelque chose comme : Ça va aller, et : T'inquiète, un coup sur le nez, ça saigne. Il a donc atteint son objectif. Ils se rangent toujours du côté du vainqueur. Il avait beau le savoir, ça le surprend.

Il a le vertige, un bruissement dans les oreilles, les objets ont perdu leurs couleurs, c'est sûrement dû à la nervosité et à sa blessure à la main. Il sait pourtant qu'il ne doit rien laisser paraître. Il parvient à tendre sa main douloureuse et aide son adversaire à se relever.

Krauber se redresse en trébuchant. Le sang tombe goutte à goutte par terre, son nez a encore l'air normal, mais Jakob sait que l'os va bientôt enfler et changer de couleur, et il est à peu près certain que ce nez ne sera plus jamais comme avant. Il doit maintenant prendre toutes les mesures nécessaires pour que cela n'ait pas de répercussions pour lui, que Krauber ne le guette pas le mois prochain, que personne n'aille se plaindre auprès des professeurs ou du directeur.

Il place donc un bras autour des épaules de Krauber. C'est ce qu'il a observé dans la cour de l'école. Il lui tape sur la poitrine en signe de reconnaissance. Le geste lui paraît idiot, mais s'il fonctionne avec les autres, pourquoi pas avec lui. Il demande à voix basse si cela va rester entre eux. S'il peut leur faire confiance. Seuls les lâches s'en vont cafter.

Il regarde Krauber, puis les autres et de fait, tous acquiescent.

Ils reprennent leur marche. Krauber plaque contre son visage un épais tissu qu'il a trouvé dans son cartable. Il boite à cause du coup de pied dans le genou. Jakob ressent une sensation brûlante et palpitante de culpabilité monter en lui, disparaître et revenir. Il a envie de pleurer, mais il sait qu'il ne doit pas. Il aimerait demander pardon. Mais ce serait encore pire que de pleurer.

À la bifurcation, ils se promettent encore une fois de ne rien dire. Bien sûr qu'on ne va pas cafter, on sait tenir sa langue ! C'est étonnant, pense Jakob, on peut être fourbe autant qu'on veut – lorsqu'on exige ensuite la chevalerie, il ne vous arrive rien.

Une demi-heure plus tard, il arrive au château.

Il entre dans le hall sans faire de bruit. Les filles sont plus dangereuses que ses camarades de classe car elles ne sont pas tenues au piège de la loyauté. Ces derniers temps, elles le laissent pourtant tranquille. Elles ne le guettent plus, ne l'enferment que rarement dans l'armoire, ne le battent plus et, Dieu merci, elles ne cachent plus d'aiguilles dans sa nourriture. Il a réussi à les lasser.

Il traverse le hall sur la pointe des pieds. Avant-hier, il a dérangé le concierge qui, furieux, lui a donné une gifle si forte que son oreille en siffle encore. Mais même avec Jerzabek, c'est moins dur qu'au début, tout le monde s'est habitué. Le concierge râle moins et ne menace quasiment plus d'appeler la Gestapo. Même grand-maman se plaint moins souvent de devoir dormir dans l'ancienne chambre des filles du concierge avec Jakob ; lui-même remarque à peine le volume sonore des ronflements de sa grand-mère ou le nombre de fois où elle parle en dormant – c'est d'ailleurs une bonne chose qu'il ne dorme plus seul dans une chambre. Même une grand-mère égarée et ronflante vaut mieux que l'obscurité vide où se cachent les fantômes, les vampires et les grosses araignées. Ce qui n'a pas changé, en revanche, c'est la conviction de grand-maman, selon laquelle la dégradation de leurs conditions de vie est la faute de sa belle-fille : "Elle est arrivée, dit-elle sans arrêt. C'était si bien avant. Depuis qu'elle est là, je n'ai plus le droit d'aller à l'étage !"

Plus aucun d'eux n'a le droit d'y aller. Les pièces d'en haut sont désormais occupées par les Jerzabek, et les Pabst sont en bas dans l'appartement du concierge, que Pabst ne quitte presque jamais. Il traîne au lit, passe des heures à regarder par la fenêtre et feuillette à l'occasion le journal que maman lui rapporte de Tillmitsch. Lorsqu'il se lève pour faire une courte promenade, il boite et doit s'appuyer sur une canne, il ne s'est pas encore remis de l'accident.

Du coup, maman doit tout faire. Elle lave les vêtements dans un baquet d'eau chaude sur la cuisinière, les leurs, mais aussi ceux des Jerzabek. Elle repasse, elle cuisine – pour sa famille, mais aussi celle du concierge. Maman doit également s'occuper d'Erika – changer son linge, l'aider à manger, lui donner à boire, se lever la nuit et l'assister aux toilettes.

Pour elle, tout est beaucoup plus difficile que pour Jakob. Il s'est habitué à l'école, il a vite compris ce qu'on doit dire et à qui, comment se comporter, si bien que la méfiance des autres a vite diminué. Et après ce qu'il a réussi à faire aujourd'hui avec Krauber, il n'a sûrement plus rien à craindre.

Il s'assoit à la table de la cuisine. Il a le droit, ça ne gêne pas les Jerzabek. Il ouvre son cahier de mathématiques : Deux jeunes hitlériens récoltent de l'argent destiné à une pierre commémorative en l'honneur de Horst Wessel, les gens reconnaissants leur donnent 743 reichsmarks, la pierre coûte 104 reichsmarks par kilogramme de marbre, la gravure coûte 9 marks par lettre. Jakob fait le calcul en bâillant, la solution est vite trouvée, mais il a du mal à tenir son crayon : sa main droite est chaude et enflée, le poignet a pris une teinte bleue. Sous le calcul, il dessine malgré tout la pierre pour Horst Wessel, les bords élégamment arrondis, les veines délicatement hachurées, la croix gammée un peu penchée, en équilibre sur sa pointe. Il doit ensuite rédiger une courte dissertation : Pourquoi notre Wehrmacht va gagner, la réponse est très facile puisque la Wehrmacht est plus forte, plus déterminée, plus courageuse et surtout expurgée des Juifs, tandis que les armées des ennemis de l'Allemagne sont entremêlées d'éléments hautement impurs et dirigées par des gens non fiables, incapables de susciter l'enthousiasme dans la moindre poitrine. Il est fier de la formulation "l'enthousiasme dans la moindre poitrine". Son écriture, elle, devient de plus en plus illisible ; si sa main continue d'enfler, il ne pourra plus écrire du tout.

Maman entre. Elle a relevé ses cheveux avec négligence et porte un tablier bleu. C'est son apparence habituelle maintenant. En le voyant, elle pousse un cri et lui demande ce qui est arrivé à sa main.

Tombé, dit-il, sachant qu'elle va le croire parce qu'elle veut le croire. Elle ne l'imagine pas capable de faire volontairement du mal à quelqu'un. Elle a raison d'ailleurs, il ne l'a fait que parce que c'était inévitable. Sinon, il serait devenu comme le petit Frummel, auquel on pique son argent et son goûter, quelqu'un dont on se moque et vide le cartable au-dessus de la poubelle quand on s'embête. L'avantage de Jakob, c'est qu'il a connu tellement de pays et d'écoles qu'il comprend vite comment les choses fonctionnent. Les enfants d'ici ne connaissent que leur village. Ça les désavantage.

Maman sort un morceau de viande du garde-manger et le pose sur sa main. Elle porte encore l'odeur de son parfum de luxe, mais lorsqu'il voit les fines rides autour de ses yeux, il comprend pour la première fois que sa jolie maman vieillit elle aussi. Il se penche et dépose un baiser sur sa joue. Elle lui caresse la tête.

Il s'inquiète quand même un peu qu'elle ait pris ce morceau de viande parce qu'il sait qu'elle aurait d'abord dû demander l'autorisation à Liesl Jerzabek.

— On ne va pas rester longtemps, dit-elle. Ne t'inquiète pas. On va bientôt partir.

Il sait qu'elle dit ça pour le rassurer. Il aurait aimé lui dire que pour sa part, il n'y a aucune urgence. Pour ses parents, c'est très dur ici, mais en ce qui le concerne, il ne faut pas s'inquiéter. Il se débrouille.

HAMLET

Kuno Krämer descendit de voiture. Le chauffeur dit quelque chose qu'il ne comprit pas, or il avait déjà refermé la portière. Il hésita, puis décida que c'était idiot de la rouvrir pour redemander. Après tout, c'était lui le chef, il n'était pas tenu à la politesse.

Il avait plu dans la nuit, le sol était boueux, il fallait enjamber des flaques. Mais le ciel était clair et l'air sentait le printemps. Ici et là, de petites fleurs apparaissaient dans la verdure, là-bas un nuage s'effilochait et les feuilles de deux arbres tremblaient dans le vent. Il était surpris de voir que le château de Dreiturm n'en avait même pas une, de tour. Il leva les yeux vers la façade, puis il tira fortement sur le cordon de la sonnette. Une cloche résonna quelque part à l'intérieur.

Il ne se passa rien pendant longtemps.

Il s'apprêtait à se détourner pour faire le tour du bâtiment lorsqu'il entendit des pas traînants et d'autres bruyants, puis un verrou qu'on tire, après quoi un homme ébouriffé, mal rasé et à l'apparence négligée ouvrit la porte.

Krämer dit qu'il voulait voir le professeur Pabst, utilisant un titre universitaire inapproprié selon les codes de l'Ostmark.

— Pourquoi donc ?

— Une affaire importante, dit Krämer.

L'homme demanda de quel genre d'affaire il s'agissait. Il était dur à comprendre, il parlait un dialecte complètement arriéré.

Krämer voulait le dire lui-même au professeur Pabst.

L'homme à la porte resta debout là à le dévisager, ne sachant visiblement pas comment gérer la situation.

— Immédiatement, dit Krämer sans élever la voix.

Nul besoin de hausser le ton ; il suffisait de ne pas être poli. La politesse passait pour de la faiblesse, il était rentré en Allemagne depuis assez longtemps pour le savoir.

— Je viens de Berlin, dit-il sèchement, j'ai peu de temps.

Il avait atteint le but recherché. Le type le fit entrer. En passant devant lui, Krämer remarqua qu'il lui manquait trois doigts à la main gauche.

Ce n'était pas un bon moment. Monsieur le châtelain était occupé.

— N'importe quoi, dit Krämer.

L'homme demanda s'il voulait bien attendre un instant, il allait prévenir monsieur le châtelain.

— Attendre ?

Krämer répéta le mot d'une voix si incrédule que l'autre bredouilla “je vous en prie” et “par ici”. Ils traversèrent un couloir bas. Cela sentait le charbon et les oignons. Ils longèrent une porte ouverte derrière laquelle une femme au teint rouge s'affairait aux fourneaux.

— De Berlin ! s'écria l'homme comme pour devancer sa question.

Elle recula, puis sembla se fondre dans l'ombre d'un coin de la cuisine : on apercevait encore son visage, un bras, une épaule, puis plus rien. Au même moment, on entendit des voix enfantines, des rires et des claquements de chaussures, quelque chose dégringola l'escalier, mais lorsque Krämer s'arrêta et tendit l'oreille, le silence était déjà retombé.

— Par ici, dit l'homme. Ici, je vous prie. Après vous !

Il ouvrit une porte qui donnait sur une pièce exiguë et sentant le renfermé. Dans un fauteuil tourné vers la fenêtre, si bien que seul l'arrière d'une tête dépassait du dossier élimé, se trouvait Georg Wilhelm Pabst.

Il se retourna. Sur une petite table reposait une édition reliée en tissu de *Hamlet*, mais il ne semblait pas l'avoir feuilletée. Il était pâle, ses cheveux n'avaient pas été coupés depuis longtemps, il n'était pas bien rasé non plus, et en se levant, il dut s'appuyer de la main gauche sur le dossier du fauteuil. Il se tenait penché, une épaule plus haute que l'autre, sans doute avait-il mal à la hanche, Krämer connaissait cette posture pour l'avoir observée chez son père, qui attendait patiemment la mort dans une maison de retraite d'Oldenbourg, or Pabst n'était pas encore un vieil homme, il était même plus jeune que Krämer. Une mince fissure traversait son verre de lunette droit.

— *Heil Hitler*, dit Krämer aimablement. Vous vous souvenez ? Nous avons discuté sur un autre continent. Il faisait bien chaud.

Pabst ne répondit pas. Krämer se tourna vers l'homme ébouriffé et désigna la porte d'un geste dénué de toute ambiguïté.

L'homme demanda s'il pouvait apporter quelque chose. De l'eau ou de la bière, ou une lichée de vin ?

— Non merci, dit Krämer, écœuré par le mot lichée.

Comment s'en sortir dans la vie quand on parlait ainsi ?

L'homme recula d'un pas traînant, resta là un moment, les fixant en alternance. Personne ne bougeait. Il finit par sortir en refermant la porte. Mais aucun pas ne s'éloigna. Eh bien, il n'avait qu'à écouter ! Il faut changer ses habitudes, songea Krämer, on n'a pas besoin d'avoir peur des fouines car c'est nous les fouines désormais ; on ne craint pas les taupes puisqu'elles travaillent pour nous !

— Qu'est-ce que vous voulez ? demanda Pabst.

Krämer demanda la permission de s'asseoir. Pabst ne répondit pas. Krämer rapprocha une chaise. Elle était dure et bancale. Il aurait préféré rester debout, mais comme Pabst ne l'avait pas invité à s'asseoir, il fallait qu'il le fasse pour ne pas se retrouver comme un écolier devant le réalisateur. Il croisa les jambes, sortit son étui à cigarettes et le tendit à Pabst.

Pabst secoua la tête. Krämer soupira car cela signifiait qu'il devait fumer alors qu'il avait encore la nausée depuis le trajet en voiture. Il sortit une cigarette, ouvrit son briquet d'un coup sec et l'alluma.

— Comment savez-vous que je suis ici ? demanda Pabst.

— Vous croyez que nous ignorons que le plus grand réalisateur allemand est de retour au pays ? Mon cher, je comprends le désir de vivre en toute discrétion, *láthe biosas*, le bel idéal d'Épicure, mais à un moment donné, il faut bien retravailler, non ? Je veux dire, est-ce vraiment un hasard ? Je vous dis : Revenez, s'il vous plaît. Je dis : Toutes les portes sont ouvertes. Je dis que nous nous estimerions chanceux. Et hop, vous voilà ! Quelqu'un vous a-t-il forcé ? Je ne crois pas. Vous a-t-on enlevé ? Pas que je sache.

— Ma mère, dit Pabst.

— Ben voyons.

— Elle n'allait pas bien. Il fallait qu'on vienne, puis la guerre a éclaté et la frontière…

— Vous nous donnez d'ailleurs un sacré travail. Vous n'avez pas idée du nombre de lettres que nous recevons à cause de vous. De la part des voisins. “Le communiste est de retour, jetez-le en prison”, de la part du boulanger de votre beau village, “chaque jour la salope juive vient acheter du pain, faites quelque chose”, et aussi beaucoup de courriers anonymes, toujours la même écriture, manifestement de quelqu’un qui connaît parfaitement votre routine journalière. J’aime autant ne pas citer ses propos. Comme nous sommes un État organisé, la procédure suit toujours la voie bureaucratique, de la Gestapo de Graz à la Gestapo de Berlin, puis à la section cinéma du ministère et de là au bureau du ministre, qui est néanmoins bien disposé envers vous. Au fait, comment va-t-elle, madame votre mère ?

— Bien, merci.

— Bon, mais tout ceci… Krämer fit un geste en direction du plafond bas, du tapis sale, de la petite table et des taches d’humidité aux murs… L’endroit est-il vraiment adapté à une vieille dame en mauvaise santé ? Vous ne voulez pas au moins monter au premier étage ?

— Nous y étions.

— Que s’est-il passé ?

Pabst ne répondit pas. Krämer désigna la porte d’un air interrogateur, derrière laquelle se trouvait, comme ils le savaient, l’homme en train de plaquer son oreille contre le bois. Pabst acquiesça.

— Dans ce cas, on peut fort heureusement y remédier. Quant à madame votre mère – avez-vous besoin d’un sanatorium ? Nous pouvons vous procurer une belle chambre. Où vous voulez. Avec vue. Vous n’avez pas à vous soucier des frais.

Pabst se tut.

— Vous prévoyez une adaptation ? Krämer montra l’édition de *Hamlet*. Théâtre ou cinéma ? Vous n’avez qu’un seul mot à dire. J’imagine que le sujet vous plaît.

Un homme surdoué, capable de tout, mais qui a un mal fou à se décider !

— Shakespeare est anglais.

— Sur le papier. Dans son cœur, il est allemand. Tous nos théâtres le montent en ce moment. Si vous ne vous cachiez pas du monde entier comme une taupe, vous l'auriez remarqué depuis longtemps. Nos meilleurs acteurs incarnent ses personnages avec une telle vérité, une telle… profondeur que ça doit forcément faire rougir de honte l'Angleterre.

— Un pays peut-il rougir ?

La gorge de Krämer se serra. Il eut une sensation de chaleur. Une fois de plus, il avait dit quelque chose qui ne passait pas chez les intellectuels, encore le mauvais mot, la mauvaise nuance, la mauvaise allusion. Une fois de plus, il avait prouvé qu'il ne faisait pas partie du lot.

Mais ça ne comptait plus. Tout était différent désormais. Il pouvait dire ce qu'il voulait, quand il voulait et comme il voulait. Plus personne ne se moquerait de lui ; quoi qu'il dise, on l'écouterait et si, malgré tout, on ne le respectait pas, on n'en laissait rien paraître et c'était déjà ça.

— Je propose que nous évoquions la prochaine étape, dit Krämer. Vous êtes ici. De retour à la maison. C'est bien. Car dans un moment pareil, l'homme doit être dans sa patrie. On se rassemble autour du drapeau, chacun fait ce qu'il doit faire – mis à part ces types déracinés que nous avons vus là-bas, tentant de s'abaisser devant leurs nouveaux maîtres.

Le visage de Pabst s'obscurcit, Krämer comprit qu'il était allé trop loin. Évidemment, ce n'était pas une bonne idée de lui rappeler Hollywood, le ciel lumineux et les palmiers, tous ces gens brillants et gais. Krämer avait lui aussi la nostalgie de Los Angeles, il se retrouvait régulièrement en rêve sur la jetée de Santa Monica, sentait le soleil chaud sur son crâne et le sable sous la plante de ses pieds. L'endroit devait manquer d'autant plus à Pabst. Il avait des amis là-bas, tandis que Krämer n'avait fait la connaissance que d'un seul collaborateur du consulat général, un certain Eggebrechter originaire de Münster. Chaque lundi, ils s'étaient retrouvés dans la maison dégarnie de Krämer pour jouer aux cartes, chacun pesant ses mots avec précaution parce que chacun savait bien sûr que l'autre envoyait ses rapports au pays. Ce qui manquait le plus à Krämer, c'était son caniche Harro, qu'il avait fait piquer parce qu'il ne pouvait pas l'emmener.

— Vous êtes ici, dit Krämer. C'est le plus important. Nous le voyons, nous comprenons.

— Vous ne comprenez rien !

— Je comprends qu'il faut que les choses avancent d'une manière ou d'une autre. Vous vous dites sans doute que ça ne va pas durer longtemps. Vous attendez que la guerre soit finie, puis vous emmènerez votre famille en France ou directement de l'autre côté de l'Atlantique, où vous poursuivrez votre vie.

Krämer se tut. Mais Pabst, qui, entendant ces phrases, ne s'était affaissé que très légèrement, résista à la provocation et ne dit rien. À l'extérieur, on entendit un craquement, puis une espèce de gémissement : l'homme derrière la porte avait visiblement du mal à rester immobile.

— Le ministre aimerait vous parler, dit Krämer.

Il croisa les bras et regarda Pabst avec attention. Cette phrase était son atout, son épée, sa flèche. Pris d'une joie fébrile, un acteur célèbre avait bondi sur sa chaise. De peur, le rédacteur en chef d'un journal de gauche avait fait dans son froc. Krämer regarda d'un air scrutateur l'entrejambe de Pabst, puis ses verres de lunette, dans lesquels se reflétait deux fois le carré lumineux de la fenêtre, traversé par la fissure du côté droit. Rien à signaler. Ni joie ni effroi. Dommage.

— Je vous remercie, dit Pabst. Je me présenterai bientôt à Berlin.

— Quand ?

— Je ne sais pas encore. Ma santé est fragile. J'ai eu un accident. Je ne peux pas partir de sitôt. Ma mère a besoin de soins.

— Votre mère, comme je vous le disais, nous nous en occupons. Je peux m'en charger sur-le-champ.

Derrière la porte, on distingua nettement un toussotement. Krämer se leva et ouvrit la porte d'un geste rapide. "La famille Pabst reprend ses quartiers au premier étage !" Sans attendre de réponse, il referma la porte et se rassit. Voilà comment ça marche, pensa-t-il, voilà le ton, bref et autoritaire. Il en avait parcouru, du chemin, depuis ses débuts comme facteur !

— Après-demain vous conviendrait ? demanda-t-il. Ça vous laisse la journée de demain pour faire vos valises.

— Ce n'est pas idéal. Je dois à tout prix me reposer. Je suis tombé d'une échelle l'année dernière, je me suis grièvement blessé, une fracture de la hanche et une commotion cérébrale, je ne pourrais pas, à l'heure actuelle…

— Comme vous voulez. Vous n'êtes pas en prison.

Krämer se tut – premièrement pour ménager son effet et deuxièmement parce qu'en repensant à son ancien métier de facteur, son chef lui revint à l'esprit, un socialo nommé Hungermann, une ordure moustachue qui le brimait du matin au soir. Travaillait-il encore à la poste ? Il avait dû monter en grade plusieurs fois. Mais ça ne change rien pour toi, songea Krämer. Je te retrouverai.

— Vous n'êtes pas en prison, répéta Krämer qui regarda Pabst droit dans les yeux en souriant.

À moins bien sûr, songea-t-il, que Hungermann ait adhéré au parti. Auquel cas il était impuissant, il ne pouvait rien faire.

— Cela signifie que si je ne viens pas… Pabst enleva ses lunettes et les nettoya avec le revers de sa veste. Dans ce cas, je serais… emprisonné ?

Krämer sourit. Il ne dit rien pendant quelques secondes, puis il tapa dans ses mains et se leva.

— Je dois malheureusement décliner, dit-il. Des affaires urgentes. Il faut que je rentre.

— Qu'est-ce que vous devez décliner ?

— Votre invitation à déjeuner.

— Je ne vous ai pas invité.

— Fallait-il vraiment le préciser ? Non, mon cher maître, vous ne m'avez pas invité, en effet, et j'ai rectifié cet oubli singulièrement insolent en refusant poliment l'invitation que vous auriez dû m'adresser. Un de nous deux au moins connaît les bonnes manières.

Krämer tendit la main et Pabst, répondant davantage à un réflexe qu'à la réflexion, la saisit et la serra. La dernière fois, songea Krämer, tu m'as traité d'ordure en menaçant de me frapper. Nous avons fait des progrès.

— Rasseyez-vous, je vous en prie, dit-il. Je vois que vous avez mal à la hanche. Si vous avez besoin de bons médecins, nous pouvons nous en occuper, là aussi.

Krämer attendit un moment, mais Pabst ne répondit pas. Donc il quitta la pièce.

Le couloir était vide. Krämer passa devant la cuisine. Deux jeunes filles étaient assises par terre. Leurs chevelures tressées, les visages ressemblant à de la pâte pétrie. Krämer en eut des sueurs froides.

— Vous vous appelez comment ? demanda-t-il.

— Va-t'en, dit la plus âgée.

Krämer voulait reprendre son souffle pour lui crier dessus, puis il se rappela qu'il ne s'abaissait pas à des altercations avec de jeunes paysannes. Il passa son chemin, la tête en feu. Il poussa la lourde porte et se retrouva à l'air libre. À côté de lui se trouvait, une pelle à la main, le concierge.

— À partir de maintenant, il faudra traiter la famille Pabst avec respect.

L'homme murmura quelque chose, fit des courbettes et des gestes obséquieux d'approbation. Alors que Krämer s'apprêtait à ajouter qu'il devrait mieux éduquer ses enfants, l'autre le devança et lui demanda son nom.

Krämer, surpris, le lui dit.

L'homme demanda son prénom.

Krämer le donna en hésitant.

L'homme demanda le nom de sa section.

— Pourquoi donc ?

Comme ça, dit l'homme dans une langue proche de l'allemand standard. Sauf erreur de sa part et dans la mesure où on l'avait correctement informé lors de la réunion du parti, monsieur devait spécifier sa section si on le lui demandait.

— Je ne dois rien du tout, dit Krämer.

L'homme le scruta par en dessous.

— Ministère de l'Éducation du peuple et de la Propagande du Reich, dit Krämer, deuxième secrétariat d'État, section cinéma, sous-section film et loi sur les œuvres cinématographiques.

— Film et loi sur les œuvres cinématographiques, répéta l'homme comme pour mémoriser l'information.

— Pourquoi ? demanda Krämer.

L'homme le regarda en silence.

— Pourquoi voulez-vous le savoir ?

L'homme se taisait. Krämer se détourna brusquement et se dirigea vers la voiture qui l'attendait. Lorsque le chauffeur le vit arriver, il mit le moteur en route.

Krämer monta, sortit son mouchoir et essuya son front dégarni. Pourquoi ce type lui avait-il demandé le nom de sa section ?

Mais cela n'avait aucune importance, pensa-t-il, tandis que la voiture démarrait et que le château reculait lentement, puis rapidement au loin. Ce nabot dans son patelin ! De toute façon, se dit Krämer, il n'avait pas fait d'erreur, tout s'était bien passé, d'ici quelques jours Pabst se retrouverait devant le ministre !

Mais pourquoi diable avait-il voulu connaître sa section ?

— Arrêtez-vous un instant, dit-il.

Ils s'arrêtèrent, il descendit, se pencha et vomit.

Il lui fallut quelques secondes pour se ressaisir. Puis il remonta en voiture, referma la portière de toutes ses forces et s'écria :

— On repart !

Ils roulèrent un temps en silence. Une forêt noire et grise défila. Des vaches broutaient dans une prairie, puis la forêt réapparut.

— Ils m'ont invité à déjeuner, expliqua Krämer. Des gens sympathiques. Mais une cuisine abjecte. J'ai eu la nausée.

Le chauffeur ne dit rien.

Et tout en sachant que cela ne faisait qu'aggraver les choses, Krämer ajouta :

— Pas d'inquiétude. Ça va déjà mieux.

LE PÈRE DU MENSONGE

Son ami et collègue Käutner possédait un appartement dans la Bleibtreustraße. Pabst laissa sa valise à l'hôtel et fit le tour de Savigny Platz pendant une demi-heure pour être sûr que personne ne le suivait.

Partout la croix gammée. Elle enflammait de rouge les façades, se gonflait dans le vent, claquait sur les toits, ses pointes noires trônaient sur chaque mur. À trois reprises, il vit des défilés : roulements de tambours et uniformes bruns, le pas strictement cadencé. Les passants s'arrêtaient, levaient la main droite, et Pabst, ne voulant pas se faire remarquer, les imita avec hésitation – une seule seconde, l'épaule tremblante, après quoi il se sentit souillé jusqu'au tréfonds.

L'heure est grave, dit Käutner à voix basse, tandis qu'ils étaient installés dans son salon, mais pas tant que ça. L'UFA était restée étonnamment apolitique, elle laissait chacun faire son travail, même les scénaristes interdits continuaient d'écrire sous pseudonyme. Bien sûr, il fallait faire extrêmement attention à ne pas dire n'importe quoi, *a fortiori* depuis le début de la guerre. Mais une fois l'habitude prise et les règles connues, on se sentait presque libre.

On sonna à la porte. Sur le palier se tenait un petit homme sympathique encore essoufflé de la montée jusqu'au troisième étage ; il avait apporté deux bouteilles du meilleur vin rouge. C'était l'acteur Heinz Rühmann.

Il arrivait tout juste de Babelsberg. Ils y tournaient *Le Chapeau florentin*, raconta-t-il, d'après une pièce de Labiche, sous la direction de Liebeneiner, c'était étincelant et gai, brillant, un des meilleurs films dans lesquels il ait joué. Il tapa dans ses mains et récita les dialogues. Puis il imita la façon dont Liebeneiner faisait claquer ses doigts lorsqu'une idée lui venait, ce qui arrivait souvent, dit Rühmann, Liebeneiner débordait d'idées, un réalisateur merveilleux ! Et aucun nazi à l'horizon ! On se serait cru dans un autre pays ! On racontait même des blagues sur Göring l'obèse ou Ribbentrop le coincé. Tout était libre et drôle et déjanté !

Käutner referma la fenêtre. Ici, on n'était pas à Babelsberg, dit-il en guise d'avertissement, il avait de nouveaux voisins. Les anciens locataires étaient partis, remplacés par un couple, tous deux membres du parti.

Le protagoniste du film, poursuivit Rühmann, impassible, joué par lui bien sûr, passait sans arrêt de l'action au commentaire, et l'usage de la caméra subjective était tout simplement brillant, un vrai délice !

Pabst buvait en s'efforçant d'écouter, mais ses pensées le ramenaient sans arrêt à ce qui l'attendait le lendemain. Il but d'autant plus, ouvrit la deuxième bouteille et hocha la tête avec intérêt lorsque Käutner dit :

— Tu vas voir, ils ont plus besoin de nous que nous d'eux !

L'Allemagne, dit Rühmann, n'importait plus de films. Or il fallait remplir les salles et la propagande ne suffisait pas, si bien qu'on dépendait des quelques personnes qui savaient faire de bons films.

Certains avaient réussi à aller à Hollywood, dit Käutner, Zinnemann par exemple et évidemment Fritz Lang ! Mais quand on n'avait pas cette chance, on devait faire ce qu'on pouvait ici. Il fallait rester honnête, faire aussi peu de compromis que possible. Bref, faire son boulot.

Il y avait forcément des compromis à faire, dit Rühmann. Il avait dû divorcer de Maria, sans quoi il n'aurait pas pu continuer à travailler. Après quoi il lui avait lui-même présenté un collègue suédois, Rolf, comme mari fictif. Il leur virait de l'argent tous les mois, Göring avait approuvé l'arrangement. Tout le monde y trouvait son compte : il pouvait tourner, Maria était en sécurité, Rolf gagnait bien sa vie.

Pabst demanda où elle habitait, Maria.

Eh bien, chez Rolf, dit Rühmann. C'était quand même son mari !

Ils burent un temps en silence. Tour à tour, ils se resservaient, levaient leurs verres, les reposaient, se resservaient jusqu'à ce que la bouteille soit vide.

Si, si, on arrivait bien à travailler, finit par répéter Rühmann. Maintenant que l'UFA était nationalisée de fait, elle avait plus d'argent que jamais à sa disposition et tout était étonnamment bien organisé, malgré la guerre, parce que les processus décisionnels étaient beaucoup plus courts. Tout reposait sur Hippler, le directeur du département cinématographique du Reich, qui se renseignait toujours auprès du ministre.

— Et le ministre, il est comment ? demanda Pabst.

Il ne fallait pas l'énerver, voilà tout, dit Käutner.

— Dis-lui clairement ce que tu es prêt à faire ou pas, dit Rühmann. On peut négocier beaucoup de choses. Quand on lui dit : Monsieur le ministre du Reich, la propagande n'est pas pour moi, je suis artiste, je reste à l'écart de la politique… il accepte !

Il n'y avait rien à négocier, dit Pabst. Il n'était prêt à rien du tout !

Rühmann et Käutner échangèrent un regard.

— Dis-lui peut-être que tu es en crise et que tu n'écris plus que des poèmes, suggéra Rühmann.

Käutner retourna les bouteilles vides, en vain malheureusement. Ils n'avaient plus de vin.

En fin de compte, le ministre lui-même n'était qu'un producteur de cinéma, dit Rühmann.

Mais étonnamment puissant, dit Käutner. Qu'on imagine un peu : Willi Forst voulait absolument engager Theo Lingen pour son dernier film. Or Lingen n'aimait pas le scénario, ou peut-être Forst, toujours est-il qu'il avait dit non. En prétextant d'autres obligations. Forst était donc allé voir le ministre, qui lui avait dit : Cher Forst, je vous promets que Lingen n'a pas d'autre obligation, et quand bien même, il n'en a plus ! Que lui restait-il d'autre à faire ?

Pabst se releva, un rien chancelant, ce qui était dû en partie à sa hanche douloureuse et en partie au fait qu'il n'était plus habitué au vin après ces derniers mois.

— Moi aussi je dois rentrer, dit Rühmann, il se fait tard !

Ils descendirent l'escalier aussi discrètement que possible. Sur la pointe des pieds, ils arrivèrent à l'air libre.

— Bonne chance pour demain, dit Rühmann à voix basse.

Après quoi il disparut aussi vite qu'il était apparu.

En rentrant à l'hôtel, Pabst s'égara, se repéra, s'égara de nouveau. Sa bonne connaissance de Berlin n'y changeait rien, les rues semblaient réarrangées de façon sournoise ; quelque chose dans la façon dont elles se rejoignaient, formaient des angles et des virages, était si nouveau et différent que Pabst se demanda s'il avait débarqué dans un monde-miroir déformé. Là-bas, en Amérique, il s'était si souvent retrouvé en rêve dans un

Berlin contrôlé par ces monstres que cela lui semblait totalement irréel d'y être pour de bon.

Il s'arrêta, reprit sa route, s'arrêta de nouveau et dut s'appuyer un instant contre une façade tant il se sentait faible. En regardant autour de lui, les arêtes des maisons lui semblaient obliques, des ombres portées apparaissaient sous les réverbères, plus sombres que le noir ; et tandis qu'en contrebas, la rue se déroulait très droite vers un infini lointain, là-haut une cheminée piquait une lune surdimensionnée. Voilà à quoi ressemblaient les films d'il y a quinze ans et, chose étrange, cette pensée le calma au point qu'il réussit à poursuivre sa route et à trouver son hôtel.

Il prit la clé à la réception, monta dans une cage d'escalier qui semblait s'étirer de façon absurde en dessous et au-dessus de lui, alors qu'il savait que le *Savoy* n'était pas très haut – encore et encore, si bien qu'il dut courir pour que son étage ne lui échappe pas. Il trouva sa chambre en haletant, s'écroula sur son lit, enleva ses chaussures, réussit à s'extraire de sa veste, retira son pantalon en position allongée et ferma les yeux – reconnaissant de pouvoir enfin dormir.

On frappa à la porte.

— Qu'y a-t-il ? s'écria Pabst. Qu'est-ce que c'est, qu'est-ce que vous voulez ?

Une voix calme dit que sa voiture était là.

— Ma voiture ?

— Est là.

— Maintenant ?

La voix ne répondit pas. Pabst se leva, ouvrit la porte et cria avec rage que c'était forcément une erreur. On n'allait pas venir le chercher au milieu de la nuit, mais demain matin à dix heures, on s'était mis d'accord !

Le garçon en livrée, à peine plus âgé que le fils de Pabst, le regarda d'un air hébété. Pardon, finit-il par dire, mais il était dix heures précises.

Pabst alla à tâtons à la fenêtre et ouvrit les rideaux d'un geste brusque : des flots de lumière entrèrent, des voitures roulaient, des gens marchaient sur les trottoirs, le reflet du soleil enflammait des dizaines de vitres.

À bout de souffle, il se rhabilla. Il avait gardé sa chemise, sa cravate pendait dénouée autour de son cou, si bien qu'il avait juste à la resserrer. Mais son pantalon et sa veste gisaient chiffonnés par terre, ses chaussettes avaient formé de petits escargots sous le lit. Je n'ai pas dormi, songea-t-il en attachant toutes ces matières sur son corps, je viens seulement de rentrer ! Mais cela ne changeait rien, le soleil brillait, la voiture était en bas.

Une fois dans le véhicule noir qui le transportait sans bruit à travers la clarté matinale, il se demanda si quelqu'un avait ajouté quelque chose dans son vin. Une des bouteilles apportées par Rühmann était déjà ouverte, le bouchon remis de travers, et au fond, il connaissait à peine ce lutin. Il tressaillit. Une femme poussant un landau sur le trottoir n'avait qu'un œil, situé en outre au milieu de la figure, tel un cyclope. Mais il avait dû se tromper, la voiture roulait si vite qu'il n'avait vu la femme qu'un instant. Il se frotta les tempes et fixa la large nuque du chauffeur en uniforme : une fente la divisait en deux masses graisseuses de même taille.

Ils bifurquèrent sur Wilhelm Platz. Devant lui s'étirait une longue bâtisse en pierre grise qui devait être le ministère. Quelqu'un ouvrit la portière, Pabst descendit, quelqu'un dit :

— Suivez-moi.

Le chemin à l'intérieur du ministère dura longtemps. Le bâtiment semblait plus grand à l'intérieur qu'à l'extérieur

– une pensée qui, s'étonna Pabst, lui parut tout à fait sensée. Un couloir s'étendait en ligne droite une éternité durant, puis un autre bifurquait à gauche et s'étendait au moins aussi loin en ligne droite : l'homme en uniforme qui l'avait pris en charge devant la voiture marchait devant lui sans jamais se retourner. Ils croisèrent des hommes en civil, d'autres en uniforme et même une femme de temps à autre, presque tous munis de porte-documents. Lorsque le couloir se termina enfin et qu'un autre bifurqua à angle droit, non pas à gauche mais à droite, ce qui n'avait aucun sens géométriquement parlant, Pabst eut soudain la quasi-certitude qu'ils avaient dû faire demi-tour pour se retrouver dans le premier couloir – une astuce dont il s'était souvent servi pour les longs mouvements de caméra.

L'homme qui l'escortait ouvrit une porte. Elle ne comportait pas de numéro et ressemblait à toutes les autres. Comment avait-il réussi à trouver la bonne ? Il s'écarta brusquement pour lui céder le passage.

Pabst s'attendait certes à une grande pièce, mais pas aussi grande. Elle aurait pu contenir plus de cent personnes ; or il n'y avait qu'un énorme tapis et, au loin, une table avec un téléphone et deux chaises. Sur le mur du fond – si loin qu'il fallait cligner des yeux pour le discerner – se trouvait un portrait du Führer encadré de doré.

Le ministre était assis à son bureau.

Pabst s'en étonna. En temps normal, quand on était puissant, on faisait attendre les gens. Le ministre, lui, était assis là, il leva les yeux, lui fit signe d'approcher et s'écria :

— Pabst, *Heil Hitler*, venez !

Pabst se mit en marche. Durant le trajet vers Berlin, il s'était demandé ce qu'il allait dire au ministre. Il avait envisagé toutes les possibilités, pensé tous les coups et toutes les ripostes, puis fini par développer une stratégie dont il ne se rappelait même pas les grandes lignes.

Il se dirigeait toujours vers le bureau. Personne ne pouvait travailler dans une pièce aussi grande, aux proportions d'un hall de gare sans doute, pas d'un espace de travail.

— Vous avez fait bon voyage ? s'écria le ministre. Comment va la famille ? Et madame votre mère ?

— Bien, merci, dit Pabst.

Comment était-il possible qu'il n'ait toujours pas atteint le bureau ?

— Nous ne nous sommes jamais rencontrés, dit la célèbre voix aiguë à l'accent rhénan. Je suis un grand admirateur ! *Palü*, sublime ! *Quatre de l'infanterie*, un chef-d'œuvre ! La *Rue*, pas à mon goût du point de vue politique, mais Garbo, bon sang, Garbo ! Il partit d'un rire de chèvre. Enchanté, enchanté, enchanté !

À présent, Pabst était suffisamment près pour détailler ce visage émacié à l'air étrangement juvénile : blême, un rien moite et, sous ses yeux enfoncés, des pommettes saillantes, comme s'il tentait de déchiqueter quelque chose de dur.

Pabst se demanda si un bref "moi aussi" représentait une concession trop grande ou une formule creuse ; mais avant même de réfléchir à la réponse, il s'entendit dire :

— Moi aussi !

— Enchanté de vous savoir enchanté. Prenez place, enchantons-nous ensemble !

Pabst avait enfin atteint le bureau. Il rapprocha la chaise destinée aux visiteurs et s'assit.

Le ministre sourit. Ses mains reposaient à plat sur la table nue.

— Pabst le rouge.

Pabst ravala sa salive. Il ne savait pas quoi répondre.

À ce moment-là, à sa gauche, au milieu du mur blanc, une porte s'ouvrit et le ministre entra. Il leva la main, dit *"Heil Hitler"* et se dirigea à pas rapides, qui révélaient néanmoins un léger boitement du côté droit, vers le bureau où Pabst et lui-même étaient installés.

— Vous avez fait bon voyage, dit-il en marchant. Comment va la famille ? Nous ne nous sommes jamais rencontrés.

Il arriva au bureau, où le ministre se leva pour lui céder la place et les deux hommes se fondirent en un seul, qui s'assit en disant :

— Vraiment enchanté.

— Moi aussi, dit Pabst.

Comme il l'avait déjà dit, cela lui venait plus facilement. Ça n'avait plus d'importance.

Le ministre posa ses mains à plat sur la table, sourit et dit :

— Pabst le rouge.

Pabst eut le vertige.

— J'écoute, dit le ministre.

— Pardon ?

— Eh bien ?

Pabst se frotta les tempes.

— Allons donc, dit le ministre. Vous vouliez me parler. J'écoute.

— Je n'ai pas… C'est *vous* qui m'avez fait venir !

— Et donc ?

— Pardon ?

— J'écoute.

Pabst ne comprenait pas. Que voulait dire cet homme, quelle était son intention ? Cet homme avec lequel il n'aurait jadis, dans une vie révolue pour toujours, pas échangé trois phrases et qu'il aurait fait chasser du plateau s'il avait osé y mettre les pieds.

— Ne faites pas l'innocent, dit le ministre. Allez-y. La volonté de l'homme est son royaume céleste, selon le proverbe. Il y a des choses à dire et d'autres à ne pas dire.

Pabst ne comprenait pas.

— La chose à dire, c'est que vous êtes venu me voir. Pabst le rouge. Le réalisateur communiste. Le héros de gauche.

— Je ne suis pas…

— La chose à ne *pas* dire, s'il vous plaît, c'est que je vous ai fait venir. Parce que c'est mieux si vous êtes venu de votre propre chef. Un peu mieux pour moi. Et surtout mieux pour vous.

Le ministre le regarda en souriant. Pabst, à qui rien d'autre ne venait à l'esprit, acquiesça.

— Et donc ? demanda le ministre. Que voulez-vous ?

Pabst fronça les sourcils.

— Ce que je veux… ?

— Vous vouliez me voir. Je vous ai reçu. Que voulez-vous de moi ?

— Je ne veux rien.

Le ministre sourit. Ferma les yeux. Resta immobile pendant un petit moment. Le silence était total, aucun son ne leur parvenait de la rue à travers les hautes fenêtres. Pabst entendait l'air frémir. Il avait la gorge si sèche qu'il n'arrivait pas à avaler sa salive.

— Deuxième tentative, dit le ministre sans ouvrir les yeux. Un mot à ne pas dire non plus, surtout par moi, c'est : Canossa. Vous êtes ici parce que vous voulez vous soumettre. Vous êtes ici pour implorer la paix et le pardon. De votre propre chef. Après seulement, nous pourrons parler. De ce que je peux faire pour vous. Ce que je peux vous offrir. Mais sans aller à Canossa, ce ne sera pas possible, malheureusement.

— C'est un malentendu, dit Pabst. Je suis venu en Autriche…

— Ostmark.

— Je suis rentré dans mon pays pour m'occuper de ma mère. Je ne suis pas intéressé par la politique et je n'ai pas l'intention, à l'heure actuelle, de continuer à faire des fil…

Il se tut. Le ministre avait disparu.

Pabst se pencha en avant. Bel et bien : il avait dû glisser sous le bureau à la vitesse de l'éclair. Le dessus de table en pierre reposait sur trois pans de bois massif, si bien qu'il n'était ouvert qu'à l'arrière et Pabst ne voyait pas ce qui se tramait en dessous. Il entendait un grincement et un couinement, un déchirement et un grattement.

— Monsieur le professeur ?

Le ministre réapparut. Il se hissa sur son siège en cuir, croisa les bras et regarda Pabst, plein d'attente.

— Je n'ai pas l'intention de faire d'autres films.

— Mauvaise réponse, dit le ministre. Mauvaise réponse, mauvaise réponse, mauvaise réponse, mauvaise réponse, mauvaise réponse.

Tous deux se taisaient.

Pabst inspira, mais le ministre l'interrompit avant qu'il puisse se lancer :

— Ce serait bien que la bonne réponse arrive maintenant.

Pabst ouvrit la bouche.

— Songez à ce que je peux vous offrir, le coupa le ministre, par exemple le camp. À tout moment. Aucun problème. Mais ce n'est pas ce que je voulais dire. Je veux dire, pensez à ce que je peux vous offrir *à part ça*, autrement dit : tout ce que vous voulez. N'importe quel budget, n'importe quel acteur. Vous pouvez faire le film de votre choix. Mais ça, vous le savez déjà. Voilà pourquoi vous êtes venu me voir. Et pourquoi vous allez à Canossa.

Pabst prit une grande inspiration.

— C'est à vous, le coupa le ministre.

Pabst acquiesça et refit une tentative.

— J'ai assez parlé, dit le ministre. À votre tour maintenant.

Pabst expira, inspira, ouvrit la bouche.

— Ou avez-vous perdu votre langue ? demanda le ministre. Ce sont des choses qui arrivent dans ce bureau. Ce ne serait pas la première fois.

Pabst prit une grande inspiration. Le ministre se taisait. Pabst en fut si déconcerté qu'il oublia ce qu'il voulait dire. Il se racla la gorge, le ministre se taisait toujours, Pabst se lança :

— Pour des raisons personnelles, je n'ai pas l'intention, à l'heure actuelle…

Le téléphone posé sur la table se mit à sonner.

— Putain de merde, dit le ministre en décrochant. Je viens, dit-il dans le combiné, de donner des instructions très claires, disant que je ne voulais en aucun cas être dérangé.

Un glapissement sortit du téléphone. Le bruit enflait et diminuait, tremblait et cliquetait, on n'y distinguait aucun son humain.

— Attendez ! Le ministre abaissa le combiné. Pabst, un moment s'il vous plaît, taisez-vous un peu, c'est important. Il plaqua de nouveau le combiné contre son oreille en disant : Continuez !

Il écouta un moment le geignement. Fit une grimace révélant ses dents d'une blancheur spectaculaire.

— Eh bien, faites-lui passer un sale quart d'heure, dit-il. Allez-y franchement, d'accord ? Quoi ?

Il écouta un instant, puis il poussa un cri de rage et frappa le combiné si violemment contre la table une fois, deux fois, trois fois, qu'il le fit voler en éclats.

— Merde, dit le ministre, qui baissa la tête et palpa le bord de la table.

Il finit par trouver le bouton qu'il cherchait, répéta "Merde" et appuya.

À la seconde, voire plus rapidement, si vite que Pabst aurait juré que ce n'était pas au même moment, mais un instant plus tôt, la porte s'ouvrit et un officier d'ordonnance en uniforme entra.

— Nouveau téléphone ! cria le ministre.

L'officier salua et se retourna en virevoltant, la porte claqua, ils étaient de nouveau seuls.

— Pabst, dit le ministre. Pardon. J'écoute.

— Pour des raisons personnelles, je n'ai pas l'intention de faire des films en ce moment. Je pense avoir dit tout ce que j'avais à dire en tant qu'artiste. Je ne suis plus jeune, j'ai fait une grave chute en septembre. Je souffre. Je me sens incapable…

La porte s'ouvrit et quatre hommes apportèrent un téléphone. L'un d'eux s'affaira au niveau du mur, un autre enleva le câble de l'appareil démoli, un autre installa le nouveau et le dernier tenait la caisse à outils.

— Vous regardez l'heure ? demanda le ministre.

— Comment ça ?

Tous les quatre reculèrent et saluèrent.

— Une minute quatorze, dit l'un d'eux.

— Une minute quatorze, dit le ministre, incrédule. Nom d'un p'tit bonhomme ! Rompez !

Les hommes levèrent le bras en silence ; l'instant d'après, ils étaient dehors.

— Essayez de comprendre que, ne serait-ce que pour des raisons de santé, je ne peux plus…

— Mais vous regrettez ?

— Pardon ?

— Vous avez fait de la propagande communiste, vous étiez un ennemi du peuple allemand, vous avez pactisé avec d'autres ennemis du peuple et des Juifs. À vrai dire, tout cela est impardonnable. Pourtant, vous êtes assis là devant moi, à boire du café et... Le ministre se tut, saisit le combiné, cria "Café !" et raccrocha. Où en étais-je ? Oui, pourtant vous êtes assis là devant moi, à demander pardon en disant que vous étiez dans l'erreur et que vous regrettez... c'est bien ça ?

Le ministre regarda Pabst avec expectative.

— Je n'ai jamais été communiste. En ce qui concerne mes films...

Deux officiers apportèrent des plateaux d'argent avec des tasses, une cafetière en porcelaine, un pot à lait, un sucrier. La cafetière était en céramique blanche et verte de Gmund. De même que le sucrier et les tasses, seul le pot à lait était en inox et gravé d'une petite croix gammée. Les deux hommes leur versèrent du café, saluèrent et allèrent au pas de course vers la porte, ils étaient déjà dehors.

Pour gagner un peu de temps, Pabst se pencha, prit sa tasse et la porta à ses lèvres avec précaution.

— Je n'ai jamais été communiste. Et je n'ai, sauf votre respect, jamais fait de propagande...

— Vous jugez mal la situation. Je ne discute pas. Si vous aviez la moindre idée de ce qui peut vous arriver, vous ne le tenteriez même pas. Les choses sont comme elles sont, c'est moi qui le dis et vous, tout ce que vous dites, c'est : Je regrette ! Et : J'ai retenu la leçon ! Et : J'ai reconnu mes fautes. Et je veux contribuer à l'édification d'une nouvelle Allemagne. Donc ?

Pabst ouvrit lentement la bouche mais cette fois, il ne se passa rien, pas d'interruption, ils étaient dans le silence total.

Pabst se racla la gorge une fois de plus. Il expira. Inspira.

Le ministre le regardait.

— Je regrette, dit Pabst. C'était un malentendu. Je n'ai jamais voulu venir en aide aux ennemis…

— … du peuple.

— … aux ennemis du peuple.

— Vous avez retenu la leçon ?

Pabst eut l'impression d'avoir perdu toute force vitale. Il hocha la tête.

— Vous avez reconnu vos erreurs ?

Pabst hocha la tête.

— Je n'entends rien.

— Oui.

— Vous devez le *dire*.

— J'ai retenu la leçon, j'ai reconnu mes erreurs.

— Et ?

Pabst se frotta le front. Les mots lui venaient un peu plus facilement.

— Je veux contribuer. À l'édification… de l'Allemagne.

— Merci, dit le ministre. Je dois vous avouer que je ne m'y attendais pas. À ce que vous veniez ici et d'une telle manière… Je ne vous cache pas que cela me touche et maintenant que j'y pense, j'ai le scénario parfait pour vous. Il prit le combiné et cria : "*Comédiens.*" Immédiatement, un nouvel homme entra, par une autre porte cette fois, en apportant une liasse de feuilles agrafées.

— Je suis désolé, dit Pabst. Ne serait-ce que pour des raisons de santé, je me sens incapable de…

— Pas d'inquiétude ! le coupa le ministre. Cher Pabst, être exceptionnel, soyez rassuré ! Nous acceptons vos excuses et nous vous accueillons avec joie ! Il n'est jamais trop tard !

— Je ne fais plus de films ! cria Pabst.

— Gardez ça pour votre grand-mère. Vous êtes rentré chez vous, dans le Reich. Vous voulez faire des films. Pas politiques, mais idéalistes. Artistiques. Sublimes. Des films qui vont droit au cœur des bons Allemands profonds et métaphysiques. Des films profonds pour des gens profonds ! C'est aussi ce que nous voulons. Opposer un grand non à la production américaine de masse, aux navets commerciaux. Par exemple – grâce à ça. Il tapa du poing sur la liasse. Ceci. Il hésita, retapa dessus. Caroline Neuber, Pabst ! L'inventrice du théâtre allemand, Pabst ! La protectrice de Lessing, Pabst ! Le scénario est signé par deux auteurs de la *Weltbühne*, de la racaille de gauche, des gens comme vous, qui devraient être au camp, mais qui ont reconnu la vérité et vu la lumière. Un sujet totalement apolitique, Pabst. Et qui le restera. Idéaliste. Métaphysique, noble. Un rôle pour la grande Käthe Dorsch. En face d'elle, dans le rôle de la comtesse, je dirais Henny Porten. Pabst, le réalisateur des femmes. Tout ira comme sur des roulettes !

— Ma santé ne me permet malheureusement pas…

— Quel est le problème, au juste ? Ce n'est quand même pas cette broutille à la hanche ! Ce n'est pas possible ! Il vous faut un médecin ? On s'en occupe.

— Ce n'est pas uniquement la hanche, monsieur le ministre. J'ai divers…

Le ministre arracha la première page du scénario, la froissa en boule, la jeta et s'écria :

— Il faut dire monsieur le professeur !

— Pardon, monsieur le professeur. Ce n'est pas uniquement la hanche, j'ai divers…

— Ah, lisez-le, tout simplement ! Vous ne vous engagez à rien, lisez, soupesez, voyez si le cœur vous en dit. Ça ne presse pas. Ce film est pour vous ! Si vous n'en voulez pas, personne ne le fera ! Il adressa un sourire presque aimable à Pabst, puis il arracha une deuxième feuille, la froissa et la jeta derrière lui. Emportez-moi ça, finit-il par dire, réfléchissez, parlez-en avec votre chère épouse.

Il se leva d'un bond et tendit le bras – pas en oblique vers le haut, mais à l'horizontale, pour lui serrer la main.

Pabst se leva également, avec hésitation. La peau du ministre était molle et caoutchouteuse au toucher. Pabst voulut aussitôt retirer sa main, mais le ministre la tenait fermement – cinq secondes, puis sans doute encore cinq. Il la lâcha enfin. J'ai échappé au salut hitlérien, se dit Pabst, c'est déjà ça.

— *Heil Hitler !* dit le ministre en levant lentement le bras.

Pabst n'hésita qu'un instant. Puis il fit la même chose.

Le ministre le regarda d'un air interrogateur.

— *Heil Hitler*, dit Pabst.

— N'oubliez pas votre scénario. Et pensez-y, ici on vous estime. Ici, ce que vous voulez faire va se faire.

Pabst bredouilla quelque chose qui pouvait passer pour un remerciement, prit le scénario et se retourna vers la porte.

— Nous, nous ne traitons pas nos grands artistes en laquais, dit le ministre. Nous savons ce que nous leur devons. Et nous ne l'oublions pas.

Pabst marcha vers la porte la plus proche.

— Prévenez-moi si le scénario vous plaît. Et s'il ne vous plaît pas et que vous en voulez un autre, dites-le-moi aussi. Vous savez comment me joindre ?

Pabst s'arrêta.

— Comment ?

— Vous pourriez appeler le ministère. Ou écrire une lettre. Ou vous poster dans la rue, n'importe laquelle, et parler. Ou allumer la lumière la nuit et dire à voix haute ce que vous avez à dire. Ça marche aussi. Je serai au courant.

Pabst le regarda. Le ministre regarda Pabst.

— Ha, fit le ministre. Ha ! ha ! ha ! ha !

Après cette tentative, il rit pour de bon – un bêlement aigu qui lui fit froid dans le dos.

Pabst continua d'avancer vers la porte, qui semblait reculer devant lui. Il accéléra, la porte recula encore plus vite, il accéléra encore mais soudain la pièce s'était repliée, si bien qu'il se trouvait au plafond et marchait la tête en bas, ou plus exactement : il descendait en s'appuyant contre la pente du tapis, mais avant même de se demander s'il perdait réellement la raison, il se retrouva à la porte, puis dehors, puis dans le long couloir qui se comporta presque normalement et ondula à peine, tandis que l'homme en uniforme, qui avait visiblement attendu pendant tout ce temps, le conduisait en silence vers la sortie.

L'entretien s'était-il bien passé ? À l'évidence puisqu'il était encore libre. Pas en prison, pas en route pour un camp de concentration, mais sur le chemin du retour chez lui, dans son château.

Les lourdes portes s'ouvrirent, ils arrivèrent dans la rue. Pabst respira avidement l'air frais. Son véhicule l'attendait, le moteur en marche.

— Vite à la gare, dit Pabst.

— Pas à l'hôtel ? demanda le chauffeur.

— Non, à la gare de Lehrte, tout de suite !

Oui, ça s'était bien passé parce qu'il avait gagné du temps. Il allait lire ce scénario, d'ici quelques semaines il écrirait une lettre vague avec quelques questions, après quoi il dirait vouloir le retravailler un peu et les mois passeraient ainsi. D'ici là, la guerre serait peut-être finie et sinon, ils auraient tôt ou tard la possibilité de fuir en Suisse. Et maman allait entrer dans un sanatorium. Tout ce qu'il avait dû faire, c'était un geste et deux ou trois mots. Retarder infiniment un film, les producteurs n'étaient pas les seuls à savoir le faire. En cas de nécessité, il y arriverait aussi.

Les mains tremblantes, il ouvrit le scénario. Le ministre ayant arraché les deux premières pages, la scène commençait au milieu d'une phrase. Pabst nettoya ses lunettes embuées avec sa cravate et se mit à lire.

Trude appuya sur la sonnette. Une femme blonde en robe fleurie lui ouvrit.

— Chère madame Pabst ! Bienvenue dans notre cercle !

Elle conduisit Trude dans une pièce remplie de petites tables, de couvertures et de tapis. Une vitrine contenait des gobelets en argent, les murs arboraient des cadres dorés avec des collines verdoyantes et des chevreuils dans des clairières – en si grande quantité que les tentures étaient quasiment recouvertes. Sur trois canapés, groupées autour d'une table basse en marbre, quatre femmes étrangement figées, comme si elles étaient là pour leur propre portrait. L'une d'entre elles était l'actrice Henny Porten.

— Je m'appelle Else Buchholz, dit la maîtresse de maison. Voici Maria Lotropf, l'épouse du professeur Alwin von Lotropf, voici Gritt Borger, l'épouse du docteur Erwin Borger du ministère des Finances, voici Heidrun Hippler, vous savez évidemment qui est son époux, et enfin Henny Porten, que vous connaissez puisqu'elle tourne en ce moment avec votre cher époux. Chère assemblée, voici Gertrude Pabst, l'épouse du grand Georg Wilhelm Pabst, qui aimerait découvrir notre cercle littéraire. Nous en sommes enchantées !

— Tout à fait, dit Maria Lotropf.

C'était la plus âgée, elle avait déjà des cheveux blancs.

— Absolument, dit Gritt Borger.

Elle était petite et ronde avec des yeux rapprochés et un front sillonné de rides qui lui donnait un air vaguement agacé.

— Ravie de passer cette après-midi avec vous, chère madame Pabst, dit Heidrun Hippler.

Ses yeux luisaient, comme si elle allait pleurer pour une raison connue d'elle seule. Trude hésita à demander le nom de l'époux qu'elle était censée connaître, mais elle s'abstint. Elle avait appris depuis longtemps que chaque question pouvait être une erreur et que dans le doute, mieux valait se taire.

Tout le groupe la regardait. Trude comprit que c'était à son tour de dire quelque chose.

— Enchantée, moi aussi. Je lis… volontiers, depuis toujours. Henny, merci beaucoup pour l'invitation.

— Nous allons voir si nous nous entendons, dit Else Buchholz. Toutes les femmes ne peuvent pas lire ensemble.

— Il faut être en harmonie spirituelle, dit Maria Lotropf.

Bien entendu, Trude n'avait pas voulu venir. Mais c'étaient les femmes d'hommes influents, cela pouvait s'avérer vital de les connaître. "J'ai demandé à Henny de t'inviter dans son club de lecture, lui avait dit Wilhelm, j'ai beaucoup insisté !" Comme chaque fois qu'il mentionnait une de ses actrices principales, elle avait eu des sueurs froides. Mais non, Henny n'était pas Louise, Henny était heureuse en ménage – très heureuse même, puisqu'elle refusait de divorcer de son mari juif. Elle était si populaire, si importante pour l'UFA et le ministère, tant de spectateurs venaient pour elle dans les salles qu'on lui permettait de continuer à travailler en laissant son mari tranquille pour le moment.

D'une certaine manière, Trude s'était fait une joie de parler littérature avec d'autres personnes. Elle se sentait très seule durant les longues journées où Wilhelm travaillait aux studios de Geiselgasteig. Jakob ne sortait de l'internat que le week-end et Erika était en sécurité dans sa luxueuse maison de retraite à Mödling près de Vienne – un établissement propre, avec de nombreuses infirmières, qui accueillait les parents des membres haut placés du parti. C'était important d'être au bon endroit car elle perdait un peu plus la tête tous les jours et chacun connaissait les rumeurs selon lesquelles les déficients mentaux disparaissaient parfois tout simplement.

Trude passait donc ses journées seule dans l'appartement munichois où ils avaient emménagé cinq semaines plus tôt. Elle restait assise à la table du salon ou debout à la fenêtre, regardait d'en haut la Residenzstraße, tapait sur des touches au piano, se faisait du thé, restait allongée sur le canapé, écoutait parfois même la radio, restait assise dans son fauteuil. Ses sorties étaient brèves car il y avait des drapeaux partout et on tombait toujours sur un défilé avec des uniformes et de la musique militaire, si bien qu'il ne lui restait rien d'autre à faire que de rentrer vite à la maison, fermer la porte et tirer les rideaux de façon à ne plus laisser passer le moindre rai de lumière. Ils n'avaient pas de bonne. Ils en avaient les moyens, mais c'était trop dangereux d'avoir dans l'appartement quelqu'un devant lequel il fallait peser ses mots.

Lorsque Wilhelm rentrait tard le soir, il était fatigué, mais aussi fébrile, plein d'une agitation sans but. Comme toujours lorsqu'il tournait un film. Il évoquait alors les difficultés de la journée écoulée : les acteurs de théâtre qui se mettaient sans arrêt à déclamer et ne s'habituaient pas à l'œil froid et fixe de la caméra, la jeune Hilde Krahl qui ne connaissait pas son texte et cet acteur obèse, un membre du parti dont il fallait se méfier, sa tendance insupportable à surjouer son rôle d'idiot. Quand il racontait ses histoires, Trude faisait, comme d'habitude, semblant d'écouter avec intérêt.

Et le film sera bon, s'écria-t-il. La technique était excellente, les collaborateurs expérimentés, il avait les meilleurs comédiens du pays et le scénario ne contenait pas une seule ligne qui lui faisait honte ! On avait accepté sans discussion toutes ses modifications. Ni en France ni en Amérique il n'avait pu travailler aussi librement !

À ce stade-là, généralement, il prenait peur et disait que c'était évidemment un grand malheur de devoir croupir ici. Il se taisait un moment, allumait la radio pour l'éteindre aussitôt – elle n'était jamais réglée sur une fréquence interdite parce que les cloisons les séparant de l'appartement voisin étaient trop fines – puis il enchaînait à voix très basse sur l'évolution du front est et les mensonges qu'il ne fallait surtout pas croire ; tout allait s'effondrer. Mais peu après, il reparlait des *Comédiens* et d'une dispute qu'il avait eue avec cet idiot de Borsody, sur le fait que les coulisses d'un théâtre formant le cadre d'un film ne pouvaient pas ressembler à de vraies coulisses parce que sinon, les spectateurs auraient l'impression de voir un décor mal construit ; la stylisation était essentielle, mais Borsody s'entêtait à ne pas vouloir comprendre ! Pabst s'échauffait et gesticulait, ses joues s'empourpraient. Käthe Dorsch, elle, ne donnait pas dans le naturalisme, elle ne se croyait pas pour autant sur scène, elle empruntait en quelque sorte le ton dramatique sans tomber dedans. Une telle maîtrise, pas même Garbo ou… euh, personne en Amérique ne la possédait, c'était de l'art figuratif au plus haut niveau ! Trude lui était reconnaissante de s'être interrompu avant de citer le nom de Louise après celui de Greta.

Voilà ce qu'elle était devenue – une épouse jalouse. Le personnage ridicule classique de centaines de comédies. Elle en qui on avait cru autrefois ; elle qui avait écrit des pièces de théâtre dont l'une, *Profondeurs mystérieuses*, l'histoire d'une femme entre deux hommes, faillit être montée – "il faudrait la faire sous pseudonyme, avait dit Reinhardt, sous le nom d'un homme, et changer beaucoup de choses, après quoi ce serait faisable" – ; elle vers qui se tournaient tous les regards dans la rue et qui, depuis ses seize ans, était habituée à ce que les conversations cessent quand elle entrait dans une pièce ; elle qui avait épousé à dix-neuf ans un homme riche et gentil, qu'elle avait quitté quelques années après parce qu'il l'ennuyait – c'était elle qui, maintenant, n'arrivait plus à trouver le sommeil parce que son propre mari, tout en étant allongé à ses côtés, pensait à une autre. Comment avait-elle pu, justement elle, se retrouver dans ce rôle ?

Il lui arrivait d'allumer des boules en papier. De temps à autre, elle se faisait une coupure sur le bras à l'aide d'un fin scalpel désinfecté au préalable au-dessus d'une flamme, puis elle observait avec curiosité le sang qui s'écoulait en un, puis deux, puis plusieurs filets sur sa peau. Elle conservait une bouteille de vodka bien cachée derrière la chaudière. Une seule fois, elle se laissa prendre par un homme qui lui avait adressé la parole au Jardin anglais, comme ça, sans façon, derrière une remise. Il l'avait plaquée contre le mur en bois, ses picots de barbe lui grattaient la joue, il haletait dans son oreille, elle avait enfoncé ses doigts dans sa veste en lin et, lorsqu'il lui avait demandé s'ils voulaient se revoir, elle était partie en silence sans se retourner.

— Aujourd'hui, dit Else Buchholz, nous allons parler du *Violon étoilé* d'Alfred Karrasch. Qui voudrait commencer ?

— Je crois, dit Heidrun Hippler, que nous pouvons toutes nous affirmer spécialistes de Karrasch. Depuis que nous avons lu *Fais-nous signe, joli fanion* l'année dernière…

— De la vraie littérature ! s'écria Gritt Borger.

— … et ensuite son remarquable roman à succès *Schmiedecke, camarade du parti*… nous avons donc décidé de nous consacrer au nouveau livre de Karrasch… Peut-être que notre chère nouvelle recrue… ? Madame Gertrude ?

Trude se racla la gorge pour gagner du temps. Bon, que dire ? Ce bouquin était si inintéressant qu'il n'était même pas mauvais. Un jeune violoniste virtuose donnait un grand concert qui faisait aussitôt de lui une star, après quoi on lui reprochait d'avoir contrefait et vendu un stradivarius. Sa sœur, une jeune fille vertueuse, était fiancée à un procureur qui ne connaissait que la fidélité et le sens du devoir, si bien qu'il était évidemment déchiré entre son amour et ses obligations, or ce n'était pas lui, mais son père, également procureur, qui finissait par élucider l'affaire : le dénouement était ridicule, un luthier avait échangé l'instrument contre la contrefaçon lors d'une petite réparation, tout s'expliquait à la fin, on oubliait aussitôt l'histoire, la langue n'avait aucune force, les personnages aucune vie, personne ne disait jamais quoi que ce soit d'intéressant.

— Violon, dit Trude, jeune homme, procureur, sœur, le cas est résolu. C'est… Elle réfléchit. C'est passionnant. Oui, passionnant. Vraiment. Un livre passionnant.

— Certes, dit Henny Porten. Mais c'est tout, Trude ?

— J'aime le fait que le critique musical fasse son éloge au sujet du violoniste… Il s'appelle Fritz, n'est-ce pas ? Bref, quand il rédige son éloge alors qu'il est encore au concert et que la mère de Fritz est par hasard assise à côté de lui. La vieille dame regarde par-dessus son épaule et comprend que son fils va devenir célèbre, et elle est tellement heureuse. C'est… un peu niais. Et touchant, si on veut.

— Très touchant, dit Heidrun Hippler. Authentique aussi, et puissant. Et pas niais du tout.

— Alfred Karrasch, dit Else Buchholz, est l'auteur préféré de Heidrun.

— C'est exact, déjà depuis ce sublime roman que toute l'Allemagne a lu. C'est grâce à *Schmiedecke, camarade du parti* que j'ai vraiment compris le mouvement qui traverse notre pays.

— Un roman très fort, évidemment, dit Else Buchholz.

— Unique, dit Gritt Borger.

— Remarquable, dit Henny Porten.

— Il faut dire que c'est un personnage inoubliable, ce Schmiedecke, dit Maria Lotropf. Vous l'avez déjà lu, Gertrude ? Schmiedecke est un national-socialiste de la première heure. Par intime conviction. Un homme doux, mais combatif. Un ouvrier d'usine qui ne se laisse pas embrigader par les communistes. Vous étiez encore à l'étranger lorsque le livre est paru, n'est-ce pas ?

Trude ne dit rien.

— Vous devez savoir, chère Gertrude, dit Heidrun Hippler, qu'à la parution du roman, la critique littéraire existait encore, elle n'a été interdite que plus tard. Le livre s'est fait éreinter dans un torchon quelconque, mais Karrasch a rédigé lui-même une réponse dans laquelle il annonçait au gratte-papier que son roman portait la mention favorable de la commission de contrôle pour la protection de la littérature national-socialiste et que par conséquent, attaquer le livre revenait à attaquer un département de la direction du Reich. Le gribouilleur a dû s'excuser publiquement !

— Je n'en démords pas, dit Maria Lotropf à voix basse. Je préfère *Fais-nous signe, joli fanion*. C'est sans doute la plus belle œuvre qui ait vu le jour sur l'isthme de Courlande.

— Tu n'as pas l'esprit politique.

— Non, en effet.

— Aujourd'hui, dit Else Buchholz, nous voulions parler du nouveau livre du romancier, à savoir *Le Violon étoilé*. Vous voulez commencer, Gertrude ?

— Vous avez donc lu ensemble tous les livres de Karrasch ? demanda Trude.

— Eh bien, dit Henny Porten, il y a toujours un nouveau Karrasch.

— Mais est-ce que vous avez déjà abordé un autre auteur ?

— Maria a proposé un jour le dernier Fallada. Mais notre chère Heidrun a tellement insisté sur l'idée de commencer par le nouveau Karrasch... que nous avons enchaîné sur *Hans Krämer – à la maison !* Un ouvrage délicieux !

— Coquin, dit Maria Lotropf. Il maîtrise même ce registre-là.

— Du café ? demanda Else Buchholz. Du gâteau ?

Tous les membres du cercle littéraire affirmèrent qu'elles prendraient très volontiers du café, jamais de gâteau en principe mais dans ce cas précis, elles allaient faire une exception parce que chez les Buchholz, le gâteau était toujours exceptionnel.

Else Buchholz apporta de la cuisine un plat en porcelaine, sur lequel se trouvait un gâteau au coing plat et un peu penché. Les temps étaient durs, dit-elle, difficile de trouver des fruits, la farine n'était pas bonne non plus, impossible de faire mieux en ce moment. Elle distribua des assiettes, découpa le gâteau, servit des tranches fines, versa le café fumant dans les tasses délicates. Pas un ersatz, dit-elle, il était fait à partir de vrais grains. Il fallait des relations pour les obtenir.

— Cette chère Else nous gâte toujours, dit Maria Lotropf.

— Chère Gertrude, dit Heidrun Hippler. Vous devez maintenant nous dire si le livre vous a plu.

— Passionnant, dit Trude.

— Vous l'avez déjà dit.

— Je suis d'accord, dit Else Buchholz. L'histoire est passionnante, le dénouement m'a totalement… le fait que le luthier ait échangé lui-même l'instrument. Je ne m'y attendais pas.

— Pareil pour moi, dit Gritt Borger.

— Comme une décharge électrique, dit Heidrun Hippler.

— Bon, on pouvait quand même le voir venir, dit Trude. Il décrit sans aucune raison le luthier qui sort, puis revient avec le violon. On remarque tout de suite qu'il manigance quelque chose !

Personne ne dit rien pendant quelques secondes.

— Mon personnage préféré, c'est la jeune fille, finit par dire Gritt Borger. La pureté de son amour. Sa disposition à renoncer au procureur. Si innocente et bonne ! Ça m'a rappelé Eichendorff ou Hesse.

Personne ne dit rien pendant un moment.

— Si, Hesse ! insista Gritt Borger. On a le droit de le… Je veux dire, il est encore… ?

— Oui, dit Henny Porten. Bien sûr. Hesse est encore. Il vit depuis longtemps en Suisse. Ce n'est pas récent, je veux dire.

— Vous l'avez déjà rencontré, chère Henny ? demanda Maria Lotropf.

Henny Porten secoua la tête.

— Mais j'ai vu une photo, dit Gritt Borger. Vous êtes debout à côté de lui, il porte un costume. Une première quelconque.

— Ce devait être quelqu'un d'autre, dit Henny Porten.

— Thomas Mann ! s'écria Gritt Borger.

Le silence retomba un moment.

— Et que pensez-vous du personnage du procureur ? demanda Else Buchholz. C'est lui le vrai héros de l'histoire, non ?

— Quel procureur, le vieux ou le jeune ? demanda Heidrun Hippler.

— C'est la question déterminante. Qu'en pensez-vous, chère Gertrude ?

Gertrude remarqua qu'elle avait renversé un peu de café sur la table. Elle murmura une excuse et essuya la petite flaque avec sa serviette brodée. Pendant ce temps, elle tenta de se souvenir des deux personnages. Deux procureurs, un père et un fils, des personnages en carton-pâte qui symbolisaient l'honnêteté et dont on ne pouvait strictement rien dire.

— On croit qu'il s'agit du fils, dit-elle. Mais en réalité, c'est le père qui remet tout en ordre.

Elle se tut. Ça ne suffit pas, dit une voix intérieure, rappelle-toi que tu veux être acceptée dans le groupe !

Mais elles ne lisent que ce Karrasch, répondit une autre voix. Qui aurait pu s'en douter. Chaque semaine, elles se retrouvent pour parler uniquement de ça !

Ce n'est pas si grave, dit la première voix, c'est vite lu, l'heure passera. Quand on vit en enfer, on a besoin d'amis et d'alliés.

— C'est sans doute la grande force du roman, dit Trude. Le fait que ce soit le père qui, en fin de compte, sauve le fils. Et la jeune fille dans la foulée. Elle vient le voir pour lui demander de l'aide, libérer le fils de ses obligations et le laisser faire son devoir. Il s'apprête à la renvoyer, mais il est si touché par sa vertu… qu'il finit par l'aider. Trude ferma les yeux, prit la tasse et but le café horriblement amer. Il fallait toujours mentir, songea-t-elle. Même les mauvais polars, il fallait les juger bons. C'est touchant, dit-elle.

— Je trouve aussi, dit Heidrun Hippler. Avez-vous recommandé le livre à votre cher époux ?

— Il travaille beaucoup, dit Trude. Il a peu de temps pour lire.

— C'est ce que je veux dire. Lui recommander le livre pour une adaptation ! Votre époux ferait des merveilles avec *Le Violon étoilé* ! Vous, chère Henny, vous pourriez jouer la mère du violoniste. Ah, ce serait quelque chose !

— Fabuleux, dit Henny Porten d'une voix blanche.

— D'où te viennent ces jolies tasses en porcelaine ? demanda Gritt Borger. Si je ne me trompe, elles n'étaient pas là la dernière fois.

— Un magasin d'antiquités dans la Feldmochinger Straße, dit Else Buchholz. Tout le service vient de là. Quatre-vingt-cinq reichsmarks.

Le silence tomba. Dans la rue, on entendait deux hommes parler. On entendait un moteur de voiture démarrer en toussotant et le clapotement du café que Maria Lotropf était en train de se verser.

— Du lait ? demanda Else Buchholz.

— S'il vous plaît, dit Maria Lotropf.

— Mais où ai-je donc la tête, dit Else Buchholz. Vous avez bu votre café noir et pendant ce temps, le lait est encore à la cuisine. Pourquoi est-ce que vous n'avez rien dit !

Elle s'élança.

— Moi, je le bois toujours noir, dit Gritt Borger.

— Tu ne devrais pas, dit Heidrun Hippler. C'est mauvais pour l'estomac.

— Moi, je suis une grande amatrice de tisane, dit Maria Lotropf. Surtout à la menthe.

— La menthe, je n'aime pas ça, dit Gritt Borger.

La maîtresse de maison revint avec un pot de lait et un sucrier étincelant.

— Comme c'est beau ! s'écria Gritt Borger. Ça vient de Bohême ?

Trude se pencha. Le sucrier était impressionnant : un minuscule reflet de la fenêtre flottait entre des ornementations finement gravées.

— Vraiment beau ! dit Trude. Il vient également de la boutique dans la Feldmochinger Straße ?

— Pour revenir au style de Karrasch, dit Else Buchholz, vous ne trouvez pas que ses phrases se sont simplifiées depuis *Schmiedecke* ?

— J'ai vu un sucrier exactement comme celui-ci, dit Gritt Borger. Pas ici, là-bas chez les... En tout cas, c'était exactement le même !

— Je pense qu'il est très influencé par Fallada maintenant, dit Maria Lotropf.

— Mais quand Karrasch décrivait l'isthme de Courlande dans *Fanion*, c'était plus fort, plus vivant, dit Maria Lotropf. Les écrivains devraient parler de ce qu'ils connaissent.

— Shakespeare n'est jamais allé en Italie, dit Heidrun Hippler. Comment trouvez-vous la fin, chère Gertrude ?

Trude avala sa salive, jeta un œil vers le plafond et répondit :

— La fin est bien.

— En quoi exactement ?

La veille, Trude s'était endormie quelque part au milieu du dernier chapitre. Elle n'avait donc aucune idée de la fin du *Violon étoilé*.

— La composition, dit-elle. La façon dont il met les choses en place et… les élucide. Une fin réussie. Elle hésita un moment avant d'ajouter : C'est très beau, le jeune couple réuni à la fin.

Elle ne risquait pas grand-chose. Lorsqu'il y avait un couple dans ce genre de bouquin, ils finissaient toujours ensemble.

— Mais que pensez-vous de la dernière phrase ? demanda Gritt Borger.

Trude se pencha, prit un morceau de gâteau, l'enfourna et gesticula d'un air impuissant pour montrer qu'elle ne pouvait pas parler.

— Henny, vous voulez bien nous lire un passage ? demanda Else Buchholz.

Henny Porten ouvrit le livre, l'examina, le feuilleta, réfléchit, le feuilleta de nouveau, revint en arrière et trouva un passage. Elle laissa s'écouler un moment avant de se mettre à lire avec un timbre agréable.

— *Nous n'avons pas le droit d'entraîner la vie d'autrui dans notre propre malheur. Tu dois renoncer à Hans pour qu'il ne soit pas proscrit lui aussi. Il le mérite. Nous autres sommes pauvres, certes – et dans la misère la plus noire –, mais nous n'avons pas oublié notre fierté pour autant… La jeune fille n'arrivait plus à se retenir. Elle chercha aide, consolation et refuge sur le sein maternel : Ce n'est pas de la fierté, mère – ce n'est pas de la fierté… D'une main tremblante, Mme Kestner caressa les cheveux d'Elisabeth : C'est que tu l'aimes, mon enfant – c'est que tu l'aimes, mon enfant.*

Henny Porten se tut. Elle avait bien lu, d'une voix aiguë mais pleine, en ménageant des pauses inattendues, et la phrase “tu l'aimes, mon enfant” avait jailli tel un soupir.

— Merveilleux, dit Else Buchholz.

— Je n'oublierai jamais, dit Gritt Borger, le jour où j'ai vu notre chère Mme Porten dans *Le Chemin solitaire* de Schnitzler. C'était quand, déjà ?

L'actrice haussa les épaules.

— À Vienne en tout cas, au théâtre de Josefstadt, dans une mise en scène d'Otto Preminger, n'est-ce pas ?

— Gritt, ça suffit maintenant ! s'écria Else Buchholz. Je vous en prie ! Vous détournez sans arrêt la conversation, vous passez du coq à l'âne, d'abord un sucrier quelconque et maintenant Schnitzler, toujours des choses qui n'ont rien à voir… Non, ne dites rien, *pour une fois* !

Gritt Borger était assise là, bouche bée. Elle avait les joues rouges, son regard errait de l'une à l'autre. Aucune des femmes ne la regardait.

— Un cercle comme celui-ci repose sur l'entente, dit Else Buchholz. Sur l'harmonie. Quand ça ne fonctionne pas… Chère Gritt, malgré l'estime que je vous porte, nous allons peut-être continuer sans vous pendant un temps.

Personne ne dit rien, tandis que Gritt Borger prenait son sac à main d'un geste incertain, en sortait un mouchoir brodé et essuyait ses larmes.

Puis elle se leva. Sa robe produisit un froufrou, son nez semblait minuscule et pointu dans son visage rond. Elle serra son sac contre sa poitrine et s'en alla à petits pas. Les autres, toujours immobiles, l'entendirent décrocher son manteau dans le couloir, la porte de l'appartement s'ouvrir et se refermer.

— Je trouve la description de Fritz, le violoniste, très réussie, dit Maria Lotropf. L'exalté talentueux. La belle relation entre sa mère et lui.

— Exact, dit Else Buchholz. N'est-ce pas, chère Gertrude ?

Trude hocha la tête.

— Quelle joie de vous compter parmi nous ! Vivement nos lectures en commun.

— Oui, dit Trude.

Visiblement, elle avait passé le test.

— Au fait, nous devons nous mettre d'accord sur le prochain livre à lire. Peut-être pourrions-nous cette fois…

— J'ai une proposition !

— Volontiers, chère Heidrun, mais peut-être que cette fois… un autre écrivain ?

— Bah ! Heidrun Hippler haussa les sourcils. Je voulais proposer *Les Undes*. Un livre qui a valu à Karrasch des éloges en hautes sphères !

— Je comprends, dit Else Buchholz. Mais nous pourrions… Il y en a d'autres qui ont reçu des éloges.

— Évidemment, dit sèchement Heidrun Hippler. Il y en a d'autres ! Il y en a toujours !

— Vous savez combien Karrasch nous… Et je suis certaine que *Les Undes* est également… Je n'ai aucun doute là-dessus.

Heidrun Hippler soupira.

— Mais ce n'est pas moi qui décide. Pas seule, du moins.

Else Buchholz adressa un sourire figé à la ronde. Elle était blême.

— Nous pourrions peut-être voter ?

REPOS DU SOIR

Le vendredi, c'était toujours poisson. Quand on se réveillait le vendredi, dit le professeur Stelzner, on était d'emblée de mauvaise humeur parce qu'on savait qu'on aurait droit une fois de plus à ce poisson amer et trop cuit. Les autres jours, la nourriture était passable, dit-il – pas bonne, bien sûr, mais pas abjecte non plus ! Le problème, c'est que les autres jours n'existaient qu'en théorie – dès qu'on tentait de se rappeler quel jour de la semaine on était, on se retrouvait un vendredi au sanatorium *Repos du soir* à Mödling près de Vienne, avec ce poisson dégoûtant devant soi, n'est-ce pas ?

Sa voisine de table, Mme Erika, hocha la tête en guise de vague approbation. Elle venait de recevoir la visite de son fils, le réalisateur, qu'elle avait cependant pris pour son époux, et son petit-fils, venu également, pour son fils. Tous deux avaient tenté de dissiper le malentendu, en vain. Si ce jeune homme était son petit-fils, pourquoi était-il en uniforme ?

Les Jeunesses hitlériennes, avait répondu son fils.

Qu'est-ce que ça voulait dire, la guerre était finie et l'Empereur mort, mais elle n'avait pas attendu la réponse pour demander si elle pouvait maintenant rentrer chez elle et, lorsque son fils avait dit : Pas encore, maman, on s'occupe bien de toi ici, elle s'était mise en rage, puis les deux hommes étaient partis, non sans que le professeur Stelzner sollicite son aide : “Vous êtes un homme connu, monsieur Pabst, pouvez-vous s’il vous plaît porter plainte contre le fait que c’est toujours vendredi dans ce sanatorium et qu’on nous sert uniquement du poisson ?”

Le célèbre réalisateur avait bel et bien promis de l’aider, puis il avait embrassé sa mère sur la joue avant de repartir avec son fils, que sa mère prenait pour le sien, autrement dit lui-même, ils devaient reprendre leur train et rentrer à Munich où il tournait un film ; il avait tenté de raconter l’intrigue à sa mère, ça parlait d’une actrice et du théâtre d’il y a deux cents ans, elle s’était échauffée, furieuse et triste qu’il s’abaisse à des saletés pareilles, ne se calmant qu’un long moment après leur départ.

Puis, comme chaque jour, les aides-soignantes françaises avaient conduit tous les résidents du salon à la salle à manger : la poussière du chantier entrait par les fenêtres ouvertes, on entendait toujours le même martèlement furieux. L’infirmière Françoise avait une façon agréable et délicate de vous tenir par le coude – avec souplesse, mais de telle sorte qu’on ne perdait jamais l’équilibre. Un jour, le professeur Stelzner l’avait remerciée pour son aide, mais elle s’était contentée de secouer la tête, on n’avait pas le droit de lui parler. Récemment, un vendredi évidemment, Françoise s’était mise à pleurer et, à la question de savoir ce qu’elle avait, elle répondit que ses enfants lui manquaient. Mme Erika, qui n’aimait pas les effusions sentimentales, l’avait priée de se ressaisir et de boire un verre d’eau. Boire de l’eau réglait presque tout.

À présent, ils se trouvaient donc dans la salle à manger à l’odeur toujours un peu amère, tandis que les aides-cuisinières Olga et Katka servaient le poisson. Peut-être s'appelaient-elles autrement aujourd'hui car si c'étaient bien les deux mêmes femmes, elles changeaient de visage toutes les deux ou trois semaines, les nouveaux visages entraînant de nouveaux noms. Le professeur Stelzner savait que cela n'avait pas beaucoup de sens de demander à Mme Erika ou à une des autres si elles se rappelaient un jour qui n'avait pas été un vendredi : les deux dames assises à côté d'Erika étaient encore moins lucides, l'une était comtesse, l'autre, épouse d'un haut conseiller du Commerce, et plus personne ou presque ne disposait d'une mémoire en état de marche au *Repos du soir*.

Françoise, on n'avait pas le droit de lui parler ; sinon, on se faisait reprendre sèchement, mais ça s'arrêtait là. Olga et Katka, en revanche, on n'avait vraiment pas le droit de leur parler. L'échange avec les travailleurs de l'Ouest était toléré, mais avec les travailleurs de l'Est, affectés en cuisine et au ménage, toute conversation était interdite, sans exception. En cas de transgression, le directeur de l'établissement, M. Wiesinger, avait dit que l'employée de l'Est risquait la déportation, mais surtout que le résident risquait d'être expulsé du sanatorium, voire pire. Évidemment, personne n'y tenait, surtout au voire pire, donc même ceux qui oubliaient tout le reste respectaient si bien la consigne qu'Olga et Katka parcouraient la salle tels des fantômes qu'on faisait semblant de ne pas remarquer.

Le professeur Stelzner fredonnait un air d'opéra tiré de *La Traviata* tout en écoutant Mme Erika s'entretenir avec la comtesse : elle parlait du travail de son mari, qui se rendait chaque matin à la gare Franz-Joseph pour commander les trains et, voyant que la comtesse ne réagissait pas, elle évoqua soudain les films de son fils, dont elle avait honte parce que de nos jours, on ne pouvait malheureusement plus tourner de film sans être en contact avec des femmes indécentes, mais qu'elle considérait comme de grandes œuvres d'art, sans en avoir vu aucune. Quelque chose dans ce récit glorifiant le fils de Mme Erika offensait la comtesse, qui se tourna vers l'épouse du haut conseiller du Commerce, si bien que Mme Erika s'adressa à lui, le professeur Stelzner, et hocha la tête en guise d'approbation lorsqu'il fit remarquer que, sous le règne de l'empereur indien, on servait encore d'excellentes quenelles sur la lune. Des quenelles de nuages, ajouta-t-il, exactement comme la barbe à papa du Prater, et elle ne le contredit pas. Nous parlons tous comme ça ici, songea le professeur, nous avons déjà abandonné le monde et sa raison, nous rêvons et affabulons et divaguons et bavardons comme si plus rien ne nous concernait.

À ce moment-là, le directeur Wiesinger passa devant eux. Mme Erika leva la main et cria son nom. Une fois qu'il se trouva devant elle, elle lui demanda pourquoi c'était de nouveau la guerre.

Eh bien, dit-il, parce que la juiverie mondiale n'avait rien voulu savoir.

Voilà pourquoi son fils portait de nouveau l'uniforme ?

Pas du tout, dit Wiesinger. Il venait juste de quitter l'établissement, son fils, ce monsieur si propre sur lui. De toute évidence, il s'en était bien tiré. Il ne portait *justement pas* l'uniforme.

Le pauvre garçon, s'écria-t-elle. À peine sorti du camp de prisonniers, il faudrait déjà qu'il retourne au combat ? Il fallait quand même…

Sans oublier le poisson, intervint le professeur Stelzner. Le reste du temps, il se fichait du jour de la semaine, mais comme c'était toujours vendredi, il y avait toujours du poisson, c'était insupportable !

Le poisson, c'était uniquement le vendredi, dit Wiesinger avec mauvaise humeur.

Le professeur demanda quel jour on était.

— Vendredi, dit Wiesinger.

— CQFD ! s'écria le professeur Stelzner.

Pour revenir à cette guerre, dit Erika, elle devait quand même dire…

Je suis un vrai mathématicien, s'écria le professeur Stelzner. Qui avait travaillé sur la conjecture de Goldbach, alors qu'on arrête de le contredire sans arrêt !

Wiesinger les regarda en alternance, puis il s'en alla sans autre forme de procès.

Erika raconta que récemment, juste après son mariage, elle était allée avec son époux en villégiature à Špindlerův Mlýn en Bohême. Dans la forêt, elle avait vu un grand cerf aux bois brisés du côté droit.

Le professeur Stelzner fit remarquer qu'on ne pouvait plus faire confiance aux cerfs, encore moins aux oiseaux. Ils voletaient partout comme s'ils n'avaient rien de mieux à faire. C'était de l'idiotie pure et simple.

Bref, ce cerf, dit-elle. Ses bois. Elle était enceinte à l'époque, son époux y avait vu un signe.

Sauf les merles, dit Stelzner. Eux, ils ne gaspillaient pas leur temps. C'étaient de bonnes personnes.

Après quoi leur fils s'était lancé dans le théâtre, et maintenant il faisait des films ou quelque chose dans le genre.

Lui aussi, il était allé une fois au cinéma, dit Stelzner. Ces imbécillités devraient être interdites.

Absolument, dit Erika, tout à fait !

Dans le film en question, dit Stelzner, un vampire avait surgi alors que ça n'existait pas, les vampires, ce n'était qu'un acteur maquillé. Il dodelina tristement la tête, contempla son assiette entourée de petits morceaux de poisson et de pommes de terre gisant sur la table. Le professeur Stelzner ne savait pas manger proprement.

À présent, il n'arrivait plus à entendre Mme Erika parce que les coups de marteau en provenance du chantier étaient trop forts. Ce chantier importunait tout le monde. Le raffut commençait aux aurores pour finir à minuit précise, lorsqu'on venait chercher les ouvriers. Ils n'avaient pas droit à une pause déjeuner – on entendait parfois des cris et des détonations lorsque l'un d'eux était rappelé à l'ordre sur le chantier. C'était très déplaisant d'habiter aussi près, mais impressionnant de voir à quelle vitesse un immeuble s'élevait quand les ouvriers, pour une fois, n'en faisaient pas qu'à leur tête, quand il n'y avait pas sans arrêt des pauses et des questions et des discussions, quand le travail se faisait, tout simplement.

Lorsque les coups de marteau cessèrent un instant, Mme Erika repoussa son assiette – des arêtes brisées blanchâtres et retournées fendaient l'air – et raconta de nouveau, avec les mêmes mots, son séjour à Špindlerův Mlýn avec son époux l'année précédente. Lors d'une promenade – elle y pensait à cause des arêtes – elle avait vu un cerf aux bois brisés. Puis elle se tut, regarda droit devant elle, les yeux humides, et demanda à voix basse quand est-ce que son époux allait enfin venir la chercher. Il avait pourtant promis de l'emmener, pourquoi se trouvait-elle encore ici ? Était-ce lié à la guerre ?

— Ne pleurez pas, dit le professeur Stelzner avec douceur, je vous en prie, chère madame Pabst.

Mais cela ne servait à rien, elle continuait de sangloter.

— Je vais me plaindre auprès de Wiesinger, dit-elle lorsque les coups de marteau s'arrêtèrent de nouveau. Sur-le-champ. Aussi au sujet de la guerre !

— Il ne vaut mieux pas, dit le professeur Stelzner.

— Mais c'est important !

Il hésita quelques secondes. Il n'y avait aucun aide-soignant à proximité, aucun autre résident n'écoutait.

— Chère madame Erika, dit-il. Nous sommes en sécurité ici, on tolère notre égarement, mais ne croyez pas que c'est une évidence.

À ce moment-là, un infirmier passa derrière eux à pas lents. Le professeur Stelzner s'assit et s'écria :

— Lorsque des nombres se cognent, cela provoque de la fumée. Je le sais parce que c'était mon métier.

Immobile, il suivit l'infirmier du regard jusqu'à ce que celui-ci ne puisse plus les entendre.

— Acceptez le fait d'être ici, dit-il ensuite. Croyez-moi, c'est une grande chance. J'ai dû me démener pour y être. Dehors, ils m'auraient embarqué depuis longtemps. Ici, personne ne vient vous chercher. Nous sommes vieux comme Mathusalem. Nos cerveaux s'effritent. Nous sommes, Dieu soit loué, les personnes les moins intéressantes qui soient.

Erika chercha sa serviette, visiblement tombée par terre et donc perdue car elle ne pouvait plus se pencher depuis longtemps.

— Le plus important, c'est de ne pas se faire remarquer, dit le professeur Stelzner. En ne mentionnant pas la guerre, par exemple. Vous m'entendez ?

Erika fixait sa serviette par terre d'un air malheureux.

— Le mieux, dit Stelzner en la lui ramassant, ce serait évidemment d'être déjà mort. On ne serait plus obligé de voir ça. Mais on n'a pas le choix. Tout le monde n'a pas le courage de mourir. Moi pas.

— Les bois étaient brisés, dit-elle.

— Pardon ?

— Du cerf !

Elle rajouta quelque chose, mais il ne la comprenait plus. Les coups de marteau recouvraient tout.

HAUTS PLATEAUX

Pabst avait rarement vu un lever de soleil aussi spectaculaire. Des flammes figées semblaient s'étirer sur l'horizon, les glaciers étincelaient, les nuages flottaient telles des lanières de feu dans le ciel. Quelques secondes plus tard, la lumière éclatante du jour illumina les prairies humides de rosée.

C'était donc ici, à Krün en Bavière, qu'elle voulait recréer l'Espagne. Elle avait fait reconstruire un village entier en contreplaqué sans regarder à la dépense : des murs blancs, des balcons mauresques et au-dessus, les contours cartonnés d'un majestueux château dans le lointain. Il aurait pu le faire en studio pour bien moins cher, mais elle voulait de la lumière naturelle et, selon elle, les montagnes bavaroises ressemblaient exactement à la Sierra Madre.

Il était arrivé la veille, il avait mal dormi, on l'avait réveillé à quatre heures et demie du matin, après quoi il avait regardé les cameramen et les accessoiristes s'installer. Étonnamment, les figurants, qui arrivaient toujours en dernier d'habitude, se trouvaient déjà là : une trentaine d'hommes soufflant sur leurs mains et se balançant d'un pied sur l'autre parce qu'ils étaient gelés. Ils avaient dû arriver durant la nuit.

Il savait d'après le plan de tournage qu'il y aurait d'abord une scène de danse. Cela ne le surprenait pas. Sa vraie vocation, répétait-elle régulièrement dans tous les magazines, c'était la danse ! Déjà à l'époque, sur le glacier, elle voulait absolument danser. Fanck aurait sûrement cédé, mais Pabst avait réussi à l'en empêcher.

Il ne voulait pas être ici. Il ne pensait qu'aux *Comédiens*, le film qu'il avait terminé quelques semaines plus tôt aux studios de Geiselgasteig et qu'il devait maintenant monter.

Griffith et Lang savaient mieux créer des images et Reinhardt était sans aucun doute meilleur dans la direction d'acteurs, mais personne ne le valait au montage. Dans l'idéal, un film découlait d'un seul mouvement, chaque plan étant nécessairement relié au suivant : si un ballon roulait de gauche à droite, une voiture ou un geste ou une personne entrant devait prolonger l'action. Si quelqu'un levait la tête, quelque chose devait s'élever au plan suivant, la caméra ne pouvait jamais bouger sans raison, il fallait qu'elle suive un mouvement. C'est pourquoi on passait souvent des heures sur des fragments de celluloïd en se triturant la cervelle, simplement pour éviter que le flux ne soit interrompu. Car parfois, on ne l'avait tout simplement pas, ce plan dont on avait besoin ; c'était comme un puzzle interminable. À partir du chaos de la matière réunie dans les circonstances les plus absurdes à différents endroits sur une longue période, on composait quelque chose qui, à la fin, devait donner une impression d'unité solide et nécessaire.

Au lieu de quoi il se trouvait ici, dans ce misérable village, loin de son travail. Il regarda autour de lui. À côté était assis un jeune homme rondelet au regard vif, le crâne à moitié dégarni, expirant de la fumée grise d'un air posé.

— Vous en avez une pour moi ?

Le jeune homme lui lança un regard amusé. Puis il se leva, s'approcha, lui tendit un étui en laiton et fit claquer un briquet, Pabst prit une cigarette, l'orienta vers la petite flamme et se présenta.

— Je sais évidemment qui vous êtes, dit le jeune homme. Je m'appelle Franz Wilzek, assistant opérateur. Hier, tout le monde était en effervescence à cause de vous : Pabst va venir, disait-on, elle a réussi, Pabst va l'aider pour la mise en scène.

— Je ferai de mon mieux.

Pendant quelques secondes, ils regardèrent la fumée s'élever en souriant. Aucun d'eux n'avait dit quoi que ce soit de compromettant, pourtant ils s'étaient compris.

— Je travaille pour Albert Benitz, dit Wilzek. Depuis six mois. Il a viré mon prédécesseur, une chance pour moi. Comme ça, j'apprends au moins quelque chose. Le meilleur cameraman d'Allemagne.

Pabst dodelina de la tête.

— Pas le pire, en tout cas.

Pabst sourit.

— En tout cas, quelqu'un qui change souvent d'assistant. Il se met souvent en colère. Une aubaine pour moi et ceux qui viendront après. On entre facilement, ce qui est une bonne chose, et on en sort tout aussi facilement, ça fait toujours plaisir.

— Vous étiez où avant ?

— J'ai fait des études de cinéma à Munich. Pour finir, chez Harlan.

— Harlan est bon, dit Pabst d'un air songeur.

Cette fois, il ne sourit pas car c'était vrai : un homme de grand talent.

— Le professeur Harlan m'a recommandé à Benitz. Que dire, c'est mieux que d'être au front.

— Vraiment ? demanda Pabst.

Tous deux sourirent à nouveau. Le sifflement de dizaines de projecteurs vibrait dans l'air. Malgré la clarté matinale des Alpes, la réalisatrice avait fait installer une batterie de sources lumineuses.

— Vous êtes originaire de Vienne ? demanda Pabst.

— Ça s'entend ?

— Nettement. Comment se passe le tournage ?

— Fabuleusement, bien sûr. Tous les problèmes vont se régler.

Ils se regardèrent. Pabst attendit, mais Wilzek ne sourcilla pas.

— C'est bien pour cela que vous êtes ici, finit par dire Wilzek. Pour que les problèmes, qui n'en sont évidemment pas, soient résolus de la meilleure manière possible. La plus grande réalisatrice du Reich n'a pas besoin d'aide, mais elle est disposée à écouter des conseillers pour savoir ce que les acteurs doivent fabriquer avec leurs visages. Parce que sur un long métrage, ce n'est pas comme pour le sport ou les congrès du parti. Ici, les visages comptent !

— Oui, les visages, dit Pabst. Faire du cinéma serait si facile sans eux. Et sans les mains, d'ailleurs. Quand on n'est pas en train de saluer…

— En tendant le bras !

— Oui, dans ce cas, c'est clair. Là, chacun sait quoi faire de ses mains. Le reste du temps, il faut toujours qu'elles soient occupées. Un vrai problème.

À ce moment-là, tous se levèrent, écrasèrent leurs cigarettes, se mirent sur la pointe des pieds et se tournèrent dans la même direction car la réalisatrice arrivait, escortée de quatre assistants. Comme elle tenait également le rôle principal, elle était déjà en tenue.

— Georg, dit-elle.

— Mademoiselle Riefenstahl.

Elle lui tendit la main sans faire le salut hitlérien – elle avait une poignée ferme et une main froide.

— Merci d'être venu !

— Cela va de soi, dit Pabst.

Elle avait vieilli depuis la dernière fois qu'il l'avait vue, ses traits étaient plus accusés et anguleux, son cou maigre, son nez particulièrement pointu. Son visage était teinté d'un épais maquillage marron clair. Elle portait une robe ample avec de la dentelle autour d'un décolleté profond car elle jouait une très jeune danseuse espagnole.

— On commence ? demanda-t-elle.

Aussitôt, tout le monde s'agita avec frénésie. Franz Wilzek était accroupi à côté de la caméra tandis qu'au-dessus de lui, son chef regardait dans le viseur. Elle écarta les bras, plia un rien les genoux, prit la pose.

— Ça tourne ! s'écria le premier assistant. Action !

Un deuxième assistant fit le clap. Sans qu'on n'entende aucune musique, elle se mit à faire claquer ses castagnettes. Elle tournait la tête avec précision, avançait et reculait, levait et baissait les mains, sans le moindre faux pas.

Une fois qu'elle eut terminé, elle garda la pose. Elle n'était pas essoufflée. Une maquilleuse s'élança, essuya les traces de sueur sur son visage, ajouta du fond de teint marron. Une deuxième maquilleuse arrangea ses cheveux. Puis les deux reculèrent.

— Moteur ! dit-elle.

— Ça tourne, s'écria l'assistant. Dansez, s'il vous plaît !

Elle se remit en mouvement. Aucun de ses gestes ne se différenciait, même de façon infime, des précédents. Une fois qu'elle eut terminé, elle garda la pose. Les maquilleuses s'approchèrent, s'activèrent et reculèrent.

— On la refait, dit-elle.

— Ça tourne ! s'écria l'assistant. Action !

Pabst enleva ses lunettes. À présent, il voyait flou, ça améliorait les choses : une forme marron-gris en robe ondulante sautillait avec des gestes saccadés en faisant claquer des castagnettes. Il n'y avait qu'une seule solution, songea-t-il. Il fallait que la caméra se déplace et suive en quelques mouvements brefs les pas de la danseuse, et qu'elle soit orientée vers les spectateurs comme si on la voyait à travers leur regard, après quoi il fallait monter le film de façon qu'on voie surtout ce même public et, pendant quelques secondes seulement, des détails de la danseuse : les cheveux rejetés en arrière, la main tenant les castagnettes et parfois, très brièvement, le visage. Si on calait le tout sur le rythme de la musique, chaque plan un dixième de seconde après la mesure – surtout pas en cadence ! – ça pouvait fonctionner.

Elle maintenait la pose.

— Merci ! dit-elle. On la garde.

On tourna les projecteurs et modifia l'éclairage, la lumière dirigée sur les figurants qui jouaient les spectateurs, les habitants du village espagnol. Benitz et Wilzek changèrent l'objectif.

— Georg ! dit-elle. Vous vous occupez des visages ! Il nous faut des regards lubriques, ils sont tous subjugués par la danse.

Pabst examina les figurants. Où avait-elle dégoté autant d'hommes dans une période où presque tous les jeunes étaient au front ? Il se racla la gorge et prononça un petit discours. Il savait qu'ils ne l'écoutaient pas, il s'agissait juste de gagner du temps. Ils devaient oublier ce qu'ils venaient de voir. Et s'imaginer une danseuse, n'importe laquelle, mais plus celle-ci, plus cette femme têtue avec son épais maquillage marron.

Il évoqua alors l'essence de la musique et la nature de la danse. Il cita Schopenhauer. Il fit quelques blagues et raconta une anecdote au sujet d'une dispute entre deux éclairagistes lors du tournage de *Don Quichotte* en France, en prétendant qu'elle avait eu lieu lors du tournage de *Quatre de l'infanterie*.

— Regardez la caméra. C'est de là qu'émane l'énergie. La chaleur. La force. Il vous manque quelque chose, vous le sentez, il y a ce vide en vous. Ce que vous voyez, ce n'est pas simplement une jolie femme. Vous voyez tout ce que vous n'avez pas. Tout ce qui rend la vie insuffisante. Vous sentez tout ce qui vous manque dans la vie en regardant la caméra, pas directement, mais juste à côté. La caméra symbolise tout ce qui vous manque.

— Il faut qu'on place quelques spots devant eux, dit la réalisatrice. Vers ses yeux à lui, à lui et… – elle désigna un vieil homme auquel il manquait les dents de devant – … à lui.

— Ça ne fera pas naturel.

— L'éclairage, je m'en charge, dit-elle. Vous, c'est les visages.

Pabst ferma les yeux, inspira, expira, rouvrit les yeux et désigna un des figurants.

— On commence par lui, dit-il à Wilzek, puis on se déplace à droite au-dessus de lui, lui et lui, et on s'arrête sur lui. Vous vous appelez comment ?

L'homme le regarda sans comprendre.

— Votre nom, dit Pabst.

— Mario, dit l'homme.

— Vous frôlez la caméra du regard, Mario. Vous êtes complètement fasciné. Vous regardez droit devant vous tandis que la caméra recule lentement.

— J'ai soif, dit Mario.

— On peut lui apporter à boire ?

— J'ai mal aux jambes, dit Mario.

Il avait un accent étrange, mi-italien, mi-slave. Quelqu'un apporta un verre d'eau. Mario but avec avidité.

— Moi aussi j'ai soif, dit l'homme à côté de lui.

— Moi aussi, dit un autre. Très soif.

— On tourne la scène, dit Pabst, et après vous aurez tous à boire, d'accord ? Mario, un point important : ne pas cligner des yeux. Pendant que la caméra recule, vous ne devez pas fermer les yeux. Vous êtes complètement…

— Plutôt lui, là-bas ! La réalisatrice désigna un autre homme. Il est plus beau.

— Peut-être, dit Pabst. Mais il nous en faut un à qui la vie a joué un sale tour. Il s'agit ici de nostalgie…

— On prend celui-là.

— On pourrait peut-être essayer l'un et l'autre ?

— Non.

— Je crois que les figurants ont tous soif, on peut faire quelque chose ?

— Le temps de tournage coûte cher, Georg !

Pabst referma les yeux, expira, inspira, rouvrit les yeux. Puis il tourna les plans. Il fit orienter la caméra sur un homme et dit : "Ouvrez un peu la bouche." À un autre : "Inclinez la tête !" Et à son voisin : "Regardez vers là-bas, imaginez une femme. Elle ne sait pas que vous existez, elle ne le saura jamais, imaginez la scène !"

— Moi aussi j'ai soif, dit l'homme.

— Dans un instant ! s'écria Pabst. Imaginez la scène, regardez vers là-bas !

Il sentit les regards impatients de la réalisatrice. Au bout d'une petite heure, il avait terminé.

— On ne verra pas grand-chose de toute façon, dit-elle. Juste deux ou trois secondes, intercalées rapidement. On voit surtout Martha danser.

— Plan suivant, dit l'assistant. Le comte qui joue de la guitare.

Il était déjà là, dans un costume espagnol à franges qui lui donnait un air de torero, Bernhard Minetti du Théâtre national de Prusse à Berlin.

— Cher Pabst, dit-il à voix basse. Quel honneur de tourner enfin avec vous.

— Tout l'honneur est pour moi. On va faire un plan moyen. Vous pincez les cordes un peu plus fort que nécessaire. Vous dissimulez une excitation fébrile.

— Oui, dit la réalisatrice. C'est bien. C'est ça. Fébrile !

— J'ai dîné chez le ministre hier, dit Minetti. Il est ravi que vous participiez à *Tiefland*. Les deux plus grands cinéastes de notre nation réunis, a-t-il répété, quel événement, quelle fête !

Pabst en connaissait désormais les tenants et les aboutissants. La société de production de Leni Riefenstahl était la seule du pays à ne pas dépendre du ministère, elle pouvait choisir ses films toute seule. À l'origine, elle voulait tourner *Penthésilée*, d'après la pièce de Kleist mais sans le texte, une fantasmagorie folle avec des amazones sur des chevaux – c'était précisément ce qu'elle avait eu en tête, des amazones, des chevaux, sinon rien et, au bout d'un an, elle n'avait toujours pas écrit de scénario, puis la guerre avait éclaté et la Libye, où elle voulait tourner, était devenue inaccessible. Elle tournait donc *Tiefland*, inspiré d'un des opéras préférés du Führer, avec elle-même dans le rôle d'une danseuse espagnole et un comédien amateur, qu'elle avait recruté dans l'armée parce qu'il lui plaisait, pour incarner le courageux berger des montagnes.

C'était d'ores et déjà le film le plus cher jamais tourné en Allemagne, et il n'avançait pas. Le ministre envoyait des gens du genre de Pabst ou Minetti pour éviter le pire. Un type comme Minetti pouvait sauver n'importe quelle scène ou presque. Il interprétait un grand propriétaire terrien lubrique, l'ennemi, le méchant.

— On fait un essai ? demanda Pabst.

Et en effet, Minetti jouait très bien de la guitare, il savait comment se tenir, comment se comporter, où regarder. Cet acteur célèbre était un homme dangereux, tous le soupçonnaient de faire son rapport à la Gestapo, mais tant qu'on veillait à ce qu'on disait en sa présence, la collaboration se passait bien.

— Fantastique ! dit Pabst.

— Je sais, dit Minetti.

Un gong sonna la pause déjeuner.

La nourriture était inexplicablement bonne. Pour *Les Comédiens*, on avait servi des pommes de terre tous les jours, parfois de la semoule et un ersatz de café dégoûtant. C'est comme ça pendant la guerre, leur avait expliqué le directeur de production, on ne peut rien y faire ! Mais ici, il y avait du bouillon aux crêpes, de la viande de bœuf avec des dés de carottes et du strudel aux pommes en dessert, ainsi qu'une excellente bière. À droite de Pabst se trouvait Benitz, à sa gauche s'installa le jeune assistant.

En face de Pabst, la réalisatrice. Elle ne mangeait rien, une simple tasse de thé fumant était posée devant elle.

— Dans la scène de séduction qui va suivre entre moi et le comte, je vais vraiment avoir besoin de vous, Georg.

Pabst acquiesça d'un air indécis.

— Quand on a tourné *Palü*, l'entendit-il raconter à la ronde, il m'a tout expliqué. Écoutez en vous, il m'a dit. Faites silence, Leni, ne dites rien, écoutez votre âme. Ensuite seulement, *pas* avant, pas *avant*, *pas avant*, parlez ! Je ne l'ai jamais oublié.

Pabst finit son verre de bière. Il sentait cette vague tension qui annonçait généralement la migraine. Il se retourna, fit un signe à l'homme au plateau et prit un deuxième verre.

— Étant donné que je me trouve des deux côtés, dit-elle, je sais combien nous autres acteurs avons besoin d'une bonne mise en scène, et je sais aussi combien nous autres réalisateurs dépendons de bons acteurs.

— Sarah Bernhardt, dit Benitz, aurait dit un jour à un réalisateur…

— Benitz, je n'aime pas qu'on m'interrompe. Nous dépendons, comme je disais, de bons acteurs auxquels on n'est pas obligé de tout expliquer. Avec lesquels un mot suffit, voire… – elle fixa Pabst avec son sourire de tête de mort – … un regard ?

Benitz était blême.

— N'oublions pas cependant, dit Pabst, que le jeu d'acteurs, tel que nous l'entendons aujourd'hui…

— C'est parce que je suis une femme ? Que vraiment personne ne me laisse parler aujourd'hui ?

Pabst se tut, gêné.

— Bon, j'ai à faire de toute façon.

Elle se leva, prit sa tasse et s'en alla.

Tous les trois ne pipaient mot. Pabst savait que les deux autres savaient qu'il aurait aimé dire quelque chose de moqueur, et il savait que c'était pareil pour eux, mais ils ne se connaissaient pas assez bien. Il finit donc son deuxième verre de bière en silence et en chercha un troisième du regard à travers une brume descendante, entre pesanteur et migraine.

— Où sont les figurants, au fait ? demanda-t-il.

— Déjà sur le chemin du retour, dit Benitz.

— Ils ne viennent pas de Krün ?

— Salzbourg.

— Ils leur font faire tout ce trajet depuis Salzbourg ?

Le gong retentit, la pause déjeuner était terminée.

Le plan de tournage prévoyait maintenant la scène de séduction entre l'innocente danseuse et le comte machiavélique. Ils tournaient dans un studio aménagé spécialement à côté du village en contreplaqué. Le comte avait invité la jolie femme dans son domaine, il jouait de la guitare et la séduisait en usant de son charme et de la menace. Ils travaillaient avec deux caméras – une orientée sur la danseuse, l'autre sur le comte.

— *Ça te plaît chez moi ?* demanda le comte. *Comment t'appelles-tu ?*

— *Martha.*

— *Parle-moi de toi, Martha !*

— *Il n'y a pas grand-chose à raconter, maître. Nous marchons le long des routes et là où se trouve une auberge, je danse.*

— *Où as-tu appris à danser ?*

— *Je n'ai jamais appris.*

— *C'est dans le sang, pas vrai ? Est-ce que tu as un amant ?*

— *Non, maître.*

— *Tu ne vas pas me faire croire ça.*

— *C'est vrai, maître.*

— Merci ! cria Pabst. On la refait.

Il demanda à voix basse à la réalisatrice :

— Qui a écrit ça ?

— Moi. Des suggestions ?

— Non, non.

— Des améliorations ? Dites-le, Georg ! J'en serai reconnaissante.

— C'est parfait comme c'est… seulement… mademoiselle Riefenstahl, quand… je peux vous appeler Leni ?

— Non.

— Quand le comte s'adresse à vous, vous devez l'écouter. Je veux dire, vraiment écouter ce qu'il dit, l'assimiler. Vous avez peur de lui, chaque mot pourrait vous être fatal. Vous comprenez ?

— Je ne suis pas sourde. J'écoute. À l'époque, vous m'avez dit d'écouter en moi, et tout d'un coup, je dois écouter l'extérieur ?

— Oui, maintenant l'extérieur. Vous êtes très… présente lorsque vous dites votre texte, mais après c'est… comment dire… comme si quelqu'un appuyait sur un interrupteur. Et vous n'êtes plus là jusqu'à ce que ce soit de nouveau votre tour.

— Un *interrupteur* ?

— Je veux dire…

— Sur quel ton me parlez-vous ?

— Chère mademoiselle Riefenstahl, vous m'avez fait venir pour que je…

— À vrai dire, ce n'était pas moi. C'était une personne quelconque au ministère. Vous croyez vraiment que je ne peux pas faire la mise en scène seule ? Je suis *très* présente. Ne vous faites pas de souci, Georg. Je suis présente.

— Mais pourquoi placer des spots qui éclairent son visage par en dessous ?

— Pour lui donner l'air machiavélique !

— J'en connais… des personnes machiavéliques. En général, elles ne sont pas éclairées par en dessous pour qu'on les reconnaisse.

— Tiens donc. Quel genre de personnes machiavéliques connaissez-vous au juste, Georg ?

Arrête, se dit-il, songe qu'elle peut t'expédier dans un camp. Cette fois, ça fonctionna, il s'écouta et se contenta de dire :

— S'il y a une source lumineuse en bas, donc si vous l'éclairez par en dessous, il faut que vous fassiez la même chose pour vous. Vous êtes dans la même pièce.

— Je ne suis obligée de rien. Concentrez-vous sur ce pour quoi vous êtes ici.

— À savoir ?

— Les dialogues. L'élocution. Le débit.

— Bon, lorsque vous tentez de créer l'intensité, vous parlez toujours dans un souffle. Chaque fois. Vous devriez changer un peu de registre.

— Martha a peur ! Elle est déconcertée ! Elle est aussi fascinée par le comte, il faut que ça s'entende !

— Alors faites-le entendre. Tais-toi, songea-t-il, ne le dis pas à voix haute – après quoi, à son propre effroi, il s'entendit le dire. Si vous voulez qu'on sente ce qu'elle éprouve, essayez donc de faire l'actrice.

Le silence tomba. Toutes les conversations avaient cessé. La réalisatrice se tenait devant lui, la bouche entrouverte, le fixant. J'avais tort, pensa-t-il. Les gens vraiment machiavéliques, on les reconnaît effectivement à un regard.

— Excusez-moi, dit-il.

— Si vous vous oubliez encore une fois…

— Ce n'était pas professionnel de ma part.

— … cela aura des conséquences.

La voilà, songea Pabst, sa vraie voix.

— On la refait, proposa-t-il. Et vous, cher Minetti. Il suffit que vous jouiez un seul monstre. Pas la peine d'en jouer dix. Faites-en un peu moins.

Une fois de plus, elle afficha son regard figé d'automate et dit dans un souffle :

— *Martha.*

— *Parle-moi de toi, Martha.*

— *Il n'y a pas grand-chose à raconter, maître. Nous marchons le long des routes et là où se trouve une auberge…*

— Stop ! cria Pabst. Martha est en difficulté, non ? Elle doit réfléchir, elle cherche la meilleure réponse. Vous tentez à ce stade de vous rendre inintéressante. Vous espérez encore qu'il va vous laisser partir. "Il n'y a pas grand-chose à raconter", ça doit être plein d'espoir. Il va peut-être vous croire.

— Je vous serais reconnaissante de ne plus m'interrompre.

Ils rejouèrent son dialogue : comment t'appelles-tu, Martha, parle-moi de toi, il n'y a pas grand-chose à raconter, nous marchons le long des routes et là où se trouve une auberge… Ses traits étaient figés pendant qu'elle parlait. Sur le glacier à l'époque, elle avait mieux joué, avec plus d'entrain et de vitalité, mais quelque chose en elle s'était complètement refroidi. Où as-tu appris à danser, je n'ai jamais appris, c'est dans le sang, pas vrai ? Est-ce que tu as un amant, non, maître. On n'aurait pas pu le dire moins bien, ce "non, maître !" ridiculement prude, mais il n'allait plus l'interrompre.

— *Tu ne vas pas me faire croire ça*, dit Minetti en forçant le trait, les yeux mi-clos pour avoir l'air encore plus méchant.

Elle susurra d'une voix aiguë et factice :

— *C'est vrai, maître !*

Puis ils gardèrent la pose un moment, jusqu'à ce que Pabst s'écrie : "Merci, on coupe !"

— Alors, demanda-t-il. On la refait ?

— Comment le saurais-je ? C'est pour cela que vous êtes ici, Georg.

Pabst frotta ses tempes douloureuses.

— Je pense qu'on peut la garder.

— Vous êtes sûr que vous ne voulez pas la refaire ?

— Très bien, on la refait.

— Mais qu'est-ce que je dois changer, Georg ?

— Rien. Tout est excellent. Il hésita. Peut-être un peu plus lentement quand vous dites : “C’est vrai, maître.”

— Pourquoi donc ?

— Non ?

— Il me semble que c’était parfait.

— Oui, c’est vrai, dit Pabst. Parfait. On la refait quand même. De nouveau à la perfection.

Elle récita tout exactement comme avant, chaque syllabe, chaque souffle, chaque geste à l’identique du début de la scène jusqu’à la fin.

— Merci ! s’écria Pabst. Maintenant, changement de décor pour les gros plans du comte, s’il vous plaît.

— Déjà ? demanda-t-elle. Vous ne voulez pas la refaire ?

— Ça ne pourrait pas être mieux. Mais c’est vous qui décidez. C’est votre film.

— Notre film. Notre film à tous les deux.

— Eh bien dans ce cas, dit-il d’une voix rauque. On la refait.

Une fois qu’elle eut terminé et que Pabst dit que c’était parfait, elle fit rejouer la scène une fois, puis deux, puis trois et, aussi incroyable que cela puisse paraître, elle réussit à ne pas modifier le moindre détail, sa voix n’était jamais naturelle, elle n’accentuait aucun mot différemment et pas un cheveu de son abondante tignasse noire étincelante n’avait changé de place.

— On la refait ? demanda-t-elle.

Pabst ne savait plus pour la combientième fois. Il haussa les épaules, s’écria “Action !” et vit le chiffre 11 sur l’ardoise. Puis 16. Et déjà 21.

— Maintenant, ça suffit, dit-elle.

— Vraiment ? demanda Pabst, incrédule.

— Le perfectionnisme, c’est bien, mais à un moment donné, il faut passer à autre chose, vous ne trouvez pas ?

Pendant que les éclairagistes changeaient le décor, Pabst fumait, penché en avant sur une chaise pliante, la tête douloureuse entre ses mains. Il entendit quelqu'un s'asseoir par terre à côté de lui.

— C'est toujours comme ça ici ? demanda-t-il.

— Chaque jour est différent, dit la voix de Franz Wilzek. On ne sait jamais à l'avance. Vous avez besoin d'une aspirine ? Le foehn me tourmente, moi aussi. La Bavière, ce n'est pas pour moi. Les hautes montagnes et l'absence d'humour. C'est intenable !

— Pourquoi est-ce qu'on fait venir les figurants de Salzbourg ?

— Maxglan, plus précisément.

— Où ça ?

— L'endroit s'appelle Maxglan.

— Mais pourquoi de là-bas ?

— Je n'ai rien à voir là-dedans.

— Que voulez-vous dire ?

— Que je n'ai rien à voir là-dedans.

— Là-dedans ?

Wilzek n'ajouta rien. Pabst ouvrit les yeux. Le soleil avait déjà disparu derrière les montagnes à l'ouest, le ciel lançait des reflets rouge sombre. Il avait perdu toute sa journée sur ce film lamentable, ce serait pareil demain et après-demain ; nul ne savait combien de temps ça allait durer. Un des assistants lui apporta un verre d'eau et deux comprimés d'aspirine. Pabst les jeta dans sa bouche et but avec avidité.

— Imaginez un peu, dit Wilzek. En plus de tout le reste. Devoir rester planté là à fixer la cheffe. D'un air lubrique. Exiger ça d'eux. En plus de tout le reste.

— Tout le reste ?

— Ces pauvres gens.

Pabst reposa le verre sur le sol, mais sa main tremblait soudain si fort que le verre se renversa.

— Mon Dieu, dit-il. Je ne…

— C'est dur de trouver des figurants par les temps qui courent. Vous ignoriez réellement ce qu'est Maxglan ?

Pabst appuya la tête dans ses mains. Il venait d'avoir un éblouissement.

— On ne peut rien y faire. Les ordres ne viennent pas de nous. On ne peut pas l'empêcher. On n'a rien à voir là-dedans.

Pabst voulait répondre, mais sa voix ne lui obéissait plus. Il revoyait les visages émaciés, les yeux écarquillés, les bouches. Il entendait les consignes qu'il avait données : Regardez là-bas, levez la tête, ce genre de phrases et bien d'autres encore, qu'est-ce qu'il avait dit déjà ? Soudain, le souvenir lui était insupportable.

— Il faut qu'on reprenne.

Pabst ne bougeait pas.

— Venez, dit doucement Wilzek.

Il posa sa main sur l'épaule de Pabst. À vrai dire, Pabst aurait dû lui interdire un tel geste mais, à ce moment-là, il lui en était reconnaissant.

— On ne peut rien y faire, dit Wilzek.

— Non, dit Pabst. Sans doute que non.

Il parvint tant bien que mal à se lever.

La réalisatrice avait mis la pause à profit. Elle arborait une couche supplémentaire de maquillage foncé, une chevelure recoiffée, une robe fraîchement repassée. Ses yeux lançaient un éclat froid. Elle tapa dans ses mains.

— Nous devons nous dépêcher, vous avez mis beaucoup trop de temps. Vingt et une prises, quelle idiotie ! Elle prit la pose, tendit les bras et ordonna : Action !

Tout le monde se tut, les projecteurs rayonnaient, elle faisait de grands pas, tournait le buste, rejetait ses cheveux en arrière et virevoltait tandis que Minetti jouait sur sa guitare.

Pabst tentait de se concentrer sur la scène. Cela l'aidait à ne pas penser aux soi-disant figurants, aux visages décharnés, aux instructions qu'il avait données. Elle ne dansait pas si mal, d'ailleurs, songea-t-il. Quand on n'avait jamais été en Espagne, au Mexique ou en Californie, on se disait sans doute que le flamenco ressemblait à ça. Toujours raide, elle tressaillait des hanches, faisait de grands moulinets avec les bras comme pour chasser une mouche, reculait et fixait Minetti et sa guitare avec une expression censée exprimer la peur.

— Et… coupez ! s'écria-t-elle. Puis elle regarda Pabst et lui demanda : Satisfait ?

— Très.

— Vous n'avez pas vécu ça à Hollywood, n'est-ce pas ?

— Non, en effet.

— J'y suis allée moi aussi, juste avant la guerre, pour la tournée de promotion du *Triomphe de la volonté*. Et croyez-moi, ça ne m'a pas impressionnée. Mais vous le savez bien. Vous êtes revenu, vous aussi.

Pabst ne dit rien.

— Malgré toutes nos différences, dit-elle en souriant car la danse l'avait manifestement mise de bonne humeur, nous avons une chose en commun. Le fait d'avoir renoncé au succès hypocrite de là-bas pour rentrer au pays et faire de l'art destiné à nos compatriotes.

Pabst haussa les épaules. La douleur dans sa tête formait une boule lancinante derrière sa tempe gauche.

— On la refait ? demanda-t-elle.

Il acquiesça.

— En fait, vous avez raison avec vos vingt et une prises. Plus on tourne, plus on a de matière au montage. Voilà l'essentiel. C'est ce que vous avez toujours dit à l'époque, sur le glacier. Et je l'ai retenu. Le montage est crucial ! Vous voyez, j'ai bien fait attention. Vous êtes mon professeur, après tout. Tout le monde est prêt ?

L'assistant fit le clap. La réalisatrice adressa un sourire enjôleur à Pabst, tendit les bras et dansa.

GRANDES VACANCES

Déjà dans le train, l'air sent l'été. La locomotive émet un long sifflement. Le disque solaire est si énorme et aveuglant qu'on ne peut pas le fixer – ils essaient, plissent les yeux, regardent vers là-haut, mais aucun n'y arrive très longtemps.

Ils ont tous trois les pieds posés sur la banquette d'en face. C'est interdit, mais comme ils sont en tenue des Jeunesses hitlériennes, le contrôleur ne dira rien. Voilà pourquoi ils ont troqué leur uniforme scolaire, d'ailleurs plus confortable, contre l'uniforme rêche avec le calot et le foulard qui gratte.

Jakob vient d'ouvrir son carnet de croquis. Ce n'est pas le paysage qu'il tente de dessiner, mais le trajet lui-même, l'écoulement d'une colline dans l'autre, la vitesse qui mélange les couleurs. La traversée de l'été en fleurs : un ocre délicat s'intensifiant en jaune criard, en dessous un bleu profond et saturé avec de petites pointes blanches.

— On voit rien du tout, dit Felix.

— Non, dit Jakob. Mais en même temps, on voit tout.

— Moi, j'y vois de l'art dégénéré, dit Boris.

Tous trois rient. Ils se connaissent bien, partagent une chambre à l'internat de Salem, Boris est chef de chambrée.

— J'ai hâte de découvrir ton paternel, dit Felix.

— N'en attends pas grand-chose, dit Jakob.

— Attends, il a quand même fait ce super film de vampire.

— Ce n'était pas lui.

— Mais *Metropolis*, c'est lui, non ?

La porte du compartiment s'ouvre d'un coup, un homme portant deux valises, visiblement monté à Stainach-Irdning, regarde d'un air interrogateur la banquette vide sur laquelle reposent leurs bottes.

Tous trois le fixent. Aucun n'enlève ses pieds.

L'homme referme la porte du compartiment et repart en traînant ses valises.

— Ce n'était pas lui non plus, dit Jakob.

— Mais *Piz Palü* avec Udet et la crevasse du Reich*, c'était lui, non ?

— Oui, ça oui.

Jakob décide d'intégrer à son dessin l'homme aux valises, mais aussi sa propre personne bien sûr, puisqu'il se trouve dans le train en marche, répartis sur le trajet : une ligne allongée pour la moustache, quelque part au-dessus, l'ambre figé de ses yeux tristes, l'un ici, l'autre quelques kilomètres plus loin. Les yeux représentent un vrai défi, très difficiles à dessiner avec de grosses craies grasses. En plus, il a fini l'orange, hélas. C'est toujours surprenant de voir quelles choses deviennent introuvables pendant la guerre et lesquelles on peut encore trouver sans problème.

— C'est comme ça qu'il a pu acheter le château ? demande Boris. Grâce à ce film avec la crevasse ?

Jakob étale délicatement avec le pouce un peu de craie bleue et demande :

— Tu l'as vu ?

* Surnom donné à Leni Riefenstahl.

— Bien sûr. Il est passé au cinéma de Petershagen quand j'ai rendu visite à mes vieux à Pâques l'année dernière. On se demande comment ils ont réussi à filmer les avalanches. Il y a eu une rétrospective. Tout ce que Riefenstahl a fait. *La Lumière bleue*, *Piz Palü*, évidemment le truc sur les Jeux olympiques et les deux congrès du parti.

— Ce n'est pas lui qui a filmé les avalanches, mais l'autre réalisateur. Ils étaient à deux. Je n'ai jamais vu ce film. L'occasion ne s'est pas présentée. J'ai juste vu… Jakob s'interrompt. Il a failli mentionner *A Modern Hero*, qu'il a découvert à la première de Los Angeles, mais c'était dans un autre monde auquel il ne pense plus. Je ne connais quasiment rien de lui. J'ai aussi manqué *Les Comédiens*.

— Vu, dit Boris, les yeux fermés. Beaucoup de théâtre.

— Ben c'est le sujet du film.

— Oui, mais ils parlent tous comme au théâtre. C'est un peu bizarre. La jeunette est super, elle s'appelle Krahl. Tu l'as déjà rencontrée ? Elle me plairait bien.

Jakob ajoute un petit trait vert sur le bord inférieur. La porte du compartiment s'ouvre, une femme avec deux jeunes enfants bien en chair fixe la banquette sur laquelle reposent leurs pieds. Quelques longues secondes s'écoulent avant qu'elle ne referme la porte et passe son chemin.

— Tu me dois encore quatre marks, dit Felix à Boris.

— Pourquoi ?

— J'ai acheté les billets de train, Pabst a payé, toi pas encore.

— T'es qu'un pingre de Juif.

— C'est toi le Juif, tu veux jamais payer !

Boris donne à Felix un coup dans les côtes, Boris lui fait une prise de tête, Jakob s'écrie : “Arrêtez, sinon le contrôleur va venir !" et, à sa grande surprise, ils arrêtent effectivement. Boris sort son porte-monnaie et décompte en ricanant quatre billets de reichsmarks.

— Il y a du nouveau au sujet de l'offensive d'été ? demande Boris.

— Elle se passe très bien, dit Felix. T'écoutes pas la radio ?

— Évidemment qu'elle se passe bien. Nos blindés sont au niveau de Voronej. Les Russes n'ont plus qu'à prier.

— Les Russes ne prient pas, dit Felix. Ce sont des bolchiques.

— Des bolcheviks, le corrige Boris.

C'est maintenant Felix qui lui fait une prise de tête.

— Arrêtez ! dit Jakob. Le contrôleur !

Mais cette fois, personne ne l'écoute.

Jerzabek n'est pas là. Personne ne vient les chercher. Ils attendent une demi-heure sur le parvis de la gare de Leibnitz en écoutant les grillons. Puis ils se mettent en route à pied.

La rue est en mauvais état, fissurée à de nombreux endroits. L'herbe du pré est haute, ici et là des paysans manient paresseusement leurs faux, une buse flotte dans les airs avec ses ailes déployées. Le ciel se fond dans une forte clarté.

Comme ils en ont l'habitude, ils entonnent une marche. Haut le drapeau, les rangs serrés, les camarades qui –, en pensées dans nos rangs, Felix chante un peu faux mais c'est comme ça, il n'a pas l'oreille musicale.

Jakob jette un regard songeur vers le rapace. Au camp des Jeunesses hitlériennes, où ils se rendent presque tous les week-ends, ils se sont entraînés à tirer sur des oiseaux, d'abord avec des carabines à air comprimé, puis avec de vrais fusils, calibre 44. Les cibles mouvantes sont incroyablement dures à atteindre, on ne les vise pas, on vise devant elles ; on s'approprie leur mouvement et on tire là où elles se trouveront dans deux secondes. Jakob n'a jamais réussi à toucher d'oiseau, mais une fois un chevreuil, c'est déjà ça. Il n'oubliera jamais la façon dont ce corps très légèrement arqué a soudain fait une cabriole. Et lorsque Jakob s'est approché, le cœur battant, il a trouvé l'animal gisant dans l'herbe, de l'écume devant les dents, du sang jaillissant de son flanc.

"Le coup de grâce !" a crié Warnike, leur chef de groupe, un grand type décharné, serrurier pour vélos dans le civil, il a perdu une jambe en France, si bien qu'il n'est pas forcé de retourner au front. Il a fallu un certain temps à Jakob pour se rappeler ce que signifie réellement ce mot : coup de grâce. Après quoi il a épaulé, expiré à fond et placé la tête de l'animal au centre de la lunette de tir, ce qui n'a pas été facile parce que d'aussi près, on ne voit que de la fourrure hérissée dans le viseur.

Quand tu ne peux pas faire une chose que tu dois absolument faire, il n'y a qu'une solution : laisse un autre la faire à ta place. Quelqu'un qui te ressemble et se sert de ton corps, mais qui n'a aucun mal à tirer deux balles dans la tête d'un petit chevreuil agonisant. Quelqu'un qui peut soulever l'arme, fermer un œil, expirer à fond, puis retenir son souffle tout en se fichant de savoir que la chose gémissante devant lui respire et endure d'atroces souffrances et une telle peur qu'elle est déjà perceptible – sous forme de nuage sombre.

Jakob a compris que le meurtre et la peinture ont un point commun : les deux réussissent lorsqu'on oublie que les choses ne sont pas simplement des couleurs et des ombres. Les deux s'exécutent facilement quand on fait abstraction de la substance.

Le tir vient de partir dans un bref claquement, le chevreuil s'est retourné sur lui-même avant de retomber inerte, le chef de groupe Warnike s'est approché en boitant et en s'écriant : "Bien, ça va peut-être venir pour l'oiseau !" Or même après, Jakob n'a jamais réussi à toucher un oiseau et donc jamais reçu l'insigne de bronze. Un chevreuil ne compte pas, c'est trop facile.

Pour cette raison, il éprouve de la nostalgie et un léger agacement en levant les yeux vers la buse sur le chemin de Tillmitsch. Car cet oiseau-là, il arriverait sûrement à le toucher, il flotte si tranquillement là-haut, se distingue si nettement sur le fond bleu. Mais comme ils ne sont pas encore soldats, malheureusement, ils n'ont pas d'armes sur eux.

Par la suite, Jakob a peint le chevreuil, c'est devenu un de ses meilleurs dessins. Un rouge profond, jaillissant, gargouillant, s'écoulant, sillonné d'éclairs noirs de douleur et en bas de l'image, impossible à ignorer une fois qu'on l'a remarqué, un œil agrandi par l'effroi et humide d'écume.

Lorsque le château de Dreiturm surgit à l'horizon, Jakob est tout d'abord surpris : il est tellement plus petit que dans son souvenir, en réalité ce n'est qu'une grosse maison.

— Il n'a pas trois tours, dit Felix.

— Même pas une, dit Boris.

Ils traversent la pelouse envahie par les mauvaises herbes. Le portail du château est grand ouvert. À côté, fumant un cigare, l'acteur Werner Krauß.

— Ah, dit Krauß d'un ton rêveur. Des petits jeunes.

Pendant un moment, Jakob est figé sur place. Il n'entend aucun son provenant des deux garçons derrière lui.

— Je m'appelle Jakob Pabst, finit-il par dire. Voici mes camarades d'école, Boris Glattweg et Felix Sprenger.

— Eh ben dis donc. Bien. Parfait, dit Krauß. Vous venez pour les vacances ? Parfait, très bien. La jeunesse, c'est bien, ça. Votre papa est en haut. Dans la bibliothèque.

— C'est seulement mon père à moi, dit Jakob. Eux, ce sont des copains de classe.

— Adorables, dit Krauß.

Jakob regarde un instant son visage anguleux et mondialement célèbre, il acquiesce poliment et entre dans le hall, dans la froide odeur de moisi de son souvenir. Il gravit l'escalier grinçant, longe le couloir. Au début, ils vivaient là-haut, puis ils ont dû descendre dans le logement du concierge parce que papa était un ancien émigrant, un ami des Juifs et qu'il a fait des films communistes, mais ensuite papa est redevenu un bon Allemand, si bien qu'ils ont eu le droit de retourner au premier étage et les Jerzabek ont presque disparu sous l'humilité et l'obséquiosité. Après quoi papa est parti à Munich pour préparer son film et maman l'a suivi un mois plus tard tandis que lui, on l'a envoyé en internat à Salem, où il a dû échafauder un nouveau plan de bataille pour obtenir la reconnaissance, exactement comme à l'école. Cette fois, c'était quand même un peu plus rapide parce que maintenant, il sait comment s'y prendre, c'est-à-dire à qui faire mal et avec qui s'associer.

Il frappe à la porte de la bibliothèque. Une voix dit : “Entrez.”

La pièce a changé. Il y a toujours les mêmes livres poussiéreux sur les étagères, mais au centre de la pièce, des cartes, des images, des schémas sont étalés sur une table. À une des étagères est accroché un tableau en liège sur lequel sont épinglés des portraits d'acteurs. Dont un de Werner Krauß.

Papa est dans un fauteuil, les pieds posés sur un tabouret, fumant un gros cigare. Penché au-dessus de la table, un crayon dans une main et une loupe dans l'autre, un jeune homme aux cheveux déjà clairsemés et au teint rouge. Un deuxième jeune homme est assis sur une chaise pliante. Un autre homme en veste de tweed, un peu plus âgé et au large visage affable, est adossé contre une étagère et fume la pipe.

— Jakob ! Bienvenue ! C'est mon fils. Mon cher et beau garçon. Viens par là !

Jakob va vers lui, se penche, se laisse tirer par papa et lui donne un baiser sur la joue. L'haleine de papa sent la fumée de cigare et un peu le whisky.

— Voici Franz Wilzek. Papa désigne le jeune homme au teint rougeâtre. Mon assistant. Voici Bruno Stephan, notre cameraman et là – il montre l'homme en tweed – c'est Kurt Heuser, le scénariste. Et là-bas, c'est Krämer.

— Kuno Krämer, dit un homme assis sur un des rebords bas de la fenêtre. Si effacé et immobile que Jakob ne l'a effectivement pas vu. Enchanté de faire ta connaissance, Jakob.

Jakob acquiesce avec gêne. Il a remarqué que son père lui a détaillé les professions de tous les autres, mais pas de cet homme.

— Voici mes camarades de chambre, Boris et Felix.

— Bienvenue ! dit papa. Nous sommes en pleine réunion, le nouveau film, très coûteux, situé au Moyen Âge, *Paracelse*. Vous pouvez y assister si ce genre de choses vous intéresse. Mais montez d'abord vos sacs à dos dans la chambre !

Les trois garçons ressortent donc.

— Il y a du beau monde chez vous, dit Felix.

Son propre père travaille aux chemins de fer impériaux, il ne devait jamais se passer quoi que ce soit d'intéressant chez ses parents.

— C'est toujours comme ça ici, dit Jakob.

Quel hasard, songe-t-il, que Werner Krauß se soit trouvé dehors au bon moment, ça n'aurait pas pu mieux tomber. Ils vont le raconter partout, c'est presque aussi bien que s'il avait touché l'oiseau à l'époque.

Ils se rendent dans son ancienne chambre. Une épaisse couche de poussière repose sur le bureau, la chaise et l'armoire. Visiblement, Liesl Jerzabek n'a jamais fait le ménage ici. Il n'y a qu'un lit étroit, et il n'est pas préparé.

— On va dormir où ? demande Boris.

— Le concierge va s'en occuper, dit Jakob.

De l'autre côté du couloir, une porte s'ouvre et une femme sort. Jakob met un moment à la reconnaître.

— Maman ! Voici Boris, voici Felix. C'est ma mère.

— Boris, répète-t-elle. Felix.

Mais elle ne regarde pas les deux garçons. Jakob s'avance prudemment vers elle. Il s'aperçoit qu'il la dépasse pour la première fois – il a grandi, évidemment, mais elle semble aussi avoir rétréci. Il lui donne un baiser sur le front en hésitant. Sa peau est froide au toucher. Son haleine sent le vin.

— Où sont les Jerzabek ? demande-t-il. Il faudrait faire les lits. Boris et Felix ont besoin d'un endroit où dormir.

Elle ne répond pas.

— Maman, dit-il. La chambre. Pour la nuit. Les Jerzabek. Sinon, on le fait nous-mêmes. Mais dans ce cas, il faut que tu nous dises où trouver les draps. Tu m'entends ?

— Oui.

— Qu'est-ce qui t'arrive ? demande-t-il à voix basse en oubliant presque qu'il ne doit pas perdre contenance devant ses camarades.

Elle recule, ne le regarde toujours pas lui, mais son col, les boutons d'uniforme sur sa poitrine. Elle lève deux doigts et lui caresse d'abord la joue, puis la croix gammée sur son brassard. Elle se détourne et retourne dans sa chambre. La porte se referme derrière elle.

— Je crois qu'elle est malade, dit Jakob.

— Non, tu crois, dit Felix.

Jakob se demande s'il doit le frapper, puis il décide que ce n'est pas forcément nécessaire : entre membres des Jeunesses hitlériennes, c'est courant de tenir des propos méprisants sur les parents.

— Possible aussi qu'elle ne soit pas tout à fait sobre, dit Jakob par mesure de sécurité car s'il se moque de sa propre mère, il ne sera pas obligé de se lancer dans une dispute simplement parce qu'un autre l'a fait. Il faut qu'on trouve le concierge, dit-il.

Pour accéder à la cave, il faut ouvrir une trappe dans le hall d'entrée et on se retrouve au-dessus d'un trou sombre. Il y a une corde tressée fixée au mur ; si on tire dessus, une lumière électrique s'allume tout en bas et on distingue un escalier en bois qui mène vers les profondeurs, si raide que c'est en fait une échelle. On doit descendre à reculons en se tenant aux planches rêches sur les côtés.

Or la trappe est déjà ouverte et la lumière allumée en bas. Jakob pourrait jurer qu'elle était fermée tout à l'heure. Il s'agenouille et s'écrie : "Il y a quelqu'un ?" et "Monsieur Jerzabek ?" si fort qu'il entend l'écho de sa voix. De fait, il reçoit une réponse : du tapage et une voix humaine qui émet des sons courts et incompréhensibles.

Donc ils descendent.

L'escalier est plus long et plus profond que Jakob ne le pensait. Il n'est jamais descendu ici, il avait trop peur de la cave autrefois. Ils descendent prudemment, un pied sous l'autre – Jakob en premier, puis Felix, puis Boris.

Un certain temps s'écoule et ils sont encore en train de descendre puis, un long moment plus tard, Jakob est pris d'une sensation étourdissante d'irréalité en comprenant que ça dure encore, qu'ils ne sont toujours pas en bas. Comment diable un château aussi petit peut-il avoir une cave aussi profonde ?

Son pied finit enfin par toucher de la pierre. Il regarde autour de lui. Une unique ampoule diffuse une lumière jaunâtre. Ils se trouvent dans une pièce voûtée vide. Une odeur âcre de moisi flotte dans l'air. À l'autre bout de la voûte, le rectangle noir d'une porte fermée.

— Monsieur Jerzabek ?

De nouveau une réponse, sourde, qui semble provenir de très loin, et bizarrement, non pas de devant, mais d'en dessous, du sol dur. Jakob se dirige vers la porte. Il la secoue, elle s'ouvre. Devant lui, une petite pièce et au milieu, un gouffre vertical.

Ils se penchent au-dessus. Une obscurité profonde et lisse. Jakob crie le nom du concierge.

De nouveau, ils entendent une voix.

À moins que ? Non, ce n'est pas très clair. Mais selon toute probabilité, c'est une voix. Une fois de plus, on ne comprend pas les mots – non pas, lui semble-t-il, parce qu'il l'appelle de trop loin, mais parce que l'autre utilise une langue étrangère.

— Je descends pas là, dit Boris.

— T'as peur ? demande Felix.

— Non, dit Boris. Moi pas ! C'est toi qui as peur !

— Mais non, j'ai pas peur.

— Alors vas-y !

— Pourquoi moi ? Vas-y, toi !

— T'as peur ?

Les deux garçons se regardent d'un air désemparé. Aucun d'eux ne sait quoi faire.

— Remontons, propose Jakob. On n'a pas besoin de lui. On peut se faire un lit nous-mê…

— Trouillard ! s'écrie Boris.

— Poltron, poule mouillée ! s'écrie Felix.

Ils se mettent à imiter les gloussements d'une poule.

— Mais quel intérêt ? s'écrie Jakob. Laissons tomber et…

— Il fait dans son froc, s'écrie Felix d'une voix aiguë.

— Dans son froc, dans son froc, s'écrie Boris.

Par conséquent, Jakob se met à descendre. Sur les cinq premiers échelons, il y voit encore, puis l'obscurité l'enserre. Il avance à tâtons, pas à pas, un geste après l'autre. Tout cela est absurde, se dit-il, personne n'a besoin du concierge, au fond c'est beaucoup mieux s'il se cache quelque part à la cave sans embêter personne. Mais comme on en est là et qu'en aucun cas, ses camarades ne doivent le prendre pour un lâche, il n'a plus le choix.

Il s'aperçoit alors qu'ils ne l'ont pas suivi.

Il se fige sur l'échelle. Il tend l'oreille. Ils ne viennent pas. Il cligne des yeux. Et tend l'oreille. Sous lui il ne voit rien, en haut la lueur lointaine et carrée de la trappe.

Il remonte de quelques échelons, puis il s'arrête. Non, il doit continuer de descendre. Il ne faut pas qu'ils croient qu'il a peur. Justement parce que c'est le cas, il ne doit surtout pas donner cette impression. Or il n'y a aucune raison d'avoir peur, si ce n'est, bien sûr, des araignées qui vivent certainement dans une cave comme celle-ci. Jakob ne les supporte pas. Il ne peut même pas dessiner une toile d'araignée tellement ça le répugne. Mais nul ne doit l'apprendre. Ils ont glissé un jour dans la chemise de nuit de Hans Krentz, un camarade de classe, des cafards vivants simplement parce qu'il a une peur terrible des petites bêtes, après quoi tout le dortoir s'est régalé de ses longs cris aigus de fille. Voilà pourquoi Hans est tenu pour une ridicule mauviette jusqu'à aujourd'hui. Quant à Johann Megelwand, sujet au vertige, ils l'ont terrassé ensemble, puis ligoté et suspendu à une grosse corde depuis la fenêtre du dernier étage. Même les professeurs qui l'ont trouvé et libéré dans la matinée ont eu du mal à étouffer leurs rires et, comme Johann, moins par peur que parce qu'il a passé de nombreuses heures accroché là-haut, a pissé dans son pantalon, il a récolté quatre jours d'arrêt en prime vu qu'un jeune Allemand ne doit pas faire dans son froc, quoi qu'il lui arrive. L'essentiel quand on a peur, c'est que personne ne soit au courant.

Jakob continue donc sa descente. Pas à pas, un échelon après l'autre, sans rien y voir. Il entend un grondement lointain. Est-ce un animal, un être humain ou une machine ? Il s'arrête de nouveau et tend l'oreille, maintenant il ne l'entend plus, sans doute une illusion. Il ne perçoit que son propre souffle et son cœur qui bat et le sang qui bruisse dans ses oreilles.

Il arrive en bas, cligne des yeux et perçoit une faible lueur devant lui. En se dirigeant lentement vers elle, quelque chose de collant lui effleure le visage – il essuie sa joue et enlève la toile d'araignée, un fil colle ses paupières, il le sent sur ses lèvres, ses doigts aussi sont collants et il ne sait pas si c'est son imagination ou si une bestiole aux nombreuses pattes rampe réellement sur son bras. Il se secoue, pris de panique.

Devant lui, la lumière devient plus claire, il avance aussi vite que possible, ce qui n'est pas très rapide quand on n'y voit rien. Le couloir se termine, Jakob distingue le rai oblique d'une porte entrouverte, derrière laquelle il y a de la lumière, il s'appuie contre la porte en métal qui grince en s'ouvrant et, pendant qu'il avance en clignant des yeux, il hésite parce qu'à ce moment-là, il voit déjà ce qu'il ne peut pas encore voir étant donné que c'est caché par la porte, qui est maintenant ouverte et il a le souffle coupé, son cœur fait un bond.

Une pièce nue, sale, pas très grande. Une ampoule faible se balance à un câble. Au mur, une étagère en bois presque vide, avec des instruments sur le rayon inférieur – un marteau, un tournevis, un objet quelconque en métal tordu ainsi que du papier sale et froissé.

Quelque chose est recroquevillé au milieu de la pièce. Il lui faut un moment pour reconnaître Jerzabek.

C'est peut-être lié à son agitation, ou à ses yeux qui ne se sont pas encore réhabitués à la lumière, mais il a aperçu une créature sombre tomber du plafond lorsqu'il est entré ; maintenant, il voit le concierge et sa peau tavelée, les larges pores, les petits yeux sournois.

— Qu'est-ce que vous faites ici ? demande Jakob.

— Doux Jésus, dit Jerzabek d'une voix aiguë, mais il étire l'expression jusqu'à ce qu'elle soit méconnaissable, Douuux chéééésssuuuus, après quoi il lui assure que c'est une telle joie de le revoir que son cœur a peine à le supporter : Queeeelle choie, queeeelle choie, queeeelle choie immensssse, queeeelle choie, et tandis qu'il en rajoute, il est toujours accroupi par terre, jambes et bras écartés comme un insecte, regardant Jakob de ses yeux injectés de sang. Quel bel uniforme, dit-il, si fringant, si décent, un enfant encore à l'instant et maintenant un homme, on en pleurerait, il lève l'index en guise de preuve et abaisse une paupière de son ongle jauni et fissuré pour bien montrer à Jakob les larmes que sa venue a provoquées sur le visage du concierge.

— Mais qu'est-ce c'est-y que vous faites ici ? demande Jakob, imitant machinalement le dialecte de Jerzabek.

— Trofoille, répond celui-ci, et Jakob croit un instant qu'il est passé à une langue étrangère.

Avant de comprendre : Y avait du travail ici, dit Jerzabek, il y avait toujours beaucoup à faire dans un château, jour et nuit, on avait toujours de quoi faire. Il se redresse de toute sa hauteur, ce qui ne fait pas grand-chose, son dos se recourbe à la fois vers l'avant et sur le côté, son épaule gauche penche tellement que Jakob se demande malgré lui s'il ne le fait pas exprès, pour plaisanter.

Jakob se racle la gorge et demande des draps. Il a deux amis en visite, il leur faudrait un endroit où dormir, dans sa chambre ou ailleurs.

Le concierge demande de quel genre d'amis il s'agit.

Jakob fronce les sourcils. Il ne comprend pas.

Le concierge passe devant Jakob, referme la porte en métal et le regarde d'un air sévère et attentif. Sa main repose sur la poignée. Quel genre d'amis, répète-t-il, queeeel chenre d'aaaamis ?

Jakob le dévisage. Il ne comprend pas la question.

Le concierge lui demande à voix basse s'il s'agit d'amis méchants, hideux, crasseux, mêêêêchants, hitteuuuux, kraasssseuuuux, qui n'aimaient pas le Führer et qu'il allait falloir interroger au fond de la cave, au plus profond, là où personne ne les entendrait crier. Ou bien s'il s'agissait de braves garçons, de jeunes Allemands, cheuuuunes Aaaallmands, de garçons comme il faut ? Jerzabek cligne des yeux et scrute Jakob comme s'il attendait une réponse.

Jakob regarde autour de lui. Il n'y a pas de deuxième porte. L'ampoule vacillante fait grandir et rapetisser, grandir, rapetisser leurs ombres. Il s'éclaircit la voix avant de dire :

— De braves garçons, monsieur Jerzabek.

Une longue seconde s'écoule. Encore une. Et encore une.

Puis, comme si Jakob avait dit exactement ce qu'il fallait, Jerzabek recule et ouvre la porte. Jakob sort en hâte.

Pendant qu'il longe le couloir et avance à tâtons vers l'échelle, il entend le concierge marmonner derrière lui – cette fois on ne le comprend plus du tout, tant il mâche les sons durs et étire les sonorités douces, son dialecte ressemble à une langue étrangère. Jakob l'entend éteindre la lumière dans la petite pièce. Maintenant, ils traversent l'obscurité. Jakob avance en touchant le mur en brique et tout d'un coup, tandis qu'il entend Jerzabek se traîner et murmurer dans son dos, il est envahi par le sentiment qu'un coup de massue ou de couteau pourrait l'atteindre, que tout est possible parce qu'ici-bas, rien n'a besoin de se justifier. Il se faufile, accélère, voit la lueur là-haut, l'instant suivant il se cogne à l'échelle et se met à grimper aussi vite qu'il peut : un pied au-dessus de l'autre, une main au-dessus de l'autre, il n'aurait pas pu dire lui-même pourquoi il a si peur. Il grimpe aussi vite qu'un singe, halète, sent sa jambe de pantalon s'accrocher à un clou qui dépasse d'un échelon, il l'arrache, grimpe encore plus vite, arrive à la trappe, se hisse, se roule et reste avachi sur le sol en respirant lourdement.

Assis devant lui, Boris et Felix ricanent. Jerzabek est accroupi entre eux.

— Qu'est-ce qui t'est arrivé ? demande Boris.

— Tu t'es chié dessus ? demande Felix.

Tous les trois rigolent. Jerzabek est écarlate d'allégresse.

Jakob le fixe, bouche bée. À l'instant encore, là en bas, il se trouvait derrière Jakob, comment peut-il être avant lui en haut ? L'espace d'un instant, Jakob se dit qu'il existe plusieurs versions de Jerzabek.

— Comment se fait-il que vous soyez là ? demande-t-il.

— Je suis le concierge, dit Jerzabek.

De nouveau, les trois rient tellement que Jakob n'a pas le choix, il fait semblant de trouver ça drôle, lui aussi.

— Allons à l'étage, dit Jerzabek, ce que seul Jakob comprend parce qu'il dit : Oooollons o l'éeeetoooche. Je vais faire le lit de ces jeunes messieurs.

Ses petits yeux lancent un éclat rusé et méchant à Jakob, comme s'ils partageaient un secret.

Pendant le repas, tout le monde se retrouve autour de la longue table. Sous les regards scrutateurs de la tête de cerf. Papa est assis à un bout de la table, Werner Krauß à l'autre. À droite de papa, son assistant Wilzek, à sa gauche le scénariste Heuser, à côté de lui le cameraman Stephan. À côté de Wilzek, Jakob et Boris et en face de lui Felix, à côté de Stephan. Et à côté de Felix, silencieux, immobile, presque invisible, l'étrange Kuno Krämer. Seule maman n'est pas venue.

Liesl Jerzabek et ses filles apportent des assiettes de soupe. Elle est totalement incolore, avec d'énormes grumeaux de pâte qui flottent dedans. Ce plat a un nom, mais personne ne le comprend, même lorsque Liesl Jerzabek le répète pour la troisième fois. Papa se lève pour servir à grands gestes du vin blanc dans tous les verres, y compris ceux des garçons.

Krauß lève aussitôt le sien, tend son menton proéminent vers le trophée de chasse et s'écrie :

— Je trinque à la santé du maître !

Comme il s'adresse visiblement à papa, celui-ci réplique :

— Non, c'est moi qui trinque à la santé du maître !

— Non, non, non ! s'écrie Krauß. C'est *moi* qui trinque à la santé du maître !

Puis tout le monde se met à boire et à manger la soupe très salée. Jakob regarde à la dérobée les filles Jerzabek, qui ont incroyablement grandi depuis la dernière fois qu'il les a vues : Gerti doit faire presque deux mètres de long, Mitzi est à peine plus courte. Elle a des yeux perçants, des protubérances se dessinent déjà sous son chemisier.

— Elle a du chien, dit Boris à l'oreille de Jakob.

— Laquelle ? demande Jakob, mais avant que son ami ait le temps de répondre, l'acteur se lève d'un coup et tient, sans remarquer la gêne générale, un discours où il est question de dons divins, de sublime puissance céleste, de lutte germanique et de la bienheureuse souveraineté de l'art. Le discours est long et bien huilé, comme s'il l'avait déjà prononcé mot pour mot de nombreuses fois.

— Portons un toast ! s'écrie-t-il. Au grand Paracelse, au divin ! Docteur allemand ! Que nous allons ensemble ! Faire revivre ! Trinquons à cela ! Maître, mes amis ! Trinquons à cela !

Il vide son verre, se rassoit et se met à manger sa soupe.

— Merci ! dit papa. Je reste assis, je vous dis seulement : faisons un bon film. Montrons-nous à la hauteur du vénérable M. Hohenheim.

— Qui est-ce ? demande Krämer.

— Théophraste Hohenheim est le nom usuel de Paracelse. Si ce n'est pas dans le scénario, il va falloir le rajouter illico.

Kurt Heuser, l'auteur, ouvre son carnet, déjà déposé près de son assiette, et y note quelque chose. Krämer est écarlate.

— On dispose de combien de jours, au fait, pour la danse de Saint-Guy ? demande le cameraman.

— C'est quoi, la danse de Saint-Guy ? demande Jakob.

— Danser comme sous l'emprise du diable, dit papa. Au début, les gens regardent, puis ils participent. Ils ne peuvent pas faire autrement.

— On pourrait y voir une allusion, dit Wilzek.

— Je n'ai rien entendu, dit Krämer.

— Quoi donc ? demande Werner Krauß.

— Voilà la bonne attitude, dit Krämer.

Tous rient, sauf l'acteur.

— À l'heure actuelle, nous n'avons qu'une journée pour cette scène, dit Wilzek. Le plan de tournage est trop serré.

— Une journée suffit, dit papa. Faites-moi un peu confiance, les enfants. Quand j'ai tourné *Quatre de l'infanterie*, ils nous ont réduit le budget au quatrième jour de tournage. Un tiers de temps en moins ! Nous avons réécrit le scénario en deux jours, et voilà, ça s'est fait, et je dirais *a posteriori* que le film en est devenu meilleur. Comme on ne pouvait pas construire de fortification, on a dû tourner dans un petit bunker détruit datant de la guerre. Quand on fait un film, on est toujours en situation d'urgence. C'est l'état normal.

— Qui était le producteur ? demande Wilzek.

— Nebenzahl.

— Ben voilà, dit Stephan. Pas étonnant. Un Juif.

— Cette période ! Sombre ! dit Krauß. Est terminée ! De nos jours, on ne réduit plus le budget ! Ce que notre ministère te promet ! Tu l'obtiens ! Même pendant la guerre. Tu peux compter là-dessus !

Papa esquisse un vague sourire et se ressert en vin.

— Exact, dit Krämer. Ce que le ministère promet, on l'obtient. Les étrangers sont surpris lorsqu'ils découvrent nos conditions de travail. Je reviens de Belgique. Là-bas, on avait un écrivain anglais, Rupert Wooster, très célèbre outre-Manche, réédité sans arrêt, évidemment un plumitif tout à fait superficiel, aucune profondeur, à des lieues de l'art véritable, mais un type futé. On l'avait arrêté dans sa maison de campagne du Sud de la France. "Voyez plutôt, lui ai-je dit, toutes les portes sont ouvertes. Vous n'êtes pas obligé d'aller dans un camp de prisonniers. Vous n'êtes pas juif, nous n'avons rien contre vous, vous pourriez vous installer dans le meilleur hôtel de Berlin ! Nous estimons l'art !" C'est vraiment ce que j'ai dit, "nous estimons l'art", même si ses livres à lui, bien entendu… Disons qu'outre-Manche, on les trouve drôles, en Allemagne ça ne ferait rire personne, ces saletés, tout au plus quelques Juifs autrefois. "Mais je suis censé faire quoi ? me demande-t-il. Je ne peux pas écrire de bouquins allemands sur des haltérophiles et des chevaux." Il a vraiment dit ça. Je ne sais pas d'où il le tient, les haltérophiles et les chevaux.

Krämer incline la tête et réfléchit un instant. Il semble lui-même surpris de voir que tout le monde écoute et que personne ne l'interrompt.

— "Vous pourriez enregistrer quelques émissions de radio, lui ai-je dit. Rien de politique. On n'exigerait jamais ça. Des discussions enjouées, dans lesquelles vous dites que nous, les Allemands, sommes des humains et pas des monstres. Ou est-ce que j'ai l'air d'un monstre ? Regardez-moi ! Nous sommes des gens civilisés !" Au début, évidemment, il a eu peur, il a gémi et s'est gratté la tête… Je connais ça. Les gens sont toujours nerveux quand on leur fait une proposition. Et parfois… – il lance un regard rapide à papa – … ils deviennent carrément agressifs. C'est parce qu'ils ne s'attendent pas à ce que l'État soit désintéressé. Et qu'ils viennent d'un monde où seul l'argent compte. Je savais qu'il fallait lui laisser du temps. Je suis revenu trois jours plus tard, dans son baraquement au camp, je me suis assis sur un des tabourets et je lui ai offert un bon cigare, tel qu'on n'en trouve quasiment plus aujourd'hui, et dès le lendemain, nous étions en route pour Berlin. Messieurs, je n'ai encore jamais vu quelqu'un écrire aussi vite ! Ils savent y faire, les pros du divertissement des pays anglophones. Ils ne comprendront jamais la profondeur allemande, mais Dieu qu'ils sont rapides ! Notre homme se retrouve donc à l'*Adlon*, à fumer de bons cigares, à boire du cognac et à taper comme un fou sur sa machine à écrire. Ensuite, notre chauffeur le conduit au studio d'enregistrement, où il est stupéfait par la qualité de nos micros et la modernité des bandes magnétiques et des insonorisations. *"Never seen anything like this at the BBC !"* Je dois me retenir pour ne pas lui dire : "Rupert, vous n'avez pas encore vu notre joyau !" À savoir les antennes géantes près de Calais, toutes orientées vers l'Angleterre, pour qu'on puisse y recevoir nos émissions. Et la sienne n'était vraiment pas mauvaise ! Il a parlé du camp de prisonniers comme d'un camp de vacances plein de curiosités !

Kuno Krämer soupire, saisit la bouteille de vin et se sert.

— Et vous lui payez l'*Adlon* pendant ce temps ? demande Heuser.

— Non, c'est ça, la meilleure ! Il paie lui-même. Il a gagné tellement d'argent avec ses pièces de théâtre ! Ses droits d'auteur, on les a gelés dès 33, ils se trouvent depuis à la Banque populaire de Berlin avec un bon taux d'intérêt. Le voilà, son financement.

La fierté et la satisfaction lui font monter le rouge aux joues.

— Shakespeare, dit Krauß. Lui, il ne se serait pas laissé acheter aussi facilement.

— Par qui donc, monsieur l'acteur d'État ? demande Krämer. Par nous ?

Krauß fronce les sourcils. La question l'a déconcerté.

— Euh, oui. Oui, en effet. Cela dit, Shakespeare aurait… Shakespeare était allemand dans son cœur. Le poète par excellence. L'archipoète. Le Barde. Le cygne de l'Avon.

Tout le monde attend, mais Krauß n'ajoute rien.

Jakob observe les deux jeunes filles qui refont un tour de table avec la soupière et la louche. Se trompe-t-il ou Mitzi regarde-t-elle sans cesse dans la direction de Felix ? Et Gerti n'est-elle pas en train de frôler Boris, si bien que son bras effleure l'arrière de sa tête ? Non, il a dû se tromper. Jakob regarde attentivement Gerti, mais elle ne semble pas le remarquer. Elle verse maintenant de la soupe dans l'assiette de Werner Krauß – "Merci bien, ma belle enfant !" – et regarde un instant dans la direction de Jakob, regarde à travers lui, comme s'il était invisible. Elle émet un gloussement aigu lorsque la main de l'acteur lui caresse le dos et le postérieur à la vue de tous, puis elle recule, fait le tour de la table, regarde Felix et cette fois ce n'est sûrement pas une erreur, elle le fixe vraiment, de ses petits yeux attentifs. Mitzi sort avec la soupière. Gerti la suit avec la louche.

— Oh oh, la jeunesse, dit Krauß. Ça réjouit le cœur. L'âge grisonnant approche à grands pas. Alors cueille le jour. Mon père fut presque centenaire.

— Ma mère est morte le mois dernier, dit papa. À la maison de retraite de Mödling près de Vienne.

— Mes condoléances, dit Krauß. Il ferme les yeux, écoute en lui-même et dit d'une voix soudain nouvelle : "Une fois seulement, l'amour attendrit le maître des ombres, et sur le seuil, sévère, il réclama son cadeau."

Il se tait et fait un mouvement de balancier avec sa main droite, suivant à l'évidence des vers qu'il ne déclame pas, mais pense.

Il s'ensuit alors quelque chose d'étrange : Jakob a l'impression d'entendre les vers lui aussi – pas sous forme de mots, mais de musique douce et triste. Comment est-il possible qu'un homme incapable de produire une pensée ou de terminer une phrase parvienne à cela uniquement grâce à l'expression de son visage et un geste ? On ne peut que fixer ses lèvres murmurant en silence. Jakob comprend qu'il doit mémoriser ce visage, qu'il doit absolument le dessiner.

— Les dieux en pleurent, dit Krauß à voix basse. Et toutes les déesses. La beauté meurt, la perfection périt.

Il se tait, puis il soupire et se remet à manger sa soupe à la cuillère.

Gerti apporte une miche de pain. Elle regarde de nouveau Boris, puis elle tourne la tête vers la porte. Lorsqu'elle sort, Boris recule sa chaise, se lève et quitte la pièce. Dehors, une voiture approche, le gravier crisse sous les freins et, quelques secondes plus tard, la cloche de l'entrée retentit.

— On attend encore quelqu'un ? demande papa.

Jerzabek entre avec deux hommes en manteau de cuir.

— Monsieur Pabst ? demande le premier.

— G. W. Pabst ? demande le deuxième.

Jakob voit que papa est devenu blanc comme un linge.

— On a perdu sa langue ? demande le premier.

— Je suis Wilhelm Pabst, dit papa.

— Elle est comment, Garbo ? Facile ?

— Je me la ferais bien, dit l'autre homme.

— S'cusez-nous, dit le premier. On manque à tous nos devoirs. Karsunke.

— Moi, c'est Basler, dit l'autre.

Papa enlève ses lunettes, se racle la gorge, les remet.

— Que puis-je faire pour vous ?

— Tout doux, Pabst, dit Basler. On ne vire pas ses nerfs.

— Hé ! s'écrie Karsunke en désignant Krauß. Vous êtes Jannings ! Bon sang, Emil Jannings, c'est dingue ! Je suis un fervent admirateur !

— Je suis Werner Krauß, dit Krauß à voix basse.

— Pas grave, dit Karsunke.

Les deux hommes rient.

Jakob les regarde attentivement. Il veut les mémoriser pour les dessiner, ils sont si minces et grands et en bonne santé, et leurs visages sont si vides, comme si leurs yeux n'avaient pas de regard. Il est secrètement jaloux. Être dénué de toute pensée, en pleine forme et très costaud. Comme ça doit être fabuleux.

— Blague à part, dit Karsunke. On ne peut pas rigoler sans arrêt.

— Le sérieux de la vie, dit Basler. Qui de ces messieurs est donc…

Il se tait et regarde son collègue. Celui-ci sort un carnet de sa poche, humidifie son index sur le bout de sa langue et feuillette en plissant les yeux une page, une deuxième et une troisième. Puis il rit et range le carnet.

— Je plaisante, dit Karsunke.

— Faut pas être sérieux comme un pape, dit Basler. C'est pas notre style.

— Kurt Heuser, dit Karsunke. C'est lequel d'entre vous ? Ne parlez pas tous en même temps, s'il vous plaît.

— Le gros lot pour Kurt Heuser, dit Basler.

Jakob voit papa pousser un soupir de soulagement. La tension retombe aussi chez Krauß et les épaules relevées de Wilzek redescendent. Mais le visage du scénariste a rétréci. Il rentre les joues, ses yeux sont écarquillés.

— Moi, dit Heuser.

— Sûr ? demande Karsunke. C'est bien vous, sans l'ombre d'un doute ?

— De quoi s'agit-il ? demande Heuser.

— Ils demandent tous ça, dit Karsunke.

— Toujours, dit Basler.

— Toujours, toujours, toujours, dit Karsunke.

— Alors qu'on ne répond jamais à cette question.

— On dit simplement : Venez avec nous !

— Celui qui n'a rien à cacher n'a pas besoin de s'inquiéter.

— C'est peut-être anodin. Ça arrive.

— Mais pas très souvent.

— Non, pas très souvent. On y va ?

— Maintenant ? demande Heuser.

Les deux rient.

— Ils demandent tous ça aussi, dit Basler. Bon, si on tombe mal, on peut aussi revenir l'année prochaine.

Ils rient de plus belle. À présent, Boris et Felix sourient aussi. Puis le cameraman. Et pour finir, Werner Krauß.

— Donc oui, dit Karsunke. Immédiatement, sur-le-champ. Et dare-dare, sinon on va utiliser d'autres moyens.

— Ça ne traîne pas avec nous, dit Basler. Mais vous n'y tenez pas.

— Cet homme travaille au ministère ! Heuser désigne Kuno Krämer. Vous ne pouvez pas me… comme ça… Vous devez d'abord lui parler !

— Ah bon ? demande Karsunke. Les deux hommes

regardent Krämer. Immobile, celui-ci fixe la table. Quel ministère au juste ?

Krämer se racle la gorge et dit à voix basse :

— Propagande.

— Ah, dit Karsunke. Et vous voulez dire quelque chose ?

— Non, non, dit Krämer sans lever les yeux. Non.

— Vous êtes sûr ? On peut le noter dans notre rapport.

— On fait un rapport ? demande Basler.

— Il y a toujours une première fois.

— Pas la peine, dit Krämer. Tout va bien.

— C'est ce que je pensais, dit Karsunke.

— Heuser ! dit Basler. On y va ?

Heuser se lève.

— Je peux appeler ma femme ?

— Tu connais la réponse, dit Karsunke. Espèce de tas de merde. Viens maintenant et arrête de nous casser les pieds.

Heuser fait le tour de la table d'un pas traînant et se dirige vers la porte. Basler lui met une main sur l'épaule.

Jerzabek demande si ces messieurs désirent manger ou boire quelque chose.

— Hein ? demande Karsunke.

— Répétez, dit Basler. Mais lentement. Personne n'y comprend rien, à ce patois allemand.

Jerzabek affiche un sourire obséquieux et répète le tout aussi distinctement qu'il en est capable.

— C'est gentil, dit Karsunke. Boire quelque chose. Personne n'y a pensé ici ! Nous proposer un truc. Après la longue route.

— Et vous êtes ? demande Basler.

— Karl Jerzabek, chef de la section locale, dit Jerzabek, qui se met au garde-à-vous et lève inutilement la main pour faire le salut hitlérien.

— Vous pouvez nous donner des petits pains, dit Basler. Pour la route.

— Mais oui, dit Karsunke. Ce serait pas mal.

Jerzabek s'évacue par le côté et va en direction de la cuisine d'un pas traînant.

— Bon eh bien, dit Basler. C'est toujours au meilleur moment.

Les voilà qui s'en vont en embarquant Heuser. Jakob se frotte les yeux. Il sent qu'il se passe quelque chose d'étrange : lui qui n'oublie jamais un visage d'habitude, il n'arrive déjà plus à se rappeler à quoi ils ressemblaient. Il ne se rappelle pas non plus leurs voix et l'instant d'après, il ne pourrait même plus dire lequel était Karsunke et lequel Basler.

Tous sont assis en silence. Dehors, on entend des pas crisser sur le gravier, on entend Jerzabek dire "Voilà, messieurs, vos petits pains", on entend une portière claquer trois fois, le moteur démarrer, les pneus se mettre en mouvement. Puis le bruit du moteur diminue. Puis on entend à nouveau les oiseaux et le vent.

— Pour en revenir à la danse de Saint-Guy, finit par dire Stephan. Je ne crois vraiment pas qu'une journée va suffire pour cette scène.

— Vous allez voir, dit papa. J'y arriverai.

— Pourquoi est-ce que… Wilzek se tait. Il se frotte le front. Je veux dire… pourquoi est-ce qu'ils l'ont… ?

— Sûrement un malentendu, dit papa. Ça va se clarifier.

— Heuser a toujours eu des difficultés, dit le cameraman. Mais jamais rien de grave jusqu'à présent.

— J'ai besoin de lui, dit Pabst. Krämer, il ne faut pas qu'il… Vous vous en chargez, d'accord ? Qu'il ne vienne pas à manquer !

— Il a eu sans cesse des difficultés, répète le cameraman.

— Un type récalcitrant, dit Krauß. Il était censé écrire ce film dans lequel j'ai joué, le ministre le voulait absolument, mais il a tout bonnement refusé. Moi je dis, chacun fait ce qu'il veut, mais après, il ne faut pas s'étonner.

— Vous voulez parler du *Juif Süss* ? demande papa.

— Exactement ! On peut tout à fait dire non. Mais dans ce cas, faut pas s'étonner.

— Vous aussi, vous auriez pu dire non, dit Wilzek.

— Six Juifs, tous différents, et je les ai tous ! Joués ! Différemment ! Tous ! Différemment ! Pour un acteur, ça ne se… Vous l'avez vu ?

— Je crois que nous avons tous vu *Le Juif Süss*, monsieur l'acteur d'État.

— Ils ont sans doute un nouveau contrat pour lui, dit Krauß. Et on veut s'assurer qu'il ne va pas, une fois de plus, dire non ! Voilà tout !

Papa tape dans ses mains et se lève.

— Alors au travail, les enfants ! On doit encore parcourir la deuxième partie.

— Sans auteur ? demande Stephan.

— Comme je disais, au cinéma on est toujours en situation d'urgence. Et on y arrive quand même.

Tout le monde se lève.

— Où est Boris ? chuchote Felix à l'oreille de Jakob. Jakob hausse les épaules car il s'en doute, mais il ne veut pas en parler, il ne veut pas le savoir et il ne veut pas non plus imaginer la chose.

— Jakob, dit papa qui l'appelle à lui. Il s'arrête. Lorsque tous les autres sont sortis, papa lui demande à voix basse : Ça t'a effrayé ?

Jakob ne répond pas.

— Ça va se clarifier, dit papa. Ils vont vite le relâcher, tu vas voir. C'est sûrement un malentendu.

— Comment ça, effrayé ?

Son père le regarde d'un air déconcerté. Jakob remarque que, pour la première fois, ils ont exactement la même taille.

— Je ne sais rien de cet homme, dit Jakob. Mais il doit bien y avoir une raison. Sinon ils ne seraient pas venus.

Son père replie ses lunettes en silence et les remet dans sa poche de poitrine.

— Ce sont les meilleurs hommes du Reich. Ils savent ce qu'ils font.

Son père le regarde, les sourcils relevés et froncés, comme s'il fixait une lumière aveuglante.

— Qu'est-ce qui t'a pris d'écrire un scénario avec quelqu'un comme ça ?

— Quelqu'un comme ça ? Papa recule d'un pas. On dirait qu'il veut dire quelque chose. Mais il ne dit rien. Est-ce que tu aimerais assister à la réunion ? finit-il par demander. Ça peut être intéressant si tu veux aussi travailler dans le cinéma un jour.

— Mais je ne veux pas. Je veux faire quelque chose pour aider mon peuple dans son combat. Il y a plus important que les films. Ne le prends pas mal.

Papa regarde derrière son épaule comme pour vérifier qu'il n'y a pas, derrière son fils, quelqu'un qui parle à sa place.

— Nous croyons au sacrifice, dit Jakob. Nous ne voulons plus être célèbres ou riches. Nous voulons être là pour l'essentiel, nous voulons nous battre, et s'il le faut, nous sommes prêts à mourir pour quelque chose de plus grand que nous. Pour le Reich et notre Führer. Avec un peu de chance, Felix, Boris et moi, on portera l'uniforme avant la fin de l'année.

— Tu portes déjà l'uniforme.

— Je parle de la vraie armée. La Wehrmacht.

Sur le visage de papa, il s'est produit quelque chose que Jakob n'a encore jamais vu auparavant. Les muscles autour de la bouche et des yeux se sont affaissés, les joues sont tombées, le regard a perdu sa force. Soudain, Jakob voit à quoi ressemblera son père quand il sera un vieil homme.

— N'interprète pas mal mes propos, dit Jakob. J'ai beaucoup de respect. Le peuple a besoin de films. Il faut le divertir et l'instruire.

Papa se détourne et monte l'escalier. Il a les épaules tombantes, comme s'il portait deux grosses valises.

Trude se réveille en sursaut. Toujours ces rêves. Tu t'assoupis, mais le sommeil ne te protège jamais longtemps et te revoilà déjà dans le monde des gens réels et des choses tangibles, où tout est bien pire.

Elle regarde le plafond. Une mince fissure traverse le gris. Combien de temps a-t-elle déjà passé à la fixer ? On reste allongée là, les yeux au plafond, avec une tension dans la poitrine, une douleur sourde dans le ventre, un élancement dans le genou droit et le coude gauche, en écoutant le râle de son propre souffle et le sifflement incessant dans ses oreilles, qu'on oublie par instants seulement, et sur la langue l'arrière-goût amer du vin blanc, avec en prime tous les bruits du bâtiment, y compris les voix venant de la salle à manger.

Parfois, quand elle reste là, les yeux fermés, elle perçoit même le vrombissement des escadrons. Ils sont très loin – mais si grands et composés d'une telle quantité de moteurs et d'hélices qu'on les entend jusqu'ici.

C'est à ces engins qu'elle a pensé quand elle était assise à côté de Wilhelm à la première des *Comédiens* : Käthe Dorsch a si bien parlé, Henny Porten a écarté les doigts avec une telle élégance et Hilde Krahl a baissé la tête dans un mélange de gentillesse et de douceur candide, en soupirant avec une profonde humilité. À un moment donné, Trude n'a pas pu se retenir : des sanglots sont montés en elle, ses épaules ont tressailli, les larmes ont coulé sur son visage et Wilhelm, croyant qu'elle pleurait le destin tragique de la directrice dans le film, lui a pris la main et comme elle n'arrivait toujours pas à s'arrêter au bout de plusieurs minutes, il lui a tendu avec fierté son mouchoir en soie.

Le lendemain de la première, ils étaient sur un sentier dans la forêt brumeuse de Grunewald. S'ils sont venus ici, ce n'est pas pour la nature qui, aux environs de Berlin, est généralement grise, boueuse et oppressante, avec de l'herbe minable et noirâtre, des arbres tordus, mais pour parler librement. Dans l'appartement, on ne peut pas car les cloisons sont fines et les voisins attentifs, et chez eux au château, où règne le concierge, c'est impossible de toute façon. Parfois, elle a même l'impression que le concierge voyage avec eux, qu'il marche derrière elle dans la rue à Berlin ou qu'il est tapi dans un recoin de la montée d'escalier, qu'il n'existe plus un seul instant sans Jerzabek dans les parages, effectuant sa garde, à l'affût, le souffle lourd.

À l'époque, dans la forêt, elle a tout dit.

Il s'est tu un moment. Ça l'a touché plus durement qu'elle ne s'y attendait.

— Tu as raison, a-t-il fini par dire. Mais seulement à moitié. Car tout cela va passer. L'art, lui, va rester.

— Et quand bien même. S'il reste, le… l'art. N'en reste-t-il pas souillé ? Ensanglanté et crasseux ?

Oui, cette fois-là, elle l'a vraiment ébranlé. Il avait l'air froissé, secoué, réellement blessé.

— Et la Renaissance ? Qu'en est-il des Borgia et de leurs empoisonnements, de Shakespeare, qui a dû s'arranger avec Élisabeth ? On peut écrire seul des poèmes, on peut peindre seul des tableaux, mais des films ? Ça nécessite toujours le pouvoir et l'argent. Une grosse machinerie pour chaque film. Tu sais bien que je ne suis pas ici de plein gré, mais…

— Est-ce que je le sais ?

— On est rentrés pour maman, la guerre a soudain éclaté et après ma chute de l'échelle, j'étais coincé !

— C'est l'histoire que tu racontes maintenant ?

— Elle n'est pas juste ?

— Elle est juste comme n'importe quelle histoire. Kuno Krämer a dit que déjà en Amérique, il t'avait proposé…

— Et je l'ai chassé ! J'ai menacé de le frapper !

— As-tu déjà frappé qui que ce soit dans ta vie ?

— Qu'est-ce que ça veut dire ?

— À l'époque où on est venus en Autriche, au château, voir ta mère, avant que tu tombes de l'échelle. L'échelle que Jerzabek a, paraît-il, secouée. Avant que ça n'arrive, voulais-tu vraiment rentrer à Hollywood ? Chez des producteurs ignorant qui est Pabst, des gens qui te refilent des scénarios médiocres et pour lesquels tu pourrais peut-être travailler comme assistant au service de quelqu'un qui, récemment encore, était ton propre assistant ? C'est ça que tu voulais ?

Il s'est tu un instant et il s'est frotté le front comme il le fait toujours. Leur souffle s'est élevé en petits nuages de vapeur dans l'air automnal.

— Ce n'est peut-être pas si important, ce qu'on veut. L'important, c'est de faire de l'art dans les circonstances données. Voilà les miennes. Tu sais, elles ne sont pas si mauvaises ! J'ai de bons scénarios, de gros budgets et les meilleurs acteurs. *Les Comédiens* est mon meilleur film depuis longtemps, *Paracelse* surpassera tout ce que Lang tourne là-bas. On verra encore *Paracelse* dans cinquante ans, quand ce cauchemar sera oublié depuis longtemps !

Croyant l'avoir convaincue, il a posé la main sur sa joue avec un sourire reconnaissant. Ils sont restés là, l'un en face de l'autre, dans la bruine naissante, sous le bruissement des arbres tordus, et ils se sont regardés dans les yeux – lui d'un air interrogateur, elle inerte de désespoir.

Elle ressent cette inertie encore maintenant dans son lit, comme si elle était enfermée dans son corps. Les pensées ne peuvent pas quitter le corps, elles ne peuvent pas sortir, elles restent accrochées aux articulations douloureuses, à l'élancement derrière le front, au sifflement dans la poitrine, au goût amer dans la bouche. Ses oreilles perçoivent alors le bruit d'une voiture et d'hommes qui arrivent en bas, on entend leurs voix. Ils parlent d'un ton plus fort et plus ferme qu'on ne le fait lors d'une visite de courtoisie, ça ne promet rien de bon. Mais si on ne bouge pas, qu'on se contente d'écouter en faisant abstraction de tout, c'est comme si on n'était pas vraiment là, comme si le monde suivait son cours tout seul et qu'on n'existait pas.

Les hommes parlent si fort qu'on pourrait même comprendre ce qu'ils disent – mais des bruits juste devant la porte de sa chambre couvrent tout : quelque chose monte l'escalier, des gloussements et des murmures, puis une empoignade furieuse et lubrique, une des filles Jerzabek et un jeune homme qu'elle ne connaît pas. À moins que… ?

Non, pense-t-elle avec soulagement, ce n'est pas la voix de Jakob, Dieu merci. Deux corps s'écrasent violemment contre le mur, les planches gémissent, puis un cri aigu, puis un rire. Une porte s'ouvre et se referme, puis de nouveau les voix d'en bas, provenant cette fois du hall d'entrée.

— Je peux lui écrire quelques lignes ? demande un homme. Ma femme ne sait pas du tout où…

Un coup sourd, il se tait. Le portail grince et, quelques secondes plus tard à peine, le moteur démarre.

Ouvre les yeux. La fissure au plafond. La cruche sur la table de nuit, le verre vide. Prépare-toi. Tu vas bientôt entendre quelque chose. Le silence ne dure jamais longtemps.

Oui, ils recommencent à parler. D'abord l'un, puis l'autre, puis un troisième, puis la voix de Wilhelm, calme et sûre d'elle. Il est donc encore ici. Ils ont embarqué quelqu'un d'autre.

Ferme les yeux. Il va le tourner, son film de qualité. Un de plus sur la liste de ses bons films. Quand il sera terminé, il va enfiler son costume et tu vas lui faire son nœud papillon parce qu'il en est toujours incapable, même après toutes ces premières. Tu mettras une robe noire, sans doute neuve, avec des plis en soie et une longue traîne, une maquilleuse du plateau viendra à l'hôtel pour faire onduler tes cheveux sur son fer à friser, puis tu t'avanceras sur le tapis à son bras, longeant les colonnes lumineuses des projecteurs dressés vers le haut, qu'ils aiment tant ici, et au cas où tu l'oublies, il te rappellera à voix basse de sourire.

En imaginant la scène, elle sent qu'une partie de sa conscience est bel et bien en train de retomber dans le sommeil : ils traversent une salle de cinéma, passent devant des rideaux pourpres, un homme en uniforme serre vigoureusement la main de Georg, les voici assis, le film commence et sur l'écran, un bonhomme balance les bras et les jambes, tire la langue et les regarde de haut avec une méchanceté invincible, son effroi déchire le sommeil et elle se retrouve dans sa chambre, le cœur battant.

Il fait sombre. Ce doit être la nuit. Combien de temps a-t-elle dormi ? Ça lui arrive de plus en plus souvent, on croit que ce ne sont que quelques secondes et tout d'un coup, cela fait des heures. C'est peut-être lié à la migraine, ou au vin.

Des ronflements provenant de plusieurs directions. On peut même reconnaître ceux de Wilhelm, ils viennent de la chambre de gauche, où il dort seul désormais. Dans la chambre de droite, quelqu'un qu'elle ne connaît pas ronfle, ainsi que de l'autre côté du couloir.

Elle allume la lumière, s'assoit, verse avec hésitation l'eau de la cruche dans le verre vide. Au moment où elle s'apprête à boire, elle remarque une mouche. Les ailes déployées, elle flotte dans l'eau, ses pattes tremblent, elle bourdonne doucement.

Écœurée, Trude repose le verre. Une douleur aiguë bat derrière sa tempe. Assoiffée, elle retombe sur son oreiller.

Elle sait qu'une longue nuit l'attend. Quelle heure peut-il bien être ? C'est presque toujours la même chose : on se traîne dans la journée et la nuit, on est totalement éveillée et on regarde les heures s'étirer. Une vient de passer, c'est déjà ça. Tu es encore en vie, Jakob est encore en vie, Wilhelm aussi. Ce n'est pas rien.

Elle éteint la lumière et cherche le verre à tâtons. Elle a l'impression tenace d'avoir oublié quelque chose.

En soupirant, elle s'assoit et boit.

Dans son ancienne chambre d'enfant, Jakob est éveillé. Sur le sol se trouvent deux lits provisoires : un matelas fin, deux coussins, deux couvertures, mais il n'y en a qu'un seul allongé là. Felix ronfle doucement. La lune blême flotte au bord de la fenêtre. Jakob se demande pourquoi il est si en colère. Allongé, il fixe la fenêtre et tend l'oreille.

À un moment, la porte s'ouvre. Quelqu'un entre en silence. C'est Boris.

— Et ? demande Jakob.

Comme enivré, Boris va vers la table de toilette. Il retire sa chemise, prend un gant, le plonge dans l'eau et commence à se frictionner.

— Alors ? demande Jakob.

Il sait ce qui doit se passer maintenant – ce moment a son propre rituel. Lorsqu'on était avec une fille pour la première fois, il faut le dire aux autres garçons, afficher un sourire gras, raconter qu'elle a supplié et qu'on lui a donné ce qu'elle voulait, quoi que ça signifie. Jakob n'a jamais été avec une fille.

— Alors ? redemande Jakob.

Le rituel le répugne, d'autant qu'il sait que Gerti n'a emmené son camarade d'école Boris qu'à cause de lui – pour l'énerver. Mais comment l'expliquer à quiconque ! Lui-même ne comprend pas. En aucun cas, il ne voudrait approcher Gerti. Malgré tout, ça l'agace profondément.

Boris le regarde. La lueur de la lune donne à son visage une pâleur fantomatique.

— Elle… Boris se tait. Puis il reprend. Elle s'appelle comment ?

— Tu ne le sais pas ?

— Elle ne me l'a pas dit.

— C'était Gerti.

Boris s'assoit par terre et se met à pleurer doucement.

Felix murmure dans son sommeil. L'espace d'un instant, on dirait qu'il va se réveiller. Puis il se retourne et continue de dormir.

Jakob voit très distinctement dans la lumière froide et blanche les larmes couler sur le visage de Boris. Il comprend que Boris ne lui pardonnera jamais de l'avoir vu ainsi. À partir de maintenant, leur amitié est terminée.

— Qu'est-ce qu'elle t'a fait ?

Comme un animal battu, Boris rampe sous la couverture à côté de Felix. Jakob attend. Mais Boris ne bouge plus.

Jakob se laisse alors retomber dans son lit, son vieux lit d'enfant où il dormait déjà à l'âge de quatre ans. Malgré lui, il s'endort au bout de quelques minutes parce que la journée était longue, le voyage fatigant et surtout parce qu'il est encore jeune.

À son réveil tôt le lendemain matin, il se rappelle qu'il a rêvé d'une mouche se débattant dans un verre d'eau, puis d'une première dans un cinéma rempli de gens. Seul Felix repose sur le matelas à côté de lui. Boris est parti. Il a préparé son sac à dos dans la nuit et il s'est mis en route à pied, sans message ni mot d'adieu.

JEUX D'OMBRE

Lorsque mon Virgile, mon guide au royaume des morts, envers lequel je ressentais presque de l'affection désormais, ce qui était sans doute dû au fait que nous autres enfants de l'humanité sommes des créatures si craintives que nous nous mettons à aimer n'importe quel fauve en compagnie duquel nous passons quelque temps sans nous faire ingurgiter, m'informa que nous irions non seulement à Salzbourg, mais en prime à une première, qu'il me serait donc donné d'assister comme témoin au moment où un film authentiquement teutonique verrait le jour, je fus moi-même surpris d'éprouver un doux élan totalement inattendu d'une curiosité si dénuée de dégoût qu'il ne serait pas entièrement faux de la nommer joie anticipée.

C'était en lien avec le nom de Pabst. J'avais vu comme tout le monde sa *Loulou*, un film d'une telle sensualité rageuse que dans la salle, j'eus le souffle coupé à la vue des méchancetés qu'une femme à l'air parfaitement innocent faisait subir à une série d'hommes avides. Je ne suis pas, de façon générale, intéressé par les soi-disant charmes du soi-disant beau sexe, mais ce film-là aurait pu inciter un éléphant à aimer les femmes ; bref, un invité involontaire du Reich millénaire, tel que je l'étais devenu, s'attendait certes à un certain nombre de choses Ici même, mais pas à la première d'une nouvelle œuvre de Pabst.

— Que me vaut cet honneur ? lui avais-je demandé. Tout ce long chemin à travers ce pays désolé, en pleine guerre ? Je sais bien, Krämer, mon vieux, que votre vie privée n'est pas exactement bénie, mais vous devriez quand même être en mesure d'organiser un rendez-vous plus intéressant qu'avec un pensionnaire vieillissant d'un internat britannique !

— Nous avons besoin de vous là-bas, avait-il dit, non sans jeter à terre un regard vexé, subséquent à ma remarque sur sa vie privée. C'est une grande première. Il nous faut un public international, une aura cosmopolite.

— Quel rapport avec moi ?

— En ce moment, nous ne sommes pas bien pourvus en personnalités mondialement connues. Les étrangers ne viennent plus, les nôtres ont quitté le pays.

— À l'instar de Marlene.

Son regard se voila comme s'il avait une rage de dents, mais il parvint à hocher la tête et à dire "par exemple".

— J'ai déjà fait sa connaissance. Elle était venue en compagnie de Noël et d'un romancier allemand, vous savez bien, l'auteur du best-seller sur la guerre mondiale, chez *Sardi's*. Je l'ai trouvée très allemande, de la façon la plus charmante qui soit. Si j'avais eu des chaussettes trouées, elle me les aurait reprisées sur place, comme une bonne mère. Mais sérieusement, mon vieux, si vous dépendez de moi pour votre aura cosmopolite, je vous plains. Je crois que je vais m'abstenir et rester à l'*Adlon*.

— Ce serait un grand honneur pour nous si vous veniez.

— L'honneur serait énormément de mon côté, mon vieux, mais j'y renonce, la mort dans l'âme.

— J'ai l'impression tenace que vous oubliez un petit détail.

— Lequel ?

— Vous êtes prisonnier de guerre.

J'hésitai un moment avant de reposer mon cigare aimablement procuré par ses soins et véritablement exquis, pour lui répondre :

— On m'a déjà fait subir toutes sortes de représailles pour m'empêcher de dépérir à la maison. Vous étiez à Hollywood, vous avez peut-être fait la connaissance de Mary Dousey, l'intimidante porte-parole de chez MGM. Nous avions coutume de dire : “Mary est comme un général allemand”, mais je vais devoir réfuter cette affirmation. Seuls les généraux allemands sont comme un général allemand.

J'hésitai, fixai la tête dégarnie de mon Virgile d'un air interrogateur en lui demandant : Ou bien était-ce une plaisanterie ? Ce n'est pas exclu, les Allemands plaisantent aussi, mais on n'en est jamais sûr. Alors je vous en prie, mon chérissime, si vous êtes en train de pratiquer l'humour allemand avec moi, faites-le-moi savoir !

Mais ce n'était pas de l'humour allemand, voilà pourquoi lui et moi, nous longions maintenant le décor un tantinet kitsch de la ville alpine de Salzbourg : des rochers abrupts, un château immense surplombant une pléthore de clochers baroques à bulbe. Qui était croyant au point de vouloir fréquenter autant d'églises, alors qu'une seule messe était déjà si morne ; les dieux du Mexique buvaient jadis du sang, le Dieu catholique, lui, tient à nous faire mourir d'ennui – une remarque qui, tandis qu'il me répliquait en toute sérénité que l'État national-socialiste était bien entendu moderne et anticlérical, ne parvint pas à choquer outre mesure mon pauvre cicérone. En mon for intérieur, je trouvais néanmoins revigorant qu'il me soit permis de me retrouver dans cette province ceinte de montagnes, loin des bombardements, sur un sol intact – cela me semblait totalement irréel, tel un beau rêve soudain exaucé, sauf qu'il s'agissait évidemment d'un mauvais rêve et même d'un cauchemar car dans un monde où les rêves se réaliseraient, je serais évidemment à la même seconde de retour en Angleterre ou, mieux encore, chez *Sardi's* sur Broadway, loin du royaume des preux qui, en fin de compte, enserrait également cette ville baroque de confiseurs.

Et pourtant, me dis-je, alors que nous arrivions devant un hôtel appelé *Le Cerf doré* – quoi d'autre ! –, je n'avais nul droit de me plaindre : tant de gens avaient été tués, on s'était contenté de me caser à l'*Adlon*. En outre, me dis-je en approfondissant la question – car je divague toujours ainsi, c'est amusant et ne coûte pas grand-chose –, j'avais de bonnes chances que mes compatriotes, dont j'espérais qu'ils prenaient plaisir à écouter mes contributions radiophoniques, comprennent que je les rédigeais uniquement sous la plus grande contrainte : j'y avais inséré une quantité d'allusions infimes, des renvois et des signes et des ombres et des symboles qu'aucun Allemand ne pourrait remarquer ni aucun Anglais ignorer.

Réfléchissant à ces choses-là et d'autres encore, j'allumai un deuxième cigare, là-bas au *Cerf doré*, je me rasai, fis mon nœud papillon et enfilai, dans cet ordre, mon pantalon et ma ceinture de smoking et mon gilet et ma veste. C'était un de mes costumes Savile Row, qu'ils avaient réellement récupéré dans ma maison pillée en Belgique avant de lui faire traverser toute l'Europe avec mes chaussures vernies de chez McLarrister – en pleine guerre, juste à cause d'une première ! Si ces gens n'étaient pas l'incarnation du Mal, on serait souvent tenté d'être impressionné par leur manie du détail superflu. On avait même repassé mon costume et astiqué mes chaussures avant de les placer devant la porte de ma chambre relativement modeste, il faut bien le dire. Une fois habillé, je me contemplai dans le miroir. Un monsieur un rien absurde à la moustache poivre et sel me scrutait d'un œil critique. En faisant abstraction du fait que j'avais l'air un peu plus vieux que récemment, on pouvait sans doute me qualifier, sans trop déformer la vérité, d'élégante apparition.

Mon vigilant cicérone attendait dans le hall. Le pauvre n'avait jamais pu se fournir chez Savile Row, d'où son air ébouriffé et cabossé de bouledogue mélancolique.

— Nous sommes en retard ! s'écria-t-il d'un ton réprobateur.

— Mon vieux, il y a certaines choses que même un Reich millénaire ne peut pas changer. N'importe quelle première commence avec du retard. En temps de guerre comme en temps de paix, au ciel et en enfer. Nul ne peut inciter des acteurs sur le tapis rouge à s'en tenir à l'horaire.

Nous marchions pour ainsi dire en tête à tête, lui et son gentleman perdu, moi et mon triste gardien, dans les vieilles ruelles – l'éclairage public était presque aveuglant lorsqu'on était habitué au black-out berlinois. Nous avancions sur des pavés, traversions des passages souterrains en pierre, longions des fontaines et des églises, des églises et encore des églises, puis nous tournâmes à l'angle et là, sur une vaste place, trônait dans une profusion de pierres illuminées le prétendu palais des festivals.

Devant l'entrée, quelqu'un avait braqué des projecteurs vers le ciel, créant des colonnes lumineuses, exactement comme dans les films sur les congrès du parti qui, eux, en comptaient une centaine et non trois – ou plutôt quatre, mais l'un d'eux était cassé, si bien que deux colonnes imposantes s'alignaient, suivies d'une troisième à quelque distance, tel un creux entre les dents. Sur une affiche gigantesque, le mot *Paracelse* s'étalait à côté du visage du célèbre Werner Krauß, affichant en bon acteur un air des plus sérieux. En dessous, tout ce qui constitue une première depuis la création du monde : tapis pourpre, barrières, photographes. Dans le crépitement effervescent et phosphorescent des flashs, quelques personnes inconnues de moi paradaient en tenue de gala, l'air important, sûrement les acteurs du film. Mais Werner Krauß ne faisait pas partie du lot, étant sans doute en train de tourner d'autres films à d'autres endroits.

— Vous aussi, dit mon Virgile. Devant les photographes, s'il vous plaît !

— Allons donc, mon vieux, votre proposition n'est pas sérieuse !

— Ce n'est pas une proposition.

L'air flegmatique, le menton relevé, un petit sourire ironique sur les lèvres, je m'avançai donc devant les objectifs. Non que quiconque sache qui j'étais, mais comme ils supposaient que, si je pouvais rester de ce côté-ci de la barrière sans que les forces de sécurité n'interviennent, je devais être quelqu'un d'important, ils me mitraillèrent sous tous les angles. À côté de moi, deux acteurs me regardaient, visiblement mécontents et jaloux. Je tins bon, comptai lentement jusqu'à vingt-quatre et allai d'un pas mesuré jusqu'au bout du tapis, puis à l'intérieur du foyer tendrement décoré de niaiseries moyenâgeuses.

Juste derrière la porte, un groupe de fumeurs entourait un monsieur à lunettes.

— Pabst ! m'écriai-je. Quelle joie de vous rencontrer, mon vieux ! Nous ne nous connaissons pas encore, je suis un grand admirateur.

Il me regarda de ses yeux écarquillés, bouche bée, dans son visage se dessinèrent la surprise, la curiosité et un léger effroi. Sans doute se croyait-il compromis par le fait que je m'adressais à lui en anglais ; il était sans doute en train de se demander, aussi vite que possible, s'il m'avait bien compris.

Je m'apprêtais à disparaître à regret de son champ de vision lorsqu'il vint vers moi avec le sourire soudain le plus ouvert et le plus aimable que j'aie vu depuis un certain temps. De toute évidence, il m'avait reconnu, ce qui me réjouit par simple désir de gloire car j'adore être reconnu, de préférence par d'autres personnes célèbres.

D'après ce qu'il avait entendu dire, j'habitais maintenant à Berlin, et qu'en était-il du jour ici, n'est-ce pas ?

Il me fallut un instant pour surmonter mon étonnement à l'idée qu'un homme du monde tel que lui parle aussi mal anglais. N'avait-il pas travaillé récemment à Hollywood ? Je décidai qu'il avait dû me demander ce qui m'amenait à Salzbourg.

— Eh bien, vous ! m'écriai-je. C'est pour votre film que je suis ici !

Là, il comprit aussitôt et répondit qu'il ne fallait pas accorder trop d'importance au mauvais temps et comme cette fois, je n'avais vraiment pas la moindre idée de ce qu'il avait voulu dire, je me contentai d'acquiescer et de dire :

— C'est bien, mon vieux, continuez comme ça !

Il me présenta aux messieurs qui l'entouraient : voilà son assistant, voilà le cameraman, voilà le décrotteur – il voulait sans doute dire le décorateur –, voilà le responsable des lumières. Il cita des noms imprononçables que ma mémoire ne tenta pas de retenir. Et voilà, dit-il en tirant vers lui une jolie femme en robe de soirée à l'air enrhumé, mon épouse ! Je m'inclinai, son regard vague me traversa, elle se tenait un rien penchée. Sauf erreur de ma part, elle était ivre.

Mon Virgile posa une main molle, pour ainsi dire faible, mais aussi collante, à plat sur mon avant-bras. À l'évidence, cela ne lui convenait pas que je m'entretienne avec le réalisateur. Je sentis qu'il voulait m'entraîner doucement, or cela ne fit que réveiller en moi les derniers et pitoyables vestiges de mon esprit rebelle, si bien que je résistai et dis à Mme Pabst, sans le moindre espoir qu'elle me comprenne :

— Quelle chance que l'on produise encore des films. On pourrait presque croire que le monde ne s'est pas écroulé.

— On en produit même d'excellents, répondit-elle. Un État comme celui-ci est parfaitement adapté pour le cinéma. Peut-être plus que n'importe quel autre dans l'histoire.

— À l'exception de Sparte ? suggérai-je.

— Sparte avait des caméras médiocres.

— C'est vrai. Des lentilles en terre cuite. Une catastrophe.

— Des bobines en bronze !

— Et le pire : rien que des péplums !

Nous nous sommes regardés avec une hilarité lasse. Ce n'était pas très drôle, mais un meilleur humour n'était pas possible dans ces conditions.

— Puisque vous parlez si bien anglais, vous n'auriez pas pu en enseigner un peu à votre cher époux ?

— Ce n'est pas faute d'avoir essayé.

— Dommage.

— À qui le dites-vous. S'il avait appris l'anglais, nous ne serions peut-être pas…

Elle regarda autour d'elle et fit un geste me laissant deviner la suite. Je penchais la tête pour lui signaler que j'avais compris, puis j'abandonnai toute résistance et me laissai entraîner par mon vigilant chien de garde dans les profondeurs du foyer.

— Pourquoi est-ce que la première a lieu à Salzbourg, au juste ?

— Les premières, nous les faisons désormais ici ou à Prague. Pas de bombardements, pas de black-out.

— Et sans doute pas de mauvaises critiques ?

— Les critiques ? Des papiers subversifs ! Un genre juif dont personne n'a besoin. Chez nous, on a remplacé ça par la contemplation artistique ! Voyez plutôt. Il arrêta un homme élancé à lunettes en disant : Permettez-moi de vous présenter Guido Merwetz. Autrefois un critique craint. Aujourd'hui un descripteur subtil.

L'homme, qui ne comprenait visiblement pas l'anglais, nous regardait en alternance, d'un air gentiment inquiet. Il semblait deviner la fonction de mon cerbère, et le fait que ce dernier parle de lui dans une langue étrangère avec un monsieur tout aussi étranger, mais intelligent, sympathique, extrêmement séduisant et très bien vêtu en prime, lui causait clairement du souci.

Mon Virgile, quant à lui, se régalait de la situation.

— Il décrit le début, le milieu, la fin, expliqua-t-il. Le physique des acteurs, parfois la belle nature dans laquelle ils se trouvent ! Il décrit jusqu'à ce que ses doigts saignent ! Il posa sa main gauche – celle qu'il n'utilisait pas pour me retenir –, sur l'épaule du pauvre scribouillard, qui afficha un sourire aimable et forcé. Il n'a même pas le droit d'écrire qu'un acteur est bon ! Car ce serait déjà de la critique et cela… expliquerait ? intriguerait… ?

— Impliquerait, dis-je.

— Merci. Impliquerait que l'acteur est *susceptible* d'être mauvais. Mais comment serait-ce possible ? C'est le ministère qui produit ces films, donc ils sont forcément excellents !

Il se tourna vers le descripteur artistique, tous deux partirent d'un petit rire allemand, l'un gai, l'autre un tantinet pincé.

— Il ne s'attendait pas à cela, dit mon cerbère. Dès le lendemain de l'Anschluss, il a éjecté son chef, le professeur Kornsteiner, au sens propre, c'est-à-dire par la fenêtre du bureau. Lui-même voulait être aussi autoritaire et méchant et craint que Kornsteiner et il faillit réussir pendant quelques années, après quoi le nouveau règlement est arrivé – désormais, on se contente de décrire !

Il ajouta quelque chose en allemand, l'homme pâlit et posa une question, mais mon Virgile, qui avait visiblement déjà perdu tout intérêt, passa son chemin en m'entraînant.

Nous nous faufilâmes à travers une foule devenue très compacte. Quelques robes de soirée étaient d'un bon goût étonnant, beaucoup d'hommes portaient des vestes en loden avec ce pauvre symbole solaire indien terriblement malmené, davantage d'hommes portaient l'uniforme, quelques-uns étaient en costume, je vis même trois ou quatre redingotes dans le style d'autrefois.

Près de la porte menant à la salle de cinéma se tenait une femme singulièrement effrayante. Elle avait un regard méchant et affichait des dents très blanches. Sa peau semblait coulée dans du plastique.

— Oui, c'est bien elle, dit mon gardien avant même que j'aie formulé la question.

— Elle a fait toute cette route depuis Berlin, elle aussi ?

— Elle tourne *Tiefland* en Bavière. Elle a fait reconstruire tout un village espagnol.

— La presse en parlait déjà il y a deux ans.

— C'est un très grand film. Cela nécessite beaucoup de temps.

— Vous voulez bien me présenter ?

Il ignora ma question. Sans nous arrêter, nous passâmes si près d'elle que je sentis son parfum. Ma vie entière, songeai-je, je pourrais raconter que je l'avais vue et flairée d'aussi près, tandis que la possibilité qu'elle aurait eue de faire la même chose et de pouvoir raconter, une vie durant, qu'elle m'avait vu, venait de lui être enlevée par le simple fait que personne ne l'informa de l'identité de cet homme élégant qui venait de la frôler.

Un sémillant placeur qui feignait de ne pas savoir interpréter mes regards nous conduisit à nos plutôt très bonnes places : cinquième rang, un peu à gauche du milieu. Beaucoup de gens étaient déjà assis, si bien que nous dûmes nous glisser devant leurs genoux en bredouillant des excuses. Tous hochèrent brièvement la tête en souriant et firent ces gestes signifiant qu'un dérangement est déjà pardonné et oublié au moment où il a lieu. Quelle société civilisée nous étions !

Le dernier homme devant lequel je dus me faufiler ne souriait pas, lui. Il émit un son grave, à mi-chemin entre le grognement et le grondement, puis il leva les yeux vers moi, méchamment vexé, tandis que j'escaladai ses genoux pointus et, laissant une place entre nous pour mon cerbère, m'affalai sur mon siège. C'était un petit homme, chauve également et portant des lunettes noires en écaille. Ne tournons pas autour du pot, il ressemblait étonnamment et en tout point à une grenouille douée de la parole.

— Lui, j'aimerais bien vous le présenter, dit mon cerbère en s'asseyant. Voici un collègue à vous très apprécié dans ce pays, l'auteur du roman à succès *Schmiedecke, ami du parti*. Il réfléchit. Ou *membre du parti*, ce serait sans doute une meilleure traduction, *Schmiedecke, membre du parti*. Il se tourna vers l'homme-bouledogue à sa gauche, qui nous regardait avec une rage silencieuse et bouillante, sans doute parce que nous conversions dans la langue de l'ennemi, puis il lui dit quelque chose en allemand.

Leur ressemblance me frappa. Tous les deux petits, tous les deux frappés de calvitie, mais en comparaison de l'homme de lettres qui était en train d'aboyer sa réponse, mon gardien avait un je-ne-sais-quoi de réellement sympathique.

— Que dit-il, au juste ?

— Il dit qu'il connaît votre nom. Et que, même avant que vous ne soyez interdit de publication, il n'aurait jamais touché de sa vie à un de vos livres.

— Je comprends. Si je pouvais les écrire sans devoir les lire au passage, j'en remercierais le Seigneur.

Le collègue allemand continua de parler, les sourcils froncés, soulignant de temps à autre ses phrases par de brefs martèlements de la main droite. Comme c'était un rien ennuyeux et pesant, je me détournai et détaillai la salle du regard.

Les rangées étaient déjà remplies, dans l'allée centrale le réalisateur et sa femme rejoignaient lentement leurs places, sans doute au quatrième rang, là où les réalisateurs s'installent en général pour leurs premières. Il hochait la tête vers la droite et la gauche et, lorsqu'un officier lourdement décoré leva le bras devant lui d'un geste saccadé, il fit de même avec nonchalance et rapidité.

— M. Karrasch vient de préciser les raisons pour lesquelles il ne vous lirait pas, et pas seulement parce que vous êtes anglais. Il ne lirait, dit-il, jamais d'auteur anglais par principe mais, même dans le cas contraire, vous ne feriez certainement pas partie des Anglais qu'il lirait. Il tient à ce que je vous dise cela.

Je fis un geste d'approbation en direction de l'irascible Roi Grenouille, or pour une raison quelconque, cela ne fit qu'aggraver les choses et il se détourna brusquement.

— Une personnalité avenante.

— Le Führer en personne a loué son *Schmiedecke* et son *Violon étoilé* est un roman policier merveilleusement passionnant qui a remporté un immense succès. Pabst va l'adapter au cinéma. D'où la présence ici de M. Karrasch ! Il a fait tout ce chemin depuis l'isthme de Courlande.

— C'est une bonne nouvelle. Je ne suis pas un grand lecteur. Je vais pouvoir attendre l'adaptation.

Comme s'il m'avait compris, l'homme en colère se retourna et dit quelque chose à mon intention d'un ton sec.

— Il dit que vous n'allez pas le berner. Même si vous êtes officiellement de notre côté. Il sait que vous ne le pensez pas sérieusement.

Un moment, les mots me manquèrent. Je regardai mon pauvre Virgile, le poète allemand, de nouveau mon Virgile.

— Qu'est-ce qu'il veut dire ? De son… de votre… *côté* ?

— Aux yeux du monde, vous nous appartenez désormais, dit-il. Mais pas pour lui.

— Je n'appartiens pas… Vous l'avez dit vous-même, je suis prisonnier de guerre !

Mon Virgile sourit. Puis il désigna… Quoi au juste ? Il me fallut un moment pour comprendre qu'il désignait mon costume, le siège en peluche rouge sur lequel j'étais assis, tout notre environnement pompeux.

— Vous m'avez forcé ! m'écriai-je si fort que deux dames antédiluviennes à perles se retournèrent d'un air réprobateur.

— Oui, vous le savez et moi aussi, mais ne serait-ce que dans cette salle, personne n'est au courant, et pensez-vous qu'on y croira chez vous en entendant vos amusantes saynètes ?

— Pour lesquelles vous m'avez forcé, mon vieux !

— "Forcé" est un bien grand mot. Je ne vous aurais pas amputé. Vous seriez resté un prisonnier normal. Sans *Adlon* ni cigares. Chacun est l'artisan de son bonheur, mon vieux. Le Reich, c'est chez vous maintenant.

Je le fis pour de bon : je me levai. D'ordinaire, je suis pourtant très peu enclin à toute gestuelle dramatique. Mais l'espace d'un instant, je perdis contenance, mes mains tremblèrent, la salle se mit à chanceler autour de moi ; pour un peu, je me serais enfui en hurlant.

Oui, voilà ce que j'aurais aimé faire – sortir à grands pas, les pans de ma redingote flottant, et disparaître dans la vaste nuit noire. Mais pour ce faire, il m'aurait fallu repasser devant tous les genoux pointus des messieurs dames de ma rangée, ce qui aurait considérablement atténué l'effet de ma sortie explosive. D'ailleurs, où serais-je allé dans la vaste nuit noire ?

C'est pourquoi je m'arrêtai, fis semblant de m'étirer et de chercher quelque chose dans la poche de ma redingote, et je regardai autour de moi. Ce que je n'aurais pas dû faire car mon regard rencontra directement celui de la grande caméra des actualités, installée dans une loge latérale près de l'écran et orientée vers le public, les premiers rangs et maintenant vers cet homme debout aux traits distingués et au costume taillé à la perfection, contrairement aux habitudes locales. L'effroi décolora tout ce que je voyais, si bien que pendant quelques secondes, tout m'apparut en noir et blanc, cette même tonalité dans laquelle le monde me verrait bientôt au milieu de cette assemblée. En règle générale, je peux compter sur mon *sang-froid**, ce qui est à peu près la seule chose que j'ai gardée de mon passage à Eton, où j'ai dû, à l'inverse, laisser quantité de choses, dont mon innocence et une belle voix, mais je ne vais pas nier que ma voix d'adulte trembla lorsque je retombai sur mon siège en disant :

— Vous êtes ridicule, mon vieux. Quoi que ce soit ici, ce n'est certainement pas chez moi et vous ne trouverez personne pour l'affirmer.

Ce n'était pas ma plus brillante *répartie***, je le concède. Je lui fus donc presque reconnaissant lorsqu'il eut la grandeur d'âme de renoncer à sa réplique.

Dans l'intervalle, Pabst rejoignit sa rangée, effectivement juste devant nous. Les gens assis se levèrent pour les laisser passer, lui et sa femme encore plus blême qu'avant. Je fus un rien égayé par un instant de confusion dû au fait que, seulement deux places avant celle qui lui était destinée, c'est-à-dire en plein sur son passage, se trouvait sa célèbre collègue des films sur les congrès du parti qui, jusque-là, avait fait mine de ne pas le remarquer et d'ignorer tout de sa présence, chose d'autant plus invraisemblable qu'elle devait forcément savoir à quelle première elle se rendait – un simulacre encore plus étonnant que le sien car lui aussi faisait semblant d'ignorer tout de sa présence, si bien qu'ils se retrouvèrent beaucoup trop proches l'un de l'autre, en feignant médiocrement la surprise de part et d'autre – il saisit sa main, manifestement pour y déposer un baiser, or elle venait de lever cette même main pour effectuer le salut hitlérien, si bien qu'il l'imita aussitôt, mais elle avait déjà baissé son bras pour recevoir son

* En français dans le texte.

** En français dans le texte.

baisemain ; ils auraient pu continuer ainsi un bon moment, mais la blague s'arrêta là, elle laissa sa main en bas, il baissa la sienne, lui prit la main et y déposa avec un sourire stoïque et figé non pas un baiser, comme l'auraient justement fait des personnes moins bien éduquées, il laissa plutôt flotter légèrement ses lèvres prêtes à embrasser au-dessus de sa peau d'albâtre. Puis il se redressa, ils se regardèrent droit dans les yeux avec effroi et il se glissa vers son siège. Quant à sa femme derrière lui, la célèbre experte ès événements sportifs, marches militaires et flambeaux ne daigna pas lui accorder le plus bref regard.

— Il faut que vous sachiez que ces deux-là ont travaillé ensemble, dit mon cicérone bien renseigné, qui avait suivi la scène comme tout le monde dans la salle. Sur son film à elle, pendant environ cinq jours.

— Ce n'est pas long.

— Il paraît que ça ne s'est pas bien passé et comme…

Il se tut, quelque chose avait détourné son attention. Je suivis son regard : tandis que l'obscurité tombait lentement et que les murmures cessaient, un homme s'avançait seul dans l'allée centrale, tête baissée, s'efforçant visiblement de trouver sa place au plus vite sans se faire remarquer. Mon Virgile murmura quelque chose en allemand.

— Qui est-ce ? demandai-je.

— Le scénariste.

— Vous semblez surpris qu'il soit ici ?

Il ne répondit pas. L'homme rejoignit sa place. Il se faufila dans la rangée, penché en avant, les épaules rentrées.

— Mais si c'est le scénariste, dis-je en refaisant une tentative, on peut s'attendre à ce qu'il vienne à la première ?

Il faisait déjà sombre : le faisceau lumineux du projecteur flamboya, révélant comme toujours un tourbillon de poussière claire et scintillante, si bien que je me demandai malgré moi, comme au début de chaque film, comment il était possible que j'inhale tout ceci à chaque inspiration ; calme-toi, me dis-je, du courage, mon vieux, la seule bonne chose en période de catastrophe, c'est qu'elle vous donne d'autres soucis que la qualité de l'air.

Des cuivres médiévaux retentirent, des noms allemands défilèrent sur l'écran – quelle tristesse, me dis-je, quelle aridité : un générique entier et personne qui s'appelait Levy, Cohn ou Fischer, ça ne pouvait rien donner de bon. Ouverture en fondu, une foule devant une cathédrale, on reconnaissait déjà la patte du professionnel : d'abord un plan large, puis un mouvement de caméra qui suivait deux hommes nobles, du moins en avaient-ils l'air, en train de descendre des marches, puis la caméra basculait vers l'avant pour un plan rapproché sur un mendiant qui enserrait la jambe de l'un d'eux en suppliant. En contrechamp, on le voyait lever les yeux, la caméra volontairement trop basse et légèrement redressée, si bien que le noble monsieur dépassait largement le mendiant, rendant la situation pour ainsi dire bancale, hiérarchique, moyenâgeuse.

Ça fait toujours du bien d'observer des gens compétents et expérimentés au travail. Peu importe où et dans quelles circonstances, qu'il s'agisse d'un plombier, d'un chauffeur de bus, d'un maître d'hôtel ou d'un réalisateur – quand les gens exercent leur métier en experts, cela vous donne l'impression que le monde n'est pas une vallée de larmes. C'est pourquoi je me détendis, me recalai au fond de mon siège et écoutai les phrases allemandes dont je ne comprenais certes aucune, mais parvins néanmoins à comprendre de quoi il retournait.

Il fallut un moment pour que le personnage principal fasse enfin son apparition. Le réalisateur prenait son temps, préparait son entrée avec circonspection. Au bout de dix minutes seulement, une vieille femme frappait à une porte et s'écriait : "Paracelse !", quelqu'un était visiblement malade, on avait besoin en urgence de l'illustre médecin.

Puis une chambre aux volets mi-clos. Werner Krauß se tenait presque invisible dans la pénombre de l'arrière-plan devant une jeune femme dont on ne distinguait que le dos nu. Elle tendait les bras, il collait son oreille contre sa poitrine, qu'on ne voyait pas tout en sachant qu'elle était là – on le sentait très nettement, tandis qu'il reculait et que la femme remettait sa robe. Jamais on n'aurait autorisé une telle image à Hollywood ; ni aujourd'hui, ni demain, ni dans dix ans, ni à ce réalisateur, ni à un autre, en aucune circonstance.

Je ne vais pas le nier, j'étais fasciné. Non par la poitrine féminine – je l'ai déjà mentionné, mon intérêt est modéré dans ce domaine – mais par les images et le courage. Ce n'était peut-être pas le meilleur film que j'aie vu – mais il n'en était pas loin. Krauß s'exprimait à présent d'un ton expressif, les traits singulièrement déformés jusqu'à l'extravagance, si bien que même quelqu'un comme moi comprenait Paracelse dans sa colère, sa sagesse, son étrange désarroi.

Une demi-heure fut bientôt écoulée. Je ne m'ennuyais toujours pas. Il se passait certaines choses que je ne comprenais pas mais, dans l'ensemble, j'arrivais à suivre. Les médecins, ces vieux et méchants charlatans, étaient contre l'homme sage, ils voulaient se débarrasser de lui, mais les jeunes étudiants étaient de son côté. Après quoi une maladie arrivait dans la ville, les gens transpiraient et toussaient et avaient très peur, puis…

Puis il se passa quelque chose d'incroyable.

On voyait une taverne. Des gens assis à des tables, un frêle saltimbanque dansait au milieu. L'acteur faisait ça très bien, avec des gestes saccadés et souples à la fois, la musique était archaïque, titillée par une pointe de modernité.

Les clients de la taverne étaient totalement fascinés par sa danse. Ils balançaient les pieds, hochaient la tête, battaient le rythme, leurs épaules tressaillaient en cadence. Cela paraissait tout à fait normal et naturel, même lorsque les premiers se levaient et imitaient quelques pas de danse – mais ensuite, ils étaient de plus en plus nombreux, et après aucun ne pouvait résister, toutes les personnes de la salle dansaient, plus personne n'était assis, tous participaient.

Cela n'avait rien de gai, de joyeux ou de libre : ils bondissaient en avant et en arrière, à droite et à gauche, leurs corps tressaillaient et se tordaient, déchaînés en apparence, mais dans une uniformité absolue, les visages désespérés. Nul ne faisait le moindre écart.

Paracelse entrait, une grande épée à la main. Il les observait, les regardait danser un moment, évaluait la situation et criait quelque chose d'une voix autoritaire.

De fait : la danse s'arrêtait, la folie semblait s'écouler des corps. Ils se tenaient là, plus indifférents qu'effrayés, se rasseyaient, saisissaient leurs hanaps, de nouveau sur les bancs, encore un peu figés, un peu gênés, mais dans l'ensemble, c'était comme si rien ne s'était passé.

Je me frottai les yeux – ce n'est pas une banale façon de parler, je levai réellement les mains et les approchai de mes paupières papillonnantes. Qu'est-ce que c'était que ça ?

Or ce n'était pas la fin : Paracelse, installé à une des tables de l'auberge et entouré de ses élèves, parlait maintenant au danseur légèrement perturbé et installé au-dessus de lui sur une poutre. Quelque chose en lui semblait ne pas plaire au médecin ; les sourcils froncés, il levait les mains et palpait celles du danseur – puis il sursautait et criait quelque chose.

Ses paroles parcouraient la salle comme une traînée de poudre. Le saltimbanque bondissait sur ses jambes, les gens le retenaient, il voulait sortir par une porte, puis par l'autre, mais quelqu'un lui barrait sans cesse le passage – ils voulaient le maintenir, Paracelse criait alors autre chose, plus fort qu'avant, d'une voix de stentor, et tous s'éloignaient du danseur – en gros plan, un fût tombait et roulait sur le sol, le saltimbanque, soudain dénué de forces, s'effondrait, pendant que Paracelse criait de nouveau et que tous s'enfuyaient vers les portes.

— Qu'est-ce qu'il a dit ? chuchotai-je.

— Il a dit : "Ne le touchez pas, il a la peste."

Paracelse se tenait à présent derrière l'homme en pâmoison, il passait son bras autour de ses épaules, posait la main sur son cœur et le maintenait ainsi, tandis que de l'autre bras, il levait son épée. On aurait dit une image sainte du XIIe siècle.

On entendait un raclement. Du métal frottait contre du métal, une silhouette en froc noir soudain assise sur un banc aiguisait quelque chose. Mais lorsque Paracelse regardait dans sa direction, la silhouette était debout sans qu'on l'ait vue se lever. Elle brandissait la faux qu'elle venait visiblement d'aiguiser. Paracelse tenait son épée devant l'inconscient, la faux percutait la lame de l'épée, une tête de mort remplissait l'écran en gros plan – avant de disparaître. Une fois la mort partie, on entendait son rire bref et grave.

Après quoi le film se poursuivait tout simplement, de façon naturaliste, sans transition, métamorphose ou explication. Le médecin guérissait des malades et se disputait avec d'autres médecins, évidemment des ignorants interprétés comme tels, puis il était manifestement question de fermer les portes de la ville pour ne pas laisser entrer l'épidémie. Quelques personnes riches étaient contre, évoquant apparemment le commerce, mais Paracelse ne cédait pas et répétait "Quarantaine !", si bien qu'il perdait sa puissance et la confiance des citoyens, seuls ses jeunes partisans lui restaient fidèles et, pour finir, nul autre que le frêle danseur qu'il avait sauvé de la peste le faisait sortir de la ville dans sa charrette vers la liberté.

C'était déjà la fin. L'écran vira au noir, la boule argentée s'éteignit, les lumières s'allumèrent, les gens applaudirent – sans frénésie ni stupéfaction, sans enthousiasme ni subjugation, comme il aurait convenu, mais non sans plaisir ou satisfaction.

— Qu'est-ce que c'était que ça ? demandai-je à mon Virgile. La danse macabre au beau milieu, l'attaque du squelette ?

Il haussa les épaules. L'espace d'un instant, je doutais que cela se fût réellement passé dans le film – peut-être étais-je fatigué du voyage et avais-je rêvé. C'était étrangement sombre, tellement allemand, bizarrement brillant. Je me frottai le front et m'insérai indécis et sans doute encore à moitié hébété dans la foule qui s'engouffrait à flots vers les portes.

Je me retrouvai soudain à côté de la célèbre réalisatrice. La chevelure flottante, comme traversée par une force électrique invisible, le bout du nez pointé dans l'air. Debout à mes côtés, elle ne put faire autrement, qu'elle le veuille ou non : son regard se fixa sur moi avec une curiosité reconnaissante. J'ai cet effet sur les femmes, voilà tout, et ma vie aurait été vraiment plus simple si les femmes avaient produit le même effet sur moi. Je la saluai en m'inclinant avec élégance.

— Remarquable, dis-je. N'est-ce pas ?

Elle me regarda d'un air interrogateur.

— Le film ! dis-je, et je répétai : Le film !

Je savais que le mot allemand ressemblait au mot anglais, elle devait forcément comprendre.

— Parler allemand ? demanda-t-elle en anglais.

— Je regrette. Rien ne me ferait davantage plaisir, mais les fées ne se sont pas penchées sur mon berceau pour me dire que j'allais terminer ma vie en tant que prisonnier de guerre teutonique. Je me retrouve dans cette situation sans aucune formation adaptée.

Elle me scruta pendant quelques secondes avant de dire en anglais : Film mauvais.

— Vous trouvez ? Je dois avouer que j'étais impressionné. Surtout par la danse macabre et l'apparition soudaine de la faucheuse. Je n'ai rien vu de tel depuis le film muet expressionniste et je fus moi-même surpris de voir à quel point cela m'a profondément ému.

— Film mauvais. Jeu faible. Caméra pas force, éclairage moitié, milieu jour non !

— Milieu jour non ? répétai-je.

— Milieu jour non non ! Pas idées, pas force ! Talent faible !

— Ce n'est pas faux, dis-je d'un air songeur. On n'a pas vu non plus un seul lanceur de javelot nu.

— Exact – jour non !

— Cela m'étonne vraiment : pourquoi pas de lanceurs de javelot ? Fussent-ils habillés. Ça se passe quand même au Moyen Âge. On devrait bien trouver des javelots !

— Je fais maintenant film Espagne, pays plat, dit-elle.

— Vous tournez en Espagne, chère madame ?

— Allemagne sud pas Espagne.

— L'Espagne est surestimée.

— Oui oui, dit-elle en acquiesçant si vigoureusement que sa chevelure produisit un impressionnant spectacle de vagues ondulantes. Oui oui oui !

— Vous avez des lanceurs de javelot nus dans votre film ?

Une main se posa sur mon épaule. Je savais bien entendu à qui elle appartenait. Malheureusement, je cédai un instant à son emprise et me laissai ralentir – aussitôt la réalisatrice ne fut plus à mes côtés. Je vis étinceler un instant sa chevelure blonde, puis elle s'éclipsa.

— Permettez-moi de faire les présentations !

Il désigna, sans attendre au préalable mon accord pour ladite présentation, un homme avec une trogne de boucher d'une rudesse absolument aberrante au-dessus d'un uniforme ; il ajouta quelque chose qui ressemblait à Krankhockpfrhockhick, visiblement le nom de cet officier massif. Lui et moi, nous nous saluâmes d'un signe de tête, intimement unis dans un total désintérêt réciproque. Mon Virgile dit quelque chose en allemand, l'officier répondit, tous deux partirent d'un rire triste. J'attendis la traduction, qui ne vint pas.

Comme l'officier continuait en allemand et que mon pauvre cerbère jugeait visiblement impossible de l'interrompre ou de l'abandonner là, je profitai de l'occasion et avançai avec la foule.

J'arrivai dehors, inspirai profondément l'air nocturne limpide et frais, puis je me mis, pour ne pas en absorber trop d'un coup, à allumer un cigare.

— Vous avez du feu ? demanda une voix.

C'était la femme du réalisateur. Elle avait une cigarette à la bouche. Je fis claquer mon briquet. Cela m'étonnait qu'elle fume ainsi, devant tout le monde. Les dames de la bourgeoisie ne faisaient pas cela d'habitude dans le Reich. Elle n'avait même pas de porte-cigarettes !

— Le film vous a plu ? demanda-t-elle.

— Vous me connaissez sans doute, si tant est que vous me connaissiez, comme un homme facilement enclin aux bons mots faciles, je dois donc vous assurer, avant de vous répondre, que je ne suis pas en train de plaisanter : c'est un chef-d'œuvre.

— Oui, dit-elle. Un de plus. J'en suis ravie.

Je la regardai avec étonnement. Le ton n'était pas particulièrement ironique, plutôt glacial et sarcastique.

— Vous n'êtes pas d'accord ? demandai-je avec prudence.

— Si ! Elle tenait sa cigarette dans la petite flamme tremblante et protégée par ma main. Simplement, j'en ai assez des chefs-d'œuvre. S'il y en avait un de moins dans le monde, il ne me manquerait rien.

— Vous parlez vraiment très bien anglais !

— Et comme je suis la seule ici, je peux parler à voix haute. Vous avez sûrement été impressionné par la danse de Saint-Guy et la mort qui surgit brusquement, et aussi par la dernière visite d'Ulrich von Hutten chez Paracelse ! La façon dont Paracelse lui annonce sans ménagement sa maladie mortelle et le calme du chevalier, son recueillement et sa force !

Je ne me rappelais pas du tout cette scène. J'avais dû m'assoupir à un moment. Les yeux plissés, les commissures étirées en un minuscule sourire, elle me souffla sa fumée au visage. Difficile de savoir si elle flirtait avec moi ou si elle était simplement en colère.

— Oui, marcher vers la mort, rencontrer la mort, danser avec la mort, tous ces trucs sur la mort, Wilhelm les maîtrise très bien maintenant.

— Je dois avouer que l'expertise allemande dans ce domaine est inégalée de par le monde.

— Et comment va-t-on en sortir ?

— Pardon ?

Elle me fixait de ses yeux écarquillés. Les passants nous jetaient des regards curieux. Nous commencions à nous faire remarquer.

— Comment fait-on pour partir d'ici ? demanda-t-elle sans baisser la voix. Nous ne pouvons pas rester, il faut qu'on parte ! Comment faire ? Mon fils doit venir, il doit aussi sortir d'ici !

— Et votre mari ?

— Si je le savais. Elle tira sur sa cigarette presque avec avidité. Demandez-lui. À vrai dire, il est ici par erreur, un enchaînement de hasards malheureux, puis le voilà qui tourne un film après l'autre et vous avez tout à fait raison, ils sont bons, en plus ! Mais quand je lui pose la question, il répond qu'il ne veut pas être ici, alors je pense que nous devrions tous partir ensemble, qu'est-ce que vous suggérez ?

— De parler un peu moins fort. L'anglais n'est pas une langue si rare que ça.

— Vous pensez que pour les gens d'ici… Elle fit un mouvement circulaire avec sa cigarette incandescente. Que tous ces gens seraient révoltés de savoir que nous voulons partir ?

— Ils ne vont sûrement pas aimer l'entendre. Ce sont des âmes très fragiles. Le moindre désaccord peut leur briser le cœur.

De nouveau, sa main rêche et collante se posa sur mon épaule. Arrêtez donc de me toucher, aurais-je aimé lui dire, on pourrait croire que nous sommes proches. Au lieu de quoi je dis :

— Cet homme, au fait, parle excellemment anglais.

— Je sais, dit-elle. Wilhelm et moi connaissons Kuno Krämer depuis un moment. D'une certaine manière, nous lui devons notre présence dans le Reich ainsi que cette belle première.

— C'est trop d'honneur, dit mon Virgile. Sans moi, vous seriez exactement là où vous vous trouvez aujourd'hui, sauf qu'à ma place, il y aurait quelqu'un d'autre. Nous autres serviteurs du parti sommes interchangeables.

— Vous vous appelez Kuno ? demandai-je.

Il me regarda quelques secondes, sans doute pour savoir si ma question était sérieuse. Sur ses traits plutôt inexpressifs d'habitude se dessina une véritable humiliation.

— Je plaisante ! dis-je en mentant. Je connais bien évidemment votre nom, mon vieil ami.

Heureusement pour moi, dans ce moment critique, G. W. Pabst en personne apparut et posa avec la même familiarité inappropriée une main sur l'épaule de son épouse, comme mon cerbère l'avait fait avec moi. D'ailleurs, sa petite paluche reposait toujours sur mon avant-bras, et seules la volonté et l'éducation la plus stricte du monde à l'internat m'empêchèrent de la faire dégager.

— Quelle surprise, me dit Pabst. Et quelle joie que vous-même ici.

— Je n'ai pas eu le choix. Un film de Pabst ! Je *devais* venir !

Aucune de ces phrases n'était un mensonge.

Il dit quelque chose à sa femme. Elle secoua la tête, il répéta et tenta de l'entraîner en la serrant fermement et avec une insistance qu'on n'aurait plus vraiment pu qualifier de douce.

Elle résista encore un moment.

— Vous n'avez pas répondu à ma question !

— Ma réponse, c'est que nous devons nous plier aux

circonstances. Que nous soyons ici ou ailleurs, nous n'allons pas démêler le nœud.

— Qu'est-ce que cela signifie ?

— Cela se trouve dans les Upanishad.

— Pardon ?

— De vieux textes indiens. Quelqu'un me l'a dit, un jour. Un certain Shillingdon de Croydon. Vendeur de chapeaux. Mais il disait beaucoup de bêtises aussi.

Elle m'adressa un long regard déçu comme j'en ai l'habitude avec la plupart de mes proches – sauf qu'en général, notre relation dure un peu plus longtemps avant que je reçoive un tel regard. Après quoi elle se laissa entraîner par son mari.

Le parvis devant le théâtre pompeux s'était vidé, seuls quelques retardataires sortaient encore, et la pluie vacillait dans les trois colonnes lumineuses irrégulières.

Nous nous mîmes en route sans parler, l'un à côté de l'autre, en une harmonieuse cadence. Les vieilles maisons s'arrangeaient autour de nous, des pignons baroques piquaient le ciel nocturne, des statues se penchaient depuis des encorbellements, des fontaines faisaient un bruit de fontaine.

— Peut-on rester encore un peu ?

— Nous avons besoin de vous à Berlin, Rupert. Le prochain épisode de votre émission doit être prêt dans quatre jours. Et nous aimerions beaucoup que vous parliez de cet excellent film.

— De ce sombre chef-d'œuvre allemand que j'ai eu l'honneur de regarder ?

— Par exemple.

— Mais ce n'est qu'une simple proposition ? Vous n'allez pas me forcer ?

Il ne répondit pas. C'était en partie dû au fait qu'il avait justement l'habitude de se taire dès que la seule réponse possible en était une qu'il ne voulait pas donner, mais sans doute aussi aux trois hommes qui avaient surgi de l'obscurité comme s'ils nous attendaient, ce qui ne pouvait pas être le cas puisque nous avions choisi notre chemin au hasard et que par conséquent, nul ne pouvait savoir sur laquelle des nombreuses places nocturnes on aurait pu nous retrouver ; à moins, bien sûr, de nous avoir suivis.

Et c'était de toute évidence ce qu'ils avaient fait. Car l'un d'eux, qui se différenciait des deux autres en ceci qu'il leur ressemblait en tous points, dit...

Il me fallut un instant pour comprendre qu'il avait cité un nom, mais pas le mien.

Mon Virgile demanda quelque chose, l'homme répéta le nom. Et lui, ça au moins je le compris, alors que je ne comprenais rien au demeurant, répondit que oui en effet, c'était bien lui, c'était bien son nom, Kuno Krämer. Puis il se tourna vers moi en disant : "C'est un malentendu, ça va se clarifier." Il s'adressa de nouveau aux trois hommes, qui ne donnaient cependant pas l'impression d'être intéressés par ses propos. Au lieu de cela, deux d'entre eux se postèrent à côté de lui, le troisième montra une direction quelconque et émit un son, peut-être un ordre, peut-être un simple toussotement.

— C'est le pire timing qui soit, dis-je. Je ne vais pas m'en sortir, seul ici. Faites cela à un autre moment, je vous prie, lorsque je serai de nouveau...

— Rupert ! dit mon cerbère. Silence !

— Mais pourquoi vous ? Qu'est-ce que *vous* avez fait, mon vieux ?

— Je n'en sais vraiment rien, l'entendis-je encore dire, tandis que le quatuor s'éloignait déjà dans l'obscurité baroque.

J'étais seul.

Je tournai lentement sur moi-même. Quelques rares fenêtres étaient allumées, le ciel nocturne était bas et sombre. Pendant que la pluie détruisait lentement mais sûrement mon costume, je me mis en quête de mon hôtel.

MOLANDER

Un profond désarroi s'était emparé de Pabst. Pourquoi diable avait-il accepté d'adapter un polar aussi médiocre ? Il aurait très bien pu dire non !

De manière générale, refuser une idée de film apolitique émanant du ministère n'était pas sans danger – car ils étaient susceptibles de trouver une autre idée de film, moins apolitique celle-là, qu'on ne pourrait plus refuser aussi facilement, après quoi on partageait soudain le sort de Kurt Heuser, qui avait décliné une fois de trop. Heuser était certes de retour, mais visiblement plus le même qu'autrefois, quelque chose lui était arrivé et on ne pouvait évidemment pas lui demander ce qu'on lui avait fait subir et ce qu'il avait dit pour être libéré. Quand il était apparu à la première de Salzbourg, Pabst avait à peine osé lui adresser ne serait-ce qu'un mot et, durant leur bref échange embarrassé, Pabst s'était demandé ce qui, dans ce qu'il avait dit autrefois en présence de Heuser, pourrait lui nuire aujourd'hui. Possible aussi, bien sûr, qu'il ne leur ait rien raconté du tout, qu'il ait simplement accepté d'écrire un film politique, mais même ça, il n'aurait pas pu en parler à Pabst, ne sachant pas si Pabst, de son côté, n'informait pas la Gestapo.

Pabst s'était donc retiré à Dreiturm avec une copie du *Violon étoilé*. La météo n'était pas aussi mauvaise que d'habitude, un reste de neige recouvrait les champs, on sentait le printemps, il arrivait qu'il ne pleuve pas deux jours d'affilée et le concierge était si occupé par sa mission de défense passive dans les communes de Tillmitsch, Muggenau et Lebring, déjà toutes bombardées, qu'il n'avait pas le temps de lui gâcher la vie. Jakob leur avait écrit récemment depuis l'internat que l'heure était enfin venue : il était incorporé.

Trude était restée à Berlin, soi-disant pour le laisser travailler tranquillement. Elle lui manquait beaucoup, en même temps il était content de ne pas être exposé à ses reproches muets pendant un moment. Il ne pouvait s'empêcher de repenser à sa réaction lorsqu'il lui avait dit quel film il s'apprêtait à adapter – elle l'avait regardé fixement avant d'éclater de rire, un rire frénétique et sonore, jusqu'à ce que les larmes coulent sur son visage.

Oui, s'était-elle écriée, elle connaissait tout de Karrasch, *Schmiedecke*, *Fanion*, *Krämer*, *Undes*, n'importe quel titre, et bien sûr *Le Violon étoilé* ! Lorsqu'il lui avait demandé si les autres bouquins étaient aussi inintéressants que celui-là, elle s'était contentée de désigner le mur du salon – geste par lequel ils se signalaient que les voisins pouvaient les entendre. Karrasch, avait-elle dit, c'était un vrai Goethe, et un vrai Schiller en prime ! Puis, toujours en riant, elle était sortie de la pièce et il avait fait ses valises pour aller au château.

Il y avait forcément une solution. *La Rue sans joie* n'était qu'un banal roman de gare, et qu'est-ce qu'il en avait fait ! Mais il était plus jeune à l'époque, plus libre, plus insouciant, tout lui venait facilement et maintenant, tout lui paraissait difficile ; il se sentait encroûté, comme emmuré dans ses habitudes.

Quelques mois plus tôt, il avait vu le nouveau film de son ami Käutner au studio de montage : une douce histoire d'amour entre des gens qui vivaient sur des péniches à Berlin. Tout se passait dans la lenteur et le silence, on n'aurait jamais supposé que le tournage avait eu lieu dans les pauses entre deux bombardements, au cœur d'une capitale en train de sombrer dans la destruction. Quand on avait de bonnes idées et comprenait son métier, tout était possible.

Or les idées ne voulaient pas venir. Le tournage devait bientôt commencer, le hall était réservé aux studios Barrandov de Prague, les acteurs choisis, l'équipe au complet. Il ne lui manquait plus qu'un scénario.

Le roman racontait l'histoire d'un jeune musicien, Fritz, dont le stradivarius, après son premier grand concert au succès triomphal, est échangé contre une contrefaçon par un luthier malhonnête. Étant donné que Fritz a un caractère d'une pureté absolument inouïe, il tente de vendre son violon pour financer le mariage de sa sœur Elisabeth, d'une noblesse et d'une bonté tout aussi inouïes, avec le jeune procureur Holk, au tempérament également très noble et convenable. Or, le violon n'étant qu'une simple copie, Fritz est jeté en prison pour escroquerie. Le procureur Holk veut aussitôt abandonner son poste afin de s'éviter un cas de conscience, mais il est devancé par Elisabeth qui rompt leurs fiançailles. Le père de Holk, cependant, un ancien procureur général expérimenté, l'incarnation de l'homme de bien, se met à enquêter et élucide rapidement l'affaire, si bien que le génial Fritz, réuni avec son instrument, peut s'avancer vers la gloire et Elisabeth, épouser le jeune procureur.

Bon Dieu, se demanda Pabst, tandis qu'il marchait à pas lourds dans les prairies détrempées, que faire de ces imbécillités ?

“Quelle merde, dit-il à une vache qui mastiquait paresseusement et le regardait d’un air amical en clignant de ses longues paupières, quelle saloperie, qu’est-ce que je suis censé faire ?”

Il ne pouvait pas embaucher de coauteur. Il n’avait plus confiance en Kurt Heuser. Erich Kästner aurait peut-être été disponible – malgré l’autodafé de ses romans à Berlin, il avait le droit de rédiger des scénarios sous pseudonyme – mais, premièrement, selon une règle non écrite, un ancien émigrant ne pouvait pas travailler avec un romancier interdit, et deuxièmement, Kästner n’était pas son type d’auteur – chez lui, tout n’était que dialogue, enlevé et drôle, comme au théâtre. Kästner aurait parfaitement convenu à Lubitsch, pas à lui. Tous les autres bons auteurs étaient en prison ou en exil, seuls étaient restés les mauvais et les membres du parti, et il devait garder ses distances avec ces derniers car il savait que n’importe quel auteur membre du parti transformerait les deux nobles procureurs en membres du parti également ; la tentation serait trop grande, et on ne pouvait pas contester une proposition de ce genre une fois formulée, il fallait la réaliser. En outre, il s’était passé des choses énigmatiques au ministère. Kuno Krämer était injoignable depuis la première à Salzbourg.

Il n’y avait rien à espérer non plus de Wilzek. Franz était un homme fiable avec de solides connaissances cinématographiques, mais il avait besoin d’instructions et n’avait pas d’idées à lui, il ne deviendrait jamais un véritable réalisateur. Franz était arrivé la semaine précédente à Dreiturm, il accompagnait Pabst dans ses promenades, notait beaucoup de choses, l’écoutait avec respect et ne se plaignait qu’à demi-mot de la cuisine immangeable de Liesl Jerzabek. Sa présence ici était agréable, mais il ne pouvait pas l'aider.

Pabst sentit que quelque chose avait rétréci en son for intérieur. Dans sa jeunesse, il lui suffisait d'écouter en lui-même pour faire surgir de l'obscurité des images et des histoires. Aujourd'hui, c'était comme s'il était enfermé dans une petite pièce aux volets clos. Rien ne venait, aucune image ne se formait, aucune voix ne lui parlait, il n'y avait rien d'autre que son inquiétude pour Jakob, qu'on allait envoyer à l'est ces jours-ci.

Cela dit, n'avait-il pas beaucoup plus d'expérience qu'autrefois ? Il avait tourné tant de films, planifié tant de scènes, dirigé tant de caméras, encadré tellement d'acteurs – en tout cela, il surpassait le jeune homme de l'époque !

Mais ça ne changeait rien.

Peut-être n'était-ce pas faisable, tout simplement. On ne pouvait pas toujours transformer le fumier en or, peut-être que cette banale histoire du violoniste, de sa sœur et des deux procureurs était tout bonnement irrécupérable !

À ce qu'on disait, la frontière suisse était encore ouverte par endroits. On pouvait peut-être encore sortir du pays avant que tout ne s'écroule. Si Trude, Jakob et lui arrivaient à rejoindre Zurich, il pourrait faire de la mise en scène au Schauspielhaus – il n'avait plus fait de théâtre depuis longtemps, mais il y arriverait, Trude serait infiniment soulagée, l'ombre disparaîtrait. Peut-être seraient-ils même de nouveau heureux.

Au milieu de la nuit, il se réveilla en sursaut.

Cela faisait longtemps qu'il n'avait plus rêvé de Louise. Parfois, des jours entiers s'écoulaient sans qu'il repense à elle. Puis elle était revenue d'un coup. Elle se tenait si près de lui qu'il avait pu sentir son corps.

Il ferma les yeux et tenta de se rappeler ce qu'elle avait dit. Il sentait les contours des mots – à l'instant encore, ils étaient à sa portée. Il retint son souffle et comprit aussitôt qu'il avait tort : ce qu'il aurait pu retenir pâlissait, s'en allait, c'était fini.

Il sortit du lit. Difficile d'imaginer que récemment encore, il se trouvait en face d'elle dans ce fameux *diner*, et impossible d'imaginer qu'il y avait réellement eu dans sa vie un moment où il avait senti les lèvres de Louise sur les siennes – sa mémoire ne retenait que des images fragmentées, un rai de lumière oblique tombant sur son front, ses cheveux courts sur l'oreiller, une petite tache foncée en dessous de ses épaules très blanches et l'instant où les mains de Louise avaient enlacé sa nuque. Il ressentait une jalousie aiguë envers celui qu'il avait été dans ces moments-là – comment le temps avait-il pu avancer après cela, pourquoi son cœur avait-il continué de battre, avec stupidité et entêtement, jusqu'à maintenant ?

Il s'avança vers la fenêtre et jeta un regard frigorifié sur la prairie arrosée par la clarté de la lune. Il entendait au loin les canons antiaériens, mais c'était presque pareil toutes les nuits, il avait l'habitude. Il savait bien sûr que Louise ne s'était pas magiquement entretenue avec lui. Ce qui venait de lui apparaître sous ses traits, c'était cette partie de lui-même uniquement composée de désir et de nostalgie.

Tandis qu'il regardait l'herbe illuminée par la nuit, il revit le violoniste Fritz, une silhouette devant des projecteurs flamboyants, sous les regards de centaines de visages, mais il ne jouait pas bien, c'était laborieux, tout juste passable. La caméra s'élevait en apesanteur et regardait la foule – voilà de quoi parlait toute forme d'art : le monde est désir. L'existence humaine est insatisfaite. L'expression la plus profonde de ce sentiment, c'est la musique.

C'est pourquoi Fritz était musicien, mais pas aussi talentueux qu'il l'aurait voulu. De même que le luthier voulait fabriquer un violon aussi bon que ceux des vieux maîtres, or ses compétences n'étaient pas suffisantes et, par défi, il devait en voler un. La jeune Elisabeth voulait être aimée, mais plus encore aimer quelqu'un parce qu'on lui avait appris que cela se faisait, et comme il n'y avait personne d'autre, elle s'était fiancée à un procureur guindé qui, de son côté, voulait ressembler à son père, ce qu'il n'atteindrait jamais, tandis que ce même père luttait contre la faiblesse et la fragilité car il sentait déjà son esprit se ramollir et son corps dépérir. La musique savait tout cela, la caméra aussi lorsqu'elle entourait les personnages dans un mouvement continu, son regard venant de nulle part, d'au-delà du temps posé sur toutes ces tentatives désemparées et désespérées. Pabst arpentait la chambre éclairée par la lune. Voilà ce que le film devait aborder – le fait que la musique ne parlait de la beauté qu'en apparence, la véritable idée étant que rien ne suffisait, que tout était toujours trop peu. Que tant de choses manquaient en permanence.

Il avait allumé la lumière et s'était installé à son bureau. Il écrivait avec un bout de crayon sur une vieille enveloppe ayant comme expéditeur : *Chambre du cinéma du Reich, Berlin*. Sans lever les yeux, il écrivit jusqu'à noircir les deux côtés de l'enveloppe et, sachant qu'on oublie même les meilleures idées nocturnes quand on ne les note pas, il déchira l'enveloppe et continua sur la face interne. Une fois à court de place et de papier, il mit ses pantoufles et sa robe de chambre en soie, achetée autrefois à Paris, puis il alla réveiller son assistant dans la pièce d'à côté.

Louise ne revint pas. Il avait espéré la revoir bientôt en rêve, mais elle ne lui fit pas ce plaisir. À sa place, sa mère apparaissait de temps à autre, elle lui faisait des reproches et racontait de longues histoires qui n'avaient aucun sens ni autre objectif que de lui enlever sa liberté retrouvée. Mais elle ne réussit pas son coup, les portes étaient grandes ouvertes : dès son réveil, les images et les idées venaient, il s'installait aux aurores à la longue table sous la tête de cerf, dictait le scénario à Franz et remarquait à peine Liesl Jerzabek ou les deux filles lorsqu'elles venaient une fois de plus les épier avec curiosité et une vague colère car, exactement comme Erika, sa métamorphose leur déplaisait, elles préféraient le voir abattu, faible et distrait.

Puis ce fut au tour du concierge d'apparaître en uniforme taché, en sueur et en courbant l'échine, lui parlant avec obséquiosité, mais comme Pabst venait d'avoir l'idée d'un mouvement de caméra dans la maison d'arrêt où était enfermé Fritz, d'une porte à la suivante, si bien qu'on verrait pendant une seconde à travers les barreaux de chaque fenêtre un détenu abandonné par Dieu et les hommes, il ne leva pas les yeux lorsque Jerzabek mentionna ces saletés de paysans qui planquaient leur bétail et leurs sous, qui n'avaient plus peur du camp, plus peur d'être fusillés, plus peur du chef de la section locale, mais il allait leur en faire voir ! C'était désormais le dernier appel, le *Volkssturm* se mettait en branle, les jeunes et les vieux et ceux qui étaient exemptés jusqu'à présent – il tapa sur son épaule déformée –, tous ceux-là allaient mener l'Allemagne à la victoire. Lorsque Pabst finit par lever les yeux pour répondre, Jerzabek était reparti depuis longtemps.

Le cameraman Willi Kuhle arriva le jour où Pabst termina le scénario. C'était un homme décharné et profondément ébranlé qui venait de subir les bombardements de Hambourg et de passer trois jours enseveli dans un abri antiaérien.

— Pouvoir travailler avec Pabst, dit-il, l'illustre Pabst ! Quelle chance, quelle grande chance !

Pour exprimer son enthousiasme, il se frappa plusieurs fois le front, si bien qu'un mince filet de sang s'écoula entre ses yeux sur l'arête marquante de son nez. Pabst et son assistant échangèrent un regard inquiet. Les jours passés sous terre avaient dû l'éprouver terriblement.

Pabst appela le ministère. On lui passa différentes personnes, d'un bureau au suivant, jusqu'à ce qu'un monsieur lui annonce sur un ton sec que les options étaient limitées actuellement, tous les cameramen travaillaient d'arrache-pied à des films destinés à soutenir le moral des troupes, et il en faudrait beaucoup jusqu'à la victoire finale. On regrettait donc, Pabst allait devoir se contenter des gens qu'il avait, esquintés ou pas.

Pour la dixième fois sans doute, il demanda s'il pouvait parler à Kuno Krämer.

Il s'était fait muter, dit la voix, mais on allait le prévenir. S'il avait du temps, il reviendrait vers Pabst.

— Bon, Pabst, s'écria Paul Wegener d'une voix tonnante lorsqu'il descendit du train, on fait quoi ? Je n'ai toujours pas vu le scénario ! Si j'ai dit oui, c'est pour vous.

— Vous allez pouvoir le lire en route.

— Je ne suis pas obligé de le lire. Je me suis fait raconter l'histoire. Le procureur élucide l'affaire et emprisonne le faussaire. Ça me suffit. Si je peux avoir le texte sur des fiches cartonnées que je tiens à côté de la caméra, je le récite. Lis-le, dis-le. Le grand mystère de ma profession. Wegener partit d'un rire énorme. Puis il dit à Jerzabek, figé dans son salut hitlérien : Bas la patte !

— Ça m'étonne que vous n'ayez pas repris ce débile de Krauß, dit-il, tandis que l'âne tirait lentement leur charrette en direction du château. Cet idiot n'était pas disponible ?

— Vous êtes la bonne personne, dit Pabst, qui avait évidemment sollicité Werner Krauß avant lui.

— Vous le diriez dans tous les cas.

— Ça n'en est pas moins vrai.

— Je dis toujours ce que je pense, dit Wegener. C'est pourquoi je n'étais pas un aussi bon réalisateur que vous. Mais je vis mieux.

— Peut-être moins longtemps.

— Possible, mais j'ai déjà soixante-dix ans. Ils ne peuvent me tuer qu'une seule fois. Il se pencha en avant et demanda au concierge assis penché dans son uniforme du parti : Exact ?

Jerzabek ne répondit pas.

— On fait des milliers de courbettes, mais on ne meurt qu'une fois, dit gaiement Wegener. Ça ne vaut pas le coup.

— Pour en revenir à votre rôle, dit Pabst à voix basse. J'aimerais que vous jouiez le procureur comme un nazi.

Wegener rit.

— Déterminé, têtu, vieux. Le fait qu'il trouve le faussaire ne lui donne pas raison.

— Et qui va jouer le faussaire ?

— Vous.

— Ah !

— Vous jouez les deux.

— Pourquoi est-ce que je l'apprends seulement maintenant ?

— Parce que l'idée m'est venue hier. Deux vieux types presque impossibles à différencier – on se fiche de savoir qui est de quel bord !

— Je vois les choses différemment, Pabst. Cela fait toute la différence, de quel bord on est. Mais si vous me payez pour les deux, je vous joue les deux.

Le soir de leur départ, Pabst appela Trude à Berlin.

— Tu ne veux vraiment pas venir à Prague ?

— Pour te voir adapter Karrasch ?

— Ça n'aura pas grand-chose à voir avec lui, je te le promets.

— Que devient Jakob ?

— Je ne sais pas. Le courrier n'arrive pas en ce moment.

Il écouta un moment dans l'écouteur. Un bruissement clair, et au loin, un grincement électrique grave. Il aurait voulu dire beaucoup de choses, mais rien de tout cela ne pouvait l'être au téléphone.

— Ce film, dit-il. Je sais que tu n'y crois pas, mais je vais en faire…

— Si, Wilhelm ! J'y crois ! Tu vas faire un bon film de plus. Encore un chef-d'œuvre.

Ils se turent tous les deux. On entendait au loin les canons antiaériens.

— Je t'aime, finit-il par dire.

Il attendit sa réponse, qui ne vint pas, après quoi la ligne fut coupée.

Le voyage à Prague, un trajet de quatre heures encore récemment, durait maintenant trois jours. Le train roulait lentement et s'arrêtait sans cesse parce qu'il fallait laisser passer les transports militaires. Pabst était assis à la fenêtre, le scénario sur les genoux, un crayon à la main.

— Et si Meyendorff interprétait la jeune Molander avec un grain de folie ? demanda-t-il. Elle pourrait se ronger les ongles et avoir une voix qui se brise de temps à autre !

— Ce serait intéressant, dit Wilzek avec distraction. Il venait de parler à Willi Kuhle de son foyer familial à Döbling, de sa scolarité au Schottengymnasium, de ses parents qui lui manquaient beaucoup. Son père était jardinier. Le métier le moins politique de tous, personne ne demandait jamais à un jardinier d'adhérer à un parti. Puis, pour une raison quelconque, il se mit à parler de sa cousine Barbara, dont il était jadis très amoureux, mais elle s'était mariée et habitait maintenant à Wels an der Traun, ce qui lui paraissait, Dieu sait pourquoi, si important qu'il le répéta deux fois – sans doute aimait-il la sonorité : elle habitait maintenant à Wels an der Traun, une femme mariée, à Wels an der Traun.

Si le fait de renoncer à son époux n'apparaissait pas comme une action généreuse, mais confuse, exaltée et égoïste, dit Pabst, cela pouvait donner quelque chose d'intéressant, et toute l'histoire paraîtrait authentique.

— Meyendorff est-elle capable de jouer ça ?

— Je vais lui apprendre.

À Wiener Neustadt, ils furent pris dans un bombardement. La cible de l'escadre était sans doute Linz, mais quelques bombes furent lâchées trop tôt. Brusquement, leur auberge trembla sous un vacarme tel que Pabst n'en avait encore jamais entendu. Les verres jaillirent des vitrines, les livres des étagères et les assiettes des tables, les sirènes antiaériennes ne parvinrent pas à couvrir ce bruit de tonnerre.

Au moment précis où Pabst crut qu'il allait mourir, cela s'arrêta. Les sirènes hurlèrent encore un moment, puis elles se turent à leur tour.

Il ouvrit les volets et recula d'un bond. La nuit était éclairée comme en plein jour. La maison voisine flambait, ainsi que la maison d'en face. Des toupies de flammes sifflaient, il neigeait des étincelles. Il jeta sa robe de chambre en soie sur ses épaules, enfila ses chaussures et sortit de la pièce en courant, longea le couloir, descendit l'escalier. Sur la dernière marche était assis, penché en avant, la tête entre les mains et glapissant comme un chien, un homme.

— Calmez-vous, dit Pabst. Monsieur Kuhle, ressaisissez-vous. Nous avons quand même eu de la chance.

Mais aucune parole ne pouvait l'atteindre. Les sanglots s'échappaient de lui, le secouaient, sans vouloir s'arrêter. Pabst ouvrit la porte d'entrée en grand.

Il sentit la lourde vague de chaleur. L'aubergiste était déjà dehors. Derrière Pabst, Wegener arriva pieds nus en chemise de nuit flottante.

— Bon sang, dit-il. Putain de merde !

Il était suivi de Franz, qui avait réussi tant bien que mal à s'habiller intégralement et même à boutonner son gilet. Ils étaient debout là, l'un à côté de l'autre, les mains devant le visage, regardant d'un air impuissant des gens sortir en titubant d'une des maisons en feu : un homme et trois femmes, deux d'entre elles avec des nourrissons hurlants.

L'aubergiste se signa. Sans la Sainte Vierge, son auberge aurait été détruite aussi, c'étaient tous ces chapelets que sa femme récitait chaque jour ! Personne n'avait envie de le contredire. Un unique camion de pompiers s'approcha. De l'intérieur, ils entendaient Willi Kuhle pleurer.

Au niveau de Brno, le train s'immobilisa pendant cinq heures. Des champs gris glaise s'étendaient autour d'eux. À deux ou trois reprises, des avions volèrent en rase-mottes, la première fois, tout le monde se précipita par terre dans leur compartiment ; à la quatrième, ils jetèrent à peine un œil par la fenêtre.

— Un mot concernant les mouvements de caméra, dit Pabst. Nous allons faire des faux raccords sans arrêt. Volontairement !

— J'ai toujours peur à Prague, dit Kuhle. Que les statues reviennent à la vie.

— Reviennent ?

— Oui, dit Kuhle. Ça s'est déjà vu.

Il se gratta la tête, regarda autour de lui d'un air songeur et se mit à pleurer.

— Concentrez-vous, s'il vous plaît. Nous avons déjà fait des faux raccords dans les années vingt et ça n'a pas dérangé le public. Je pense que si on le fait exprès, ça va donner… Qu'est-ce qui vous arrive, monsieur Kuhle ? Je vous en prie, reprenez-vous !

Kuhle obéit, s'arrêta de pleurer et regarda droit devant lui, l'air sérieux et gêné.

— Pour le grand concert, par exemple, dit Pabst. Quand il regarde le public, Fritz Molander regarde à droite de la caméra – or le public, quand il regarde Fritz, fait la même chose !

— Quand j'étais sous terre, dit Kuhle.

Pabst attendit, mais l'autre n'ajouta rien.

— Alors quoi ? demanda Franz. Que s'est-il passé ?

— Quand ça ?

— Quand vous étiez sous terre.

— Pas d'air, dit Kuhle.
— Le tournage s'annonce difficile, dit Franz.
— Ça va aller, dit Pabst. Quand on fait un film, on est toujours dans l'urgence. Il y a toujours des problèmes, il faut toujours un plan B, puis un plan C. L'essentiel, c'est de garder son sang-froid.

Kuhle se mit à chanter. Il avait une belle voix. C'était une aria du *Barbier de Séville*, dont il connaissait le texte par cœur, étonnamment. À ce moment-là, le train repartit.

— Le concert, dit Pabst, puis il se tut.

Dans le lointain surgit un mur avec des fils barbelés. Tous tournèrent la tête, Kuhle arrêta de chanter. Le mur était si long qu'il resta à l'horizon pendant plusieurs minutes. Un mirador étroit et là-haut, la silhouette immobile d'un homme.

— Le concert est la scène la plus importante, dit Pabst au bout d'un moment. Elle se trouve exactement au milieu, mais avant, nous la voyons sous forme d'anticipation, puis de flash-back. Je songe à une salle surdimensionnée qu'on remplirait avec davantage de gens qu'une salle de concert ne peut normalement en contenir.
— Mais une salle trop grande, demanda Wilzek, ce n'est pas un peu bizarre ?
— Seulement si elle n'est pas assez grande ! Trois fois trop, on dirait une erreur, cinq fois trop, c'est du style !

Après avoir dépassé une petite ville au nom imprononçable, ils durent dormir dans le train. Des blindés avaient bloqué les voies, le commandant n'avait pas l'autorisation de les laisser passer, il ne savait pas lui-même pourquoi, mais les ordres étaient les ordres. Au loin, à hauteur de Brno, ils entendaient des avions, de l'artillerie et des explosions.

Cette nuit-là, son inquiétude pour Jakob l'empêcha de fermer l'œil.

Mais s'ils étaient allés en Angleterre, qui sait s'ils n'auraient pas connu là-bas un sort fatal, parmi tous ces bombardements ? Et s'ils étaient restés en France, ils seraient tout autant sous domination allemande aujourd'hui ! Aux États-Unis, Jakob serait maintenant dans l'armée américaine et également en danger, peut-être en Europe, peut-être dans le Pacifique. L'époque était déréglée, partout, et il fallait bien trouver un moyen de faire son travail.

À ce moment-là, le sol trembla. Une sensation de tiraillement parcourut leur corps, on avait l'impression de tomber.

— Grand Dieu, dit Franz. C'est ça, l'arme absolue ?

— Tremblement de terre, dit Wegener. Ça existe encore. Ou est-ce que vous avez entendu tirer ? Parfois, quand la terre tremble, ce n'est pas une bombe, c'est un tremblement de terre.

Ils tendirent l'oreille dans le silence, plus rien ne vint. Au lever du soleil, des avions passèrent. Une heure plus tard, les blindés se rangèrent sur le côté ; ils avaient reçu l'ordre de dégager la voie.

À Prague, il n'y avait presque pas de destructions. Seules quelques bombes étaient tombées, touchant quelques maisons. C'était la raison pour laquelle on tournait maintenant les films ici : dans le Protectorat, on pouvait encore travailler sans être dérangé par les attaques aériennes. On avait même assez à manger.

À l'auberge l'attendait un télégramme de Jakob : il était très fier, demain ils allaient rejoindre les blindés, puis le front de l'Est.

Dans le hall sept des studios Barrandov, l'accessoiriste avait reconstitué l'appartement de la famille Kestner, renommée Molander dans la version de Pabst. On avait aménagé un salon bourgeois, la chambre de la jeune fille, une pièce dans laquelle le jeune violoniste s'exerçait sous le portrait du père autoritaire. Tout était fait à la perfection, crédible jusqu'au moindre détail.

— On enlève tout, dit Pabst.

Cela s'effectua plus vite que tout ce qu'il avait vu auparavant : plus d'une centaine de prisonniers de guerre français s'occupèrent du réaménagement, ils étaient sympathiques et dociles, tous contents d'avoir été réquisitionnés pour un travail facile. Pabst fit poser les cloisons en oblique et repeindre les tableaux : au-dessus de la table du salon, une steppe desséchée avec des squelettes d'arbres se dressant comme des cadavres, tandis que le père défunt du portrait se transformait en ignoble gnome. Il fallait que la table à manger soit bancale et à trois pieds, les chaises autour étaient volontairement trop hautes, si bien que leurs occupants devaient se pencher pour atteindre les assiettes.

— On ne fait plus ce genre de choses, dit le décorateur. Ça se faisait il y a vingt-cinq ans !

— Je sais, dit Pabst. J'y étais.

Il fit peindre les ombres de la famille assise à table : effilées, étirées en longueur avec des membres très fins, elles s'étalaient sur le sol et le mur penché.

— Si les acteurs restent assis sans bouger en remuant simplement les lèvres, dit Pabst, on ne verra pas que les ombres sont peintes ! Et à la place vide en bout de table, on va peindre l'ombre du père !

De l'autre côté du hall, il fit construire la prison : des murs penchés ici aussi, avec des murs en brique derrière chaque fenêtre. Des trous grillagés dans les portes, derrière lesquelles on voyait croupir des prisonniers, qu'il fit façonner en carton-pâte par les artisans du théâtre de marionnettes de Prague : des figures grimaçantes et déformées, certaines riaient, d'autres somnolaient, d'autres encore avaient les yeux écarquillés.

Il incita Elisabeth Markus à interpréter la mère Molander d'une voix cassée :

— … une femme détruite, insatisfaite jusqu'à la moelle, remplie de haine envers la vie et sa propre fille.

— Mais c'est horrible ! dit-elle. Je ne veux pas.

— C'est la raison pour laquelle on vous a donné le rôle, dit Pabst, qui avait trouvé son nom sur la liste de casting du ministère et n'avait jamais entendu parler d'elle. Voilà pourquoi j'ai insisté sur votre présence ! Parce que vous en êtes capable, et aucune autre ! Je vous en prie, offrez-moi, offrez-nous à tous votre talent !

Comme toujours, il s'exprimait différemment avec chaque acteur. À l'un, il donnait des ordres, l'autre, il la priait, au troisième il donnait des explications d'un ton sec et sérieux, avec un autre il riait jusqu'à ne plus pouvoir tenir debout et tomber dans les bras l'un de l'autre. À Werner Hinz, qui jouait le jeune procureur, il parlait sur le ton d'un père autoritaire, il chuchotait à Irene von Meyendorff qu'Elisabeth était en réalité psychotique, au bord de la crise de nerfs, en proie à un désespoir qu'elle ne comprenait pas elle-même, mais personne ne devait être au courant. À Wegener, il dit :

— Ne jouez pas, contentez-vous de réciter votre texte.

— Mais ne trouvez-vous pas bizarre, Pabst, qu'on tourne un film de ce genre en pleine fin du monde ? Une… œuvre d'art ?

— Vous dites ça comme si c'était une mauvaise chose.

— Plutôt une chose étrange.

— Les temps sont toujours étranges. L'art est toujours inopportun. Inutile quand il voit le jour. Plus tard, avec le recul, c'est la seule chose qui en valait la peine.

Pabst nota ses instructions destinées aux acteurs. Sur des petits bouts de papier, ils pouvaient lire la façon dont il fallait jouer la scène suivante : *Elle ment*, telle était l'indication donnée à Irene von Meyendorff, qui devait expliquer au vieux procureur pourquoi elle ne pouvait plus désormais épouser son fils. *Il croit chacune de ses paroles*, figurait sur le bout de papier de Wegener. Au plan suivant, après une modification de l'éclairage et un nouveau réglage de la caméra, son papier à elle disait : *Elle dit la vérité* et le sien : *Il n'en croit rien*.

Wegener acquiesça en souriant. Irene von Meyendorff regarda Pabst d'un air désemparé.

— Je sais, dit-il. C'est contradictoire. Faites-le, c'est tout.

Comme Willi Kuhle était quasiment inutilisable, Pabst et son assistant dirigeaient la caméra eux-mêmes, une fois l'un, une fois l'autre. Cela se passa mieux que prévu et raccourcit le temps de tournage.

Pabst avait maigri. Il était mal rasé, une fissure traversait son verre de lunette droit. Tous s'aperçurent qu'il portait toujours le même costume ; la blague circulait qu'il le gardait sans doute pour dormir.

Werner Hinz était raide et guindé et très attentif à son apparence : il passait un temps frappant devant les surfaces réfléchissantes et, après avoir dit une phrase, il semblait écouter le son de sa voix, s'inquiétant de son effet et de sa sonorité. En disant son texte, il caressait son abondante chevelure avec satisfaction.

Pabst lui parla à voix basse. Penché à côté de lui, une main posée sur le dos de Hinz, les lèvres près de l'oreille de l'acteur, il lui parlait avec concentration, comme s'il voulait l'hypnotiser.

À la prise suivante, Hinz était moins guindé, mais toujours raide et superficiel.

Pabst interrompit le tournage et sortit avec lui devant le hall. Ils fumèrent assis dans l'herbe. Tout le monde attendait, mais les deux hommes ne semblaient pas pressés. Hinz écoutait en fumant, Pabst parlait.

La journée s'écoula. Le soir, tout le monde rentra chez soi, Pabst supprima la journée de tournage suivante. C'était possible uniquement parce que le directeur de production, un homme maigre et sérieux nommé Hänel, était au lit avec la grippe.

En cette journée libre, Pabst et Hinz se promenèrent sur l'Altstädter Ring. La plupart du temps, c'était Pabst qui parlait, Hinz écoutait. Parfois, c'était l'acteur qui racontait. Il gesticulait des deux mains, l'air très sérieux, Pabst acquiesçait, songeur, et semblait lui accorder toute son attention. Ils étaient sur le pont Charles : la Moldau s'écoulait, sombre et lente, des péniches passaient de temps à autre, les fenêtres scintillaient au soleil.

Lorsque le soir tomba, ils allèrent en flânant jusqu'à une taverne. Pabst commanda de la bière et de la soupe, ils mangèrent et burent jusqu'à ce que le couvre-feu les force à rentrer à l'auberge, où ils se séparèrent avec une longue accolade. Ils se tutoyaient désormais.

Le lendemain matin, Hinz récita son texte comme pour la première fois. Il le dit comme si chaque mot lui venait à la seconde où il le disait ; comme s'il n'était pas un acteur mais bien un procureur parmi ses collègues, légèrement distrait, aimable, sans aucun artifice. Il parlait d'une voix douce et sérieuse, comme on parle à quelqu'un dans une petite pièce, sur un ton personnel et authentique.

Dans le hall sept, on aménageait la salle de concert : une estrade et vingt-cinq rangées de chaises. Cela ne lui suffisant pas, Pabst fit recouvrir une partie des murs par des miroirs en quinconce, comme Lang l'avait fait dans *Metropolis*.

— Vous êtes déjà bien au-dessus du budget, lui dit le directeur de production Hänel, tout juste remis de sa grippe.

— J'ai le soutien total du ministre.

— C'est censé être un polar. Un petit film à suspense pour un million de reichsmarks. Ce que vous êtes en train de faire…

— Cher Hänel ! Songez plutôt ! Le ministre m'a qualifié de plus important représentant de l'industrie cinématographique allemande.

— Quelle est votre source ? C'est Harlan, on le sait.

— Quand cette guerre sera gagnée, cher monsieur Hänel, et vous savez que ça ne va pas tarder… n'est-ce pas ?

Hänel se redressa comme si quelqu'un lui avait ordonné de se mettre au garde-à-vous.

— Évidemment.

— Donc, quand cette guerre sera gagnée, bientôt, très bientôt, on voudra connaître les contributions artistiques du Reich et on demandera qui a encouragé ces performances et qui les a empêchées.

— Mais monsieur Pabst…

— Songez-y !

— Nous ne sommes pas obligés de nous…

— Cher Hänel, nous sommes sur la même…

— Bien entendu, mais le budget…

— Nous serrer les coudes !

— Mais un budget dépassant un million, ce n'est absolument pas…

— Hänel, c'est la guerre, le chaos, il faut s'entraider, chacun improvise comme il peut, la flexibilité, voilà le mot d'ordre ! On se tutoie ? Moi, c'est Wilhelm.

— Adolf.

Pabst hésita une seconde.

— Cher… Adolf, aller ensemble et en toute flexibilité vers la victoire, voilà le mot d'ordre et si, à cette fin, il faut augmenter le budget, alors je sais que ça va se faire. Je le sais parce que je fais confiance à l'Allemagne !

— Certes, mais qui sera "l'Allemagne" si…

— C'est nous tous ! Ensemble ! Alors tu vas parler aux gens de la Prag-Film, Adolf, il existe sûrement un fonds spécial pour les dépenses nécessaires à la guerre, ça existe toujours, d'habitude c'est l'UFA qui reçoit l'argent, mais pas cette fois justement ! Tu peux t'en charger !

— Le fonds spécial est réservé aux films qui soutiennent le moral des troupes !

— S'il y en a un, c'est bien *Le Cas Molander* !

Tandis que Hänel s'efforçait d'obtenir l'argent du fonds spécial, Franz s'occupait de l'éclairage. Tout était minutieusement planifié, rien ne devait rater : sept cent cinquante figurants rempliraient la salle pendant une journée. Ils devaient porter d'élégantes tenues de soirée, si bien qu'on avait réquisitionné toutes les locations de costumes de la ville et fait venir quatorze tailleurs pour ajuster les vêtements, Hänel avait recruté quatre compagnies de la Wehrmacht. Cela avait été plus compliqué de trouver des femmes, ils n'avaient pu obtenir que trente assistantes de la défense antiaérienne, quarante aides-ménagères et dix opératrices radio. Pour que la supériorité numérique des hommes ne soit pas flagrante, il faudrait mettre les femmes au premier plan et faire s'asseoir au fond quelques hommes déguisés en femmes – à cette fin, on avait quand même réussi à dégoter trente-sept perruques de différentes teintes. Ils allaient devoir travailler avec rapidité et précision, ne disposant des figurants et de la grande salle que pour deux jours, après quoi on tournait une grande comédie de l'UFA aux studios Barrandov, un budget de deux millions, Liebeneiner aux commandes, et il était si influent qu'on ne pouvait en aucun cas décaler son film.

Le lendemain eut lieu une de ces attaques aériennes atypiques : l'alarme commença par hurler, puis on entendit les canons antiaériens, puis une maison du quartier de Malá Strana se dissipa en fumée grise et il s'écoula encore un bon moment avant qu'une grêle de petits cailloux s'abatte sur les rues environnantes.

Dans les studios, où Pabst était en train de filmer les doigts du violoniste Jan Worzack jouant sur les cordes, on ne remarqua rien de tout cela. Pabst se trouvait sur un échafaudage au-dessus de l'estrade ; la caméra était orientée verticalement vers les mains du violoniste, si bien qu'on voyait uniquement ses doigts, le violon et un bout du sol. Il fallait que Worzack joue bien, mais pas à la perfection. La majorité du public devait le percevoir comme un virtuose, mais les vrais connaisseurs devaient comprendre la vérité.

Lorsque Pabst et Wilzek sortirent des studios à midi, Hänel vint à leur rencontre.

— Une bonne et une mauvaise nouvelle. Ils nous ont accordé à titre rétroactif les dépassements de budget qui ont déjà eu lieu. Deux cent quatre mille reichsmarks. Ça ne doit pas aller au-delà, mais on est quitte.

— Je le savais ! s'écria Pabst. Et la mauvaise nouvelle ?

— Ils ne viennent pas.

— Qui ?

— Visiblement à cause de l'attaque aérienne. Il y a eu de nouvelles instructions. Et un malentendu avec la hiérarchie militaire. Ils nous avaient donné leur accord... Mais le colonel Wintrich est relevé de ses fonctions. Je ne peux rien faire !

Pabst saisit Hänel par le col de sa veste. Il n'avait jamais fait ça, de toute sa vie. C'était un geste si bête et éculé qu'il ne l'aurait jamais accepté de la part d'un acteur.

— Parlez ! cria-t-il – et songea par habitude : Mauvais dialogue. Parlez, que s'est-il passé ?

— Ils ne viennent pas. Lâchez-moi.

Les deux hommes avaient oublié qu'ils se tutoyaient.

— Qui ne vient pas ?

— Lâchez-moi ou je vous casse le nez. J'étais boxeur autrefois, au régiment.

Pabst lâcha Hänel.

— On les a envoyés sur le terrain, les soldats, mais aussi les assistantes de la défense antiaérienne et les opératrices radio. On peut seulement avoir les aides-ménagères. Il rajusta son col froissé. Mais ça ne fait pas lourd.

Franz et Hänel scrutaient Pabst. Ils attendaient.

Pabst se taisait. Il enleva lentement ses lunettes et les retourna entre ses doigts.

Un certain temps s'écoula. Pabst ne disait toujours rien. Penché en avant, les épaules tombantes, il tripotait ses lunettes. Franz était gêné de le voir effleurer les verres sans arrêt.

Comme il n'avait toujours rien dit au bout d'un moment, Franz demanda :

— Nous allons y arriver, n'est-ce pas ? Quand on fait un film, on est toujours en situation d'urgence !

— Oui, dit Hänel. C'est ce que vous dites toujours. Pas de souci, dites-vous, on va y arriver.

— On ne peut pas décaler le tournage du concert, dit Pabst à voix basse. Il ne nous reste que trois jours, après quoi les studios ne sont plus disponibles et les contrats des acteurs se terminent. On ne peut pas refaire la scène après coup. Ni tourner devant une salle vide. Ni se passer du concert. Le film n'aurait aucun sens.

— Dans ce cas, on filme seulement le violoniste, proposa Franz. Et les spectateurs du premier rang. C'est une pratique courante.

— Ça gâcherait tout le film.

— C'est que, dit Hänel, on n'a pas le choix. Tu l'as dit toi-même. On ne peut pas dégoter huit cents figurants comme ça, dans la rue.

— Non, dit Pabst. Pas dans la rue.

Les deux hommes le regardèrent d'un air interrogateur.

— Pas dans la rue, répéta Pabst.

Puis il remit lentement ses lunettes. Les nombreuses traces de doigts sur les verres le faisaient cligner des yeux. Il les enleva et fixa Hänel ; lui aussi se mit à cligner des yeux et recula d'un pas, perturbé, étonné, commençant à comprendre.

— Nous pouvons encore attendre une journée, dit Pabst. Après-demain, il faut qu'on tourne.

— Mais vous savez que… dit Hänel. Je veux dire, tu sais que… je pourrais le faire. Mais… tu sais que si je…

— Je sais qu'on doit tourner.

— Il faudrait que je m'adresse directement au bureau du Protecteur du Reich…

— C'est votre mission. À qui vous vous adressez, de quoi vous parlez avec qui, c'est votre boulot. Le mien, c'est de tourner après-demain.

— Je ne comprends pas, dit Franz.

— Moi, je crois que si, dit Hänel. Mais je dois m'assurer que vous voulez vraiment…

— C'est *moi*, dit Pabst, qui dois m'assurer de pouvoir faire mon travail !

— Bon, je vais commencer par appeler le bureau du Protecteur du Reich, puis il me faudra bien entendu l'aide de…

— Épargnez-moi les détails et ne gaspillez pas mon temps !

Pabst se détourna brusquement, ouvrit la porte en acier des studios, entra et la laissa claquer derrière lui.

— Je crois, dit Franz, que j'ai l'esprit lent.

— Oui, dit Hänel, de toute évidence.

Il était blême, murmura qu'il devait téléphoner et sortit.

Franz resta là un moment, tête baissée, à regarder les petits brins d'herbe qui avaient poussé entre les fissures du bitume, trembler au vent. Il songea soudain qu'il pouvait se rendre à la gare et prendre le prochain train pour Vienne. Ce n'était pas interdit. Cela aurait sans doute des conséquences, sa dispense de service militaire serait révoquée, on l'enverrait en France, voire en Russie. Mais il pouvait le faire.

Puis il soupira, s'étonna de ses propres pensées et suivit Pabst dans les ateliers où ils se remirent à filmer les doigts du violoniste.

Cette nuit-là, Franz Wilzek ne dormit pas beaucoup. Une angoisse qu'il n'arrivait pas à décrire pesait sur lui. Le matin, il avait le vertige et se sentait épuisé. Il se rendit en tram aux studios, frotta sa tête douloureuse et contempla, accablé, en clignant des yeux, les reflets scintillants du soleil sur la Moldau, qu'il trouva aveuglants et gênants.

Aujourd'hui, il devait filmer des détails de la salle : un portail à colonnes dont s'était détaché un minuscule fragment de marbre, le revêtement en velours de la balustrade d'une loge, un reflet étincelant sur un bouton de porte, le tout en carton. Puis ils passeraient aux gros plans des protagonistes qui écoutaient le concert : la mère, la sœur et son fiancé, concentrés sur la musique. Ils faisaient ça bien, l'air attentif et ému, jamais on n'aurait dit qu'ils entendaient non pas du violon, mais les bruits de scies et de marteaux des ouvriers qui construisaient les derniers décors manquants.

— Non, dit Pabst. C'est barbant. Personne ne veut voir des acteurs au travail. Il réfléchit un instant, puis il dit à Hinz : Ris !

Hinz s'exécuta et rit dans l'objectif flottant à quelques centimètres de son visage. Il rit à gorge déployée car il faisait maintenant sans hésiter tout ce que Pabst voulait de lui.

— Commissures en arrière, dit Pabst. Montre les dents. Comme si tu voulais mordre.

Hinz s'exécuta et Pabst rapprocha davantage la caméra de son visage. Puis il filma Meyendorff qui devait, de rage, se mordre la lèvre encore et encore, jusqu'au sang. Pour finir, il demanda à Elisabeth Markus de serrer les yeux, comme si une chose horrible la menaçait.

— Mais pourquoi ? demanda Franz.

— On va prendre les images sur lesquelles ils sourient. Les autres, on va les insérer pendant une demi-seconde.

— On ne les verra pas.

— Si, on les verra, mais pas avec certitude. On ne sait pas qu'on les voit.

Quand ils sortirent à midi, des soldats s'étaient déployés sur le parking. Les hommes fumaient, riaient, mangeaient, s'asseyaient par terre et attendaient quelque chose.

— Qu'est-ce qu'ils fabriquent ? demanda Franz.

— Je ne sais pas. Nous ne pouvons pas nous occuper de tout.

L'après-midi, il fallut terminer la salle de concert. On accrocha les derniers miroirs, recouvrit les dernières chaises de feutre, qui aurait l'aspect du velours à la caméra. Dix peintres posèrent du marbre veiné sur le sol.

Au-dehors, ils entendaient de temps à autre des coups de feu. Les soldats, lassés, s'exerçaient au tir sur cible.

— Mais qu'est-ce qu'ils veulent ? demanda Franz.

— Vous vous laissez distraire beaucoup trop facilement. Mon Dieu, c'est la guerre, il y a toujours des soldats ici et là, qu'est-ce qu'on en a à faire !

Franz s'apprêtait à poser une autre question, mais un engourdissement étrange s'empara de lui. En silence et sans réfléchir, il s'agenouilla et se concentra sur un bout de câble électrique à coller sous le revêtement. Ça, au moins, il pouvait le faire, c'est pourquoi il n'appela pas un des nombreux ouvriers à la rescousse, il s'en chargea lui-même car rien ne valait mieux que d'avoir une tâche.

C'est seulement lorsqu'ils remontèrent dans la voiture censée les ramener à l'auberge qu'il demanda de nouveau :

— Vous croyez vraiment qu'on va pouvoir tourner demain ?

On ouvrit le grand portail de l'entrée pour laisser passer deux fourgons ouverts et remplis de soldats.

— Moi, c'est Wilhelm, dit Pabst.

Franz le regarda d'un air stupéfait.

— Si ça te convient, on va se tutoyer. Tu as toujours été un bon élève. Un partisan fiable. Un bon assistant.

Perturbé, Franz fixait l'arrière de la tête du chauffeur tchèque. L'homme avait des cheveux poivre et sel, des pellicules sur les épaules. Une petite croix suspendue à un collier de perles se balançait au rétroviseur. Pourquoi tout était aussi irréel ? Il savait pourtant qu'on venait de lui faire un grand honneur.

— Un grand honneur, dit-il d'une voix rauque.

— Taratata, dit Pabst.

Ils se serrèrent la main. Franz remarqua combien Pabst semblait épuisé : il avait les joues tombantes, de profonds cernes sous les yeux. Franz voulait lui demander s'il était malade, mais il était de nouveau si déconcerté qu'il avait soudain l'impression de ne pas être ici, mais dans sa ville natale de Vienne, en route pour Dieu sait où. Trois, quatre, cinq, sept, neuf, dix, onze, douze et davantage de gros camions arrivaient en sens inverse. Franz tourna la tête pour les suivre du regard, or c'était impossible car la file n'en finissait pas.

L'instant d'après, il se retrouva dans sa chambre d'hôtel sans savoir comment il y était arrivé. Assis au bord du lit, il songeait à quelque chose qu'il ne parvenait pas à mettre en mots.

On toqua à la porte.

Il avait fait la connaissance de Daša un mois plus tôt, dans l'auberge où elle travaillait comme serveuse. Il était revenu le soir suivant et celui d'après. Il n'avait jamais eu une grande confiance en lui quand il s'agissait des femmes, mais sa gentillesse toute simple, ainsi que le fait qu'elle ait un long nez, un menton minuscule et qu'elle ne soit généralement pas considérée comme jolie lui avait donné du courage. Il lui avait raconté sa vie et elle avait été impressionnée de savoir qu'il travaillait pour Pabst car elle avait vu *Loulou*, “Louizeux Broux, s'était-elle écriée avec son accent très prononcé, mon Dieu, kel pel feeeeemmme !" La semaine suivante, elle lui avait rendu visite la nuit dans son hôtel, malgré le couvre-feu. Ils ne pouvaient pas aller chez elle parce qu'elle habitait encore chez ses parents.

Mais aujourd'hui, Franz était troublé. Assise au bord du lit, elle rejeta ses longs cheveux en arrière et tenta de l'égayer grâce à des anecdotes de l'auberge dans laquelle personne, bien entendu, ne devait savoir qu'elle retrouvait un Allemand.

Avec un sourire compatissant, elle enleva son chemisier, il lui caressa le front avant qu'ils se glissent sous la couverture, mais il avait les pensées ailleurs et l'âme comme anesthésiée. Elle l'embrassa sur la joue en disant que ça ne faisait rien, puis elle s'endormit et il resta allongé dans l'obscurité, écoutant sa respiration et songeant au train à destination de Vienne qui partirait dans quelques heures ; on pouvait encore tout laisser derrière soi. Mais tandis qu'il croyait s'être levé et se rendre à la gare avec une valise beaucoup trop lourde dans la lumière blafarde du matin, il s'était endormi et ce n'était qu'un rêve.

À son réveil, Daša était partie depuis longtemps car ses parents ne devaient s'apercevoir de rien. Sa présence ici lui semblait être un rêve, comme maintenant où il se retrouvait assis dans la même voiture que la veille avec Pabst, à la même place et derrière le même chauffeur. Ils ne se disaient rien. Pabst avait les bras croisés sur la poitrine, sans le regarder, il était distrait et cassant, Franz ne l'avait jamais vu ainsi depuis le début du tournage.

Dix minutes avant qu'ils n'arrivent à Barrandov, ils croisèrent les camions gris verdâtre stationnés en une longue file au bord de la route. Une fois de plus, Franz ne parvint pas à les compter, quelque chose en eux s'estompait, comme s'ils ne faisaient pas entièrement partie de la réalité tangible. Le portail était ouvert, un véhicule blindé équipé d'une mitrailleuse bloquait l'entrée. Lorsqu'ils s'approchèrent, le véhicule se déplaça sur le côté pour laisser passer leur voiture. Derrière eux arrivaient les deux bus qui amenaient les acteurs et le personnel chaque matin.

Dans la cour se trouvaient des soldats – la plupart issus de la Wehrmacht, mais aussi quelques-uns affublés de la double ligne brisée de la SS. Franz voulait le questionner, mais il avait la gorge nouée et songeait uniquement qu'il avait raté le moment où il aurait eu le temps de prendre le train.

Ils descendirent et traversèrent la cour en silence. Franz remarqua qu'il ne voulait pas savoir ce qu'il savait pourtant déjà, à tel point que ses pensées s'étaient tues. Dans sa tête, où il se parlait d'habitude à lui-même, il ne restait qu'un silence hébété. Sans rien dire, il franchit la haie des gardes jusqu'à la porte du hall, on lui ouvrit et il entra, toujours sans rien dire.

Les figurants étaient là.

Assis immobiles, une rangée après l'autre, multipliés par les miroirs, si bien qu'ils paraissaient innombrables. Ils étaient maigres, les visages émaciés, une lourde odeur flottait au-dessus d'eux, mais ils portaient leurs costumes, même si les cols étaient trop grands et qu'ils flottaient dans leurs vestes, Franz referma la portière derrière lui et franchit en silence la haie des gardes, suivi en silence par Pabst, vers la porte des studios, se demandant s'il était déjà dedans juste avant, autrement dit, s'il avait réellement déjà vu ce dont il savait qu'il allait le voir dans un instant. On lui ouvrit la porte, il entra.

Ils étaient là, immobiles parce qu'on le leur avait ordonné, silencieux parce qu'ils n'avaient pas le droit de parler, une rangée après l'autre, en partie ici dans la pièce et en partie au-delà des miroirs, s'efforçant de se tenir droits parce qu'ils le devaient, or beaucoup n'y arrivaient pas, certains toussaient, ce qui était certes interdit, mais aussi impossible à réprimer. L'odeur était atroce. Franz recula involontairement, referma la portière, alla vers les studios, franchit la haie des gardes tout en sachant qu'il était déjà à l'intérieur ; le temps s'était emmêlé comme une bobine de film, si bien que, tout en se dirigeant vers la porte, il était en même temps à l'intérieur, fixait Pabst et ne trouvait pas les mots, ni aucune réponse lorsque Pabst, blême, lui donna pour consigne de filmer depuis l'estrade en adoptant la perspective du musicien : le plan le plus important du film, préparé de longue date.

Ce qui surprenait le plus Franz, c'était qu'ils soient déjà en costume. On avait dû travailler toute la nuit, avec une efficacité monstrueuse, mais où étaient les tailleurs qui avaient ajusté les vêtements ? Franz se retrouva sur l'estrade, où la caméra était déjà installée, un ordre retentit d'on ne savait où, les soldats regroupés au bord de la salle se baissèrent et disparurent derrière les cloisons en carton qui imitaient le marbre lourd, visibles uniquement là-haut, sur les échafaudages entre les projecteurs. Lorsqu'on regardait dans l'oculaire, on ne voyait qu'une salle remplie d'auditeurs regardant droit devant eux, fascinés et immobiles parce qu'une voix criait dans un mégaphone : “Le regard fixe, l'air fasciné, on ne bouge pas !”

Puis il s'aperçut qu'il n'était pas du tout derrière la caméra, mais au bord de la pièce à côté de Pabst, et la voix qui criait : “Le regard fixe, on ne bouge pas !” venait de l'autre côté ou bien venait-elle réellement d'en haut, là où se trouvaient les projecteurs ? Franz réussit enfin à parler et dit “Non !” d'une voix rauque.

— Ce n'est pas possible. Pas possible ! Wilhelm, ça ne va pas du tout !

Pabst le regarda. Les rais des projecteurs se reflétaient dans ses verres de lunette.

— Personne, dit-il à voix basse. Pas une seule personne. Ne subit quoi que ce soit à cause de nous. Personne n'a subi… à cause de nous. Il faut finir le film.

Franz secoua la tête. Il voulait répondre, expliquer ou dire quelque chose, mais tout ce qu'il parvint à articuler, c'était le mot : "Non !" Et encore une fois : "Non !" Et : "Pas ça."

— Qu'est-ce que vous voulez dire ? lui demanda le décorateur Ladinger, un homme large et sympathique, que Franz avait toujours apprécié. Pabst, en revanche, n'avait pas pu l'entendre car il se trouvait ailleurs, de l'autre côté du hall, et parlait avec l'éclairagiste en chef. Celui-ci faisait non de la tête, comme Franz venait de le faire, mais lorsque Pabst poursuivit, il parlait dans un combiné téléphonique. La lumière changea aussitôt de température, l'éclat doré nimbant le lustre s'intensifia.

— Ce que je veux dire ? dit Franz. Il désigna les rangées pleines et les soldats autour.

— Comment ça ? demanda Ladinger.

Franz ne savait pas ce qu'il devait répondre, ni ce qu'il avait le droit de dire ; il ignorait si Ladinger ne le comprenait réellement pas – ce qui semblait être le cas car, comme Franz n'ajouta rien, le décorateur haussa les épaules et se mit à reboucher une fissure dans une des cloisons avec la plus parfaite indifférence.

Quant à Franz, il se retrouva en un clin d'œil sur l'estrade, derrière la caméra, pour filmer la vue frontale sur le public. Il ne voyait Pabst nulle part, mais il se rappela ce que celui-ci venait de lui dire, sur ce ton doucement hypnotique que Franz l'avait déjà entendu utiliser avec les acteurs :

— Toute cette folie, Franz, cette folie infernale, nous donne la possibilité de faire un grand film. Sans nous, ce serait exactement pareil, personne ne serait sauvé, personne n'irait mieux. Mais le film n'existerait pas.

Franz regarda dans l'oculaire : un vieil homme au regard vif et perçant, à ses côtés une femme d'un âge indéfinissable, portant un foulard en soie autour de la tête, sans doute pour cacher son crâne rasé. Ici aussi, les costumiers avaient fait le nécessaire, toutes les femmes portaient des foulards ou des chapeaux, quelques-unes des perruques. Comme on le leur avait ordonné, tous regardaient la caméra, ce qui signifiait que tout le monde le voyait lui, Franz, debout là, sachant ce qu'il faisait : de même qu'il les voyait, ils le voyaient, et il se retrouva l'instant d'après en train de descendre de voiture et de se diriger vers la porte métallique des studios, franchissant la haie des gardes, ignorant encore ce qu'il savait déjà, espérant encore avoir simplement perdu la raison, mais une seconde plus tard, il se retrouva à l'intérieur, en train de déplacer la caméra entre les rangées de sièges dans l'allée centrale avec trois assistants.

“Devant vous, uniquement devant vous ! ordonna la voix dans le mégaphone. Personne ne fixe l'objectif”, et tout le monde obtempéra, ce que les figurants ne faisaient jamais dès la première fois et, comme prévu, la caméra tourna sur son axe, s'éleva de biais vers le lustre en cristal et replongea vers l'estrade, où l'acteur Robert Tessen faisait semblant de gratter du violon, ce qui n'était pas une réussite, il avait visiblement oublié les leçons qu'il avait reçues pendant des semaines et Franz, voyant que personne d'autre n'était présent, s'écria lui-même :

— Redressez-vous, s'il vous plaît, pensez au fait que vous ne devez pas jouer pour de bon, n'écoutez pas votre jeu, inutile que ça sonne bien, seuls vos gestes comptent, et il remarqua avec étonnement que Tessen l'écoutait et s'améliora aussitôt.

On en était déjà au plan suivant : l'acteur vu de dos et, devant lui, la salle qui se perdait dans le lointain. Très lentement, comme si la musique supprimait la pesanteur, la caméra s'éleva – exactement comme Pabst s'était représenté la scène autrefois, dans sa chambre à Dreiturm. Ils se trouvaient sur un pont élévateur hydraulique qui montait de plus en plus haut, et de même que la caméra ne faisait pas la mise au point sur les gens dans la salle, se focalisant sur l'arrière de la tête de l'acteur, de même les yeux de Franz n'arrivaient pas à obtenir la netteté.

On n'avait pas le temps pour une pause déjeuner. Cette cadence n'était possible que parce que tout était minutieusement préparé, que Pabst connaissait parfaitement son métier et qu'aucun des figurants ne sortait jamais ni ne demandait de l'eau ou de la nourriture. Ils filmaient à présent Irene von Meyendorff, Werner Hinz et Elisabeth Markus en plan large, assis au bout de la première rangée. Tous les trois semblaient fascinés et enthousiastes car c'étaient des acteurs qui savaient comment s'y prendre, et il aurait vraiment fallu les observer avec attention pour se rendre compte combien cela pesait à la jeune actrice d'avoir à côté d'elle un homme blême flottant dans son smoking, si près que le coude de l'homme touchait le sien. Une fois la scène tournée, Pabst s'écria :

— Markus, Meyendorff, Hinz, dernière prise, vous avez fini, bon retour !

En temps normal, comme chaque fois que les acteurs avaient terminé leur rôle, il y aurait eu des applaudissements. Mais pas cette fois.

Ensuite le plan le plus complexe. Le mouvement de caméra commençait sur l'estrade, descendait dans la salle et longeait les rangées de sièges du côté droit avant de remonter. La caméra fixée au long bras d'une grue se trouvait sur une plateforme et, tout en s'élevant, elle se retournait vers l'estrade où Tessen s'éloignait de plus en plus parce que le cameraman, à savoir Franz, étant donné que Pabst avait le vertige, raccourcissait la focale en continu. C'était très difficile à faire et ça rata la première fois : Franz ne réussit pas la mise au point, perdit la netteté, Tessen devint flou.

— On la refait ! s'écria Pabst, cette fois depuis l'échafaudage, entre les soldats.

À côté de lui, Hänel et le décorateur Ladinger. Franz avait assez de temps pour les observer – gênés, ils n'échangeaient pas un seul mot – car il s'écoula un bon moment avant que la grue ne redescende.

La deuxième tentative réussit, la rotation s'effectua sans que la caméra ne vacille et Franz parvint à garder la netteté : la manœuvre était si difficile qu'il ressentit un bref élan de fierté. Tout le monde n'en était pas capable, songea-t-il malgré lui ; non, presque personne n'en était capable.

La fois suivante échoua parce que Franz ne réussit pas à faire la mise au point sur le violoniste, mais la quatrième tentative réussit. Lorsque Franz fut déposé lentement à terre, il revit son ancien pédiatre.

Le docteur Sämann était assis au milieu du cinquième rang et il ressemblait vraiment à un spectateur normal. À l'époque, à Vienne, il passait toujours en début d'après-midi, après ses heures de consultation, il effectuait les visites à domicile entre quatorze et seize heures, qu'est-ce qui pouvait bien l'amener ici en Bohême ?

Franz descendit de la plateforme et resta là, inerte. Le docteur Sämann tourna la tête. Il avait reconnu Franz depuis longtemps. Il sourit comme autrefois, lorsqu'il était au chevet de Franz et lui posait sa main froide sur le front. En feignant l'ignorance, il haussa les épaules.

Franz ouvrit la bouche. Il voulait parler, crier quelque chose, mais il n'avait pas le droit et, de fait, le docteur Sämann secoua la tête comme si c'était à lui de rassurer Franz. Puis tout cessa.

Des couleurs émergeaient, des formes se composaient, Franz s'était retrouvé dans un jardin et sa grand-mère lui avait demandé quelque chose. Mais avant qu'il ait le temps de répondre, il vit des visages qu'il mit un moment à reconnaître : Hänel, Ladinger et maintenant Pabst.

Quelqu'un l'aida à se relever. Là-bas, le docteur Sämann le regardait d'un air qu'on aurait presque pu qualifier de compatissant et cela faisait trop, Franz n'en pouvait plus. Il alla vers la porte, les soldats s'écartèrent, il l'ouvrit d'un coup et sortit à l'air libre en chancelant.

Il était dehors, respirait avec difficulté. Il avait le vertige. Les soldats alentour plaisantaient, la porte s'ouvrit, il entendit quelqu'un sortir. Il n'avait pas besoin de se retourner pour savoir de qui il s'agissait.

— Pas besoin de la refaire, dit Pabst. On a ce qu'il nous faut. C'est compréhensible d'avoir la nausée quand on vous fait tourbillonner comme ça dans les airs.

Franz s'assit lentement sur le sol qui vacillait furieusement.

— Je peux terminer sans toi, dit Pabst. Repose-toi.

Puis il disparut. Franz appuya la tête dans ses mains et ne bougea plus.

— Vous, les cinéastes à la con, vous êtes tous pareils, dit un soldat.

Il avait une moustache et de petits yeux penchés.

— Les vaillants petits tailleurs, dit un autre. Il ressemblait à un enfant, seize ans tout au plus. Ceux qui ont dû ajuster les costumes. Ils se sont évanouis, ils ont dégueulé, ils voulaient s'enfuir à toutes jambes.

— Ils ont bien tenté, dit un troisième. De la racaille tchèque qui n'a aucun cran. Ils sont pas allés bien loin.

— Fais pas dans ton froc, petit merdeux, dit le premier. De là où ils viennent, ils ont droit au traitement de luxe, de toute façon ! Ailleurs, c'est bien différent.

Tous rirent.

Franz se releva lentement. D'un pas incertain, il se dirigea vers une des deux voitures qui attendaient. Lorsqu'il monta en disant "Démarrez !", le chauffeur mit effectivement le moteur en marche. Le portail s'ouvrit et ils longèrent la longue file de camions gris, on ne pouvait toujours pas les compter, mais au bout d'un temps, ils finirent quand même par disparaître et Franz eut l'impression qu'il allait de nouveau pouvoir respirer.

Il ferma les yeux. "Dernier jour de tournage ! Dès demain, Liebeneiner sera là. Il faut s'en tenir aux… Quand on tourne, on est toujours en situation de… Mais je ne suis pas obligé de revenir. Dernier jour de tournage !"

Toujours un bon élève, avait dit Pabst. Un partisan fiable. Pour une raison quelconque, Franz pensa à Paul Wegener. Une chance qu'il soit déjà rentré à Hambourg et pas obligé de voir ça.

— Une chance ! murmura Franz, puis il ouvrit les yeux et se retrouva sur le parvis des studios, entouré de soldats ricaneurs et, pour une raison quelconque, l'air sentait l'essence. Il était à peine surpris. Il ne s'attendait pas à ce que ce soit facile de partir d'ici. Il se dirigea vers la première des deux voitures, s'assit et dit : "Démarrez !"

Le chauffeur obéit, mais cette fois, le portail mit plus de temps à s'ouvrir. Deux hommes en uniforme regardèrent par les vitres ouvertes et demandèrent à voir ses papiers et ceux du chauffeur, ils ouvrirent également le coffre pour s'assurer que personne ne se cachait dedans. Après seulement, ils purent s'en aller. Franz garda les yeux fermés jusqu'à ce qu'ils s'arrêtent devant l'auberge.

Il s'affala sur son lit. Il resta immobile, sans dormir, tandis que le ciel à la fenêtre virait au gris, puis au noir.

À un moment donné, Daša toqua. En s'asseyant, puis en se dirigeant vers la porte, il se demanda comment lui faire comprendre qu'il fallait absolument qu'il soit seul maintenant. Mais lorsqu'il ouvrit, elle recula, le regarda droit dans les yeux et demanda : "Qu'est-ce qui s'est passé ?"

Il ne donna aucune réponse. Elle dit qu'elle reviendrait une autre fois, lui fit comprendre d'un geste rapide de ne pas la suivre, et s'en alla à la hâte.

Lorsque Franz partit à sa recherche trois jours plus tard, elle ne travaillait déjà plus à l'auberge où ils s'étaient connus. Il s'aperçut alors qu'elle ne lui avait jamais dit son nom de famille.

Autrefois, il n'en avait jamais eu le temps. Maintenant, Pabst faisait de longues promenades. De préférence après le black-out, quand la ville était si vide qu'on l'aurait crue construite juste pour soi. Et comme son imagination, après tant de décennies, ne pouvait plus fonctionner autrement, il inventait des films : un crime passionnel sur le grand pont, un Golem surgissant des profondeurs d'une cave avec le signe du feu sur le front, une étoile inconnue dans le ciel qui annonçait l'avènement d'une nouvelle ère de l'hypocrisie, l'exécution de messieurs haut placés sur la grande place devant le peuple assoiffé de sang, le vieil empereur Rodolphe, à moitié fou dans sa chambre des merveilles, avec une longue barbe et un regard vacillant. Ils auraient été un peu démodés, ces films, mais la ville de Prague engendrait tout naturellement ce genre d'images.

Le Cas Molander, en revanche, serait d'une modernité étincelante. La guerre serait finie d'ici quelques semaines, après quoi le monde découvrirait son œuvre avec étonnement : il confirmerait son statut parmi les grands réalisateurs et, quand il tournerait en Amérique, ils ne pourraient plus lui imposer de scénario ni de piètres acteurs, et aucun producteur ne lui refuserait le droit de monter son propre film.

À présent, il n'y avait plus qu'à réussir le montage.

Il lui venait des idées qu'il n'avait pas prévues. La mère Molander bougeait la tête et les mains d'une manière qui lui rappelait la défunte Erika, alors qu'il n'avait jamais demandé à Elisabeth Markus de le faire ! Dans les scènes entre les deux procureurs, il remarqua que Paul Wegener posait sa main sur la tête de son fils avec l'affection d'un père, mais aussi avec angoisse, ce qui lui rappela la manière dont il se comportait souvent avec Jakob – quant à Werner Hinz, il regardait son père d'un air si enfantin et sévère, scrutateur et plein d'une colère rentrée qui lui rappelait le regard de son propre fils, et de fait, il voyait Wegener reculer l'instant d'après, comme si une appréhension étrange s'était emparée de lui, entre la culpabilité et l'inquiétude ; cela lui fit penser qu'il n'avait toujours aucune nouvelle de Jakob. Dans une scène où Irene von Meyendorff longeait un sentier de graviers entre son frère et son fiancé, tenant la main du premier et le bras du second, cela ne donnait pas une image d'amour familial, pour une raison quelconque. Le regard de Meyendorff allait nerveusement de l'un à l'autre, mais c'était son frère qu'elle regardait avec passion et son fiancé qu'elle contemplait avec la douceur d'une sœur, et lorsque Robert Tessen soutint un instant son regard d'un air moqueur, Pabst en eut des sueurs froides – cela évoquait sa propre situation entre une femme qu'il aimait avec une affection tranquille et une autre qu'il désirait de toutes ses forces. Comment tout cela avait-il trouvé son chemin jusque dans son film ?

À côté des halls des studios se trouvaient le laboratoire cinématographique et, au premier étage, les salles de montage. L'une d'elles était équipée d'un téléphone. Il appela Trude. En temps normal, la ligne était coupée, mais cette fois, il réussit à la première tentative.

— Aucune nouvelle de Jakob, dit-il.

Ils se turent un moment parce que le plus important venait d'être dit, le reste semblait accessoire.

— Tu voulais écrire des pièces de théâtre, dit-il soudain. Autrefois.

— Je voulais beaucoup de choses. Je voulais aussi être actrice. C'était avant de t'épouser. Tu m'as dit, pas dans tes films !

Il acquiesça. Il y avait de bonnes raisons à cela. Il les avait toutes oubliées.

— Tu te souviens de ma pièce sur le spéléologue, *Profondeurs mystérieuses* ?

— Bien sûr !

Il n'avait aucune idée de ce qu'elle voulait dire.

— Il aime cette femme, mais il doit redescendre et elle n'a pas le droit de l'accompagner. Reinhardt a dit qu'on pourrait la monter sur scène, mais que ce serait mieux de la porter à l'écran. Les grottes profondes, il a dit. Bien éclairées, ça pourrait donner quelque chose d'inédit. Mais on ne peut pas les reconstituer en studio, il a dit, il faut trouver de vraies grottes.

— Le front approche. Je dois partir d'ici, mais je dois d'abord finir de monter le film. Ça va être mon meilleur.

Elle ne dit rien.

— On m'a convoqué au bureau d'enregistrement militaire pour la circonscription.

— Mon Dieu.

— J'aimerais servir dans l'armée, bien évidemment ! s'écria-t-il pour la devancer. Quelle catastrophe si elle disait maintenant ce qu'il ne fallait pas. Ce serait un honneur pour moi de pouvoir… Mais le ministère a fait en sorte que j'obtienne un sursis. N'aie pas peur !

— Oui, mais si tu…

Il attendit, n'entendit plus rien, puis la ligne fut de nouveau coupée. Lorsqu'il tenta de la rappeler, il n'entendit qu'un bruit métallique, puis un sifflement, puis l'écho du silence.

Deux ou trois fois par jour, il y avait des coupures de courant : les écrans noircissaient, les bobines se figeaient et ils ne pouvaient rien faire d'autre que d'aller fumer dehors. Dans la salle de montage, c'était évidemment impensable, la moindre étincelle pouvait mettre le feu à la pellicule en nitrate de cellulose.

Tandis qu'ils attendaient, ils parlaient peu, mais dès que le courant revenait, ils collaboraient encore mieux qu'avant.

— On y retourne, dit Pabst. Lorsqu'il regarde dans cette direction, tu vois, il nous faut un plan de la fenêtre, en guise de transition vers le contrechamp, on a ça ?

Avant que Franz n'ait le temps de faire une proposition, un petit homme chauve ouvrit brusquement la porte et cria quelque chose dans une langue étrangère.

— *Deutsch ?* demanda Pabst, déconcerté. Français ?

L'homme cria de plus belle et Pabst comprit alors de qui il s'agissait. Il avait fait sa connaissance autrefois, à la première de Salzbourg. Et le cri, c'était tout simplement son nom.

— Monsieur Karrasch ! Que faites-vous donc ici ?

— *Heil Hitler*. Voir mon film !

Pabst ne savait que répondre. Il dut d'abord se rappeler qu'il existait au départ un roman médiocre écrit par ce pauvre homme.

— Plus tard, volontiers. Nous n'en sommes qu'au montage.

— Je vais m'adresser au parti !

— Mais pourquoi ?

— Karrasch est un membre émérite et plusieurs fois primé de la Chambre de la littérature du Reich. Le Führer a loué mon *Schmiedecke*.

— Certainement.

— On n'a pas invité Karrasch au tournage, auquel il aurait pourtant pu contribuer à bien des égards. Maintenant, Karrasch est ici et exige de voir son film.

— Ce serait un honneur, mais…

— Alfred Karrasch va s'adresser au parti et à la Chambre car il ne tolérera pas qu'on l'empêche de voir son œuvre !

Le petit homme montrait les dents, ses yeux énormes et humides flottaient telles des petites lunes sales dans ses verres de lunette.

Pabst fit glisser un tabouret vers lui et dit de sa voix la plus douce :

— Asseyez-vous donc, cher monsieur Karrasch. Personne n'a voulu…

— Adressez-vous à moi en disant monsieur le professeur Karrasch ! Pourquoi n'y a-t-il pas de monteur ici ? J'ai déjà travaillé dans le cinéma, il y en a toujours un dans la salle de montage, non ?

Pabst et son assistant échangèrent un bref regard. Pabst avait renvoyé le monteur chez lui dès le premier jour, mais personne ne devait le savoir car si cet homme ne recevait pas l'intégralité de ses honoraires, il irait se plaindre à Berlin.

— C'est son jour de congé, dit Franz.

— Il travaille très dur, dit Pabst.

— Une journée de repos bien méritée, dit Franz.

— Au beau milieu du film ? Bon, et maintenant faites-moi voir !

— La première bobine, dit Pabst à voix basse.

Le film commençait lentement. Pendant les dix premières minutes, on voyait le visage d'Elisabeth Molander qui se rendait à son travail. Elle traversait des rues, attendait à des carrefours, montait dans un tram, se tenait à la poignée, laissait passer une station, descendait à la suivante, traversait une autre rue, entrait enfin dans le bâtiment administratif où elle travaillait, et gravissait un grand escalier avec ses pas qui résonnaient. On voyait uniquement son visage, qui réagissait parfois aux gens qu'elle croisait. Au début, on entendait les bruits de l'environnement, puis ils passaient rapidement à l'arrière-plan, laissant s'élever la cadence scintillante de Paganini que son frère jouerait par la suite au concert et qui se fondait au bout d'un temps, de façon si discrète qu'on s'en rendait à peine compte, aux bruits de la rue qui finissaient par l'engloutir. Ils avaient tourné toute la séquence en studio, Irene von Meyendorff marchait sur un tapis roulant, les bruiteurs et les éclairagistes avaient recréé le fond sonore et le halo de la ville. Résultat, on avait l'impression qu'une caméra en apesanteur traversait une paisible matinée berlinoise des années plus tôt, bien avant la guerre.

Franz fit défiler la bobine contenant le début du film déjà monté, Pabst posa une main amicale sur l'épaule de Karrasch, mais celui-ci tressaillit en grimaçant. Ils sortirent.

— Qu'est-ce qu'on fait s'il veut modifier quelque chose ? demanda Franz.

— C'est le cadet de nos soucis. Hier, j'ai vu des Tchèques avec des fusils. Quelque chose se trame.

— Mais tu ne penses pas qu'on…

La porte s'ouvrit d'un coup, Karrasch, le souffle court, se tenait devant eux.

— Une merde de dernière classe ! Une saloperie bolchévico-médiocre, juive, mesquine et pornographique !

Sur l'écran de la salle de montage, on voyait la jeune femme sourire à quelqu'un en gros plan. Des rayons de lumière passaient sur son visage.

— Mais vous n'avez vu qu'une minute !

— Karrasch s'en doutait ! Quand ils sont venus me voir, Hippler et Liebeneiner : "On a la bonne personne", et sa stupide femme avec son cercle galeux !

Il se tut, se mordit les lèvres et tapa du pied.

— Mais vous n'avez encore rien…

Karrasch se hissa sur la pointe des pieds et chuchota :

— Au camp. Vous deux. Karrasch va s'en charger.

Franz savait que c'était une situation dangereuse. Mais ça ne changeait rien. Il ne put réprimer un sourire.

De rage, le petit homme sembla plonger dans une raideur cadavérique. Sa bouche s'ouvrit, son visage vira au gris.

— Je vous prie d'excuser mon assistant, dit Pabst.

Il se tut pour reprendre le contrôle de lui-même, en vain. Il sourit aussi.

Les yeux de Karrasch s'agrandirent et se vidèrent.

— Vous allez voir ! aboya-t-il.

De fait, il articulait les sons au fond du gosier, si bien qu'ils formaient à peine des mots. Il fallait l'écouter attentivement pour comprendre qu'il était en train de parler et non d'agoniser.

— Vous – allez ! Voir !

Après quoi il s'en alla à petits pas de canard.

— Une raison de plus de se dépêcher, dit Pabst.

— Mais qu'est-ce qui lui… Il n'a rien vu du tout !

— Visiblement, c'était suffisant. Il a un instinct pour la qualité.

Dans les pièces à carreaux blancs du laboratoire cinématographique à l'étage inférieur, où travaillaient une dizaine de femmes en vêtements de protection blancs, on tirait les copies positives. À partir de celles-ci, Pabst montait le film avec Franz, après quoi on redescendait ce matériau à l'étage inférieur, où le négatif original était découpé et recollé.

— N'importe qui ou presque peut tourner un film, dit Pabst. Mais c'est au montage qu'on le crée réellement.

Les scènes du concert venaient justement de remonter. On voyait nettement le violoniste, des doigts en train de jouer, l'archet bondir sur les cordes. Il y avait aussi les images tournées depuis la grue mobile : un tourbillon à travers la salle illuminée et, beaucoup plus bas, les têtes de la foule. C'est ainsi que Pabst composa l'enchaînement des images : à chaque coupure correspondait une mesure, plus vite, plus vite, plus lentement, reprendre son souffle, là les visages de la mère et de la sœur, et le temps lui-même se précipitait dans l'accélération, la caméra s'élevait à grande vitesse – c'était si époustouflant qu'ils entendirent à peine l'explosion. Les lumières vacillèrent, le verre de la fenêtre vibra.

Ils se regardèrent avec étonnement : il n'y avait pas eu d'alerte aérienne.

La prochaine détonation arrivait déjà et, pendant vingt minutes, ils entendirent des coups de feu crépiter au loin. Comme il n'y avait pas de coupure de courant, ils continuèrent à travailler jusqu'à ce que la nuit pâlisse et que le soleil se lève. Lorsque la nuit retomba, il fallut s'interrompre pour se reposer.

Ils prirent le tram pour retourner en ville. Depuis la fin du tournage, ils n'avaient plus de voiture à leur disposition, elles étaient toutes destinées à Liebeneiner, qui tournait sa comédie-pour-soutenir-le-moral-des-troupes aux studios. Sur le trajet, ils virent des soldats empiler des sacs de sable. Un blindé était stationné à un carrefour. Le tram s'immobilisa trois stations trop tôt, on donna des instructions en tchèque, visiblement tout le monde devait descendre. Tandis qu'ils rejoignaient leur auberge, ils entendirent un coup de feu quelque part.

— Cinq heures, dit Pabst. On ne dort pas plus. Puis on retourne au travail.

Le réceptionniste leur expliqua que tout était la faute de la radio. La veille, elle avait soudain diffusé non plus en allemand, mais en tchèque et comme c'était interdit, on avait pris cela pour un signal. Les gens avaient arraché les plaques de rue en allemand, il y avait eu des tirs.

— Que va-t-il se passer maintenant ?

— Dieu seul le sait, monsieur !

Mais une fois devant l'hôtel à l'aube, la rue était comme d'habitude : les gens marchaient sans se presser, les voitures circulaient.

Pabst avait un énorme havresac vide sous le bras.

— Je ne pense pas qu'on va revenir ici.

Ils montèrent dans le tram, qui s'arrêta au bout de trois stations, et ils durent continuer à pied. Sur une place à proximité, des voix furieuses criaient en tchèque. Ils s'en allèrent à toute vitesse.

— On devrait prendre le train pour Vienne, dit Franz.

— C'est ce qu'on va faire. Avec le film. Quand il sera fini.

Ils bifurquèrent dans un chemin le long du fleuve. Ils marchaient aussi vite que possible, avant d'entendre de nouveaux tirs. Puis d'autres qui semblaient leur répondre.

— Quand on fait des films…

— Oui, je sais ! s'écria Franz. Toujours en situation d'urgence !

— Si on ne finit pas le montage de *Molander*, tout aura été pour rien. Pabst s'arrêta et regarda Franz à travers ses verres réfléchissants. Tout !

— Les figurants, tu veux dire ? Même ça, c'était pour rien ?

— Ce n'étaient pas des figurants, mais des soldats.

— Quoi ?

— Franz, tu y étais, tu as bien vu !

Brusquement, Franz eut l'impression que ses souvenirs devenaient flous. Était-il possible que rien de tout cela n'ait eu lieu ? Pouvait-on décider que cela n'avait pas eu lieu ? S'être trompé, avoir simplement imaginé la scène, décider qu'on avait imaginé la scène, les souvenirs pouvaient-ils être faux ou pouvait-on décider qu'ils l'étaient, par simple volonté ?

— Mais je m'en souviens.

— De quoi ?

Pabst regarda Franz d'un air scrutateur, il paraissait sérieux.

Franz ne répondit pas, ils poursuivirent leur chemin à la hâte, tête baissée. Ils n'entendaient plus de tirs. Une demi-heure après, ils avaient rejoint les studios.

— Il faut qu'on en finisse, dit Pabst. Puis on redescend, on fait le montage de l'original et on l'apporte à Vienne.

Ainsi s'écoulèrent la journée, la nuit et la journée suivante. Ils mangeaient des tartines beurrées que Franz volait dans le hall où tournait Liebeneiner, ils ingurgitaient des quantités monstrueuses de café noir et le film se reconstitua, une scène après l'autre, Franz remarquant avec un soulagement indescriptible qu'on ne voyait sur aucune le docteur Sämann, ce qui voulait dire qu'il s'était peut-être trompé. Une fois, le sol vibra sous une explosion, mais cela n'engendra qu'une brève coupure de courant.

Lorsque Franz redescendit les positifs découpés et recollés, il trouva le laboratoire vide. Les femmes en blouses blanches qui se trouvaient encore là hier avaient disparu.

— Dans ce cas, tu dois t'en charger, dit Pabst. Je finis le montage à l'étage et toi, tu adaptes les négatifs en bas.

— Je ne sais pas faire ça.

— Autrefois, sur un film muet, le premier assistant était toujours le monteur. Tu peux y arriver, il suffit de se concentrer. Et de ne jamais retirer les gants, il faut absolument éviter la moindre rayure.

Franz s'installa donc au rembobineur, devant lui le compteur, à droite et à gauche les grandes bobines qu'il déroulait mètre après mètre, découpait, recollait. Il ne fallait pas couper au mauvais endroit sur le négatif, chaque erreur aurait coûté une image et rendu la transition saccadée. L'odeur âcre de la colle lui donnait le vertige. Un profond silence l'entourait, le hall d'à côté était désormais vide lui aussi, l'équipe de Liebeneiner avait disparu, des éléments du décor gisaient par terre, au-dessus d'une harpe et d'une balancelle brisée. Un concierge solitaire balayait le hall sans entrain.

Lorsque Franz remonta, Pabst s'était endormi sur la table de montage. Franz laissa passer deux heures avant de le réveiller.

— Tu n'aurais pas dû, dit Pabst. On n'a pas le temps !

Lorsque ce fut au tour de Franz de faire une pause, une journée de plus s'était écoulée. Il dormait sur le sol dur du laboratoire. Au bout d'une demi-heure, Pabst descendit et le réveilla. On entendait des explosions en provenance de la ville, aussi régulières que des coups de marteau.

Comme ils n'avaient vraiment plus de temps, ils découpèrent ensemble au laboratoire la dernière bobine, les dernières dix minutes de film directement sur le négatif original. À la fin arrivait la scène où le faussaire joué par Wegener comme un homme doux et affectueux, une âme poétique perdue, se fait emprisonner par la police : de grands hommes en manteaux de cuir l'enserrent et l'emmènent. Puis le vieux procureur, également joué par Wegener, tenait un bref monologue atroce sur les vertus du droit, et les fiancés tombaient dans les bras l'un de l'autre avec hésitation ; on pouvait lire sur leur visage l'effroi face au destin qui les condamnait à une vie commune. Dans la dernière scène, Fritz Molander quittait la prison. Ses murs s'élevaient, gigantesques, derrière l'homme frêle. On lui avait brisé les mains, il tenait ses doigts le long du corps pour les protéger. Il ne pourrait plus jamais jouer du violon. Viendrait ensuite le générique de fin sur la musique de Paganini, mais les titres n'étaient pas encore peints, si bien que le film s'interrompait après la dernière image.

Franz colla le dernier morceau. Puis il enleva la bobine avec précaution.

— Et maintenant, dit Pabst. Direction la gare.

C'était tôt le matin. Les trams ne roulaient plus, les voitures étaient presque invisibles. Ils marchaient aussi vite que possible, Franz portait en gémissant le havresac dans lequel s'entassaient les cinq bobines du film, chacune dans une boîte en métal. Pabst portait un sac en jute contenant deux bobines. Il était si fatigué qu'il avait l'impression que le bitume formait des vaguelettes ;

puis qu'ils marchaient la tête en bas et que le ciel était un abîme infini. Un bateau militaire passa paresseusement devant eux, il semblait flotter, et Pabst se demanda si les lourds nuages gris au-dessus de la ville provenaient d'incendies.

— Je n'en peux plus, dit Franz.

— Pas le choix.

— C'est trop lourd. Ça ne va pas.

— Il faut que ça aille.

— Je dois me reposer un peu.

— Tu te reposeras dans le train.

— Tu penses qu'il y a encore un train qui circule ?

— Forcément.

— Pourquoi ?

— Parce qu'on en a besoin.

Pabst s'était tellement habitué au montage qu'il avait l'impression de pouvoir continuer là-dehors, comme si tout ce qu'il voyait était à sa disposition. Il lui parut donc étrange de ne pas pouvoir raccourcir le long chemin au bord du fleuve sur cette fameuse route qui ne s'appelait plus la route de Passau parce qu'on avait arraché les plaques allemandes, en montrant simplement leurs pieds en train de marcher, puis, l'espace d'un instant, l'arbre tordu et lourd de sens là-bas, et enfin le moment où ils franchissaient triomphalement le pont menant à la ville ; tant de temps perdu, tant de pas pour rien, on pouvait faire mieux ! En se concentrant, cela réussit en effet, il parvint sans problème à faire cette coupure : pieds, arbre, ciel et voilà, ils se retrouvèrent sur le pont Neuf, qui ne s'appelait plus ainsi parce que le panneau était barbouillé de rouge. Pabst dut s'appuyer un instant contre le parapet en pierre, le sac contenant les deux bobines était déjà très lourd. À côté de lui, Franz était en nage, penché sur le havresac contenant les cinq bobines.

— Je n'en peux plus, dit Franz. Trop lourd.

— Tiens bon, dit Pabst. On arrive à la gare.

Il vit alors cinq hommes avec des fusils là-bas. Ils mirent en joue, l'un d'eux cria quelque chose en tchèque. À l'évidence, ils les prenaient pour des Allemands, ce qui n'était pas juste, mais pas faux au point de pouvoir l'expliquer facilement.

Pabst réfléchit – une absurde légèreté, mélange de fatigue et de confusion, s'était emparée de lui ; il suffit de changer de perspective, songea-t-il, et il imagina une caméra placée derrière ces hommes et orientant son œil au-dessus de leurs épaules, le long des canons, vers les deux personnages lourdement chargés de l'autre côté du pont. Et maintenant un panoramique, se dit-il – la caméra pivotait, les rues défilaient, quelqu'un avait érigé à gauche sur le Podskali, qui ne s'appelait plus ainsi, une barricade à partir de chaises, de poubelles et d'un piano ; la caméra poursuivait sa rotation jusqu'à la ruelle qui menait à la rue Venceslas et voilà que les deux hommes apparaissaient là-bas en surimpression, poursuivant lentement leur chemin parce qu'ils n'avançaient pas vite avec leur fardeau.

— Ne te retourne pas ! dit Pabst car cela aurait détruit l'effet, et en même temps il se demanda : Peut-on vraiment faire ça, comment est-ce possible ? Mais il le savait sans même avoir besoin de vérifier : le pont derrière eux, sur lequel les hommes venaient de les tenir en joue, était désert.

Ils allèrent en direction de la gare. Franz haletait, sa chemise et sa veste étaient complètement trempées. Lorsqu'ils arrivèrent sur une rue plus large, dont Pabst ignorait le nom allemand désormais supprimé, alors qu'il l'avait traversée si souvent pendant ses promenades, il se produisit quelque chose : une explosion sur un toit, une pluie d'éclats de verre, ils se blottirent machinalement sous un porche, puis une partie du mur s'effondra, des pierres dégringolèrent avec fracas, un brouillard gris-blanc s'éleva et recouvrit tout. Pabst vit Franz chanceler, le visage blême, pas de peur mais de poussière. Avant qu'ils puissent se mettre davantage à l'abri, ils entendirent des salves de tirs – impossible de savoir d'où et sur qui, mais de toute évidence, quelqu'un avait été touché car un gémissement aigu remplit l'air, après quoi Pabst perçut un bruit qui lui sembla familier, la détonation d'un obusier, puis un vacarme de façades qui s'effondrent, pas au-dessus d'eux, par chance, mais sûrement juste à côté. Ils se mirent à accélérer le pas. Pabst aurait voulu courir, mais ni l'un ni l'autre n'en était capable.

— Pas à gauche ! s'écria Pabst.

— Pourquoi ? La gare est à gauche !

— Parce que ça ne colle pas, dit Pabst. Dans le plan précédent, on est allés de droite à gauche. Si on prend maintenant la direction inverse… Ça ne va pas !

Ils allèrent donc à droite et apparemment, c'était la bonne décision car un passage souterrain les accueillit, un petit escalier menait à une cave sentant le renfermé, et Pabst songea : Un éclairage difficile, cette transition de la lumière du jour à l'obscurité en traversant un nuage de poussière. À cet instant, ils entendirent en haut les grondements et grincements de grosses chaînes. Le blindé qui avait tiré s'avançait, ils lui avaient échappé à la seconde près.

Franz posa le sac à dos en gémissant. Une fois leurs yeux habitués à l'obscurité, ils virent des gens accroupis dans la cave : des hommes, des femmes et des enfants, immobiles, attendant, la plupart n'avaient pas l'air anxieux, plutôt déterminés. De bons visages, songea

Pabst, il fallait du temps pour en trouver des comme ça, les agences de casting y parvenaient rarement. Il était si fatigué qu'il dut s'asseoir un instant sur une caisse.

— Vous êtes G. W. Pabst ! dit un homme en allemand.

— Oui, vous avez vu mes films ?

— Quelques-uns.

— Ils vous ont plu ?

L'homme rit. Un rire étrange, ni méchant ni méprisant mais pas non plus approbateur, c'était bizarre.

— Qu'est-ce qui se passe ici ? demanda Franz.

— Insurrection, dit l'homme. À un moment donné, on finit par ne plus supporter la situation. Alors on craint davantage une vie minable que la mort.

Un autre dit quelque chose en tchèque. Il parlait vite, fit un long discours et cracha par terre.

— Il dit, traduit l'homme, que la saleté la plus infâme, la plus grande bassesse, la méchanceté absolue et la mesquinerie ne devraient pas exister. Un temps peut-être, mais plus après. Beaucoup de choses sont acceptables, mais pas tout.

Pabst fixa le sol. Il avait l'impression de s'être assoupi. Il releva vite la tête.

Une femme dit quelque chose en tchèque.

— Elle demande où vous allez.

Pabst se demanda s'il fallait mentir, mais n'en voyant pas l'intérêt, il dit :

— Gare.

— C'est bien, dit l'homme. Il y a peut-être encore des trains qui roulent. Ne prenez pas le chemin direct. Passez par-derrière. Il cita quelques noms de rues en tchèque, dont Pabst comprit aussitôt qu'il ne s'en souviendrait pas.

— Merci, dit-il.

Dans la direction indiquée par l'homme se trouvait un escalier. Pabst avait l'impression qu'il ne se trouvait pas là juste avant, or ce n'était pas possible, une telle erreur de raccord, ça n'arrivait pas. Il souleva son sac qui lui sembla encore plus lourd qu'avant, puis il entendit un crissement : la toile de jute se déchira, les deux bobines tombèrent avec fracas sur le sol.

— On les transfère dans le havresac, dit Pabst.

— Trop lourd, dit Franz.

— Il le faut.

Pabst ouvrit le havresac et ajouta les deux boîtes en fer-blanc aux cinq qui s'y trouvaient déjà. Il crut un instant ne plus pouvoir le refermer, mais en tirant de toutes ses forces sur les lanières en cuir, ça fonctionna.

— Trop lourd, dit Franz. Je ne peux pas. Je n'en peux plus !

Pabst souleva le havresac. De fait, il était horriblement lourd. Il enroula ses bras dans les sangles, faillit perdre l'équilibre sous le poids, ça finit par aller : prudemment, il fit un pas, puis un autre, l'escalier était là, il saisit la rampe en acier et se hissa une marche après l'autre.

Une fois dans la rue, ils se retrouvèrent devant une scène de foule si imposante qu'il ne put s'empêcher de penser au coût financier : on n'avait pas vu une telle ampleur depuis Griffith. Des gens couraient, d'autres arrivaient sans cesse depuis les places et les rues voisines. Dommage qu'il n'ait pas de grue sous la main ; un défilé pareil, ça se filmait d'en haut, la caméra devait suivre le mouvement tout en continuant à s'élever, si bien que le spectateur retenait son souffle en voyant la foule grossir de plus en plus.

Chaque pas demandait à Pabst un effort presque impossible, ses épaules étaient douloureuses, ses genoux menaçaient de céder. Pour filmer cette scène, il aurait fallu une caméra mobile, le regard d'en haut devait être remplacé par la perspective de quelqu'un arrivant à la hâte, chancelant, confus, frénétique. Tout en se traînant, il vit que les rues à sa droite, qui menaient à l'Altstädter Ring, étaient barrées, il y avait aussi des soldats en uniforme arborant la double ligne brisée, personne ne voulait les approcher, et en entendant les bribes de mots échangées par les gens en train de courir, il comprit qu'ils parlaient allemand. Tous les Allemands de la ville semblaient soudain se précipiter vers la gare.

— J'ai besoin d'une pause. Franz s'appuya contre un mur, respirant difficilement. Je n'en peux plus. Le sac à dos était trop lourd pour moi.

— Pas le temps, haleta Pabst.

— Mais je n'en peux plus !

Eh bien tant pis, pensa Pabst, qu'il reste là, le film était monté, Franz avait rempli sa mission. Il continua sans se retourner.

Peu après, tout s'immobilisa, les gens se poussaient, il y avait visiblement un obstacle là-devant – Pabst se fraya un chemin vers la droite, où s'ouvrait une ruelle qu'il connaissait grâce à ses promenades. Quelques mètres plus loin, un passage menait à une cour intérieure. Il la traversa, trébucha une fois, le poids du havresac l'entraîna sur le côté, il s'agrippa à une brouette, ne tomba pas, continua. Il renversa un étendoir à linge, il y avait un deuxième passage au bout de la cour, d'un petit mètre de large. Il passa en force, le fardeau sur son dos le tira vers le bas, mais il ne tomba pas et se retrouva dans la rue, là-bas se trouvait déjà la gare, il n'avait plus qu'à y aller. Il s'essuya le visage. Ses vêtements dégoulinaient comme s'il était tombé à l'eau.

Il traversa la chaussée en chancelant. Des voitures klaxonnèrent, quelqu'un cria quelque chose en allemand, des freins crissèrent, puis il atteignit l'autre côté.

Les entrées de la gare étaient bloquées, un blindé barrait l'accès au hall, des soldats lourdement armés contrôlaient les papiers d'identité, des gens criaient et protestaient, mais ça ne servait à rien, on ne les laissait pas passer.

Pabst se fraya un chemin et montra son passeport. Derrière lui, quelqu'un tendit également le sien, Pabst se retourna et vit, à sa grande surprise, Franz ; sans le fardeau, il avait visiblement réussi à le suivre.

— Autorisation spéciale ? demanda le soldat.

— Je suis G. W. Pabst. Un réalisateur connu, en déplacement pour le compte du ministre.

— Dans ce cas, vous avez une autorisation spéciale ?

— Pas écrite, mais…

— Sans cela, je ne peux pas vous laisser passer.

— Vous ne comprenez pas qui je…

— Mon brave, dit le soldat, tout le monde ici a un nom, tout le monde veut passer, chacun est l'ami d'une grosse légume quelconque, mais moi, j'ai des ordres !

Pabst ne bougea pas. Plus rien ne lui venait à l'idée, mais il connaissait les règles du jeu : à présent, quelque chose de surprenant devait se produire, un miracle, quelque chose de complètement invraisemblable, qui avait encore un semblant de logique. C'était toujours comme ça au cinéma, cela devait pouvoir fonctionner ici.

Il ferma les yeux. Il ne pouvait plus porter le havresac. Ses épaules lui faisaient mal comme si ses bras étaient en train de tomber. Il sentit qu'il n'était qu'à quelques secondes de l'évanouissement. C'est peut-être ça, songea-t-il : je perds connaissance, on s'apitoie et, quand je reviens à moi, je suis déjà dans le train. Il voulait abandonner, se laisser couler. Juste m'allonger, pensa-t-il, ne plus sentir ce poids…

— C'est toi, Ferdl ? entendit-il Franz demander.

— Ah mon Dieu, Franzl, s'écria le soldat. C'est pas possible.

— J'arrive pas à croire que t'es encore en vie, Ferdl !

Pabst les entendit s'enlacer et se taper sur l'épaule.

— Voici Ferdl Graspurek, dit Franz, on a grandi ensemble !

— Enchanté, dit Pabst.

Il ouvrit les yeux, regrettant presque de ne pas pouvoir s'allonger par terre.

— Comment va ton papa ? demanda le soldat.

— Dans sa dernière lettre, il a écrit : Bien, même si les temps sont durs pour les jardiniers, mais en gros ça va ! Et ta maman ?

— Allez, dépêchez-vous, dit le soldat. Allez-y !

— Ferdl, je sais pas comment te…

— On en r'parle quand tout ça s'ra fini, maintenant filez !

Ils entendaient déjà la locomotive siffler. Pabst ne pouvait pas courir avec le havresac, mais il avançait aussi vite que possible. Un panneau annonçait : *Vienne*. Ils n'avaient plus le temps d'acheter des billets, ils allaient graisser la patte du contrôleur, si tant est qu'il y en eût un. Les portes du train étaient encore ouvertes, les gens se serraient à l'intérieur, le visage collé contre la vitre, il n'y avait quasiment plus de place, mais ils grimpèrent, passèrent en force. Les portes se refermaient déjà. Pabst laissa le havresac glisser sur le sol et s'assit dessus.

À ce moment-là, ils entendirent des coups de feu et maintenant ce n'étaient plus des tirs isolés mais des salves de plus en plus nombreuses, un crépitement qui se transforma en bruit de tonnerre.

— L'armée de Vlassov, dit un homme à côté de Pabst. Incroyable. Ils ont commencé par trahir Staline, et maintenant nous.

— Qui ça ?

— L'armée de libération russe intervient, mais en faveur des Tchèques !

Pabst ignorait qui était Vlassov, et il n'avait jamais entendu parler de l'armée de libération russe. La seule chose qui comptait, c'était que ce train parte.

Il partit.

Pabst ferma les yeux. Il n'avait jamais été aussi fatigué de toute sa vie. Il sentit le train vaciller sous lui, l'air était si étouffant qu'on pouvait à peine inspirer. Il se sentit sombrer, mais juste avant de perdre connaissance, il eut une pensée dérangeante qu'il n'arrivait ni à discerner, car elle n'avait pas de contours précis, ni à chasser : s'il était si fatigué parce qu'il avait passé des jours sans dormir à monter le film, s'il n'avait plus les idées claires, les avait-il jamais eues auparavant ? Était-il possible que le film soit lui aussi le fruit d'un esprit affaibli ? Il ne se rappelait déjà plus rien, tout devenait flou ; il avait pris tant de décisions, mais il ne s'en remémorait aucune ; il ne revoyait que l'écran scintillant, entendait le roulement des bobines, sentait l'odeur métallique du nitrate de cellulose. Il devait visionner le tout dès que possible, même si le film possédait une copie à Vienne, il fallait espérer que le laboratoire cinématographique de Rosenhügel existe encore, on ignorait où les bombes étaient tombées, on ne pouvait pas savoir ce qu'on ne savait pas, voilà le problème et voilà pourquoi on ne savait pas vraiment non plus ce qu'on savait et l'instant d'après, il ne savait plus rien du tout et sentit le verre de la vitre contre l'arrière de sa tête.

Il revint à lui parce que le train s'arrêta. C'était en début de soirée. Avec effroi, il chercha à tâtons le havresac contenant les bobines. Il était là.

— Nous arrivons à Brno, dit Franz. Si nous avons de la chance, beaucoup de gens vont descendre.

— Moi je descends, dit un homme gigantesque, je libère ma place ! Ces messieurs vont à Vienne ?

Il avait un large visage affable et une barbe noire fournie.

— Oui, dit Pabst. Vienne.

Il se frotta les yeux et tenta de se rappeler mais avec le recul, il ne voyait qu'un chaos de couleurs et de bruits, il ne se rappelait que vaguement les événements des derniers jours. Venait-il réellement d'assister à une insurrection à Prague ?

— Incroyable qu'on ait réussi à sortir, dit-il.

— Vous avez raison, dit le géant. Je suis maréchal-ferrant, j'ai eu le temps de trouver du métal, tout le monde s'en fiche, tous ces chevaux, ces pauvres animaux ! La Wehrmacht n'a plus assez de voitures, donc on utilise les chevaux, ces pauvres bêtes, elles me font tellement de peine !

— Où voulez-vous en venir ? demanda sèchement un homme avec un espace entre les dents. Vous reprochez quelque chose à l'état-major ?

— Cher monsieur, dit le maréchal-ferrant. Je fais rien à personne, ce que je dis, c'est que beaucoup de chevaux sont morts et tous ces beaux fers qui gisent par terre ! On en a besoin pour les voitures, paraît-il, mais comme on n'avait pas assez de voitures, on a utilisé les chevaux. Et quand ce sera la paix, je vais prendre quoi, moi, pour ferrer mes canassons ? Il se tut et tendit l'oreille, mais personne n'avait d'alternative à lui proposer. Alors il demanda : Vous allez faire quoi à Vienne ?

Il avait posé la question à Pabst, mais c'est Franz qui répondit :

— Je vais chez mes parents. Je ne les ai pas vus depuis si longtemps.

— Quel arrondissement ? J'ai un ami dans le neuvième. Hannes Schilbacher. Vous le connaissez ?

— Non, jamais rencontré.

— Étrange, dit le maréchal-ferrant. Il habite là depuis dix ans. Et vous, quel arrondissement ?

— Döbling. Le *Cottage Viertel.* Mon père y possède une jardinerie.

À ce moment-là, le train se remit en marche.

— La jardinerie Wilzek, dit Franz qui, visiblement, ne savait plus ce qu'il disait tellement il était fatigué. Si vous avez besoin d'oignons de tulipes un jour, il n'y en a de meilleurs nulle part.

— J'ai pas besoin de tulipes, dit le maréchal-ferrant. Ce qu'il me faut, c'est des fers. Et une femme aussi. J'aimerais me marier, et vivre en paix.

— Où voulez-vous en venir ? demanda l'homme avec l'espace entre les dents. Il y aura la paix quand la guerre sera gagnée et certainement pas avant !

— Cher monsieur, je sais bien, mais c'est pour bientôt, non ?

L'homme se tut un moment avant de dire :

— Oui évidemment ! Très bientôt !

Le maréchal-ferrant regarda Pabst avec curiosité, la tête légèrement penchée, d'une manière qui rappela à Pabst l'impression douteuse qu'il produisait : cela faisait des jours qu'il ne s'était pas rasé ni changé, ses verres de lunette étaient fissurés à plusieurs endroits. En plus, il avait mal partout. Sa hanche blessée autrefois brûlait comme le feu, il ressentait une douleur sourde et lancinante dans les épaules et les rotules.

— Une petite partie de *Schnapsen* ?

— Toujours, dit Franz.

Il y avait déjà un peu plus de place qu'au début du voyage, les passagers s'étaient visiblement mieux répartis dans le train. Les deux hommes s'assirent par terre et se mirent à distribuer les cartes. À côté du maréchal-ferrant se trouvait un havresac. Il était en tous points identique à celui de Pabst.

— Qui distribue ? demanda Franz.

Pabst entendit le maréchal-ferrant répondre :

— Toi. J'ai la main.

— Alors annonce la couleur, dit Franz.

— Je fais le pli, s'écria le maréchal-ferrant.

— Ça ne te servira à rien, dit Franz.

— Je vais gagner, même si le monde s'écroule !

— Qu'entendez-vous par "si le monde s'écroule" ? demanda l'homme avec l'espace entre les dents. Vous doutez de la victoire finale ?

Pabst eut le temps d'entendre le maréchal-ferrant répondre qu'il était un homme simple et qu'il ne se permettrait évidemment jamais de douter de la victoire finale, puis Franz s'écrier "Atout !" et le maréchal-ferrant lui répondre. Après quoi il se rendormit.

Il se réveilla lorsque le train s'arrêta à Vienne. Il entendit les portes s'ouvrir, une voix dire "Wien Südbahnhof" dans le haut-parleur, il repensa à la gare tout près d'ici que son père avait administrée il y a longtemps, lorsqu'un empereur régnait et qu'il avait nommé la gare d'après lui.

C'était sans doute tôt le matin, le soleil était déjà levé. Sa hanche lui faisait mal comme si quelque chose s'était fracassé à l'intérieur, il avait un goût âcre et amer sur la langue. À côté de lui, Franz se frottait les yeux. Pabst s'accrocha au havresac, parvint à s'agenouiller, puis à se relever. Il avait l'impression de n'avoir aucun os qui ne soit pas douloureux.

— On a réussi, dit-il. Vite au labo, on verra ce que donne réellement *Molander*.

Un étrange sentiment d'inquiétude l'avait saisi. Peu avant de se réveiller, il avait rêvé d'un film qu'il devait tourner. Ce n'était pas inhabituel, cela lui arrivait souvent, mais sur ce film, il n'avait pas réussi à choisir la fin : était-ce une comédie ou bien ce genre d'histoire dans laquelle quelque chose de décisif s'intercalait à la dernière minute ? Dans ce rêve, où apparaissaient également Franz, ainsi qu'une belle actrice dont il ne pouvait pas distinguer le visage, même s'il savait bien sûr de qui il s'agissait, il avait pris une décision et donné une instruction, mais laquelle, oui laquelle ? Il se pencha vers l'avant, s'apprêtait à soulever le havresac – et remarqua aussitôt que quelque chose n'allait pas. Il était très lourd, mais le poids était réparti autrement. Quelque chose avait changé.

Les mains tremblantes, il ouvrit les boucles.

Au début, il ne comprit pas ce que signifiait ce qu'il voyait. Il ne comprit pas que la décision concernant la fin de l'histoire venait de tomber ; il ne comprit pas non plus qu'il était maintenant condamné à cet avenir auquel il avait cru, à l'instant encore, pouvoir échapper, un avenir de frontières restreintes et de conditions étriquées, un avenir composé de petits films anodins. Il comprit seulement que les deux havresacs en tous points identiques et semblables à n'importe quel autre avaient été confondus et qu'un homme sympathique dont il ignorait le nom traversait Brno avec le sien en ce moment. Car ce sac-là, silencieux et lourd et horriblement stupide devant lui, contenait des fers à cheval, une centaine, voire plus, en paquets bien ordonnés.

Alors même qu'il n'y avait plus de doute, il les enleva sans ménagement, tous ces paquets, l'un après l'autre, comme si son film pouvait se cacher en dessous, il balança chacun d'eux sur le sol du wagon, puis il souleva le sac, le secoua et ne trouva aucune notice, aucune carte révélant le nom de l'homme ; seuls quelques clous se trouvaient tout au fond, un marteau, sinon rien.

— Il va peut-être nous faire signe, dit Franz en fouillant le sac vide une deuxième fois. Il pourrait découvrir de quel film il s'agit, demander à le visionner dans un cinéma quelconque et après, essayer de te retrouver.

— Oui, dit Pabst. Il pourrait.

Engourdi, presque inconscient devant l'effroi, il laissa retomber le sac et descendit avec prudence sur le quai où les gens s'étiraient, clignaient les yeux dans la lumière, s'enlaçaient et riaient de joie.

ULTÉRIEUR

PROFONDEUR

David Bass arriva peu après minuit. Il pleuvait à verse. Il avait roulé au pas pendant les derniers kilomètres, de peur que sa petite Citroën achetée d'occasion la semaine précédente ne dérape. En plus, il s'était perdu plusieurs fois. L'éclairage intérieur de la voiture était si faible qu'il avait du mal à déchiffrer la carte routière posée sur ses genoux, le paysage nocturne qui se liquéfiait sous la pluie ne ressemblait en rien au dessin sur le papier. De temps à autre, les phares de véhicules venant en sens inverse étincelaient brièvement, il écrasait la pédale de frein à chaque fois. Ne serait-ce pas une indicible ironie du sort, songea-t-il, une de ces insolences typiques de Dieu, d'avoir échappé à la guerre et au génocide, tout ça pour crever dans un fossé en Basse-Autriche ? Il apercevait ici et là les contours de ruines : des fermes détruites côtoyant des entonnoirs de bombes qu'on n'avait pas encore comblés, mais la route était de nouveau en bon état.

L'auberge se trouvait au milieu du village, une maison recroquevillée aux murs épais et aux petites fenêtres. Une enseigne au-dessus de la porte d'entrée indiquait *Auberge*, on ne voyait manifestement pas l'utilité de lui donner un nom, de même que la boulangerie d'en face s'appelait *Boulangerie* et la boucherie d'à côté *Boucherie*.

David Bass se gara, courut sous la pluie, ouvrit la porte. Au mur, des têtes de chevreuils, sûrement plus d'une vingtaine. Il appuya sur la sonnette de la réception.

Il attendit. À côté, il entendit un brouhaha et un tintement de verres, les bruits caractéristiques de l'auberge de province. Il appuya de nouveau sur la sonnette. Bel et bien, une grosse femme apparut et demanda sèchement son nom.

— David Bass. Une chambre est réservée à mon nom.

Elle le scruta avec un lourd regard paysan, et il était certain de savoir ce qu'elle pensait : Encore un rapatrié, qu'est-ce que tu fabriques ici ?

— Faire des films, répondit-il à la question qu'elle n'avait pas posée. Je ne sais rien faire d'autre.

Sans que sa réponse ne suscite la moindre curiosité, elle lui donna la clé.

Avant de monter, il ouvrit la porte donnant sur le débit de boissons. Ils étaient là, rien que des hommes, le visage anguleux et constellé de taches rouges, des verres devant eux, tous semblant se crier à la figure, sauf quelques-uns affalés là, le regard fixe et hébété, trop ivres pour élever la voix. Il referma vite la porte. Il n'arrivait toujours pas à croire que, désormais, ils ne lui feraient plus de mal.

Dans sa chambre flottait une odeur de moisi. Un Sauveur pendait lourdement à un crucifix. L'armoire n'avait pas de portes. La pièce contenait un lit, une table, une chaise, sinon rien. La pluie tambourinait si fort contre la fenêtre que dormir était exclu.

C'était de toute façon impossible car juste après, on frappa à sa porte. Sur le seuil se tenait un homme émacié, voûté et vieux, les yeux injectés de sang, la gueule sournoise typique d'un membre du parti.

— Vous êtes le nouveau directeur de production ?

David Bass hésita avant de confirmer. C'était bizarre pour lui aussi. Deux jours plus tôt, il avait dû accepter cette mission littéralement du soir au lendemain parce que son prédécesseur apprécié de tous, Gerd Metzler, avait eu un infarctus. Il ne savait quasiment rien au sujet du film *Profondeurs mystérieuses*, il avait tout juste eu le temps de parcourir le scénario la veille.

— À cette heure-ci ? demanda David.

— Réunion de crise, chambre vingt-cinq. Il faut changer le plan de tournage. La pluie a inondé la grotte.

David tenta d'afficher un air compétent, comme chaque fois qu'il entendait quelque chose qu'il ne comprenait pas et qu'il ignorait comment réagir. Il n'avait aucune idée de ce qu'il fallait faire en cas de grotte inondée.

— Excusez-moi, dit l'homme émacié. Je manque à tous mes devoirs. Mais il est tellement tard. Il faut que je dorme. Je m'appelle Paul Levy, je m'occupe du son.

— Levy ?

— Je suis rentré de Mexico il y a un an.

— Pourquoi ?

— Je ne parle toujours pas espagnol et j'avais une envie folle de goulasch et de *knödels* aux abricots. Et vous ?

— Boston. J'ai fait la traversée avec mes parents, je me suis retrouvé dans l'armée américaine, j'ai interrogé les auteurs du génocide. De là au cinéma, il n'y avait qu'un pas à franchir.

— Les auteurs du génocide ?

— Aucune des stars. Bon, Dönitz quand même. Il m'a dit : "Je ne devrais pas être ici, monsieur Bass ! Les Juifs me harcèlent, ils ne me lâchent pas. – Mais peut-être, lui ai-je répondu, est-ce vous qui avez commencé ?"

Paul Levy partit d'un rire mélancolique. Il ressentait une légère jalousie : ce jeune homme avait sa vie devant lui, il ferait son chemin. Pour lui, en revanche, c'était trop tard. Il avait presque soixante ans. Sa femme était morte en camp, ainsi que ses parents et sa sœur. Quant à sa fille, elle avait disparu depuis tant d'années qu'il n'avait plus la force de garder espoir. Lui-même ignorait pourquoi il n'avait jamais cessé de lutter pour sa propre survie.

Ils traversèrent le couloir de l'hôtel, tournèrent à l'angle, continuèrent tout droit, tournèrent encore à l'angle. Les murs arboraient encore plus de trophées de chasse, à intervalles irréguliers, sans but reconnaissable.

— Quel genre de films avez-vous eu le droit de tourner au pays ? demanda David Bass.

Paul Levy déclina d'un geste. Il était trop épuisé pour en parler. Au début, il avait collaboré sur *La Maison chantante*, un film d'une stupidité confondante, réalisé par un certain Antel, déjà membre du parti nazi bien avant l'Anschluss. Le film racontait soi-disant l'histoire d'un groupe de jazz, or la musique présentée aux spectateurs comme étant du jazz relevait du bêlement folklorique le plus banal et les dialogues étaient si lamentables qu'on ne pouvait mixer le son qu'en état d'ivresse. Son deuxième film, *Peter danse avec tout le monde*, avait une bande-son encore pire, un réalisateur inexpérimenté et un jeune protagoniste d'un professionnalisme horriblement mielleux.

Paul Levy se souvenait bien de Hugo von Hofmannsthal, qui venait régulièrement dîner chez ses parents. Il avait rencontré Rilke deux fois dans sa jeunesse et un jour, il avait eu le droit de s'asseoir à la table des habitués autour de Joseph Roth à Berlin. À son retour, il s'attendait à voir des criminels, des brutes et des nazis en fuite. Et non pas toutes ces jeunes filles malicieuses, ces jeunes hommes luisants de brillantine, ces oncles excentriques et ces farceurs absolument dénués d'humour qui peuplaient soudain les films allemands, comme si le pays entier était devenu fou. On taisait le fait partout, mais dans les films, il s'étalait au grand jour.

— Il est comment ? demanda David Bass. L'homme illustre ?

— Pabst ? Difficile à décrire. Je l'imaginais différemment. Vous allez voir. Comment va monsieur Metzler, il s'en est sorti ?

— Il va survivre *a priori*, dit David Bass. Ce serait trop vache sinon. Un type survit au front de l'Est, puis il est terrassé par un infarctus sur un tournage ? Après toutes les exécutions qu'il a accomplies ? N'oubliez pas que ces gens sont durs comme l'acier Krupp et agiles comme un lévrier.

— Il était sur le front de l'Est ?

— Waffen-ss.

— Je ne savais pas.

— Il n'aime pas en parler.

— Une personne si polie !

— Tout le monde est redevenu poli, dit David Bass. Pourquoi pas, d'ailleurs ! Vous avez certainement vu *Le Procès* de Pabst, ce beau film contre l'antisémitisme. Tout est mélangé aujourd'hui. Lorsque vous avez toqué à ma porte, j'ai bien cru… Je vous ai pris pour… comment savoir !

— C'était vraiment un nazi ? demanda Paul Levy. Avant la guerre, on le surnommait Pabst le rouge.

— Qu'est-ce que j'en sais. Les gens étaient toutes sortes de choses avant la guerre, puis ils sont devenus autre chose. Comme je disais, tout est mélangé et en désordre.

Ils tournèrent encore à l'angle, longèrent de nouveaux trophées de chasse et arrivèrent enfin devant la bonne porte. Paul Levy frappa, ils entrèrent.

La chambre d'hôtel était pleine de monde. Assise sur le lit, une grande femme un peu pâle et très belle. Un homme trapu sur un tabouret, deux hommes appuyés contre le mur et une femme au visage fatigué accroupie par terre. Derrière la table, un autre homme, penché en avant et comme en état de somnolence, avec des lunettes épaisses. Tous fumaient, la nuée s'élevait et flottait au plafond telle une brume grise.

— Bien, dit la grande femme, qui se leva et lui tendit la main. Vous êtes monsieur Bass ? Je m'appelle Trude Pabst. J'ai écrit le scénario. C'est une bonne chose que vous soyez là. C'est la tempête parfaite, d'abord le directeur de production a un infarctus et maintenant, la pluie inonde la grotte !

— La tempête parfaite ? répéta David Bass.

— Une expression américaine.

— Je sais, je l'ai entendue dernièrement à Omaha Beach.

— Où ça ?

— On en reparle.

— Je suis désolée que vous n'ayez pas plus de temps pour vous habituer. Voici M. Schneeberger, le cameraman, et M. Schlichting, qui s'occupe des décors, et M. Gurnbichler, le responsable de la technique, et Mme Schrewitz, l'assistante. Vous connaissez déjà M. Levy. Et voici mon mari, le réalisateur.

Le regard de David erra un moment à travers la pièce avant de s'arrêter sur un homme assis à table, l'air désintéressé, comme si tout cela ne le concernait pas.

— La grande salle de la grotte Hermann est sous l'eau, dit Gurnbichler. Elle ne sera sûrement pas utilisable demain. Même si la pluie s'arrête.

— D'après la météo, elle ne va pas s'arrêter, dit l'assistante.

— De toute façon, il faut d'abord pomper. Et ce n'est possible que la nuit. Les autorités d'occupation nous ont interdit de consommer trop d'électricité dans la journée.

À ce moment précis, les hommes attablés en bas se mirent à chanter. On ne comprenait pas les paroles, on entendait seulement les modulations étouffées de leurs voix.

— Mais on peut naviguer sur la rivière, dit Schneeberger. Il faut réécrire le scénario pour que les sauveteurs tentent d'accéder à la grotte en canot. Sur le *Piz Palü*, on a eu bien d'autres défis, n'est-ce pas, G. W. ?

Pabst leva la tête. Il regarda Schneeberger comme si on l'avait arraché à des pensées profondes.

— Quelqu'un a une cigarette ? demanda David Bass.

Personne ne bougea. Il regarda Gurnbichler et tendit la main. Avec une lenteur provocatrice, celui-ci sortit un paquet de Marlboro, prit une cigarette et la lui tendit.

— Qu'est-ce que vous proposez ? demanda David Bass au réalisateur.

— Des acteurs médiocres, dit Pabst. Un gentil petit film. Sans importance.

Le silence tomba d'un coup.

— Mais s'il le faut, dit Pabst. On peut faire comme ça : Schneeberger monte dans le canot. Il nous faut un double pour Skodler. S'il se noie, ça n'aide personne. Même si ce ne serait pas une grande perte pour l'art dramatique. Il faut rajouter une scène : les sauveteurs devant la grotte, penchés sur des cartes, découvrant l'accès par la rivière. Il se tut un moment, si bien qu'on entendait la pluie et les voix des hommes en bas. Puis il ajouta : Mais on peut aussi faire autrement, peu importe.

— Je peux écrire la scène avec les cartes d'ici demain, dit Trude.

Pabst ne répondit pas, il semblait déjà ailleurs en pensées.

— Il faudrait que monsieur Gurnbichler nous procure des canots, dit Trude.

— Je dois vous procurer quoi ?

— Des canots.

— Maintenant ?

— S'il vous plaît !

— Cette nuit ?

— Oui, vu qu'on en aura besoin demain. S'il vous plaît.

— Comment je suis censé trouver des canots en pleine nuit ?

— Je ne sais pas, cher monsieur Gurnbichler, dit Trude, mais je suis certaine que s'il y a un moyen, vous allez le trouver.

Alois Gurnbichler laissa tomber sa cigarette et l'écrasa. On entendait chanter dans l'auberge. Il connaissait la chanson, évidemment. C'est une bonne chose, songea-t-il, qu'il soit le seul. Dans les temps actuels, on ne pouvait même pas chanter de vieilles chansons sans que quelqu'un pousse les hauts cris. D'ailleurs, il avait prévu de se plaindre auprès du nouveau directeur de production de la manière dont se déroulait le tournage. On était toujours aux ordres de cette femme, qui avait visiblement l'idiot là, le communiste, son mari, sous son emprise. Et voilà que le nouveau directeur de production était un Juif, qui ne serait évidemment d'aucun secours !

— Vous pouvez ramasser, s'il vous plaît ? demanda Trude.

Alois Gurnbichler la regarda et soupesa ses options. Elle ne pouvait pas le virer. Elle avait besoin de lui. Il ne bougea pas.

— Ramassez ! dit David Bass.

Avec des gens comme toi, on n'a pas hésité, pensa Gurnbichler. On vous a fait creuser des fosses, après ça allait vite, quand vous aviez de la chance. Tu aurais supplié. Ça n'aurait servi à rien.

— Maintenant, dit David Bass.

Gurnbichler se pencha et ramassa son mégot.

— Vous allez y arriver pour les canots ? demanda David Bass.

— Des canots, on en trouve partout, dit Gurnbichler en contemplant le mégot sur sa paume.

— Une question, dit l'architecte Schlichting, resté silencieux jusque-là. Il avait une voix douce et mélodieuse. Je ne comprends toujours pas pourquoi les sauveteurs ne vont pas chercher tout de suite la dynamite.

— Nous n'avons vraiment pas le temps de parler du scénario, dit Trude.

— Mais si on ne l'explique pas, il est possible que les gens rigolent au cinéma. On tente le tout pour le tout pour sauver le couple emprisonné, on abandonne, leur mort semble certaine et seulement là, quelqu'un a l'idée d'utiliser le moyen le plus évident ?

— Pas maintenant, dit Trude.

— G. W., dit Schlichting, ce ne serait pas difficile à modifier et…

— Peu importe, dit Pabst.

— Pas du tout, dit Schlichting. Le film repose entièrement sur…

— Le film ne repose sur rien du tout.

Schlichting soupira. Autrefois, il avait travaillé avec Lang et Murnau, par la suite il avait reconstitué un visage espagnol en Bavière pour Riefenstahl et maintenant, il aménageait surtout des salons et salles à manger petits-bourgeois pour les comédies insignifiantes dont le public était visiblement friand après toutes ces nuits de bombardements ; il était fier de pouvoir collaborer avec tous ces réalisateurs et sur tous types de films. Mais ils auraient vraiment dû l'écouter. On aurait pu améliorer la fin sans problème.

— Bien, dit-il, vexé. Dans ce cas, je peux aller me coucher.

Il enjamba l'assistante, se faufila devant Paul Levy et s'arrêta pour laisser à quelqu'un la possibilité de l'inciter à rester. Personne n'en fit rien, il sortit.

— Je peux partir, moi aussi ? demanda Paul Levy.

— Il faut un meilleur éclairage pour la salle inférieure de la grotte, dit Pabst. Les stalactites n'apparaissent pas vraiment. Alors qu'on fait ça uniquement pour elles. Sinon, on pourrait tourner en studio. Où est l'éclairagiste, où est Kampits ?

— Il dort, dit Trude avec douceur. Et ce n'est pas Kampits, c'était l'éclairagiste du film précédent.

— Davantage de lumière sur la voûte de la grotte, dit Pabst.

Tous attendirent, mais il n'ajouta rien.

— Eh bien, bonne nuit ! dit Paul Levy, qui ne supportait presque plus les fourmillements dans son gosier ni les tressaillements de ses lèvres, tant il avait envie d'une gorgée de schnaps.

Il sortit en vitesse.

— Au moins, ils ne chantent plus, dit David Bass.

— Qu'est-ce que vous avez contre le chant ? demanda Schneeberger.

— À votre avis ?

— Je n'ai pas d'avis, dites-le-moi.

— Nous sommes tous fatigués, dit Trude. Et nous devons nous mettre au travail. Je vais écrire la nouvelle scène et vous vous occupez des canots, d'accord ?

Tout le monde se mit en mouvement. L'assistante se leva et sortit, suivie de Gurnbichler, David Bass alla lui aussi se coucher avec soulagement.

Trude referma la porte et ouvrit la fenêtre. L'air froid de la nuit se déversa dans la pièce.

— Va te coucher. Tu es fatigué.

— Et toi ? demanda Pabst.

— Je dois écrire la nouvelle scène.

— À cette heure-ci ?

— Tu sais bien que sur un film, on est toujours en situation d'urgence.

Il se leva et alla vers la fenêtre.

— Tu crois qu'il va faire signe ?

Comme elle savait ce qu'il voulait dire, elle répondit :

— C'est bien possible !

— Que quelqu'un me rapporte les bobines ? Tu y crois ?

— Pourquoi pas.

— Si seulement Kuno Krämer n'avait pas disparu. Lui, il aurait pu m'aider. Il aurait su quoi faire.

Trude s'était lentement habituée à son nouveau rôle. L'homme qui avait quitté Prague pour revenir à Dreiturm n'était plus celui qu'elle avait connu. Il ne parlait de rien d'autre que du film perdu, se demandant jour et nuit où il pouvait se trouver, s'il existait encore, ce qui s'était passé. Il avait même demandé son avis au concierge, occupé avec d'autres hommes de la commune à retrouver des prisonniers qui s'étaient échappés d'un camp à proximité : ces bobines devaient bien se trouver quelque part, dans un endroit quelconque, un lieu, une place existant forcément, repérable et accessible. Il répétait cela sans arrêt, même l'inquiétude lancinante pour Jakob semblait oubliée.

Puis il avait presque cessé de parler. Il passait des heures dans la bibliothèque, au fond de son vieux fauteuil, sans fumer parce qu'il n'y avait plus de tabac, l'étui à cigarettes vide avec les initiales de Griffith à la main, en se remémorant le fameux film dont il revoyait encore chaque image et chaque scène.

Dreiturm avait été largement épargné par les conséquences de l'effondrement, les blindés et les flots de réfugiés étaient passés au loin. À un moment donné, ils apprirent que Jerzabek avait été emprisonné, mais on n'en savait pas plus. Un jour, des officiers russes débarquèrent à la suite d'une dénonciation : quelqu'un avait informé à titre anonyme les autorités d'occupation que le châtelain de Dreiturm était l'auteur de films nazis, membre de la Chambre du cinéma du Reich et protégé du ministre de la Propagande, mais là, son ancienne personnalité était revenue pour une heure. Il avait servi de la vodka aux hommes en leur racontant qu'on le surnommait autrefois Pabst le rouge et qu'il avait adapté l'auteur soviétique Ehrenbourg et le communiste Brecht. Il s'était montré si charmant et convaincant que les officiers avaient pris congé en l'enlaçant.

Peu après était arrivée une lettre du producteur Hübler, auquel les autorités d'occupation venaient d'accorder sa licence.

Trude lui téléphona. Elle s'étonna elle-même en s'entendant dire : "Mon mari n'a plus de voix. Une grippe terrible. Je parle en son nom. Bien sûr qu'il est intéressé, il est très impatient, venez, je vous en prie, nous avons beaucoup de chambres d'amis."

Cela avait aussitôt fonctionné. Tant que Pabst était dans la pièce, elle pouvait négocier en son nom, accepter ou décliner ; cela ne dérangeait personne quand il se taisait. Son ancien assistant Kurt Heuser était arrivé peu après avec un scénario au sujet d'un procès contre un Juif en 1860, écrit à la va-vite, pas un chef-d'œuvre, mais bien ficelé et soudain, la bibliothèque accueillait de nouveau des réunions de production comme autrefois, après quoi le grand acteur Ernst Deutsch, tout juste rentré de Hollywood, avait accepté le rôle principal de l'accusé.

— Je sais, avait dit Deutsch, c'est dingue. Quelqu'un interprète un Juif et ce n'est pas Werner Krauß avec une voix déguisée ni Ferdinand Marian, qui a pourtant l'air si dangereux, comme s'il bouffait des enfants. Mais un vrai Juif.

— Pourquoi êtes-vous rentré ? demanda Trude. Ce n'est pas douloureux de revenir ici ?

— Plus qu'on ne peut le dire. Mais c'est aussi mon pays.

Le fait que Pabst ne s'intéresse quasiment pas à ce film ne posait pas problème, au fond. Sur le plateau, les gens savaient quoi faire. De temps à autre, quelqu'un demandait à voix basse ce qui arrivait à M. Pabst, mais elle se contentait de dire que la dernière année de guerre avait été très dure pour lui et cela suffisait, personne ne voulait en savoir plus.

Par moments, sans qu'on s'y attende, il lui arrivait de dire quelque chose d'utile. Il donnait soudain un bon conseil à un acteur ou indiquait d'un geste où placer la caméra ou sur quelle zone orienter un projecteur. Seulement, il perdait vite tout intérêt, se mettait à cogiter ou demandait à n'importe qui s'il avait entendu parler des bobines perdues.

Il connaissait encore *Le Cas Molander* par cœur, mais certaines scènes pâlissaient déjà et il avait du mal à se remémorer le visage de certains personnages secondaires. Le film existait encore dans sa tête, si bien qu'il pouvait le protéger d'une disparition définitive en le faisant défiler sans cesse en pensée. Voilà pourquoi il ne pouvait se consacrer à aucune autre tâche et encore moins au film mineur qu'on tournait ici en son nom.

Une fois seulement, il avait retrouvé son énergie d'antan. Lorsque son ancien assistant était venu le voir pendant le tournage, Pabst avait couru vers lui pour l'enlacer, mais Franz avait peu de temps parce qu'il tournait lui-même son premier film, si bien que Pabst n'avait pu parler que très brièvement du *Cas Molander* : se rappelait-il la fois où, dans la grande scène entre Wegener et Tessen, ils n'avaient pas trouvé de plan valable en contrepoint au jeune homme en train d'écouter ? À la place, ils avaient donc inséré une image d'oiseau sur le rebord de la fenêtre, puis celle de Wegener, puis le rebord de fenêtre vide sans oiseau ; c'était ce détail insignifiant et passant facilement inaperçu dont Pabst était particulièrement fier.

Mais Franz avait eu un comportement bizarre. Refusant de parler du film, changeant chaque fois de sujet, il avait brusquement mentionné la salle de concert des ateliers Barrandov en fixant Pabst avec une lueur étrange dans les yeux. Pabst et Trude s'étaient regardés sans comprendre ; peut-être était-ce dû au fait que Franz était passé à la réalisation, ou alors il y avait autre chose, toujours est-il qu'après cet échange laborieux, Franz avait rapidement pris congé et Pabst était retombé dans sa léthargie habituelle.

C'est avec la même distraction qu'il s'était rendu à la première à Vienne, s'inclinant avec Deutsch, Heuser et Hübler, tandis que Trude applaudissait au premier rang, avec la même distraction qu'il avait reçu son prix à la Mostra de Venise où, encore récemment, on l'avait récompensé pour *Les Comédiens* sous des drapeaux à croix gammées et à faisceaux de licteurs.

— Ça ne fait aucune différence, avait-il dit à Trude sur le trajet du retour. Un prix comme celui-ci ne change rien. L'important, c'est d'avoir fait un film qui va rester.

— Et c'est le cas ?

— Hélas, non.

Lorsqu'une nouvelle lettre de Hübler était arrivée, Trude avait répondu qu'il y avait là un sujet que G. W. Pabst voulait adapter depuis toujours : une pièce de théâtre qu'elle avait elle-même écrite autrefois, au sujet d'une femme entre deux hommes, dont l'un était spéléologue, perdu dans les profondeurs de la terre, ne vivant que pour son métier.

Hübler avait refait la route depuis Vienne. Liesl Jerzabek avait préparé un rôti de porc coriace avec des quenelles particulièrement dures et, au cours du déjeuner, Pabst interrompit brièvement son silence pour dire "oui, dans une grotte, pourquoi pas", avant de quitter la pièce en s'excusant, il avait besoin de faire la sieste.

— Vous savez, chère madame, dit Hübler. C'est encore très difficile de financer un film, mais ça s'améliore peu à peu. Un pays détruit n'a presque plus de recettes fiscales, mais lorsqu'on agit avec intelligence et qu'on a des relations, des possibilités s'entrouvrent. Un film tourné dans une grotte, par exemple, ça pourrait se faire financer par la Fédération du tourisme ! Mais pour cela, il faut des relations, et pas les mauvaises. Vous le savez, chère madame, j'étais interdit de travail sous les nazis. Je ne mange pas de ce pain-là ! Mais je dois vivre ici, travailler ici, me contenter de ce qu'il y a sur place. Pabst, lui, a un statut particulier. Il n'est pas clairement compromis… Hübler insista sur le mot "clairement" avec un dédain indulgent, comme s'il s'agissait d'une obsession presque amusante de l'administration actuelle. D'un autre côté, justement, dit-il, Pabst est resté dans le pays alors que les autres cinéastes connus d'avant-guerre étaient bien loin, dans des endroits sûrs sous un beau climat, chère madame, c'est comme ça, sous un climat magnifique et très progressivement, ils se montrent de nouveau dans notre pauvre pays détruit et ils n'ont plus de relations. Alors on peut comprendre que ceux qui sont restés au pays dans une période sombre, sans choisir le confort d'une vie à l'étran… Que ceux-là sont vus avec une certaine méfiance. C'est regrettable, chère madame, mais n'est-ce pas aussi compréhensible ? Ne me regardez pas comme ça, alors disons que c'est incompréhensible, ma foi ! Mais cela ne change rien au fait : G. W. Pabst se trouve actuellement dans une bonne situation.

Une semaine après l'écoulement des eaux, ils tournèrent la dernière scène dans la grotte. Comme chaque fois, Trude devait refouler un accès de panique intense à la descente. Pendant l'écriture, elle avait imaginé la grotte comme un lieu profond et symbolique, pas comme quelque chose d'aussi oppressant en réalité. Quand on marchait sur le sol boueux dans une odeur de moisissure et de mousse et qu'on apercevait les concrétions minérales qui jaillissaient des parois telle une anticipation rocheuse de la vie, tout en se rendant compte que la montagne au-dessus de soi se composait d'une centaine de millions de tonnes de caillasse, cela ne semblait plus du tout symbolique. Plus loin encore, bien en dessous de la cavité où ils tournaient, se trouvaient des peintures rupestres datant de la préhistoire, mais aucun d'eux n'était jamais descendu jusque-là.

Ce à quoi Trude s'attendait le moins, c'était la quantité d'animaux qui vivaient dans une telle grotte. Il suffisait d'orienter le faisceau lumineux vers une direction quelconque pour apercevoir des insectes ramper sur les parois comme un éblouissement, cependant beaucoup moins inquiétants que les papillons surgis de l'obscurité et volant sans arrêt vers votre visage ou les toiles d'araignées collantes partout. En outre, l'humidité provoquait sans arrêt des courts-circuits, si bien que les plafonniers péniblement installés par Alois Gurnbichler tombaient tous en panne au moins une fois par jour.

Dans la dernière scène, le spéléologue Ben et son grand amour Cornelia, emprisonnés ensemble, attendaient la mort. Auparavant, Cornelia avait quitté cet homme, toujours avide de descendre sans elle dans les profondeurs, pour le riche industriel Roy sans jamais pouvoir oublier le premier, auquel son cœur appartenait en réalité – lors de sa dernière expédition dans les grottes, elle l'avait suivi et s'était retrouvée enfermée en même temps que lui. Ils étaient assis là, enlacés, sans espoir, sans issue, mais réunis.

Pendant qu'on installait l'éclairage, les acteurs principaux, Ilse Werner et Paul Hubschmid, patientaient l'un à côté de l'autre sur des couvertures en laine, leurs costumes artistement mouchetés de boue et de poussière.

— Je remercierai Dieu quand je n'aurai plus à redescendre ici, dit Ilse Werner. Elle avait un visage ravissant et beaucoup de charisme, et c'était certes une actrice passable, mais une siffleuse professionnelle de grand talent. À quelle profondeur sommes-nous ?

— Soixante-dix mètres environ, dit Trude.

— Vous n'auriez pas dû me le dire. Maintenant je me sens mal.

— Si on avait passé la guerre ici, dit Hubschmid, on n'aurait peut-être pas été obligée d'aller sans arrêt divertir les soldats.

— Je refuse d'entendre ça, dit Ilse Werner, dont la suspension venait tout juste d'être levée par les autorités d'occupation. De la part d'un Suisse qui s'occupait de traire ses vaches pendant que les bombes nous tombaient dessus.

— Mieux vaut traire des vaches que siffler pour les ss.

— Les ss n'auraient jamais voulu t'écouter siffler ! Ils avaient du goût, eux !

— S'il vous plaît, dit Trude. Ilse, Paul ! Pas maintenant !

Elle regarda autour d'elle. Pabst se tenait à ses côtés. Schneeberger était agenouillé derrière la caméra, Gurnbichler fixait un fil électrique, l'assistante Ilse Schrewitz attendait avec le clap devant les deux acteurs. Personne ne la regardait. Tout le monde traitait cette petite femme aux cheveux gris avec une gêne étrange depuis qu'on savait qu'elle avait caché une famille juive dans sa cave pendant toute la guerre. Non pas qu'on lui en voulût. Mais on ne savait que penser du fait qu'elle n'était pas du tout la personne qu'on avait imaginée. Paul Levy tenait la perche avec le micro, David Bass fumait derrière l'entrée de la cavité, dans laquelle il n'y avait déjà plus de place.

— Tu veux bien leur expliquer la scène ? demanda Trude.

— Fais-le toi, dit Pabst.

— Vous êtes seuls, dit Trude. Prisonniers. La sortie est bloquée. Mais vous êtes ensemble. Toi, Ilse, tu as eu brièvement un autre homme, mais c'était une erreur, une illusion, un reflet lumineux et rien d'autre. Maintenant, tu es enfermée, mais dans la vérité parce que tu es avec ton compagnon. Peu importent les labyrinthes que vous avez traversés.

Elle se tut un instant. C'était sans doute dû à l'air ici – la voix lui avait manqué.

— Quand deux personnes sont faites pour être ensemble. Voilà de quoi parle l'histoire en réalité. Du fait qu'on peut s'égarer. Lui se perd à cause de sa mission et il se retrouve dans un endroit d'où il ne peut plus remonter seul vers la lumière. Ça parle aussi du fait qu'on peut hésiter entre deux personnes, alors qu'une seule incarne la vérité. Maintenant, ils ont compris. Maintenant, ils sont ensemble. Jusque dans la mort.

— Pas tout à fait, dit David Bass. Quelqu'un vient d'avoir l'idée d'utiliser de la dynamite.

La perche du micro vacilla parce que Paul Levy dut réprimer un rire. Ilse Schrewitz sourit elle aussi.

— Vous n'en savez rien, dit Trude. Vous êtes persuadés qu'il n'y a pas d'échappatoire. Sentant que c'était un moment dangereux et que son autorité avait besoin de soutien, elle dit : Pas vrai, Wilhelm ?

— Oui, dit Pabst.

Comme elle avait le sentiment que cela ne suffisait pas cette fois, elle continua :

— Doivent-ils avoir l'air plutôt impassibles ou désespérés ?

— Des acteurs, dit Pabst.

— Pardon ?

— Ce sont des acteurs. Ça se voit au premier coup d'œil, on ne peut rien y faire.

Schneeberger mit la caméra en route, l'assistante fit le clap, les deux acteurs s'enlacèrent et dirent leur texte. Trude trouvait cela réussi, mais elle savait qu'il fallait tourner chaque scène plusieurs fois, c'était courant et requis. Ils la refirent, et encore et encore et encore. Les deux acteurs se blottirent une fois de plus l'un contre l'autre, alors qu'ils ne pouvaient pas se supporter, en affirmant combien ils s'aimaient. Enfin ensemble, enfin réunis, enfin sans le mari qui les avait séparés.

— Merci, dit Trude. C'était bien. On la garde. Elle se retourna et demanda : N'est-ce pas ?

— On la refait, dit Pabst.

Ils la refirent et, effectivement, ils étaient tous les deux meilleurs qu'avant. Comment avait-il pu le savoir ?

— Merci ! dit-elle. Terminé ?

— Terminé, dit Pabst.

— Dans ce cas, par ici la sortie, dit Ilse Werner.

— C'est la Wehrmacht qui t'appelle ? demanda Hubschmid.

— Plutôt la Wehrmacht que ton étable.

Trude s'appuya contre la paroi humide et regarda la grotte se vider. Les acteurs s'en allèrent, on démonta les projecteurs, Schneeberger emporta la caméra.

— Viens, dit-elle. C'est le dernier jour. Allons dans les profondeurs. Nous n'avons pas encore vu les peintures.

Elle prit son mari par la main et le guida. Il suivit sans hésiter. Après avoir quitté la grotte et traversé la pénombre dans l'absence progressive des plafonniers, elle alluma la lampe de poche. Une dernière ampoule oscillait à un câble, après quoi il ne resta que la lueur de sa lampe.

Ils devaient avancer avec prudence, le sol était humide, inégal et de plus en plus raide. Ils arrivèrent à une bifurcation, une petite flèche en bois, sans doute placée au siècle précédent par un spéléologue, indiquait la droite.

— Je n'y vois quasiment rien, dit Pabst.

— Suis-moi, tout simplement. Moi aussi, je t'ai toujours suivi.

La galerie bifurquait de nouveau. Une flèche indiquait la gauche.

— Je suis désolé, entendit-elle Pabst dire.

— Pourquoi ?

— Pour tout.

Ici, le chemin se divisait en trois. Une flèche en bois leur indiquait la galerie centrale, qui se recourbait vers la gauche.

Ils marchèrent longtemps ainsi. Ou bien quelques minutes, c'était difficile à dire, le temps semblait ne plus exister ici-bas. Lorsqu'on soulevait la lampe, on voyait pendre des stalactites dentelées et bizarres. À côté d'elles, la paroi rocheuse se ridait, se tordait et se froissait.

La galerie s'élargissait un peu, ils arrivèrent dans une cavité plus étroite. Trude éclaira la paroi. Sa lampe vacilla, Trude s'inquiéta soudain pour la pile. Elle se retourna et éclaira la paroi d'en face.

Des buffles, dessinés en quelques traits, on reconnaissait nettement les pattes et les cornes. Entre eux, des bonshommes couraient avec des lances. En s'approchant, on voyait combien chacun d'eux était tracé avec art ; l'un jetait sa lance, un autre tenait une hache au-dessus de sa tête. D'en haut, là où devait se trouver le ciel, tombaient des traits jaunâtres, neige ou pluie ou chute d'étoiles. Trude suivit le troupeau avec sa lampe. Pabst s'était posté à côté d'elle.

Et là, devant l'assaut des bêtes, entouré d'autres hommes qui s'inclinaient devant lui, tombaient à genoux, lui tendaient des offrandes, se tenait un être déformé. Il avait le dos tordu, une épaule plus haute que l'autre. À l'emplacement de sa tête se trouvaient quelques taches rouges, au-dessus desquelles flottaient deux yeux au regard fixe. Quoi que ce soit, ça ne semblait pas faire partie de l'humanité, on aurait dit que ça venait de loin ou d'une époque encore plus reculée. Un être issu d'émanations divines anciennes, une créature brutale et mauvaise qu'ils tentaient d'amadouer par des dons.

— Tu le reconnais ? demanda Pabst.

— Évidemment.

— Va savoir s'il parlait un dialecte aussi prononcé à l'époque.

— Il est encore en prison, non ?

— Il sera bientôt libéré. La cadette, comment s'appelle-t-elle déjà… ?

— Mitzi.

— Elle va épouser l'adjoint du chef de canton.

— Eh bien dans ce cas, dit Trude. Avec un léger effroi, elle contempla la petite image peinte il y a des millions d'années, qui soutenait son regard d'un air sarcastique. En réalité, dit-elle, ce n'est pas Hitler qui a gouverné. Ni Goebbels ni Göring ou je ne sais qui. En fait, ça a toujours été lui.

— Et il ne lui arrivera rien.

— Je ne t'ai jamais demandé ce que tu pensais de mon scénario.

— C'est juste, tu ne me l'as jamais demandé.

— Alors je te le demande maintenant.

— Il y a quelques bonnes phrases.

Elle se tut un moment, avant de dire :

— *Molander* est perdu. Tu ne le retrouveras jamais.

— Je sais.

Dans la lueur soudain vacillante de la lampe de poche, elle le vit enlever ses lunettes. Une chauve-souris traversa le faisceau lumineux. La lampe vacilla, lança un dernier éclair, s'éteignit. Trude la secoua. Ça ne servait à rien. La pile était à plat.

Tous deux tendirent l'oreille. De l'eau gouttait quelque part. Le silence était total.

— Comme dans ton film, dit-il.

— C'est ton film.

Il passa son bras autour de ses épaules. Elle lui prit la main. Elle sentait ses doigts entre les siens, il répondit à la pression. Ils restèrent debout là, enlacés, attentifs, immobiles.

— Je t'ai fait tellement de mal, dit-il. J'ai aimé une autre femme et je vous ai ramenés, toi et Jakob, en enfer.

— La première chose, ça se pardonne. Mais la deuxième… Tu te souviens ? La lettre qu'il a écrite la nuit, à seize ans, il n'arrivait pas à dormir tellement il était heureux parce que le lendemain, toute sa classe allait entrer au parti ? C'est impardonnable.

— Pour toujours ?

— Ce n'est pas important. Ça fait longtemps que je ne t'aime plus.

Il se tut un temps avant de demander :

— Tu ne connais pas le chemin, n'est-ce pas ?

— Pas dans l'obscurité.

— Peut-être qu'on va venir nous chercher.

— C'est vendredi après-midi. Personne ne viendra avant lundi. Si tant est que quelqu'un vienne. C'était la dernière journée de tournage, tout le monde va repartir maintenant. On se dira que nous sommes repartis, nous aussi. Ça peut durer très longtemps avant que quelqu'un ait l'idée de nous chercher ici.

— Peut-être qu'on va nous sauver à la dynamite. Ou alors une porte s'ouvre, dont personne ne connaissait l'existence. Ou bien nous nous retrouvons brusquement dehors sans qu'on n'apprenne jamais comment.

— Ou bien on meurt, dit-elle. Ce ne serait pas si grave. Tant de gens sont morts. Ça ne fera pas de grosse différence.

— Oui, dit-il. Ou bien on meurt.

Ils restèrent ainsi, enlacés, à attendre.

LOULOU

Jakob s'attendait à une vieille dame. Or la femme qui lui ouvre la porte, lui fait signe d'entrer et le précède dans un couloir en désordre, puis dans un salon à l'avenant en enlevant une assiette sale sur une chaise pour lui indiquer d'un geste nonchalant de s'asseoir, n'est vraiment plus jeune, mais quelque chose en elle empêche de la dire vieille.

Jakob s'assoit. Elle doit avoir dans les soixante-cinq ans, le visage pâli par un excès de maquillage, l'odeur d'un parfum pénétrant remplit la pièce. Un chaos total règne dans l'appartement. Partout des revues et des livres et des vêtements et des verres remplis de mégots. Ça sent la fumée froide. Autrefois, Jakob aurait eu envie de dessiner cet endroit : l'enchevêtrement des lignes et des formes, le bazar où se reflète une existence sortie de ses gonds.

— Tu as quel âge ?

— Quarante-cinq ans.

— Mon Dieu, à l'instant encore un bébé et maintenant un vieux type fatigué. Qu'est-ce qui est arrivé à ton visage ?

Jakob se fige. D'habitude, personne ne lui pose la question. Tous font semblant de ne pas voir la cicatrice. Ça ne se fait pas de poser cette question.

— Blessure de guerre.
— Comment ?
— J'étais dans un blindé.
— Qu'est-ce qui s'est passé ?
— Ce qui arrive à n'importe quel blindé. Il est touché.
— Ça arrive vraiment à chaque fois ?
— Les nôtres avaient une durée de vie de quatre jours, en moyenne.
— Mais n'est-ce pas justement pour ça qu'ils sont… blindés ?
— Ça ne change pas grand-chose.

Jakob ferme les yeux un moment, il ne peut pas lutter, les souvenirs s'imposent avec une telle force : Arnold et Hubert à côté de lui, derrière eux le lieutenant Kraneck, qui a encore le temps de crier un ordre, mais personne ne le comprend parce qu'un craquement déchire déjà le monde en deux. Jakob parvient tant bien que mal à se relever en rampant dans la douleur, se cramponne à du métal brûlant, n'abandonne pas, arrive à la lumière du jour, à côté de lui le visage fondu de Hubert et un mélange désordonné qui fut jadis le lieutenant, il tombe par terre et pense durant sa chute qu'il devrait s'évanouir, mais non, il entend ses os se briser et il voit tout, et il se souvient de tout après, bien qu'il parvienne généralement à le refouler ; de même qu'il se rappelle les exécutions auxquelles il a assisté, les cris et les supplications, les gueules étincelantes des canons. Lui-même n'a pas tiré, mais uniquement parce qu'il n'en a pas reçu l'ordre.

— Et tes mains ? Tu peux t'en servir ?

De quel droit lui pose-t-elle de telles questions ?

— En général, oui. Je ne suis pas pianiste.
— C'est bien dommage. Ça lui aurait plu. Est-ce qu'il a eu une belle mort ? Je l'ai toujours surnommé

mister Pabst, tu sais. Je n'arrive pas à m'imaginer qu'il est mort. Ça ne lui va pas. Il y a sûrement eu un passage à la morgue et beaucoup de gens sont venus ?

— Ce fut un grand enterrement. Des hommages très respectueux. Le chef de canton était là, le président fédéral a écrit une lettre à maman. En réalité, sa fin s'est étalée sur des années. Les médecins parlaient de sénilité, mais on n'a jamais eu l'impression qu'il était dément. Quand il disait quelque chose, on le comprenait toujours parfaitement. Sauf qu'il ne voulait quasiment plus parler durant les dernières années. Il a perdu son meilleur film à la fin de la guerre, ça lui a porté un coup terrible, il n'a plus jamais été le même.

— Ce n'était pas son meilleur film.

— Non ?

— C'était *Loulou* bien sûr, grâce à moi. D'ailleurs, son talent résidait dans le montage, voilà pourquoi il n'était plus le même quand le son est arrivé. Le cinéma parlant a été une bénédiction pour Lubitsch, pas pour *mister* Pabst. Où as-tu appris à parler si bien anglais ?

— Je suis allé à l'école à Los Angeles.

— Exact ! À l'époque, *mister* Pabst a tourné ici son mauvais film. Et l'anglais te revient comme ça ?

Jakob acquiesce. La langue charrie aussi des souvenirs. Le couloir avec les casiers, la salle de classe de *mister* Halliway, dans laquelle se trouve un squelette, le terrain de base-ball avec les chewing-gums collés sous les bancs, le goût glacial et sucré du Coca-Cola.

— J'étais un enfant américain avant de devenir un enfant français, puis brièvement suisse et pour finir…

— Oui ?

— Allemand.

— Tu voulais dire, et pour finir, nazi.

Jakob se tait.

— C'est une chose que *mister* Pabst soit rentré au pays. C'est étrange et déconcertant. Mais…

— C'était un enchaînement de hasards malheureux. Il voulait placer sa mère dans un sanatorium, puis il y a eu cet accident dans la bibliothèque et ensuite…

— Personne n'a besoin de se justifier devant moi, Jakob. Je suis une femme simple qui trimballe très peu d'opinions. Je sais que la vie est compliquée. Chacun doit faire son chemin d'une manière ou d'une autre. Mais je sais aussi ça : c'est une chose qu'il soit rentré. C'en est une autre qu'il t'ait emmené. Il n'aurait pas dû. Il suffit de te regarder. Ils t'ont brisé.

Jakob la fixe. Il a chaud dans tout le corps.

— Certains parviennent à traverser la vie sans dommages, mais nous deux n'en faisons pas partie. J'étais déjà au bout du rouleau dans mon horrible appartement new-yorkais lorsque Kodak m'a brusquement fait signe, ils ont une cinémathèque ici à Rochester. Ils sont incroyablement riches chez Kodak. Tu sais pourquoi ?

— Parce qu'ils ont inventé la pellicule couleur ?

— Ce n'est pas eux. Ça vient d'Allemagne. Une gentille petite entreprise, nos soldats y sont allés et ont tout fouillé, voilà comment ces braves gens de chez Kodak ont pu me donner cet appartement. Parce que je fais partie de l'histoire du cinéma. Tu ne vas pas me croire mais, pendant un petit moment, j'étais aussi célèbre que Greta ou Marlene. Et meilleure qu'elles deux réunies. Mais j'ai pris les mauvaises décisions. Je n'aurais jamais cru qu'il puisse arriver des trucs aussi atroces à une star. Quand on est mondialement célèbre, on se dit qu'on a souscrit une garantie contre le fait de ne plus pouvoir s'acheter à manger. Ou d'être à la rue.

— Vous étiez à la rue ?

— Non, mais pour ne pas l'être, j'ai dû faire des choses que je ne vais pas te raconter. Je ne voudrais pas te faire rougir. Voilà, exactement ! C'est ce que je veux dire. Comme une tomate ! Comme ton pauvre papa. Lui aussi, il rougissait sans arrêt et croyait que personne ne s'en rendait compte. Tu veux boire quelque chose ?

— Non merci.

— Allons.

Elle tend la main entre de vieilles revues et en ressort un verre. Elle se penche, trouve une bouteille sous la table, se sert, boit d'un trait, cherche du regard un deuxième verre, en vain, remplit le premier à ras bord et le lui tend. Jakob hésite et se force à boire une gorgée.

— Allons, répète-t-elle. Et comme cela importe peu maintenant, il vide son verre. Comment va Trudy ?

— Elle écrit. Entre autres choses. Vous la connaissez ?

— Oh que oui, elle m'a parfois servi d'interprète à Berlin. Quelle femme dévouée. Je me suis toujours dit qu'il avait beaucoup de chance d'avoir une femme si gentille et dévouée !

Il la scrute, déconcerté. Pourquoi ce ton moqueur ? Elle vide le verre, le remplit, le lui tend, il le vide aussitôt.

— C'est vrai. Quand l'ordre d'incorporation est arrivé, je suis allé gaiement au combat. Et quand je me suis retrouvé blessé à l'hôpital militaire, je me disais surtout qu'il fallait vite guérir pour retourner au combat. J'avais un camarade d'école, il s'appelait Boris, il m'a accompagné une fois au château de mes parents pendant les vacances, mais il est reparti plus… Il était dans mon unité, je l'ai vu se vider de son sang, mais ça aussi, ça me paraissait tout à fait normal. Ainsi va le monde, je me disais. C'est une lutte permanente. Voilà ce qu'ils m'ont enseigné.

Elle le regarde avec attention. La tête inclinée, la bouche entrouverte, le regard plus lumineux qu'avant, peut-être un effet du gin, qui remplit sa tête à lui d'une sensation agréablement moelleuse de vertige.

— Je suppose que tu n'en as jamais parlé avec lui.

— On ne pouvait pas vraiment lui parler. Quand il ne travaillait pas, il n'était pas entièrement… présent. Tout se trouve dans ses films. La colère et l'ambition et la ruse et la violence. Pendant la mise en scène, il savait toujours ce que les gens devaient faire. Pour sa part, il n'a jamais vraiment su quoi faire. Jakob aimerait bien reprendre un verre, mais elle ne le ressert plus. En tout cas, il m'a donné trois cadeaux, il y a déjà des années. Pour le jour où tu retourneras en Amérique, m'a-t-il dit, moi je n'irai plus. Pour Louise Brooks, pour Seymour Nebenzahl, c'était son producteur, et pour Marc Sorkin, son assistant sur les grands films muets.

— Tu es déjà allé chez Marc ?

— Oui, hier. À Brooklyn. Il a reçu la pipe en écume de mer de papa. Il n'a dit que des choses gentilles sur lui.

— Ça ne m'étonne pas. Il a toujours été obséquieux. L'assistant idéal. De même que Trudy est l'épouse idéale. Mais tu auras moins de chance avec Nebenzahl. Il a passé l'arme à gauche.

— Pardon ?

— Il est mort. Il y a quelques années, en Allemagne, d'ailleurs.

— Ça explique pourquoi je ne l'ai pas retrouvé.

— Qu'est-ce que tu as pour moi ?

Jakob sort un petit objet dur enroulé dans du papier journal.

— Tu as fait toute cette traversée pour faire des dons à de vieux fantômes ?

— Non, je fais ça au passage. Je suis en déplacement professionnel.

— Et quelle est ta profession, Jakob ?

— Je travaille au musée du théâtre à Munich. Je viens chercher deux successions.

— Successions ?

— Des croquis, des dossiers. Deux décorateurs. Venus ici en tant qu'émigrants, ils ont travaillé à Broadway et ils nous ont légué leur succession.

— Tu trimballes des chemises poussiéreuses ? C'est ça, ta profession ?

— Je suppose qu'il s'agit de chemises et j'imagine qu'elles sont poussiéreuses.

— Pourquoi est-ce que tu fais un truc pareil ?

— Le musée me confie de nombreuses missions ! J'ai par exemple le droit d'assister aux expo…

— Jakob, pauvre garçon. Excuse-moi de t'appeler comme ça, mais je pourrais vraiment être ta maman si… Elle rit. Si le monde était encore plus fou. Dans ce cas, je pourrais vraiment être ta mère. Qu'est-ce qui t'est arrivé ? Un musée inerte ! Un morne tombeau, barbant et archi mort pour les vivants ! *Mister* Pabst m'a raconté un jour que tu étais toujours en train de peindre ! Et que c'en était presque effrayant, ton intelligence.

— J'ai fait beaucoup de peinture. Mais ensuite… Jakob lève les mains. Ses mains défigurées et abîmées, ses mains douloureuses : la peau noircie sur celle de droite, impossible de replier l'auriculaire et l'annulaire, l'extrémité du pouce manque sur celle de gauche, l'index est toujours replié, impossible de le tendre. On arrive bien à vivre ainsi, ça fait juste mal par temps humide.

— Je ne te crois pas.

— Pardon ?

— Que c'est lié à tes mains. Je n'y crois pas.

Il se lève lentement.

— Je dois y aller !

— L'âme est une petite chose si sensible. Aujourd'hui, je ne pourrais pas non plus jouer dans un film avec autant de… liberté et de légèreté qu'autrefois. À cause des choses qui me sont arrivées. La vie déforme tout un chacun mais certains, elle les brise de façon brutale et précoce. Toi et moi, par exemple. Elle se met à déplier le papier journal. À l'intérieur, un objet plat et argenté, elle le tend vers la lumière, soulève le couvercle, lit les initiales gravées : D. W. G. ?

— D. W. Griffith.

— Comment ça ?

— Mon père l'a reçue en cadeau de Griffith.

— Et Nebenzahl, il aurait eu quoi ?

— Un manuscrit de *La Rue sans joie*.

— Donne-moi plutôt ça.

— Je ne sais pas si je… j'en ai le droit.

— Mais je suis censée faire quoi avec ça ?

— Griffith a donné l'étui à papa en gage de son estime. Ce machin est d'ailleurs à l'origine de l'accident en Autriche…

— Un vrai salaud.

— Quoi ?

— Griffith. Je le connaissais bien. Reprends-le. Je n'en veux pas. Elle remplit le verre à ras bord et le fait glisser vers lui. Tu as vu *Loulou*, au fait ?

— Non, seulement *Profondeurs mystérieuses*.

Jakob n'aime pas repenser au moment où *le film* s'est fait huer à Venise, maman s'affaissant à côté de lui, s'enfonçant de plus en plus dans son fauteuil, tandis que les spectateurs ricanaient. Lors du dynamitage qui libère sans aucun problème les amoureux emprisonnés dans la grotte, il y a eu une explosion de joie maligne dans la salle. Maman ne s'en est jamais remise. Et papa, qui l'avait visiblement vu venir, n'est même pas venu ; il est resté chez eux à Dreiturm, comme si cela ne le concernait pas.

Au cours des années suivantes, il a tourné ses deux films sur les nazis, *C'est arrivé le 20 juillet* et *La Fin d'Hitler* : Bernhard Wicki avec un bandeau sur l'œil incarnant Stauffenberg, Albin Skoda avec une moustache à la Hitler, criant pendant que le jeune soldat lui serre la gorge pour le tuer – le tout filmé de façon routinière, pas plus intéressant que ça. Ce n'est pas difficile de faire un film passable, il suffit de rassembler quelques personnes expérimentées et tout se passe comme sur des roulettes. Seuls les bons films sont difficiles. Récemment, il a vu par hasard à la télé la dernière œuvre de son père, *La Merveilleuse Aventure*. Il a tenu dix minutes, après ce n'était plus possible.

— Je dois y aller.

— Viens à la fenêtre. Je ne te vois pas bien. Mes yeux… ! Je n'ai pas de lunettes parce que je suis trop vaniteuse. Ou que je n'ai pas les sous. Un des deux, à toi de choisir. Si tu viens à la lumière, je pourrai voir ton visage.

Il va donc à la fenêtre. En bas se trouve une rue de petite ville endormie, les arbres oscillent dans le vent, une femme promène un caniche. Un homme en uniforme vide une boîte aux lettres d'un air réfléchi.

— Tu as exactement l'âge qu'il avait quand j'ai incarné Loulou. Quand il m'a appris ce que signifiait être actrice. Tu lui ressembles. En plus mince, évidemment. En plus grand aussi. Ça vient de ta jolie maman.

Elle s'approche d'un pas, et encore d'un. Puis elle tend les mains vers lui. Il voudrait reculer, mais ce serait impoli, il se ressaisit.

— Je ne vais pas te faire de mal. Tu sais, quand j'ai dit que je pourrais être ta mère…

Elle pose les mains sur ses joues, fait un dernier pas, abaisse doucement la tête de Jakob, se hisse sur la pointe des pieds et lui donne un baiser – pas sur la joue, mais sur la bouche. Ses lèvres ont un goût chaud et salé.

Il recule. Il s'entend murmurer qu'il est pressé, qu'il n'a pas le temps, qu'il doit vraiment y aller.

Il l'entend répondre quelque chose, mais il ne la comprend plus, il prend la fuite. Il se précipite dans le couloir, descend l'escalier, sort dans la rue, passe devant le facteur, toujours au même endroit, devant la femme au caniche, devant un enfant surgi de nulle part, en équilibre sur une planche à roulettes. C'est seulement lorsqu'il s'arrête à distance sûre et, le souffle court, plonge la main dans la poche de sa veste qu'il comprend qu'il a laissé l'étui à cigarettes chez elle.

TULIPES

Le téléviseur est cassé.

Je n'arrive pas à y croire. Les mots me manquent. Ce n'est pas simplement de la déveine, c'est un coup du sort. On vient me chercher en voiture, on m'amène au studio d'enregistrement, Heinz Conrads m'interroge sur ma vie et ce matin-là, justement, le téléviseur tombe en panne au sanatorium *Repos du soir* ! Je ne peux même pas leur raconter parce qu'ils ne me croiront pas. N'importe qui pourrait affirmer : je suis passé à la télé. Si personne ne l'a vu, ça ne compte pas.

Lorsque Zdenek me dit de ne pas m'énerver, que le technicien n'est pas joignable le dimanche, mais qu'il viendra demain matin, je dois me retenir pour ne pas lui crier dessus. C'était *maintenant*, mon passage à la télé, demain ce seront d'autres gens et aucun d'eux n'habite au sanatorium !

Je tente quand même le coup : au déjeuner, je dis à Franz Krahler que je viens de passer à la radio-télévision autrichienne, mais il ne m'écoute pas.

J'ai un peu plus de succès avec Mme Einzinger. Vraiment ? demande-t-elle. À la radio ?

— Télévision.

— Quelle émission ?

Je veux le lui dire, je me souviens bien du présentateur aux cheveux blancs comme neige et au visage méchant, mais son nom ne me revient pas.

— Le dimanche matin, il y a seulement Heinz Conrads, dit-elle.

— Oui ! dis-je en criant. Chez Heinz Conrads !

Elle rit. Elle n'a pas l'air d'y croire.

— Qu'est-ce qui vous fait rire ? Il m'a interrogé sur ma vie. Ma collaboration avec Pabst. Peter Alexander.

— Vous connaissez Peter Alexander ?

J'ai sûrement dû lui en parler souvent et je n'ai rien contre le fait d'en reparler, mais maintenant ça n'a plus de sens. Je quitte la salle à manger avant le gâteau, je traverse le couloir, je prends l'ascenseur, je monte jusqu'à ma chambre.

Il y aura peut-être une rediffusion. À un moment dans la nuit. Mais ça ne me sert à rien parce que la nuit, la salle de vie est déserte, le téléviseur éteint, personne ne me verra.

Je m'assois dans mon fauteuil. J'enlève mes chaussures et me glisse dans mes pantoufles moelleuses. Aussitôt, tout paraît plus agréable. Quelle différence ça fait, des pantoufles ! Devant la fenêtre, les arbres oscillent dans le vent. Avant, il a plu, ou était-ce hier ? À présent, le ciel s'est éclairci.

Je ferme les yeux. Pourquoi suis-je aussi agité ? Évidemment, c'est une catastrophe, ce téléviseur cassé, mais j'ai le sentiment qu'il s'est passé autre chose de déplaisant.

Rosenzweig.

Quelqu'un s'appelait comme ça. Mais qui ? Et quelque chose s'est mal passé durant l'émission. On m'a interrogé sur un point dont je ne veux pas parler. Minna, peut-être ? On n'a été mariés que quatorze mois, elle buvait, elle a vidé deux fois notre compte en banque et tout perdu au jeu. La pensée qu'elle vive encore quelque part et que, si j'ai beaucoup de malchance, elle s'installe un jour au *Repos du soir* m'empêche parfois de dormir.

Mais non, pourquoi m'aurait-on questionné là-dessus. Ça n'intéresse personne. Et elle ne va pas s'installer ici. On a dû m'interroger au sujet de Pabst.

Je ferme les yeux. Des bribes reviennent, des surfaces grises se remplissent de couleurs. Je me souviens de quelque chose, sans savoir réellement de quoi. Alors j'ouvre l'armoire et je tombe à genoux. C'est lourd, je dois m'accrocher, la pression sur la rotule me fait horriblement mal et si je ne me tenais pas de la main gauche à la porte, je perdrais l'équilibre.

Un havresac. Au fond de l'armoire, derrière mes vestons et les pantalons sur leurs cintres, il est sale et vieux. Chaque fois que je sors ma veste de l'armoire, je le vois mais, comme il est toujours là, ça fait longtemps que je n'y ai plus repensé.

Je tire dessus. Difficile d'imaginer que j'aie réussi à le porter autrefois. Je le secoue un peu, puis je tripote les deux boucles. Elles résistent, le cuir est dur, mais elles finissent par céder. Je sens du métal. Sept bobines de cinéma. Sans recompter, je sais combien il y en a.

Un homme vient d'entrer. Il est grand, barbu, et bien qu'il se tienne clairement devant moi, je sais qu'en réalité, ça remonte loin, comme le tournage à Prague ou ma scolarité, qui me semble pourtant si proche que le matin, au réveil, je me dis souvent que je dois me dépêcher pour ne pas arriver en retard. Il est debout devant moi exactement comme à l'époque dans la jardinerie. Je suis agenouillé dans un parterre de tourbe, de même que je suis agenouillé ici sur le tapis et déjà à l'époque, ça me fait mal au dos, alors que je suis encore jeune.

En bottes et veste épaisse, étrangement ravi par l'odeur de terre humide.

Il laisse le havresac glisser sur le sol, un havresac identique à celui-ci, à savoir : celui-ci. Il gémit. Visiblement, même ce géant est tout juste parvenu à le porter. Il me dit son nom, dont je ne me souviens plus. Je crois que je l'ai oublié aussitôt à l'époque.

Comment m'avez-vous retrouvé ?

Jardinerie Wilzek ! C'est ce que vous avez dit la semaine dernière, dans le train ! Vous avez dit que si j'ai besoin d'oignons de tulipes, je n'ai qu'à contacter votre père. Personne n'en a de meilleurs, m'avez-vous dit.

Vous avez besoin d'oignons de tulipes ?

Non, mais j'ai votre sac. Je l'ai trimballé jusqu'à Líšina, quel idiot je suis. Ils ont tous la même tête, ces havresacs.

Vous êtes venu exprès jusqu'à Vienne ?

J'ai besoin des fers à cheval !

Ils sont restés dans le train.

Il se met à râler un moment et il tape du pied et grince des dents et secoue ses poings et dit des mots qu'on ne tient pas à mémoriser. Mais ça ne dure pas longtemps parce qu'il se rappelle qu'il est, en réalité, un type doux. Il se calme, on se serre même la main ici sur le tapis, moi à genoux, lui debout, le havresac à côté de nous, il me tape sur l'épaule et me demande avant de partir ce que c'est, ces boîtes en fer-blanc, et je dis : "Ah, vos fers valaient davantage", puis il prend congé de mon cher et vieux papa qui greffe un arbre fruitier en lui souhaitant la santé et une longue vie, ce qui n'a malheureusement pas porté ses fruits parce que papa est mort l'année suivante, après quoi le maréchal-ferrant s'en va, je suis debout à côté du sac avec les bobines et je me dis : Il faut que je le prévienne ! Il sera tellement heureux. Il doit l'apprendre immédiatement.

Et je ne bouge pas.

Je dois l'appeler dans son château et, si la communication ne passe pas, je dois prendre le train. Lui dire que son film est là !

Et je ne bouge pas.

Un bon élève, qu'il disait, un partisan fiable. Pas si bon, finalement. Et peut-être pas si fiable que ça. Toujours est-il que je reste agenouillé là, dans le jardin, près du sac, et que je ne fais rien. Et je ne bouge pas non plus maintenant, sur le tapis.

J'ai retardé le moment. Des semaines ont passé, des mois. Quand je lui rends visite sur le tournage du *Procès*, tout me met mal à l'aise – comment lui expliquer que je possède le film depuis un an déjà ? Je suis le bon élève, le partisan, alors comment j'explique ça ? Je mentionne la salle de concert à Prague, les figurants, mais il ne réagit pas, il ne semble pas savoir de quoi je parle.

Plus tard, je suis allé à Dreiturm trois ou quatre fois, voire plus. À un moment donné, il finit toujours par parler du chef-d'œuvre disparu. Ce grand film qu'on va peut-être retrouver, qui va peut-être refaire surface. Si seulement on savait, dit-il, qui était ce maréchal-ferrant.

Oui, ai-je coutume de répondre. Si seulement on savait. Et je pense : Plus tard, peut-être. Et je pense : J'ai encore le temps.

Les années passent et soudain, Pabst est mort. Un bon élève, un partisan. Que va-t-il faire maintenant ?

On frappe à la porte, encore quelqu'un, mais cette fois, ce n'est pas le maréchal-ferrant, c'est l'aide-soignant Zdenek.

— Est-ce que vous allez bien, monsieur Wilzek ? Vous n'avez pas mangé votre gâteau.

— Mon gâteau ?

— Le dimanche, il y a du gâteau. Vous adorez ça, d'habitude.

— Vous m'avez mal rasé.

Il me regarde, calme, sans comprendre. Je suis furieux et je sais parfaitement ce que je voulais lui dire, ma mémoire n'est pas si mauvaise.

— Je suis passé à la télé. Ça arrive tous les combien qu'un résident du sanatorium passe à la télé ? Et j'étais mal rasé !

— Vous êtes passé à la télé, monsieur Wilzek ?

— Vous le savez bien.

Il me regarde avec indifférence, ça ne l'intéresse pas. Au fond, rien ne l'intéresse, si bien que rien ne l'étonne non plus.

— On est venu me chercher en voiture ! Vous n'avez pas de mémoire ?

Il hausse les épaules et répète :

— En voiture. C'est peut-être une question, ou une exclamation, ou juste des sons. Vous voulez que je vous apporte le gâteau dans votre chambre ?

Je n'ai vraiment aucune envie de manger juste là, mais d'un autre côté, je me connais suffisamment pour savoir que j'ai presque toujours envie de gâteau, alors je dis :

— Eh bien dans ce cas, apportez-le-moi.

— C'est quoi, ce sac à dos ?

Il faut toujours qu'il me distraie de l'essentiel.

— Vous m'avez mal rasé !

— Je suis désolé, monsieur Wilzek. Cela ne se reproduira pas. Vous voulez que je mette le sac dans l'armoire ? Pour que vous puissiez refermer la porte ?

Après quoi, il va bel et bien vers l'armoire et se met à manipuler le sac, il pousse et tire et gémit et dit :

— Mon Dieu, monsieur Wilzek, qu'est-ce que vous avez là-dedans ?

Et comme je ne le sais plus moi-même, je dis :

— Pas vos oignons !

Il finit par y arriver et il referme la porte.

— Vous voulez qu'on le fasse enlever ? Ça bloque le passage. Ce fardeau. Vous n'en avez sûrement plus besoin.

— Imaginez un peu que j'ai réussi à le soulever un jour !

— Monsieur Wilzek, vraiment ? Vous étiez un sacré gaillard. C'était quand ?

Je le lui aurais dit, mais ça ne me revient pas. Je l'ai porté, ce sac, je le sais. Il pesait des tonnes. Mais j'étais jeune.

— Faites attention, dis-je. Quand Mme Kraninger est morte, elle n'avait pas de famille non plus, on a tout mis à la décharge.

— Mais monsieur Wilzek. Il est gêné. On ne mentionne pas les morts au *Repos du soir*, encore moins ceux dont les affaires sont descendues juste après leur décès et emportées sur une brouette parce que personne n'en veut, de leurs machins.

— Je vous dis ça comme ça. Moi non plus, je n'ai pas de famille. Je n'ai qu'une femme divorcée, mais elle… !

— Monsieur Wilzek ! Qu'est-ce que vous voulez dire ?

— Comment ça ?

— Vous voulez qu'on l'apporte à quelqu'un ? Je veux dire, quand vous… s'il vous… Qu'est-ce que vous en dites ?

— S'il me… quoi ?

— Si…

Il hausse les épaules, désemparé. Que veut-il de moi ?

— Laissez-moi maintenant. Je n'ai pas encore fait la sieste.

— Pas de gâteau, donc ?

— Si, quand même.

Il sort. Je détaille ma chambre du regard. L'armoire est bien fermée. N'était-elle pas ouverte à l'instant, il n'y avait pas un truc dedans ?

Je m'assois. La pluie tambourine contre la vitre. J'ai mal au dos. Je suis quand même très fatigué. Et j'ai chaud aussi. Je crois que j'ai de la fièvre. C'était une journée harassante.

On frappe.

— Pas maintenant !

De l'extérieur, j'entends la voix de Zdenek me parler de gâteau. Je ne sais pas ce qu'il veut.

— Pas maintenant ! dis-je en criant.

Je l'entends encore dire quelque chose, mais je l'ignore et il repart. Je suis crevé. La chaleur sur mon visage est agréable, comme autrefois, enfant, quand j'étais malade. Le médecin venait. “Franzl, sommes-nous malades ?” disait toujours le docteur Sämann. Sa main froide sur mon front. Et je me disais : Il n'est pas malade, le docteur Sämann, alors pourquoi est-ce qu'il dit nous ? Le malade, c'est moi.

L'auteur remercie tout particulièrement Thorsten Ahrend, Ayad Akhtar, Thomas Demand, Alexander Fest, Jonathan Franzen, Michael Maar, Thomas Maurer, Hans Rübesame, René Schlott, Volker Schlöndorff, Michael Töteberg, Zadie Smith et Christoph Waltz.

Merci également aux Archives fédérales, à la Cinémathèque allemande et aux Archives du cinéma autrichien.

Ce roman, bien qu'il s'inspire à maints égards de la biographie du personnage historique de G. W. Pabst et de sa famille, est une œuvre de fiction ; il n'existait pas de fils prénommé Jakob. Les films de Pabst sont toujours disponibles aujourd'hui ; seul *Le Cas Molander*, tourné à Prague durant les derniers mois de guerre, est considéré comme disparu. On ne sait pratiquement rien des conditions de tournage.

OUVRAGE RÉALISÉ
PAR L'ATELIER GRAPHIQUE ACTES SUD
REPRODUIT ET ACHEVÉ D'IMPRIMER
EN DÉCEMBRE 2024
PAR NORMANDIE ROTO IMPRESSION S.A.S.
À LONRAI
POUR LE COMPTE DES ÉDITIONS
ACTES SUD
LE MÉJAN
PLACE NINA-BERBEROVA
13200 ARLES

DÉPÔT LÉGAL
1re ÉDITION : FÉVRIER 2025

N° impr. : 2405008

(Imprimé en France)